ELPÎDA
ελπίδα

C. KENNEDY

Harmony Ink

ελπίδα

ELPÎDA

C. KENNEDY

Publié par
HARMONY INK PRESS

5032 Capital Circle SW, Suite 2, PMB# 279, Tallahassee, FL 32305-7886 USA
publisher@harmonyinkpress.com • harmonyinkpress.com

Elpida
Copyright de l'édition française © 2017 Dreamspinner Press.
Titre original : Elpida
© 2017 C. Kennedy.
Première édition : mai 2017
Traduit de l'anglais par Bénédicte Girault.
Relectures et Corrections : Anna Widstrand, Manhon Tutin, Ysaline Fearfaol, Yvette Petek

Illustration de la couverture :
© 2017 Reese Dante.
http://www.reesedante.com
Les éléments de la couverture ne sont utilisés qu'à des fins d'illustration et toute personne qui y est représentée est un modèle

Édition e-book en français : 978-1-64080-008-3
Édition imprimée en français : 978-1-64080-007-6
Première édition française : août 2017
v 1.0

Édité aux États-Unis d'Amérique.

Pour tous ceux qui endurent, puissent votre liberté et votre bonheur
s'amplifier chaque instant de chaque jour.

Pour Timmy

REMERCIEMENTS

CE LIVRE est très spécial pour moi et j'ai une énorme dette de gratitude envers beaucoup de personnes. Merci à Elizabeth North, Anne Regan, Ariel Tachna, et tous les gens merveilleux de chez Dreamspinner/Harmony Ink Press qui ont rendu ce livre possible.

Merci à mes fantastiques éditeurs et bêta-lecteurs, pour vos avis précieux et pour ne pas les réfréner.

À Sophia Kontes Helm, merci pour votre patience infinie, pour votre aide avec le grec et pour me rappeler que « *les jeunes gens ne parlent pas comme ça* ».

À Reese Dante, je te remercie pour la belle couverture.

Merci à tous pour votre soutien et pour avoir permis à ce livre de prendre vie.

REMERCIEMENTS POUR BÉNÉDICTE GIRAULT

"It is the task of the translator to release in his own language that pure language that is under the spell of another, to liberate the language imprisoned in a work in his re-creation of that work."
— Walter Benjamin, Illuminations: Essays and Reflections

Le travail qu'implique la traduction d'un livre est un véritable test pour les compétences d'un traducteur, sa volonté et ses nerfs. Ce n'est pas seulement traduire les mots littéralement, mais également traduire la « voix » de l'auteur. C'est de rendre l'intention initiale des mots de l'auteur et, avant tout, de capturer les inflexions dans la narration de l'histoire. C'est un véritable art.

Merci, Bénédicte, pour tes efforts inlassables et tes magnifiques mots – et par-dessus tout, pour avoir mis tout ton cœur dans toute la série Elpída

Cody Kennedy
Los Angeles, California
Août 2017

L'espoir voit l'invisible,
Sent l'intangible
Et réalise l'impossible.
> —C. Kennedy
> Paraphrasé de Winston Churchill
> *My Early Life, 1874-1904*

La maltraitance inflige une ombre à toute une vie.
> —Herbert Ward

ελπίδα. *Elpída.*

Grec. Signifiant espoir
Espoir. Nom. \ɛs.pwaʁ\
1. Un sentiment d'attente et un désir pour qu'une certaine chose arrive.
2. *Archaïque.* Un sentiment de confiance.

PROLOGUE

Hôpital Hippokration, Vendredi
GLYFADA, SUD D'ATHÈNES, GRÈCE, Juin 2012

LE GÉNÉRAL Aniketos « Nicos » Sotíras jura doucement alors qu'il reposait le téléphone sur son berceau et se frotta le visage de ses deux mains. Il était brigadier général à la Direction des Crimes Violents pour la police hellénique depuis ces seize dernières années. Il avait été sélectionné pour une promotion au grade de major général et les arrestations qu'il avait faites il y a quatre semaines avaient scellé cette promotion et, finalement, lui avait donné sa seconde étoile durement gagnée.

Quand ils avaient lancé l'assaut sur le yacht des Sanna, ils s'étaient attendus à trouver des victimes d'un trafic d'êtres humains. Mais ils n'auraient jamais pensé en trouver autant. Ou plutôt, autant et *si* jeunes. De toutes ses années passées aux Crimes Violents, il n'avait jamais eu affaire à quoi que ce soit d'aussi extrêmement monstrueux. Il se demanda, pour la millionième fois, pourquoi les trafiquants, et plus particulièrement les pédophiles, n'étaient pas mis à mort. Ils ne méritaient pas de vivre. Il s'adossa à son fauteuil et réfléchit à la manière dont l'affaire avait commencé, il y avait plus de quatorze ans. Le cas, à cette époque, avait éveillé ses soupçons – suspicion qui s'était lentement transformée en haine qui lui rongeait les entrailles au fil des ans.

Bien qu'il n'ait jamais réussi à le prouver, il était certain que Vasilis Castlios, l'homme le plus riche de la Grèce, avait fait assassiner sa femme et son fils dans un accident de voiture mis en scène. Quand des allégations de mauvais traitements et de meurtres s'étaient retrouvées sur son bureau, venant d'épaves qui se prostituaient dans les rues, Sotíras avait lentement et soigneusement compilé assez de renseignements pour dresser un profil. Vasilis Castlios était devenu le pire cauchemar d'Athènes, venant en second, juste après Antonis Daglis « l'Éventreur d'Athènes ». Au cours des années, trois garçons correspondant au profil des victimes de Vasilis furent retrouvés morts, échoués, et dix-sept garçons et jeunes hommes avaient disparu. Les plaintes venant des enfants de la rue continuaient, mais le pédophile violent avait plus de la moitié des forces de police et des juges dans sa poche. Les crimes répétés de Vasilis avaient toujours réussi à rester hors de portée du radar de ses supérieurs, et Sotíras était celui qui devait s'occuper de tout nettoyer. « *Malade* » était un mot pathétique pour des hommes tels que Vasilis.

Puis, quinze mois plus tôt, Sotíras avait reçu un appel téléphonique qui avait radicalement changé sa vie. À l'étonnement général, le fils de Vasilis, Christophoros, avait survécu à l'accident de voiture. Vasilis l'avait littéralement enlevé de l'hôpital et avait payé des gens pour falsifier son dossier et son acte de décès. Sotíras avait sauvé le jeune homme des griffes diaboliques de Vasilis et la Haute Cour avait ordonné que Vasilis soit maintenu en prison, sans possibilité de caution, jusqu'à son procès. Puis, le bâtard avait eu la témérité de mourir d'une crise cardiaque pendant sa détention, faisant de Christophoros, jeune homme alors âgé de dix-huit ans, la personne la plus riche de Grèce.

De nouveaux rapports sur les mauvais traitements et les tortures indicibles subis par Christophoros lorsqu'il était aux mains de son infâme père avaient montré à quel point les actes de ce dernier étaient impardonnables, scabreux et vils, mais avaient aussi prouvé que rien n'était sacré pour la presse. Des membres de l'hôpital, des journalistes, et même quelques-uns de ses propres policiers avaient vendu des photos et des informations. Cela n'avait pas aidé que la mère de Christophoros ait été un mannequin de mode dont il avait hérité ses cheveux blonds et sa beauté. Christy, comme il se faisait désormais appeler, était terriblement photogénique et la presse avait refusé de le laisser tranquille.

Christy avait passé trois mois à l'hôpital l'année dernière, puis avait fui pour les États-Unis, à la recherche d'un peu de vie privée et de soins auprès d'un établissement spécialisé dans le traitement d'enfants maltraités. Le coup de grâce était arrivé quand Christy avait révélé à Sotíras que Vasilis, en plus d'abuser de lui et de le torturer, l'avait également cédé à ses partenaires d'affaires. L'arrogant magnat des transports maritimes grec, Petros Sanna, avait osé parler publiquement à ce sujet, comme si l'abus était monnaie courante et ne représentait pas grand-chose. Pire encore, le fils de Petros Sanna, Yosef, s'était avéré être le plus malade de tous ses agresseurs. Ce n'était rien de moins qu'un animal vicieux.

Les informations obtenues de Christy les avaient amenés à surveiller le yacht Sanna. Baptisé *Ékstasi*, il naviguait sur la mer Égée et n'était rien d'autre qu'un enfer flottant pour garçons et jeunes hommes. Avec l'aide de plusieurs membres officiels du gouvernement – ou du moins, leurs yeux détournés – Petros et Yosef avaient poursuivi les crimes odieux de Vasilis et assassinaient souvent des victimes en les jetant par-dessus bord, en pleine mer. Les entrailles de Sotíras se nouèrent tandis qu'il contemplait les martyres qu'ils avaient sauvés du yacht.

En dépit de tout cela, Christy avait fait de remarquables progrès au cours de l'année écoulée. Son larynx écrasé avait guéri, il avait trouvé l'amour, assisté à son bal de promotion et terminé ses études secondaires. À toutes fins utiles, il s'était façonné une vie pour lui-même à partir de presque rien et d'une montagne d'horreurs. Sa résilience et sa détermination à vivre une vie au maximum étonnaient encore Sotíras. Il admirait et se souciait de Christy bien plus qu'il ne le devrait. Et tout cela, chaque fichu morceau de ce que Christy s'était construit au cours de l'année passée avait presque été détruit aujourd'hui.

Yosef Sanna avait fait le voyage jusqu'aux États-Unis et kidnappé Christy avec l'intention de le faire revenir en Grèce et de le ramener à une vie d'esclavage. Avec l'aide de la police de la ville de New York, du FBI et du copain de Christy,

2

Michael, ils l'avaient secouru, mais pas avant qu'il ait terriblement souffert des mains de Yosef.

Aujourd'hui, Christy avait témoigné dans le procès américain à l'encontre de Yosef. L'avocat de la défense avait produit une vidéo de surveillance montrant que Yosef avait abusé de Christy. Le film avait été projeté au tribunal pour que tous le voient et Christy avait été humilié, démoralisé et traumatisé, encore une fois. Il s'était enfui de la salle d'audience avec une seule mission à l'esprit – le suicide. Il avait grimpé jusqu'au sommet de la grande roue Ferris afin de faire un dernier plongeon mortel. S'il n'y avait pas eu le sauvetage audacieux de Michael, Christy ne serait peut-être plus vivant.

Dieu merci, Michael l'avait suivi. Sotíras mâchait sa lèvre inférieure assez durement pour la faire saigner et attendait avec impatience que Yosef pourrisse en prison pour le reste de sa vie.

Et maintenant, il y a Thimi, pensa-t-il amèrement. Conditionné par la privation de nourriture et des tortures incessantes, traité comme un animal indésirable depuis sa naissance, Thimi Sanna avait été troqué, vendu ou simplement donné à qui le voulait. C'était plus une marionnette qu'un être humain. Pourtant, d'après ce que Sotíras avait pu voir, Thimi possédait la même force intérieure que Christy. Il n'était pas convaincu que Thimi s'en sorte comme Christy, mais il l'emmènerait aux États-Unis, puisque c'était ce que Christy voulait.

Sotíras se leva de sa chaise. C'était une autre chaude et humide journée de juin et il transpirait dans la chaleur de la fin d'après-midi. La dernière chose qu'il voulait faire était de boutonner sa veste, mais il avait besoin de se rendre à l'hôpital pour parler à Thimi avant qu'il voie les nouvelles du presque suicide de son ami. Il n'y avait pas de temps à perdre.

3

I

MICHAEL SE réveilla en sursaut, son cœur tambourinant dans sa poitrine. La terreur le tenait dans son emprise vicieuse, assaillant ses sens comme un miasme féroce. L'image de Christy sautant, allant à la rencontre de sa mort, brûlait son cœur tandis que le cauchemar plantait ses griffes sur ses nerfs. Il regarda le dos de Christy et ses longues boucles d'or blanc, essayant de rassembler ses pensées fracturées, induites par sa panique.

Christy va bien, Christy va bien, Christy va bien !

C'était le crépuscule. Cet instant où l'aube pressait le ciel. Le moment entre la pleine nuit et le lever de soleil où le ciel était encore bleu marine et où la lune brillait quelque part sur l'horizon lointain. Michael pensa à « *My Immortal* » d'Evanescence et ses larmes commencèrent à tomber. Il ferma les yeux. Il avait échoué. Il avait échoué à protéger Christy de la douleur, il avait échoué à garder Christy en sécurité, il avait échoué à protéger la vie que Christy avait si laborieusement construite au cours de ces quinze derniers mois. Il avait échoué *sur toute la ligne*.

Il se recroquevilla autour de Christy et jeta un coup d'œil circulaire à la chambre d'hôpital tandis qu'il écoutait le moniteur cardiaque bourdonner. Les bips rythmiques sautaient de temps en temps, lui rappelant les dommages que le cœur de Christy avait subis pendant ses années d'abus.

Le procès pour faire condamner Yosef Sanna s'était bien déroulé jusqu'à ce qu'ils passent le film provenant de la caméra de surveillance. En dépit du courage phénoménal et de la force de Christy, il n'avait pu en supporter davantage quand Yosef avait commencé à le narguer et à crier après lui. Il s'était enfui de la salle d'audience, dans l'intention de se suicider.

Ils l'avaient sauvé du sommet de la grande roue et il n'avait pas cessé de pleurer jusqu'à ce qu'il soit mis sous sédatif. On ne savait pas ce qui resterait de son âme brisée quand il se réveillerait. Michael ne savait pas s'il serait ici, dans l'instant présent, ou en permanence enchaîné à son endroit lointain. Christy le reconnaîtrait-il ? Même l'intervention médicale de son père pourrait ne pas suffire. Que ferait Michael alors ? La pensée le terrifiait et son cœur se serra d'un chagrin profond. Christy était tout pour lui. Il ne pouvait pas le perdre. Il ne survivrait pas sans lui.

L'image de Christy faisant une chute mortelle refusait de quitter son esprit et il travaillait dur pour rester totalement silencieux et ne pas bouger un muscle alors

4

qu'il pleurait encore plus fort. Il ne voulait pas que Christy se réveille et le voit totalement effondré, comme il l'était. Il avait besoin d'être fort pour lui. Christy était l'incarnation même de tout ce qui était bon et juste. Il était gentil, avait un cœur pur et... il était fragile. Michael devait être aussi solide qu'un roc pour lui.

Toujours aussi précautionneusement, il tendit la main vers la boîte de mouchoirs, posée sur la table de chevet. Il en saisit deux et s'essuya les yeux, se moucha le nez et tenta de se convaincre d'arrêter de pleurer. Il soupira profondément, attira Christy plus près de lui et tomba dans un sommeil agité.

MICHAEL SE réveilla plus tard au son de doux sanglots provenant de Christy. Il s'enroula autour de lui, le serra plus fort et caressa ses cheveux. Un million de pensées tourbillonnaient dans l'esprit de Michael alors qu'il essayait de trouver ce qu'il allait énoncer pour le réconforter.

Que pouviez-vous dire à quelqu'un qui avait à nouveau été traumatisé après avoir été torturé et maltraité pendant treize de ses dix-neuf années de vie ? Que pouviez-vous dire à quelqu'un qui avait littéralement traversé l'enfer afin de poursuivre un de ses agresseurs ? Que pouviez-vous dire à quelqu'un qui avait rassemblé assez de courage pour revivre le cauchemar qu'il avait enduré, sans aucune garantie qu'il réussirait à faire emprisonner son agresseur ? Juste pour un putain de « peut-être ». Que pouviez-vous dire à quelqu'un qui voulait mettre un terme à sa propre vie parce qu'il avait été brutalisé, dégradé et totalement humilié encore une fois – devant *tout le monde*, dans une salle d'audience ?

Il voulait dire quelque chose, n'importe quoi pour effacer la douleur de Christy de ces vingt-quatre dernières heures.

— Chhh... C'est fini.

Christy ne répondit pas, et Michael continua à le tenir et à murmurer des mots réconfortants pour ce qui lui sembla durer un temps interminable. Finalement, Michael se redressa sur un coude et tourna doucement Christy pour qu'il soit face à lui. Christy leva vers lui des yeux rougis, gonflés et injectés de sang, et le cœur de Michael se brisa pratiquement en deux. Christy semblait s'être flétri, réduit à une petite personne fragile – plus petite et plus fragile qu'il ne l'était déjà – et il avait l'air totalement abattu, complètement détruit. Michael prit son visage en coupe d'une main douce et frotta sa joue humide de son pouce.

— C'est terminé. Tu es en sécurité maintenant.

Christy le regarda, des larmes coulant à nouveau. À ce moment, Michael sut que Christy était dans l'instant présent, et une vague de soulagement le traversa.

— Je suis la saleté, dit-il d'une voix rauque.

Michael posa rapidement le bout de ses doigts sur ses lèvres et secoua lentement la tête.

— Non. Tout, chez toi est nouveau, frais et propre. Tu es mon gentil, pur, parfait, joli Christy. Tu es mon ange.

Il embrassa le bout de son nez, toujours aussi doucement.

— Tu as été si courageux hier.

Christy porta un bout du drap à ses lèvres pour étouffer un sanglot.

— Chhh… murmura Michael en repoussant les boucles de son front. Tout va bien. C'est terminé, répéta-t-il.

Christy prit une inspiration tremblante, un souffle d'un jeune enfant épuisé d'avoir trop pleuré.

— Tu ne peux plus m'aimer maintenant.

— Je t'aimerai toujours. Tu seras indéfiniment mon précieux Christy, peu importe ce qui se passe.

— Je suis sale, reprit Christy.

Michael secoua de nouveau lentement la tête.

— Il n'y a rien de sale chez toi. Tu as fait ce que tu devais pour survivre. C'est tout.

— Tu ne peux plus vouloir de moi à présent.

Michael posa le bout de ses doigts sur ses lèvres encore une fois.

— Écoute-moi. Tu as fait ce qu'il fallait. Si tu ne l'avais pas fait, tu serais mort. Tu es tout pour moi et je serais perdu sans toi.

Christy le dévisagea, cherchant, semblant vouloir vérifier la véracité de ses paroles.

— Qu'est-il arrivé à ton visage ?

— Je me suis cogné. Ce n'est qu'une contusion. Ne t'inquiète pas pour ça. Je vais bien.

Christy sembla l'accepter.

— Sophia…

Sa voix s'étira tandis que de nouvelles larmes s'échappaient.

Michael hocha lentement la tête. Il ne savait pas quoi dire.

— Pourquoi ? chuchota Christy.

Yosef avait lancé des mots venimeux à Christy dans la salle d'audience et c'était *ainsi* qu'il avait appris que Sophia, la fille qu'il croyait être sa cousine depuis toujours, était en fait sa sœur. Quand Christy et Sophia étaient très jeunes, leur mère avait donné Sophia à leur tante, dans une tentative pour la protéger de leur père abusif. Malheureusement, cela n'avait fait que renforcer l'idée du bâtard de s'en prendre à Christy.

Michael frotta doucement une petite boucle rebelle sur son front, de la pointe de son doigt.

— Nous n'aurons jamais de réponse à cela. Mais je pense que je sais pourquoi. Ta mère pensait que Sophia serait plus en sécurité avec ta tante et que toi, tu l'étais auprès d'elle.

Christy plissa le front, tout en haussant un seul sourcil alors que ses larmes continuaient à couler.

— C'est ce que tu penses ? Yosef a dit que j'étais la maladie et le pus…

6

— Ne crois pas un seul mot de ce que ce bâtard a déclaré. Il savait qu'il irait en prison pour le reste de sa vie et il voulait te blesser une dernière fois avant qu'il soit envoyé à l'ombre. Tu sais que ta mère t'aimait. Tu le sais au fond de ton cœur. Même moi, je le sais, et je n'ai jamais eu la chance de la rencontrer.

Les larmes coulaient plus rapidement sur les joues de Christy désormais, et il enfouit son visage contre la poitrine de Michael.

Celui-ci passa un bras autour de lui et le serra fermement.

— Ta mère t'aimait plus que tout au monde. Je le sais parce que tu as bon cœur comme elle.

Christy hocha la tête contre son torse et poussa un soupir convulsif.

— En effet.

Michael frotta son dos, en de longs mouvements apaisants.

— C'est pourquoi elle t'a gardé auprès d'elle.

— Je déteste mon père.

— Moi aussi. Je suis content qu'il soit mort.

— Je le haïrai pour toujours.

— Je le ferai également.

— Je dois parler à Sophia. J'aimerais savoir si elle était au courant.

Michael grimaça. Sophia avait confronté sa tante qui avait admis qu'ils étaient frère et sœur, mais elle s'était montrée vague quant aux raisons pour lesquelles ils avaient été élevés en tant que cousins. Michael réfléchit à l'idée d'avouer à Christy la vérité et décida qu'il ferait mieux de rester en dehors de ça.

— Tu pourras lui parler quand elle reviendra du tribunal aujourd'hui.

Le visage de Christy se plissa.

— Qui fait une déposition si je ne suis pas là ?

— Monsieur Santini a dit que ce n'était que des formalités à la cour aujourd'hui.

Christy leva les yeux vers lui.

— Je ne veux pas revoir Yosef.

Michael plongea son regard dans les magnifiques orbes bleu vert.

— Je ne pense pas que tu le reverras. La partie procès est terminée.

Christy écarquilla les yeux.

— Je n'aurai pas à y retourner ?

— Nan. C'est fini.

Michael frotta de nouveau son dos.

— C'est un procès assez bon pour envoyer Yosef en prison ?

— Le père de Jake semble le penser.

Jake Santini était le meilleur ami de Michael. Leurs parents se connaissaient depuis l'époque remontant à l'homme des cavernes et Jake était comme un frère pour lui. Nero, le père de Jake, était l'avocat de Christy depuis que son père abusif était mort, il y a plus d'un an. Bien que Nero ne soit pas le procureur dans l'affaire de l'enlèvement de Christy, il avait réussi à mettre en place les procès de ses agresseurs ici et dans sa Grèce natale.

Le visage de Christy se plissa de nouveau.

— Il y a encore le procès en Grèce.

Michael ne savait pas quoi dire à ce sujet non plus, alors il broda.

— Ce procès portera sur ce qu'ils ont trouvé sur le yacht, pas seulement tes maltraitances, et tes peintures seront parfaites. C'est pourquoi le Général Sotíras les veut, tu te souviens ?

Christy poussa un autre soupir frissonnant et reposa sa tête sur la poitrine de Michael.

Une infirmière entra dans la pièce. Après le kidnapping de Christy, ils étaient restés dans cet hôpital pendant deux semaines et avaient appris à bien connaître Carol. Elle avait abandonné depuis longtemps l'idée de sermonner Michael sur le fait de ramper sur le lit de Christy et de le tenir dans ses bras la nuit. Ses chaussures couinèrent doucement alors qu'elle s'approchait du lit et se dirigeait du côté de Michael pour prendre ses signes vitaux.

Ensuite, elle contourna silencieusement le lit, vers le côté de Christy pour faire de même.

— Comment vous sentez-vous, Christy ? demanda-t-elle doucement.

— Bien, répondit-il, la voix toujours rauque.

— Quelle heure est-il ? intervint Michael.

— Presque dix heures. Jake m'a demandé de vous prévenir que Sophia et lui étaient au tribunal avec votre mère et la sienne.

— Où est papa ?

— Il est à la cour avec Monsieur Santini. Il voulait donner au juge une mise à jour sur l'état de santé de Christy.

— A-t-il indiqué quand ils en auront fini ?

— Monsieur Santini a expliqué que l'audience se terminerait de bonne heure aujourd'hui. Sans doute entre onze heures et midi, afin que le jury ait le temps de délibérer.

— D'accord, fit timidement Michael, tandis que des pensées concernant le sort de Yosef inondaient son esprit.

— Avez-vous envie de manger quelque chose ? demanda Carol.

Christy secoua la tête.

— Pas même du Jell-O rouge ?

Celui-ci répéta son geste.

Il était accro au Jell-O, celui à la cerise étant son préféré. À tel point que c'était devenu un sujet de dispute entre Mac, le père de Michael, et lui. Christy était trop maigre, et Mac lui demandait constamment de manger plus que du simple Jell-O, et c'était un jour à marquer d'une pierre noire quand le jeune homme en refusait. Puis Michael se souvint de la seule information qui avait éclairé la journée d'hier.

— J'ai de bonnes nouvelles, bébé.

Christy le regarda, clairement incrédule.

— Quoi ?

— Thimi sera ici, demain.

Ses yeux s'agrandirent et un petit souffle sortit de ses lèvres.

À l'insu de tout le monde, jusqu'à il y a quelques semaines, un jeune garçon de douze ans, Thimi avait également survécu à l'horrible nuit où Christy était pratiquement mort. Ayant enduré les mêmes horreurs presque fatales et l'annihilation de sa valeur en tant qu'être humain que Christy, Thimi était son pendant, un jeune Castor mortel au Pollux de Christy. Ils étaient les frères *Dioskouri* et Christy ne laisserait rien l'arrêter pour le ramener aux États-Unis.

Michael sourit.

— Et je pense que le Général Sotíras et le Docteur Jordanou viennent avec lui.

Christy lutta pour se redresser.

— Je dois quitter l'hôpital et être prêt pour Thimi.

Michael repoussa les couvertures avec précaution afin d'empêcher les jambes de Christy de s'emmêler dedans.

— Attends ! Tu ne peux aller nulle part avant que papa signe une décharge.

Finalement, Christy adopta une position assise.

— D'accord. D'accord, dit-il, excité, son humeur diamétralement opposée à celle qu'il avait deux secondes auparavant. J'aimerais avoir du Jell-O.

Il baissa les yeux vers ses mains. Bien que les bandages aient été changés, ses doigts avaient été tachés par la graisse alors qu'il grimpait sur la grande roue, la veille.

— J'aimerais prendre un bain avant de partir.

Michael gloussa.

— Avec ou sans marshmallows ?

Christy regarda Carol.

— L'hôpital a-t-il des guimauves ?

Elle sourit.

— Je parie que je peux en dénicher un peu. Mais le Docteur Sattler a demandé que vous attendiez son retour avant de prendre un bain, déclara-t-elle fermement.

— Pourquoi ? demanda Michael.

— Il ne l'a pas dit.

II

SOTÍRAS DESCENDIT le long couloir menant à l'aile sécurisée de l'hôpital. Il atteignit les doubles portes et regarda par la petite fenêtre vitrée. Tout semblait tranquille à l'intérieur. Il se dirigea vers le mur et appuya sa main sur la plaque murale en acier inoxydable, et un bourdonnement discordant retentit. En quelques secondes, les serrures pneumatiques pivotèrent avec un déclic grossier. Le calme de l'hôpital ne servit qu'à renforcer l'écho et à le rendre plus fort et plus ennuyeux qu'il ne l'était déjà. Il ouvrit la porte et entra dans la zone mortellement silencieuse. C'était presque trop calme.

Il se dirigea vers le bureau des infirmières et fut surpris de le trouver vide. *Qui m'a laissé entrer ?* Il se retourna et jeta un coup d'œil dans le couloir opposé, en direction de la chambre où se trouvait Thimi, et soudain, les poils de sa nuque se redressèrent. Les gardes n'étaient pas postés devant la porte. Il posa la main sur sa ceinture, détacha l'étui et enroula ses doigts autour de la crosse de son arme. Tous ses sens en alerte, il avança dans le couloir jusqu'à la porte, à pas furtifs, dans la tranquillité qui régnait dans l'aile.

Lorsqu'il atteignit la porte, il écouta attentivement. Rien. L'arme à la main, il essaya d'ouvrir la porte. Elle ne bougea pas d'un millimètre. Il appuya dessus, en vain. Il recula de deux pas et donna un violent coup de pied dans la porte. Des éclats de bois volèrent tandis que le chambranle de la porte se brisait et il balaya la pièce de son arme.

La chambre était vide.

Putain, que se passe-t-il ?

Il sortit son téléphone portable et composa le numéro du poste de police.

— Général, Dieu merci, vous avez appelé ! cria le Colonel Apostolos, son bras droit. Ils sont sur le toit ! Thimi a vu les informations à propos de Christy et menace de sauter !

Sotíras se retourna et courut vers la cage d'escalier.

— Pourquoi personne ne lui a-t-il dit que Christy allait bien ?

— Le Docteur Jordanou l'a fait, mais il a refusé de le croire. Le FCFC est en chemin, le temps d'arrivée estimé est de trois minutes.

— Ils feraient mieux d'être là avant que je monte là-haut ou perdre leur boulot sera le dernier de leurs problèmes !

Sotíras était un homme de grande taille et il prit les marches deux par deux, utilisant la rambarde pour se catapulter plus haut à chaque virage. Arrivé au cinquième et dernier étage, donnant sur le toit, il voulut défoncer la porte, mais décida de se retenir. Il ne voulait surprendre personne, surtout pas Thimi. Il ouvrit lentement la porte, et fut presque aveuglé par le coucher de soleil tardif. Un éclat de feu régnait à l'horizon, brillant d'un mélange de rouge cramoisi, rouge sang, parsemé de stries rouge-orangé et jaunes – comme si une main géante et éthérée avait écrasé et étalé le soleil à travers le ciel. Il maudit les quelques secondes qu'il fallut à ses yeux pour s'ajuster, et jeta un coup d'œil circulaire. Thimi se trouvait là. Se tenant debout sur ce foutu parapet !

Le Docteur Jordanou parlait doucement au dos de Thimi, tandis que le personnel de l'hôpital attendait en retrait, une terreur visible sur leurs visages. Sotíras s'approcha lentement, et le bruit pratiquement silencieux des pleurs de Thimi lui parvint dans la brise du soir. Sotíras sortit rapidement son carnet de sa poche de poitrine, écrivit une note dessus et le leva pour que le Docteur Jordanou puisse la lire.

Celui-ci hocha la tête et lui indiqua de se tenir sur la droite de Thimi. Quant à lui, il se décala sur sa gauche.

— Thimi ? Le Général Sotíras est ici. Il dit que tu peux parler avec Christy.

L'enfant se retourna rapidement, chancela, ses bras tournoyant comme les ailes d'un moulin à vent, puis il commença à chuter.

Ils plongèrent. Ce fut le Docteur Jordanou qui put attraper la blouse d'hôpital de Thimi d'une main. Sotíras saisit son poignet d'une main, la blouse de l'autre. Thimi hurla lorsqu'il heurta le côté de l'immeuble avec un bruit sourd et resta pendu là, suspendu six étages au-dessus du sol. Le Docteur Jordanou s'étira par-dessus le parapet et ramena Thimi en quelques secondes, atterrissant durement tous les deux avec l'enfant sur eux. Tandis que le personnel de l'hôpital s'avançait pour les aider, Thimi se dégagea et s'éloigna à la vitesse de la lumière.

— Stop ! ordonna le Docteur Jordanou en se relevant.

Le personnel se figea.

Voyant la poitrine de Thimi qui se soulevait rapidement et ses mains qui tremblaient violemment, le cœur de Sotíras se serra. Il se souvint de la première fois où il avait parlé avec Christy après l'avoir sauvé. Il n'avait pas été différent : terrifié par le reste du monde, se méfiant de tout le monde, attendant simplement la prochaine forme de torture, la prochaine humiliation, ou que la douleur arrive.

Sotíras se releva lentement.

— Thimi, dit-il doucement. Christy est vivant.

La poitrine de l'enfant se souleva alors qu'il crachait des mots venimeux.

— Vous… vous mentez ! Vous… Vous êtes comme eux !

Sotíras savait que cela ne servirait à rien de discuter avec lui. Il abaissa ses mains à ses côtés, paumes ouvertes.

— Je vais sortir mon téléphone de mon manteau et appeler Christy.

Il fouilla lentement sa poche de poitrine, et Thimi s'enfuit. Sotíras indiqua au Docteur Jordanou de se diriger de l'autre côté de la sortie du toit tandis qu'il s'élançait après Thimi. Il contourna le petit bâtiment installé sur le toit alors que le Docteur Jordanou surgissait de l'autre côté, mais Thimi avait disparu. C'était comme s'il s'était évaporé dans l'air.

Sotíras regarda partout autour de lui, puis il l'aperçut. Il lança un coup d'œil au Docteur Jordanou et fit un geste vers la remise. Ils s'approchèrent, et Sotíras indiqua au médecin d'attendre pendant qu'il composait le numéro de Christy. Il n'obtint aucune réponse. Il se frotta le front de frustration. Ce n'était pas possible. Christy était à l'hôpital. Il composa le numéro de Nero Santini. Aucune réponse. Aucune surprise non plus. Il était au tribunal. Il composa celui de Rob Villarreal, le psychiatre de Christy. Dieu merci, il décrocha à la première sonnerie.

— Nicos Sotíras, dit-il, sans préambule. J'ai un problème.

Il expliqua rapidement la situation et Rob trouva rapidement une solution.

— Michael a son portable avec lui, mais laissez-moi également vous donner le numéro de téléphone du bureau des infirmières.

Puis, il raccrocha.

Hôpital Sainte Elizabeth, ÉTAT DE NEW YORK

MICHAEL FRONÇA les sourcils quand il entendit la sonnerie lointaine de son téléphone portable. Christy le fixa d'un regard interrogateur. Michael haussa les épaules, posa sa fourchette dans son assiette de petit déjeuner et sortit du lit. Il jeta un coup d'œil dans la pièce, n'ayant aucune idée de l'endroit où il avait laissé son téléphone. Il entra dans la salle de bain et se réjouit que son genou ne lui fasse pas un mal de chien. Escalader la grande roue avec une rotule disloquée n'était définitivement pas très intelligent.

Il maudit de nouveau Yosef. Quand il avait enlevé Christy, ses gorilles s'en étaient pris au genou de Michael, avaient causé une commotion cérébrale à Jake et avaient définitivement défiguré Sophia. Yosef avait alors pourchassé Christy en voiture, lui fracturant les tibias et lui cassant des côtes, avant de le battre sévèrement. Dans un acte d'une suprême cruauté absolue, Yosef avait rouvert la cicatrice sur la gorge de Christy, un souvenir des abus antérieurs qu'il avait endurés. La colère augmenta soudain en Michael. Chaque fois qu'il pensait à Yosef, il ressentait une fureur envahissante qu'il n'avait jamais imaginée possible d'éprouver et ce qu'il avait appris durant le procès, n'avait fait qu'empirer sa rage.

Le trille du téléphone provenait de ses vêtements sales empilés sur le sol de la salle de bain. Il se pencha, récupéra son pantalon, fouilla les poches et réussit à se mettre de la graisse sur ses mains nouvellement bandées. L'appareil s'accrocha aux coutures alors qu'il essayait de le prendre. Irrité, il secoua le pantalon avec insistance, jusqu'à ce que le téléphone soit libéré.

— Allô ?

— Michael, c'est le Général Sotíras.

Il n'aurait pas dû être surpris, mais il l'était quand même.

— Bonjour, monsieur.

— Comment va Christy ?

Michael ne savait pas quoi répondre. Complètement chamboulé ? Il se déteste ? Il ne tient plus qu'à un fil ? Mais il tient bon parce que Thimi va venir aux États-Unis ?

— Ce n'est pas super, mais ça va. Il est en sécurité. C'est tout ce qui compte.

— C'est vrai. Merci pour tout ce que vous avez fait hier soir.

Michael baissa son menton, incrédule. Qu'était-il censé faire ? Laisser Christy sauter ?

— Merci. Je suis juste content parce qu'il va bien. Voulez-vous lui parler ?

— Effectivement, si vous pensez qu'il est prêt à discuter avec moi.

Cela ne paraissait pas de très bon augure. Michael se gratta la tête, puis un intense pressentiment l'accabla.

— Thimi va bien ?

— C'est la raison de mon appel. Il a vu les informations et ne croit pas que Christy est vivant. J'aimerais qu'il parle avec…

— Oh, mon Dieu ! Attendez. Laissez-moi aller le chercher.

Michael sortit de la salle de bain, sautant à moitié en revenant vers Christy tandis qu'il lui tendait l'appareil.

— C'est le Général Sotíras. Thimi ne croit pas que tu ailles bien. Peux-tu lui parler ?

Christy dévisagea Michael avec horreur, puis cracha une litanie de mots en grec qui n'avaient pas l'air agréable. Il prit le téléphone et parla rapidement en grec.

— *Na ! Na !*

Michael savait que « na » signifiait « oui » en grec, mais c'était tout ce qu'il comprenait. Il grimpa sur le lit, redressa sa jambe blessée, et se frotta le genou en écoutant Christy parler rapidement. Puis son ton changea et devint mélancolique, et il sut que Thimi était au bout de la ligne.

Thimi avait traversé le même enfer que Christy avait enduré et, à l'insu de tout le monde, s'était caché dans les conduits de chauffage de la maison vide du père de Christy pendant un an, afin d'y échapper. Ils ne savaient pas du tout comment il avait survécu, et il y avait eu un moment tendu pendant quelques heures, alors qu'ils attendaient de voir si Thimi allait sortir de sa cachette pour accompagner le Général Sotíras. Au final, ce fut seulement sa confiance en Christy qui l'avait fait sortir. Michael ne pouvait qu'imaginer à quel point Christy devait se sentir mal d'avoir effrayé Thimi en plus de tout le reste.

Soudain, Christy éclata en sanglots, sa voix devint rauque et il semblait supplier Thimi. Ce fut au tour de Michael de se sentir mal. Il n'avait aucune idée de ce qu'il pouvait faire pour l'aider. Il passa un bras autour de lui et Christy s'appuya contre lui, semblant rapetisser de plus en plus.

Quand le moniteur cardiaque de Christy commença à biper de manière erratique, Carol entra rapidement dans la chambre. Elle jeta un coup d'œil à Michael avant de vérifier la machine.

— À qui parle-t-il ?

— Au Général Sotíras et à Thimi.

— Christy, vous devez vous calmer, dit-elle.

— Bébé ? tenta Michael.

Christy les ignora, et la machine se mit à sonner. Il la fusilla du regard.

— Faites-la taire !

Carol arrêta l'alarme, tandis que Christy commençait à arborer un teint gris cendré.

— Christy ? Bébé ? Tu dois te calmer. Prends de profondes inspirations, l'encouragea Michael.

Christy sembla essayer, mais seulement de manière timorée. La machine se mit de nouveau à sonner et Carol la coupa encore une fois.

— Prenez-lui le téléphone, lui ordonna-t-elle.

Oh, merde ! Ça ne peut pas arriver !

— Christy ! fit Michael en élevant la voix pour attirer son attention. Je vais te reprendre le téléphone si tu ne te calmes pas et si tu ne respires pas mieux que ça.

Christy prit une profonde inspiration tremblante et s'évanouit entre les bras de Michael.

— Oh, mon Dieu !

Une vague de panique déferla le long de la colonne vertébrale de Michael.

Carol poussa rapidement la table de chevet au loin et appuya sur le bouton d'appel.

— Allongez-le, ordonna-t-elle, tendant le bras vers le masque à oxygène pendu au-dessus du lit, et le plaçant sur la bouche de Christy. J'ai besoin que vous sortiez du lit, dit-elle, rendant le téléphone à Michael.

Celui-ci s'exécuta rapidement.

— Que se passe-t-il ?

Une autre infirmière entra rapidement dans la chambre, repoussa les couvertures et redressa les jambes de Christy. Carol posa son doigt sur son poignet et regarda la machine pendant un instant.

— Il va bien ? demanda Michael, inquiet.

Carol se tourna vers l'autre infirmière et hocha la tête. L'autre femme souleva rapidement les genoux de Christy et releva ses jambes.

La panique de Michael continua de grimper en flèche en regardant les mouvements automatiques de Carol. Elle fixa à nouveau l'appareil pendant un instant, tout en plaçant son stéthoscope dans ses oreilles, puis descendit l'avant de la blouse de Christy afin de dégager son cou. Elle le posa rapidement sur sa poitrine et écouta. L'autre infirmière vérifia l'appareil enfilé au bout du doigt de Christy.

Michael savait qu'il servait à mesurer l'oxygène dans la circulation sanguine, et il aperçut la lueur rouge au bout du doigt de Christy. Il ne put s'en empêcher. Il devait demander à nouveau.

— Est-ce qu'il va bien ?

— Laissez-lui quelques instants, répondit doucement Carol.

Lorsque les yeux de Christy s'ouvrirent, la tension nerveuse de Michael reflua si rapidement qu'il se sentit faible.

Carol baissa les yeux vers Christy et sourit.

— Et vous revoilà. Comment vous sentez-vous ?

Christy ferma les yeux, toussa et repoussa le masque à oxygène.

— Thimi…

Oh, merde ! Michael porta son téléphone à son oreille.

— Allô ?

On avait raccroché.

III

THIMI JETA soudain le téléphone sur le sol.

— Tél... téléphone arrêté.

Il se recroquevilla en une petite boule et cacha son visage dans ses bras.

Les sanglots qui ravageaient son petit corps indiquèrent à Sotíras qu'il était dévasté, puis il tendit la main pour caresser les cheveux de Thimi. Celui-ci recula si rapidement qu'il tomba en arrière, sur les fesses, avant de ramper plus loin sur les mains. Des larmes inondaient ses joues et Sotíras se sentit malade pour le garçon. C'était un chiot pétrifié qui avait été battu jusqu'à ce qu'il se soumette totalement.

— Je suis désolé. Je ne voulais pas t'effrayer, dit-il doucement.

Le Docteur Jordanou amena le téléphone à Sotíras, le lui tendit et s'accroupit devant Thimi.

— De quoi voulais-tu parler quand tu as déclaré à Christy « l'homme a dit qu'ils viendraient pour moi » ?

Thimi pleurait doucement.

— Christophoros m... mort. L'hom... l'homme a dit que la M... Mère viendrait me chercher.

Le médecin fronça les sourcils.

— Quel homme ?

— Ce... celui de l'hôpital.

Le Docteur Jordanou devint grave.

— Un de nos collaborateurs ? En tenue bleue comme celle-ci ?

Il indiqua son pantalon en coton.

Thimi hocha la tête dans ses bras.

Le Docteur Jordanou et le Général Sotíras échangèrent des regards inquiets.

— Laisse le médecin t'ausculter et je vais rappeler Christy.

Sotíras s'éloigna et leur tourna le dos. Il appuya sur la touche de rappel et fut surpris quand Michael répondit au téléphone dès la première sonnerie.

— Michael, Thimi aimerait parler à nouveau à Christy.

— Ouais, eh bien, je ne pense pas que ce soit une bonne idée, monsieur. Christy a été contrarié et s'est évanoui. Que s'est-il passé ?

Sotíras se frotta les yeux, frustré.

— Il semblerait que nous ayons eu une faille dans la sécurité. Un homme habillé comme un aide-soignant a eu accès à la chambre de Thimi et l'a menacé.

16

— Que s'est-il passé ? Je pensais que vous aviez mis des policiers à l'extérieur pour garder sa chambre ?

La voix de Michael paraissait tendue, et Sotíras savait qu'il se battait afin de ne pas perdre son sang-froid. Dieu seul savait à quel point lui-même faisait tout ce qu'il pouvait pour contrôler sa propre colère.

— Je l'ai fait. Je vais immédiatement ajouter d'autres officiers. Est-ce que Christy va bien ?

— À peine.

— Est-il capable de parler à nouveau avec Thimi ?

Le soupir de Michael se fit entendre.

— L'infirmière lui a donné quelque chose pour le calmer. S'ils discutent, ils vont devoir rester calmes et le faire rapidement. Il va bientôt s'endormir.

— Demandez à Christy d'indiquer à Thimi de retourner à sa chambre avec le Docteur Jordanou.

— D'accord. S'il vous plaît, appelez quand vous aurez trouvé ce qui s'est passé.

— Je le ferai.

Alors que Sotíras revenait vers l'endroit où le Docteur Jordanou était assis avec Thimi, la voix de Christy arriva sur la ligne.

— Thimi ?

— C'est Nicos. Je vous promets de le protéger même si je dois personnellement rester avec lui.

— Vous ne pouvez pas le protéger. Ces hommes sont riches. Ils paieront vos hommes pour changer de bord.

Sotíras se mordit la lèvre, sachant que ce que Christy énonçait était malheureusement trop vrai.

— Je vais faire venir différents hommes qui se relaieront. J'ai promis que Thimi serait en sécurité.

Il tendit le téléphone au garçon.

Celui-ci fixa Sotíras d'un air soupçonneux tout en portant l'appareil à son oreille.

— Ch... Christophoros ?

Le Docteur Jordanou se leva et fit signe à une des infirmières.

— Surveillez-le un instant.

Il guida Sotíras par le coude à quelques pas de là.

— Je ne veux pas qu'il voyage demain.

Theodoros Jordanou était devenu un bon ami au fil des ans et faisait des merveilles avec les victimes de crimes violents. Sotíras avait confiance en son jugement implicite et s'il ne désirait pas que Thimi soit déplacé, il ne le serait pas. Cependant, étant donné le manque de sécurité, faire sortir le jeune homme du pays était désormais un impératif.

— Il doit partir aussi vite que possible.

17

Jordanou soupira profondément.

— Ces gens doivent être arrêtés.

— Je suis d'accord. Quand pourra-t-il voyager, au plus tôt ?

Le médecin secoua la tête, consterné.

— Êtes-vous certain que le Docteur Villarreal pourra prendre soin de lui ?

Sotíras s'en inquiéta.

— Je le suis, mais vous aurez la possibilité de le rencontrer et de lui parler vous-même.

— Je l'ai fait par téléphone. Ce n'est pas que je doute de lui.

— Cela y ressemble pourtant.

Le Docteur Jordanou secoua de nouveau la tête.

— C'était trois mois avant que Christy puisse manger quelque chose de consistant et dormir plus d'une heure sans faire de violents cauchemars. Sans oublier de mentionner qu'il a dû apprendre à se baigner, à s'habiller et à manger avec des couverts. Thimi est ici depuis un mois et je ne suis pas certain qu'il est prêt à quitter l'environnement de l'hôpital.

— Combien de temps, Theo ?

Le médecin soupira encore une fois.

— Ramenons-le à sa chambre et parlons-lui. Je dois m'occuper de son poignet. Il est cassé.

Sotíras le fixa, incrédule.

— Il s'est brisé quand nous l'avons empêché de tomber.

Sotíras jeta un coup d'œil à Thimi qui parlait au téléphone tout en pleurant.

— Il ne semble pas avoir mal. Juste être bouleversé.

— Il ne montrera probablement jamais le moindre signe de douleur. En dehors du fait que son seuil de tolérance à la souffrance est extraordinairement élevé, il craint d'être puni s'il fait preuve de faiblesse.

Sotíras jura entre ses dents.

— Puissent ces bâtards rôtir en enfer !

Le Docteur Jordanou croisa son regard.

— Puissent-ils subir la même torture en enfer.

Il se retourna brusquement et se dirigea vers Thimi. Il désirait l'éloigner du toit et le ramener dans sa chambre.

SOTÍRAS ÉCOUTA attentivement tandis que le Docteur Jordanou parlait d'une voix basse et apaisante, tout en enveloppant délicatement le poignet de Thimi. Son ton était celui d'un médecin confirmé – chaud et adoucissant les sens.

— Tu dois te souvenir de ne pas le mouiller.

Thimi resta silencieux, stoïque, comme s'il était mentalement parti dans un endroit lointain.

— As-tu apprécié ta conversation avec Christy ?

Thimi le fixait désormais et hocha la tête.

— Et maintenant, tu sais que Christy va très bien.

Le jeune garçon acquiesça de nouveau.

La voix du praticien devint encore plus douce, presque un murmure.

— Quand est-ce que cet infirmier t'a menacé, Thimi ? Te souviens-tu de l'heure ?

Le garçon l'étudia intensément, semblant mettre du temps à comprendre la question.

— La n… nourriture.

— Il t'a amené à manger ? Était-ce le petit-déjeuner, le déjeuner ou le dîner ?

— Déjeuner.

Sotíras fronça les sourcils.

— Je suis désolé, Thimi. Je vais ajouter des officiers devant ta porte et je te promets que nous te garderons en sécurité.

Thimi le regarda, l'expression vide.

— Et voilà, déclara le Docteur Jordanou avec un petit tapotement sur le nouveau plâtre. Nous voulons que tu ailles bien pour que tu puisses rejoindre Christy.

Thimi se tourna vers le docteur.

— Comme vous… vous voulez.

— Non, pas comme je veux. Tu dois faire ce que *toi*, tu désires et tu souhaites rejoindre Christy, expliqua gentiment le Docteur Jordanou.

— Voi… voiture.

— Oui.

— Av… avion.

— Oui.

— Voi… voiture.

— Oui.

— Chris… Christophoros.

Le médecin acquiesça.

— Très bien. Tu te souviens de chaque étape. Qui va t'accompagner ?

— V… vous.

— Oui. Qui d'autre ?

Thimi se tourna vers Sotíras.

— G… général.

— Oui.

— Pas T… Takis.

— Plus jamais le Général Colonomos, assura le praticien.

Sotíras grimaça intérieurement. Takis Colonomos avait été son patron et cela le piquait au vif, au-delà des mots, que son propre putain de supérieur ait pu faire partie de ce cartel responsable de la traite d'humains, qu'ils avaient découverts sur le yacht des Sanna. L'horrible publicité et la honte auxquelles son département

19

devrait faire face quand la rumeur se répandrait, risquaient d'être un véritable cauchemar vivant. Arrêter Colonomos avait procuré à Sotíras une satisfaction qu'il n'avait jamais éprouvée, mais, peu importe combien de temps l'homme pourrirait en prison, cela ne compenserait jamais tout ce qu'il avait fait à des garçons comme Christy et Thimi.

Le Docteur Jordanou poursuivit.

— Que devons-nous faire pour préparer le voyage ?

— Ve... vêtements. Nou... Nourriture. Bon... bon sommeil.

Le médecin sourit.

— Très bien. Que devons-nous faire si nous avons besoin d'aide ?

— Demander.

— Exactement. Et tu n'auras aucun problème.

Thimi se tourna vers Sotíras.

— A... ami.

Celui-ci lui adressa un sourire triste.

— Je le suis.

— Père en... en prison.

Le sourire du général s'évanouit et il imita le ton doux du Docteur Jordanou.

— Oui.

— Grand-père en... en prison.

— Oui.

— Pas de pu... punition.

— Plus jamais de punition, confirma Sotíras.

— Il n'y en aura plus, Thimi, l'assura le Docteur Jordanou. Allonge-toi pour moi.

Thimi se coucha sur le lit, le médecin installa les cordons du moniteur cardiaque et écouta le bruit des battements de son cœur.

— Quand aimerais-tu aller voir Christy ?

Le cœur de Thimi augmenta et la machine répondit, en accord.

— Main... maintenant.

Le docteur sourit.

— Es-tu prêt à prendre soin de toi-même ?

— Oui.

— Très bien. Aimerais-tu voir Christophoros dans une semaine ?

— Main... maintenant.

— Comment est la douleur dans ton poignet ?

— Pas... pas mal, répondit rapidement Thimi.

— Qu'avons-nous dit à propos de la souffrance ?

— Un, okay. Deux, mau... mauvais. Trois, pl... pleurs.

— Très bien. Comment va ton poignet ?

— Deux.

— Je vais te donner quelque chose pour apaiser la douleur.

20

— Chris… Christophoros ?

Le Docteur Jordanou sourit à nouveau.

— Nous prendrons d'autres photos de ton poignet demain, et nous déciderons ensemble quand tu iras rejoindre Christy.

Le moniteur cardiaque augmenta avec les trépidations du cœur de Thimi.

— En… ensemble, chuchota celui-ci.

— C'est exact. Nous prendrons les décisions ensemble.

Thimi regarda Sotíras.

— En… ensemble ?

Le général ne savait pas comment répondre, mais il fit de son mieux.

— Toi et le Docteur Jordanou…

— Oui, le Général Nicos fait partie d'« ensemble » intervint gentiment le Docteur Jordanou. Es-tu prêt à dormir maintenant ?

— Pas de… de rêves ?

Le médecin lui adressa un sourire.

— Je pense que tu vas bien dormir. Appelle l'infirmière si tu as besoin de quelque chose.

Il sortit un petit objet de sa poche et le déposa dans la paume de Thimi.

— Bonne nuit, Thimi.

Il se retourna pour sortir.

— Do… docteur ?

— Oui ?

— Mer… merci.

— De rien. Dors bien.

THIMI SE tourna sur le côté et leva le bibelot jusqu'à la lumière rouge émanant de la machine près du lit. La bille en marbre violette était sa pierre de touche depuis aussi longtemps qu'il pouvait s'en souvenir. Elle était magnifique et pure. *Pas comme moi.* Il l'enferma dans son poing, la tint serrée contre sa poitrine et pria de toutes ses forces. S'il pouvait rejoindre Christophoros, il serait en sécurité. Il n'osait pas y penser. Il n'était pas encore libre. La Mère viendrait pour lui. Il en était certain. Et elle saurait ce qu'il avait à l'esprit. Elle y arrivait toujours. La peur dans sa poitrine le brûlait comme de la glace sèche, chaude et froide en même temps, et il pria plus fort.

LE GÉNÉRAL Sotíras fit signe à son officier tandis que le Docteur Jordanou refermait la porte de la chambre de Thimi.

L'officier s'avança brusquement et le salua de manière crispée.

— Oui, monsieur.

— À quelle heure avez-vous pris votre service ?

— Seize heures, monsieur.

— Qui était présent avant vous ?

— L'officier Zabat, monsieur.

— Comment Thimi a-t-il pu sortir de la chambre et atteindre le toit ?

— Il a bloqué la porte avec une chaise, ouvert l'évent et s'est glissé à l'intérieur, monsieur.

Sotíras ne put retenir l'expression de mécontentement qui inondait son visage.

— Vous ne pouviez pas l'attraper avant qu'il s'en aille ? demanda-t-il froidement.

L'officier parut mortifié.

— Il… il est très agile, monsieur.

Ils n'avaient pas été assez rapides pour attraper Thimi dans les conduits de chauffage de la maison où ils l'avaient trouvé non plus. Il retroussa les lèvres et supposa qu'il aurait dû accorder un peu de soulagement au jeune officier, mais il ne pouvait pas se le permettre. Ses hommes devaient être au meilleur de leur forme.

— L'aide-soignant qui a apporté le déjeuner de Thimi l'a menacé de le ramener sur le yacht. Je vais ajouter un deuxième agent à chaque service, et personne, et je dis bien *personne*, ne doit entrer dans cette chambre sans une escorte policière.

L'officier paraissait désormais alarmé.

— Oui, monsieur.

Sotíras s'éloigna.

— Ne soyez pas trop dur avec lui, dit le Docteur Jordanou une fois dans le couloir.

— Je l'ai épargné. Il ne se pardonnerait jamais s'il arrivait quelque chose à Thimi.

Le Docteur Jordanou hocha la tête à contrecœur.

Sotíras changea de sujet.

— Dites-moi, êtes-vous toujours aussi succinct dans vos conversations avec Thimi ? C'est presque comme si vous ne pensiez pas qu'il est très brillant.

Le médecin devint sérieux et guida Sotíras vers une salle d'attente à proximité. Il lui indiqua d'un geste de prendre un siège et en fit de même.

— C'est plutôt le contraire. Thimi est très intelligent et je ne dis pas ça à la légère. Son QI est extraordinaire. Mais il manque de fondations. Il ne possède aucune base fondamentale pour ce qui est de discriminer lorsqu'il traite une information…

Il s'arrêta brusquement.

— Combien avez-vous de temps ? Cela pourrait prendre quelques instants.

Sotíras lui indiqua de poursuivre.

— Sauf circonstances imprévues, j'ai toute la soirée de libre.

Jordanou sourit.

— Vous n'arrêtez jamais complètement de travailler.

Sotíras se mit à rire.

— Cela n'a rien à voir. Continuez, s'il vous plaît.

IV

CHRISTY LUTTA pour s'asseoir.

— Restez allongé pendant quelques minutes de plus, Christy, intervint Carol, de sa voix d'infirmière sévère. Il faut que votre pression sanguine et votre saturation en oxygène augmentent.

— Thimi... lâcha-t-il en s'étouffant.

Elle injecta quelque chose dans son intraveineuse et Michael était certain que c'était un sédatif, mais il ne pouvait pas parler parce qu'il était à nouveau au téléphone avec le Général Sotíras.

— Est-ce que Christy va bien ?

Putain, quel genre de question c'était ça ? Non ! Il n'allait pas bien du tout !

— À peine.

— Est-il capable de parler à nouveau avec Thimi ?

— L'infirmière lui a donné quelque chose pour le calmer. S'ils discutent, ils vont devoir rester calmes et le faire rapidement. Il va bientôt s'endormir.

Il croisa le regard de Carol tandis qu'elle secouait la tête avec déception.

— Demandez à Christy d'indiquer à Thimi de retourner à sa chambre avec le Docteur Jordanou, dit Sotíras.

— D'accord. S'il vous plaît, appelez quand vous aurez compris ce qui s'est passé.

— Je le ferai.

— Tiens, bébé, c'est encore Thimi. Le Général Sotíras aimerait que tu lui dises de revenir à sa chambre avec le Docteur Jordanou. Reste calme, d'accord ?

Christy prit rapidement l'appareil.

— Thimi ?

Michael écouta tandis que Christy parlait en grec, bien plus calmement maintenant, grâce au traitement. Carol croisa les bras sur sa poitrine, paraissant particulièrement mécontente.

Après quelques instants, Christy termina l'appel et tendit le téléphone à Michael.

Quand Carol remit le masque à oxygène sur Christy, il le repoussa, tourna son visage vers l'oreiller et commença à pleurer.

Michael se précipita vers lui.

— Christy ? Quel est le problème ? Est-ce que Thimi va bien ?

Celui-ci secoua la tête contre le coussin.

— Parle-moi. S'il te plaît ?

Christy leva les yeux vers lui, des larmes humidifiant ses joues.

— Thimi a tenté de sauter du haut du toit de l'hôpital parce que les nouvelles en Grèce ont indiqué que j'étais mort.

Oh, mon Dieu ! Michael souleva Christy et le prit dans ses bras avant de l'étreindre.

— Tu sais comment sont les journalistes, bébé. Ils ont toujours tort.

Christy pleura doucement contre son torse et il jeta un coup d'œil à Carol, qui avait l'air encore plus perturbée en cet instant. Michael le rallongea doucement sur le lit.

— Allez, je vais m'allonger avec toi.

Christy se recroquevilla en une petite boule et Carol lui présenta le masque à oxygène. Il tendit la main pour prendre un mouchoir, se moucha, puis le mit sur son visage.

Michael s'étendit, s'enroulant autour de Christy et leva le pouce en direction de Carol. Elle parut moins stressée, mais pas totalement satisfaite tandis qu'elle se retournait et quittait la pièce.

— Veux-tu en parler ? murmura-t-il à Christy.

— Une personne est venue dans sa chambre pour dire qu'ils viendraient le chercher.

Michael voulut hurler après le ciel tandis qu'il caressait les longues boucles de Christy. Comment était-il possible que les plus puissantes forces de police de Grèce ne puissent pas garder un gosse de douze ans en sécurité dans un putain d'hôpital ?

— Le Général Sotíras a dit qu'il mettrait plus d'hommes devant sa porte, bébé. Ne t'inquiète pas. Il le gardera en sécurité.

— Il ne l'est pas.

Michael jura silencieusement.

— Il l'est, Christy. Et il sera bientôt ici. Rêve à propos de ça.

Il frotta le dos de Christy, appliquant de longs mouvements apaisants jusqu'à ce que son souffle s'approfondisse et devienne égal. Des milliers de questions remplissaient son esprit, mais il n'osait pas les poser. Christy avait besoin de rester calme et de dormir.

Hôpital de l'Hippokration, Vendredi
GLYFADA, SUD D'ATHÈNES, GRÈCE

LE DOCTEUR Jordanou se racla la gorge avant de parler.

— Les personnes maltraitées sont extrêmement complexes. Bien plus qu'un individu moyen. Ils vivent quatre vies à partir du moment où l'abus commence. Il y a le « vous secret » favorisé par le silence de la maltraitance par rapport au

« vous normal » montré au monde extérieur. Encore plus profondément, il y a le « vous véritable » contre le « vous que vous avez créé et que vous montrez à vos agresseurs » dans le but d'atténuer les assauts.

Les paroles du Docteur Jordanou étaient réalistes, pas moralisatrices et Sotíras écoutait attentivement.

— Ils sont profondément conditionnés par leurs assaillants : manque de relations avec le monde extérieur et, les enfants en particulier, deviennent des penseurs concrets. Les choix représentent des menaces et souvent, ils ne parviennent pas à prendre les décisions les plus simples. Afin d'apprendre à faire des choix, ils doivent d'abord avoir confiance. Afin de renforcer cette confiance, nous devons les aider à désapprendre leur passé pendant que nous leur enseignons de nouvelles méthodes de penser et ainsi, construire des fondations. Cela requiert une structure, des répétitions, un réconfort constant et nous devons nous assurer que le taux de désapprentissage est proportionnel à celui des fondations. C'est un équilibre constant, mais s'il est bien fait, la confiance se développera. C'est ce que vous avez entendu dans ma voix quand je parle avec Thimi.

Sotíras hocha la tête avec compréhension.

— Combien de temps cela prendra-t-il pour qu'il développe de la confiance ?

Le Docteur Jordanou sourit.

— C'est un travail de toute une vie pour nous tous, n'est-ce pas ?

Sotíras gloussa et acquiesça.

— Il n'existe pas deux personnes semblables, les variables sont trop nombreuses et s'il y a une liste de priorités que je ferais pour tous ceux qui travaillent avec de jeunes maltraités, c'est que la patience doit être infinie, que les jeunes doivent avoir un contrôle *raisonnable, compte tenu des circonstances*. Et vous devez être prêt à faire face à des éléments déclencheurs connus et inconnus. Il n'y a pas de formule magique, et il n'y a pas de lignes lumineuses en travaillant avec eux. Tout ce que nous pouvons faire, c'est d'apprendre à les connaître, à développer des systèmes qui fonctionneront pour eux et aideront à mettre en place des fondations.

Sotíras inclina la tête.

— Que pensez-vous de voyager avec lui dimanche ?

Le général lui adressa un regard appréciateur.

— En êtes-vous certain ?

— Non, mais je sais que vous avez prévu de séjourner aux États-Unis pour une semaine. Je resterai également pour l'aider à s'installer.

Sotíras gloussa de nouveau.

— Je vais devoir rappeler à Apostolos que vous n'avez pas le privilège de connaître mon emploi du temps.

— Oh, mais si, déclara le Docteur Jordanou en riant.

Hôpital Sainte Elizabeth,
ÉTAT DE NEW YORK

CHRISTY DORMAIT et Michael décida de se laver et de se tenir prêt à partir quand l'heure serait venue. Il n'y avait pas de raison pour que son père ne signe pas sa décharge lorsqu'il arriverait à l'hôpital. Il sortit du lit et se dirigea vers le bureau des infirmières.

— Hey, Carol ?

— Tout va bien ?

— Oui, Christy est endormi. Puis-je prendre une douche ?

— Bien sûr. Je vais aller vous chercher une tenue propre.

Oh, ouais ! Il avait oublié qu'il n'avait pas de vêtements propres.

— Merci.

— Comment vont vos mains ?

Il baissa les yeux vers elles. En dehors de la graisse sous ses ongles et du sang qui avait traversé le bandage sur une paume, elles allaient bien. *Pas de souci.*

— Bien.

— Je viendrai changer les pansements après votre douche. Laissez-moi quelques minutes et je vous amènerai une tenue.

— Merci.

Michael revint vers la chambre et s'assit dans le fauteuil installé près du lit. Il observa Christy pendant un moment, son visage désormais paisible pendant son sommeil, et il remercia encore une fois sa bonne étoile que Christy aille bien. Saisissant la télécommande, il alluma la télévision et fit défiler les canaux jusqu'à ce qu'il arrive sur CNN, puis il augmenta le son, juste assez pour entendre les commentaires. Le marché boursier ceci, les divertissements cela, et à New York...

Une image de la grande roue cernée par des véhicules d'urgence envahit l'écran.

« ... courageux sauvetage par ce jeune homme, Michael Sattler... »

Sa photo remplissait l'écran. Puis une de Christy apparut, pour finir par un cliché de Yosef. Il augmenta un peu plus le son. L'écran changea pour une image de la presse amassée à l'extérieur du palais de justice pendant que la voix off poursuivait.

« La salle d'audience reste fermée aux médias, mais des sources proches du procès indiquent qu'on attend du jury, pardonnez le jeu de mots, qu'il ne fasse pas de prisonniers. La foule grossit de minute en minute, en prévision du verdict rendu par le jury dans peu de temps désormais. Comme vous pouvez le voir derrière moi, plusieurs personnes portent des pancartes avec les mots « mort, mort, mort » tirés des paroles inimitables du Juge L.B. Woodside en 1906, lors du verdict concernant Jody Hamilton. Je cite : « Je vous condamne à être pendu par le cou jusqu'à ce que

vous soyez mort, mort, mort, et puisse Dieu avoir pitié de votre âme ». Il va sans dire que cette foule soutient la sentence la plus dure possible pour Yosef Sanna.

Alléluia ! Puisses-tu pourrir en enfer, sale fils de pute, pensa-t-il, en colère.

— Tenez, voilà, Michael.

Il prit la tenue des mains de Carol.

— Merci.

Elle leva les yeux vers la télévision et soupira.

— Les journalistes se calmeront après sa condamnation, dit Michael en soufflant longuement.

— J'espère. Vous avez besoin de revenir à vos vies.

— C'est clair, fit-il en se levant. Avez-vous des nouvelles de papa ?

Elle secoua la tête.

— Il a dit qu'il viendrait vérifier son état après la pause déjeuner.

— D'accord. Combien de temps jusqu'à ce que Christy se réveille ?

— Les sédatifs étaient légers. Il ne devrait pas tarder. Qu'est-ce qui l'a bouleversé ?

— D'abord, les infos en Grèce ont annoncé que Christy était mort. Puis, quelqu'un habillé comme un aide-soignant a menacé Thimi de le ramener sur le yacht, et il a essayé de sauter du toit de l'hôpital.

Elle haleta et posa rapidement une main sur sa bouche.

— Thimi va bien ?

— Ouais, je pense. Mais c'était incertain pendant un moment. Pourquoi papa ne veut-il pas que Christy prenne un bain ?

— Je pense qu'il aimerait s'assurer qu'il est stable avant de prendre une douche.

Michael baissa le menton avec incrédulité.

— Pourquoi ? Il va bien maintenant.

Elle resta silencieuse pendant un long moment avant de reprendre la parole.

— Parfois, les personnes suicidaires essaient plus d'une fois, et je suis certaine qu'il aimerait que le Docteur Villarreal discute avec lui.

Une vague d'inquiétude traversa à nouveau Michael.

— Ouais, d'accord, dit-il, hésitant.

Rob Villarreal gérait le Ranch Wellington, le foyer d'hébergement où Christy vivait depuis son arrivée aux États-Unis. C'était le seul établissement du pays spécialisé dans le traitement de garçons abusés et Rob était le psychiatre de Christy depuis le début. Initialement, Michael avait pensé que Rob était un imbécile, cependant, depuis, il avait appris à le connaître, et désormais, il ressentait un profond respect pour lui et le travail qu'il faisait avec des jeunes comme Christy.

— Pourquoi Rob n'est-il pas encore passé ?

— Il est aussi au tribunal. Il voulait ajouter des informations à celles que votre père a données au juge.

C'était logique.

— Peter passera voir comment vous allez tous les deux d'ici une heure à peu près.

C'était leur physiothérapeute et son travail de longue haleine les avait aidés. Christy était capable de remarcher après avoir eu deux jambes fracturées et Michael avait pu passer les essais de l'USATF, en dépit d'une rotule disloquée.

— D'accord.

MICHAEL DÉTAILLAIT son visage dans le miroir. Outre le fait qu'il était un peu pâle et qu'il avait besoin d'un bon rasage, il n'avait pas l'air trop mal. Enfin, à l'exception de la contusion sur le côté de son visage, s'étendant de sa mâchoire à sa tempe et essayant de se faire un chemin jusqu'à son œil. À un moment donné, durant son escalade de la grande roue, son visage avait rencontré le métal. Heureusement, il n'était pas tombé. Une autre raison de remercier sa bonne étoile. Il posa le bout de ses doigts sur l'extérieur de son œil et cela fit mal. *Bah ! J'ai déjà eu pire que ça.*

Il se doucha rapidement et fut reconnaissant, une fois encore, que Christy et lui aillent bien. Il s'essuya, enfila la tenue médicale, et fit de son mieux pour plier le costume sale et la chemise qu'il avait portés au tribunal, la veille. La veste était en bon état parce qu'il l'avait enlevée avant de grimper sur la grande roue, mais le pantalon, la chemise et la cravate ensanglantée semblaient fichus. Puisse le nettoyage à sec les ressusciter d'entre les morts, de peur que ce soit la fin de la seule tenue habillée qu'il possédait.

Il enfourna les vêtements dans le sac en plastique qui avait contenu sa blouse d'hôpital et il quitta la salle de bain pour trouver un Christy réveillé, assis dans le lit, en train de manger du Jell-O au raisin avec plus de guimauves qu'il ne le pensait médicalement indiqué.

— Hey, bébé.

Il se baissa, posant ses mains sur le lit pour le soutenir, il embrassa la tempe de Christy.

— Es-tu certain de ne pas excéder la dose journalière recommandée de marshmallows ?

— Bonjour, *filos*. Carol m'a donné ça. C'est elle, l'infirmière. C'est bon.

— Comment te sens-tu ? Tu étais assez contrarié pour Thimi.

Christy ignora la question et tendit la cuillère vers la télévision.

— Les infos disent que Yosef ira en prison, et quelques personnes auraient aimé qu'il meure. Pourquoi disent-ils « mort » trois fois ?

Michael gloussa.

— C'est une fameuse citation d'un juge quand il a condamné quelqu'un à être pendu jusqu'à ce qu'il soit mort, mort, mort. Je ne sais pas pourquoi il l'a dit trois fois.

— Oh ! Et c'est bon pour moi ?

— Ouais. Tout le monde est de ton côté.

— Je n'ai pas besoin que les gens soient de mon côté. J'ai besoin que Yosef aille en prison.

— Il ira.

— Tu ne peux pas dire ça. Tu ne peux pas contrôler les actions des autres.

Michael soupira alors qu'il fixait les magnifiques yeux de Christy.

— Il ira. Comment te sens-tu ?

Christy baissa les yeux vers son Jell-O.

— Je ne voulais pas que tu saches, répondit-il doucement.

Michael s'assit sur le bord du lit et prit son visage dans ses mains.

— Je t'aime. Rien ne changera ça.

Des larmes emplirent les yeux de Christy.

— Je ne comprends pas.

Michael lui adressa un petit sourire et embrassa le bout de son nez.

— Peux-tu simplement l'accepter ?

— Je vais essayer.

Une larme récalcitrante coula et Michael l'essuya de son pouce.

— Merci.

Christy secoua la tête et laissa tomber la cuillère dans le bol.

— J'aimerais prendre une douche.

— Je sais, mais la police veut te parler avant. Ils ont besoin de prendre ta déclaration et peut-être de récolter quelques preuves.

Christy écarquilla les yeux.

— Pourquoi ?

— Je pense que c'est la procédure standard, afin de s'assurer qu'il ne t'est rien arrivé d'autre.

— J'ai pris un taxi jusqu'à la grande roue et j'ai grimpé. C'est tout ce qu'il y aura dans ma déclaration.

— Alors, c'est ce que tu leur diras.

— D'accord. Quand saurons-nous si Yosef ira en prison ?

— Dès que le jury aura fini de délibérer.

— Qu'est-ce que c'est ?

— Le jury doit avoir du temps pour réfléchir et décider quoi faire de Yosef.

— Quand cela arrivera-t-il ?

— Dès que l'audience se terminera aujourd'hui, ils commenceront à délibérer, et il n'y a aucun moyen de savoir combien de temps cela prendra. Ils pourraient donner leur réponse tout de suite, ou pendant le week-end ou encore dans deux semaines.

Christy le dévisagea avec de grands yeux.

— Cela ne va probablement pas se passer tout de suite, bébé. Je suis désolé.

Une infinie tristesse emplit ses yeux, juste avant qu'il les baisse vers ses mains.

— Hey ! Ne sois pas triste. Il ira en prison, d'une manière ou d'une autre.

Christy releva les yeux vers lui.

— J'aimerais ça.

Il semblait que ces trois mots contenaient tout l'espoir du monde et le cœur de Michael se serra pour lui.

— Nous allons rester positifs, d'accord ?

Il s'écoula un long moment avant que Christy reprenne la parole.

— D'accord. J'aimerais pouvoir reparler au Général Sotíras. Je souhaiterais lui donner des instructions pour Thimi.

Michael tendit la main vers la table de chevet, attrapa son téléphone et le lui tendit. Christy le prit et le bol de Jell-O commença à glisser de ses genoux. Michael le rattrapa et le posa sur le chevet tandis que Christy composait le numéro.

Irrité, celui-ci secoua l'appareil et le rendit à Michael.

— Il ne marche pas pour les appels en Grèce.

Cela ne surprit pas Michael. Il n'y avait aucune raison pour que sa mère intègre des appels internationaux sur son appareil.

— Où est ton portable ?

La grimace de Christy, faite avec un seul sourcil, se mit en action tandis qu'il réfléchissait une minute.

— Je ne me souviens pas.

— Où sont tes vêtements de la nuit dernière ?

Christy secoua la tête.

— Je ne me souviens pas.

Ce fut au tour de Michael de froncer les sourcils.

— Quelle est la dernière chose dont tu te souviens d'hier ?

— Toi. Et les « *pio, pio* ».

Soudain, il sourit.

— Tu ne te souviens pas des paroles de la chanson ?

Voir Christy sourire réchauffa le cœur de Michael, d'une manière indescriptible et fit beaucoup pour soulager son inquiétude.

— Hey, c'est tout en grec pour moi.

Le sourire de Christy disparut.

— J'avais peur de te revoir après les paroles de Yosef, au procès.

Michael fit gentiment courir une main dans ses longs cheveux.

— Il n'y a aucune raison d'avoir peur. Rien n'a changé. C'est terminé, nous sommes en sécurité et nous pouvons reprendre nos vies. Je vais te chercher ton téléphone.

Christy l'observa tandis que Michael quittait la chambre. Cela l'étonnait qu'il se soucie de lui, et il se demandait parfois s'il y avait quelque chose qui clochait chez Michael. Mais il n'y avait rien. Il était normal. Il ne connaissait que l'amour et la gentillesse et… *la sécurité*.

Des fragments de souvenirs jaillirent à sa mémoire, déchiquetant ses pensées et laissant son fragile courage gisant, saignant sur le sol de son esprit brisé.

Michael ne savait pas ce que c'était d'être affamé au point de souhaiter boire son propre sang. Ni de rester des jours sans dormir et de perdre l'esprit, seulement pour le récupérer et se retrouver face aux horreurs de la réalité. Michael ne savait pas la douleur si tranchante qu'elle vous laissait aveugle, ou une peur si caustique qu'elle vous laissait paralysé et que vous uriniez là où vous vous teniez. Michael ne connaissait pas la *honte*.

Tout le corps de Christy frissonna sous la sauvagerie du sentiment mortel – l'humiliation était si profondément enracinée dans sa psyché que c'était un bourdonnement constant, sifflant à travers chaque synapse et provoquant des cloques sur chaque nerf, le laissant à l'état brut, écorché... *exposé.*

Il se frotta le front du dos de sa main tandis que les souvenirs menaçaient de le submerger, serrant fermement les yeux, souhaitant qu'ils partent. Sa poitrine lui faisait mal, c'était si difficile de respirer quand « *l'avant* » assaillait ses sens. Il détestait les souvenirs qu'ils lui avaient imposés. Il haïssait les rêves qui ne le quittaient jamais. Il les méprisait. Il se dégoûtait.

Il était sale.

Il était ravagé.

Il ne serait jamais normal.

Il ne pourrait jamais guérir.

Et maintenant, son côté laid faisait partie de la normalité de Michael.

Il leva de nouveau les yeux vers la télévision. Les informations repassaient les images de la grande roue et diffusaient que ce que Christy avait enduré. Le monde entier savait désormais. Les talk-shows, les journalistes des informations, tout le monde louait sa force, sa résilience – tout en chuchotant qu'il était probablement fou. Ils avançaient des théories sur ce qu'ils savaient qu'il avait enduré, ce qu'il ressentait et ce que cela signifiait. Ils. Ne. Savaient. *Rien !*

Il se frotta à nouveau le front avec frustration. Hier, au moment où Yosef avait crié après lui dans la salle d'audience, son esprit était reparti dans « *l'avant* ». Il était revenu une fraction de seconde. S'il était resté un instant de plus au tribunal, il aurait rampé vers Yosef et lui aurait demandé pardon. Il était venu aux États-Unis pour échapper à son passé, cependant il ne s'était évadé de rien. Yosef détenait toujours un pouvoir un lui, et il s'était enfui pour sauver sa vie... littéralement. Il s'était enfui pour sauver sa vie, seulement pour essayer d'y mettre un terme... sans égard pour Michael... ou pour Thimi.

Un sentiment de culpabilité l'inonda et il se recroquevilla sous les couvertures.

Non, il ne serait jamais normal.

Non, ils n'étaient pas en sécurité.

C'est loin, loin d'être terminé.

V

— HEY, CAROL ? Savez-vous où sont les vêtements de Christy ? demanda Michael quand il atteignit le bureau des infirmières.

— La police les a emmenés quand ils sont partis hier soir.

— Merde ! Ont-ils pris le téléphone de Christy aussi ?

— Je le pense. Pourquoi ?

Michael soupira et se frotta les yeux avec son pouce et son index.

— Je n'ai pas la possibilité de passer des appels internationaux de mon portable et Christy voulait appeler en Grèce. Pourquoi ont-ils pris ses habits ?

— C'est la procédure standard quand les pompiers sont impliqués dans un sauvetage. Je suis certaine qu'ils voudront les vôtres aussi. Je suis désolée, Michael.

Il revint vers la chambre et fut surpris que son genou lui fasse juste un peu mal. Ce n'était rien de moins qu'un miracle. Il n'avait pas porté son attelle ces trois derniers jours et il avait grimpé sur cette foutue grande roue.

— La police a tes vêtements et ton téléphone, bébé.

— Pourquoi ?

— On en revient à cette recherche de preuves, je pense.

Christy tendit à nouveau la main vers l'appareil de Michael, fit défiler la liste de ses contacts jusqu'à ce qu'il trouve le numéro qu'il cherchait et appuya sur « envoyer ».

Michael fronça les sourcils.

— Qui appelles-tu ?

— Le détective qui nous a aidés avec Jason.

Il lui lança un regard de côté, une légère irritation l'envahissant. Le Détective Davis recherchait toujours les deux gars qui avaient aidé Jason à mettre une bombe dans sa voiture. Bien qu'il n'ait pas apprécié Christy au début, il semblait qu'il l'aimait presque maintenant, mais Michael ne lui faisait pas totalement confiance et n'était encore pas convaincu qu'il les protègerait réellement. Son propre service de police avait divulgué des informations aux médias au sujet de l'enlèvement de Christy, pour l'amour de Dieu !

— Allô, c'est moi, Christophoros Castle. J'aimerais parler au Détective Davis.

Michael sourit intérieurement. Christy n'utilisait un téléphone que depuis un peu plus d'un an et sa manière de parler dans l'appareil était étrangement formelle.

— Oh… Oui… Merci.

Christy raccrocha.

— Pas là ?

— Il a une réunion.

Christy recommença à faire défiler les contacts et appuya encore sur la touche d'appel.

— C'est moi, Christy. J'aimerais un téléphone pour appeler en Grèce. Merci.

Il raccrocha.

— À qui as-tu téléphoné maintenant ?

— La sécurité.

Michael fronça les sourcils, encore une fois, tandis qu'il se souvenait brusquement qu'il n'avait pas vu du tout les membres de leur sécurité privée à leur porte. C'était étrange.

Il n'aurait jamais deviné, pas même en un million d'années, qu'il aurait besoin d'un service de sécurité personnelle, mais avec l'enlèvement, le procès et les médias, Monsieur Santini avait insisté à ce sujet. Maintenant, ils se déplaçaient partout avec eux, où qu'ils aillent. Si possible, il détesta davantage Yosef pour leur manque de vie privée.

— Où sont-ils ?

— Tad et John sont au bout du couloir dans une petite chambre avec la télévision et les journaux.

— Heureux que personne n'ait essayé de s'introduire dans notre chambre, intervint Michael, poussant sa langue contre sa joue.

— Nous n'avons plus autant besoin de la sécurité qu'auparavant parce que Yosef est en prison.

— Exact.

Michael s'assit dans le fauteuil installé auprès du lit et se demanda si c'était réellement vrai. Yosef avait des gorilles sérieusement mauvais qui travaillaient pour lui. Sans oublier de mentionner qu'éviter la presse était devenu un cauchemar journalier.

Quelqu'un toqua doucement à la porte et Tad, le chef de leur sécurité privée, entra dans la chambre avec un téléphone à la main.

— Merci, dit Christy en prenant l'appareil et en faisant défiler la liste.

Tad leva les yeux vers la télévision.

— Nous avons du personnel de renfort en route. On ne sait pas ce que fera la presse une fois que le verdict aura été rendu.

Michael leva les yeux vers Tad.

— Le jury n'a même pas encore commencé à délibérer.

— La procédure a duré moins d'une heure ce matin. Ils ont débuté à neuf heures.

Michael le fixa.

— Pourquoi personne ne nous a appelés ?

— Parce qu'ils attendent dans la salle d'audience au cas où le jury aurait des questions et le juge fait face aux « questions d'ordre administratif ».

Il imita des guillemets avec ses doigts.

Michael pinça les lèvres.

— Je serai tellement content quand tout cela sera fini.

Tad hocha la tête alors qu'il continuait à regarder les nouvelles.

— L'étage est fermé, ici, à l'hôpital et nous ne devrions pas avoir de problèmes. Mais le trajet de retour jusqu'à la maison pourrait être un problème.

Michael voulait donner un coup de pied dans quelque chose.

— Mec, cela dépasse vraiment les bornes.

Michael et Tad se tournèrent vers Christy lorsque son ton de voix changea et devint frustré avant de brusquement raccrocher.

— Quel est le problème ? demanda Michael.

— Thimi est en train de dormir, le Docteur Jordanou et le Général Sotíras sont sortis pour dîner. J'ai laissé un message. L'infirmière de l'*Hippokration* dit que Thimi ne sera pas ici demain.

Cela surprit Michael.

— Peut-être que le Docteur Jordanou veut le garder un autre jour en observation afin de s'assurer qu'il aille bien ? offrit-il en guise de réponse.

Christy sembla se détendre une fraction de seconde.

— C'est probablement le cas.

Il rendit le téléphone à Tad.

— Gardez-le jusqu'à ce que vous récupériez le vôtre, déclara Tad.

— J'ai appelé le Détective Davis pour les vêtements et le téléphone.

Celui-ci adressa à Christy un petit sourire.

— Je vérifierai ça avec lui.

— Merci.

Un autre coup résonna sur la porte et Peter entra.

— Hey, Peter, le salua Michael en se levant de son fauteuil pour serrer sa main.

Peter sourit largement.

— Tous les deux, vous essayez encore de détruire mon dur labeur, n'est-ce pas ?

Michael éclata de rire.

— Nous avons seulement eu… une aventure. Pas grand-chose.

Christy souriait presque désormais. *Presque.*

— C'était une grande aventure. Mais les jambes vont bien.

— Je ne peux que l'imaginer, répondit Peter en installant son presse-papiers sur le lit supplémentaire dans la pièce. Qui passe le premier ?

Michael jeta un coup d'œil à Christy, qui parut soudain incertain.

— Moi.

Tad s'appuya contre le mur pendant que Peter faisait faire ses exercices à Michael. Ce n'était pas que sa présence le dérangeait, il pensait simplement qu'elle n'était pas nécessaire. Peter n'était pas une menace.

— Tu as contusionné ton bon genou aussi ? demanda Peter.

— Ouais, mais tout va bien, répondit Michael.

Peter secoua la tête tout en notant un commentaire sur son dossier.

— Le coude ?

— Douloureux, mais ça va.

Peter posa le dossier et le crayon sur le côté et fit tourner le bras de Michael au niveau de l'épaule, du coude et du poignet avant de faire d'autres annotations.

— Des gamins ! fit-il en soupirant longuement.

Michael ricana.

— Vous faisiez des trucs déb… lorsque vous étiez plus jeune.

Peter sourit.

— L'escalade d'une structure de vingt-cinq mètres de haut n'en a pas fait partie.

— Ne soyez pas critique. Ce n'est pas gentil.

Peter gloussa.

— Comment vas-tu sans ta genouillère ?

— Bien. C'est comme si je n'avais pas été blessé.

— Une douleur quelconque ?

— De temps en temps si je ne fais pas attention à ce que je fais.

— Décris-la.

— Je ne sais pas. J'ai sauté du lit trop vite et j'ai ressenti une douleur aiguë dans mon genou, mais elle s'est estompée en quelques secondes.

Peter prit d'autres notes.

— Interdiction de sauter du lit.

Michael ricana.

— Peu importe.

Puis le praticien se tourna vers Christy.

— Et qu'en est-il de toi ?

— Les jambes vont bien. C'est seulement lorsque j'ai couru pour attraper le taxi que j'ai eu un problème, mais ce n'était pas à cause des jambes, plutôt du pied.

Peter haussa les sourcils, d'un air interrogateur.

— Il a pris un taxi pour se rendre à la grande roue, intervint Michael.

— Peux-tu te lever pour moi ?

Michael tenta de saisir la main de Christy pour l'aider, mais il le repoussa.

— Je vais le faire.

Michael leva les mains dans une fausse capitulation.

— Débrouille-toi.

Christy glissa lentement hors du lit et posa avec précaution ses pieds sur le sol.

Peter se pencha, avant de s'arrêter.

— Est-ce d'accord si je vérifie l'état de tes jambes ?

Christy hocha la tête et il palpa une première cuisse et son mollet, puis l'autre.

Si Michael n'avait pas eu l'habitude d'étudier le visage de Christy, il aurait raté la lueur de malaise qui passa dans ses yeux.

— Ça fait mal ?

Christy secoua la tête.

Peter se leva et recula.

— Marche jusqu'à Tad.

Le jeune homme obéit.

— Reviens vers le lit, ordonna Peter.

Bien que Christy semble n'avoir aucun problème avec ses jambes, son pied continuait de le gêner.

— Quel est le problème avec ton pied ? demanda Peter.

— Ce n'est rien, répondit-il.

Peter prit quelques notes.

— Jetons-y un coup d'œil.

— Ce n'est rien, insista Christy.

Peter lui adressa le coup d'œil que son commentaire méritait.

— Voyons ça.

Christy se tint à côté du lit tout en se penchant et en retirant ses sur chaussures jetables en papier bleu pour révéler un pied abîmé, couleur de framboise sauvage et bleue.

La bouche de Michael se mit à béer.

— Que s'est-il passé ?

— Ce n'est rien, répéta Christy.

— Assis.

Peter lui indiqua le fauteuil et Christy prit place.

— Décris « rien ».

— Mon pied fait ça de temps en temps. C'est seulement de la couleur.

Peter se pencha.

— Puis-je palper ton pied ?

Il hocha la tête.

Christy n'aimait pas être touché, et Peter avait toujours été génial pendant leurs séances de rééducation. Il avait respecté sa règle de « ne pas toucher », demandant toujours la permission avant de le manipuler et Michael appréciait cela chez Peter, bien plus qu'il ne pourrait le formuler avec des mots.

Peter vérifia son pied et Christy grimaça de douleur.

— Je vais te faire passer une radio.

— D'accord, répondit Christy, tandis qu'il remontait sur le lit.

— Comment va la cuisse ? Te pose-t-elle toujours problème ?

— Cela tire de temps en temps, mais c'est bon. Les jambes fonctionnent.

Peter annota dans le dossier.

— Je sais qu'elles marchent. Mais nous voulons nous assurer qu'elles le font correctement, sans te provoquer de sentiment d'inconfort.

— Ça n'arrivera pas.

Peter releva les yeux du dossier.

— Pourquoi pas ?

— Elles me font mal depuis l'accident, quand j'avais cinq ans.

Michael fit un mouvement presque indiscernable de la main, espérant que Peter ne pousserait pas ses questions plus loin.

Celui-ci prit des notes et changea de sujet.

— Je suis désolé d'entendre ça.

— J'aimerais avoir les photos du pied maintenant pour que je puisse quitter l'hôpital.

Peter sourit.

— Désires-tu partager ton Jell-O avec les gens du service de radiologie ?

Christy écarquilla les yeux.

— Pourquoi ?

Peter se mit à rire.

— Je plaisante.

Christy parut confus et Michael expliqua.

— Il voulait dire qu'il veut les corrompre pour te glisser au plus tôt dans leur emploi du temps.

Christy fronça un sourcil.

— Si cela peut être fait avec du Jell-O, c'est un très bon marché.

— Voyons voir ce que je peux faire, conclut Peter en riant.

— Je reviens tout de suite, bébé.

Michael se pencha et embrassa chastement les lèvres de Christy avant de s'éloigner de la chambre avec Peter.

— Vous pourrez obtenir toute son histoire auprès de papa, expliqua Michael tandis qu'ils s'arrêtaient au bureau des infirmières.

Peter lui adressa un long regard oblique.

— Ses deux jambes et beaucoup d'autres os ont été brisés dans l'accident de voiture qui a tué sa mère quand il avait cinq ans. Après ça... eh bien, vous connaissez l'histoire concernant les brûlures de la plante de ses pieds.

Michael ne savait pas vraiment quoi dire sans en révéler trop. La vie privée de Christy était très importante.

Peter sentit son hésitation et offrit un rapide :

— Je vais parler à ton père.

— Merci, mec.

Michael revint vers la chambre.

— Tu es certain que ton genou va bien ? le rappela Peter.

Michael se retourna et leva les pouces en l'air dans sa direction tout en marchant à reculons vers la chambre, pour heurter Tad de plein fouet.

— Excusez...

Tad l'attrapa par son biceps pour le soutenir.

— Monsieur Santini a appelé. Le verdict sera annoncé dans quinze minutes.

Le système nerveux de Michael fit un saut périlleux.

— L'avez-vous dit à Christy ?

— Oui. Restez dans la chambre jusqu'à nouvel ordre. Nous installons de la sécurité supplémentaire à l'étage.

— D'accord.

Michael courut vers la chambre.

— Bébé ?

— Ça arrive, Michael !

— Je sais, je sais. Tad me l'a dit.

Il plongea sur le lit et attrapa la télécommande de la télévision.

— Cela va envoyer Yosef en prison pour la vie ?

Il passa un bras autour de Christy et le regarda dans les yeux.

— Je l'espère.

— Y a-t-il une possibilité que non ?

Michael ne pouvait pas lui mentir.

— Il y a toujours un risque que ça ne se passe pas comme nous le voudrions, mais je serais étonné que ce soit le cas. Nous allons espérer et croiser les doigts.

Il leva une main avec ses doigts croisés.

Christy imita son geste.

— Est-ce bon à faire pour l'espoir ?

— C'est seulement une superstition, mais je le fais quand même.

Christy croisa ses doigts des deux mains.

— Je vais le faire.

Michael sourit et bécota ses lèvres.

— Je voudrais que tu te souviennes d'une chose.

— Quoi ?

— Même si Yosef n'est pas condamné à quoi que ce soit, tu as fait un excellent travail et il y a toujours le procès en Grèce. Il ne sortira pas de prison.

— Non ?

Michael secoua la tête.

— Nan. Dès qu'ils en auront terminé avec lui ici, il sera expatrié vers la Grèce pour son procès.

Christy prit une profonde inspiration afin de se calmer et croisa ses doigts plus fort.

— D'accord. Je garderai l'espoir pour une victoire.

Michael sourit.

— Nous sommes tous fixés sur l'espoir.

Il augmenta le volume du son, puis ils regardèrent et écoutèrent alors que la présentatrice annonçait qu'ils allaient passer aux caméras installées dans la salle d'audience quand le jury reviendrait.

« *C'est un procès qui a pris trois semaines pour arriver jusqu'au jury et c'était un voyage épuisant pour les six hommes et les six femmes qui ont le destin de Yosef Sanna, trente ans, entre leurs mains. Durant les délibérations, les jurés ont eu cent quatre-vingt-dix-neuf pièces différentes, allant des dépositions à d'autres preuves à examiner, dont le témoignage d'une cinquantaine de témoins et les arguments passionnés des avocats des deux côtés. Pendant le procès, les jurés ont montré leurs émotions. Certains se sont détournés à la vue des photographies prises au service des urgences. Deux femmes ont pleuré lorsque la vidéo a été présentée, montrant le viol de Monsieur Castle. Tout au long du procès, Yosef Sanna est resté tranquillement assis et ce n'est que lorsque Monsieur Castle a témoigné qu'il a explosé de rage et de colère, lâchant des paroles en grec, et l'huissier a dû le maîtriser. Et maintenant, notre correspondant, Cam Rhetor est sur place, en dehors de la salle d'audience d'Utica, New York. Cam, cela arrive finalement au bout de quoi ? Du quinzième jour du procès ?* »

« *Compte tenu des cinq jours qu'il a fallu pour sélectionner et constituer le jury, oui, c'est le quinzième jour du procès et le jury a eu trois heures de délibérations* », clarifia Cam.

« *Y a-t-il eu beaucoup d'excitation lorsque l'annonce est tombée ?* » demanda la présentatrice.

Cam sourit pour la caméra.

« *Ainsi que vous pouvez l'imaginer, il y a eu beaucoup d'excitation, comme on peut souvent le voir dans un cas ressemblant à celui-ci.* »

La présentatrice regarda brièvement ses notes.

« *Maintenant, le processus tel que nous le comprenons est...* »

— Allez-y déjà ! murmura Michael, frustré.

La voix de Cam vibra.

« *Ainsi que vous le savez sans doute, il doit y avoir un verdict unanime et, puisqu'il y a eu une annonce, nous avons la certitude qu'il l'est. Quelle que soit la décision, peu importe qu'il soit reconnu coupable ou non coupable, tous les membres du jury sont d'accord* ».

— Oh, allez !

Michael jeta un coup d'œil à Christy et le serra contre lui. Christy était assis, figé, les yeux fixés sur la télévision.

— Tout va bien se passer, bébé.

« *Et à ce stade, l'annonce exclut la possibilité que les jurés aient été divisés. Ce sera bien un verdict, mais sera-t-il une condamnation ou un acquittement ?* » demanda la présentatrice.

« *C'est exact. Ce que nous savons, c'est qu'ils sont parvenus à prendre une décision et si les jurés n'avaient pas été d'accord, par définition, ce ne serait pas un verdict* », répondit Cam.

— Qu'est-ce que ça signifie ? demanda Christy, d'une voix tremblante.

— Cela veut dire que tous les membres du jury ont accepté la même décision.

— Elle peut-être différente ?

Michael acquiesça.

— Dans ce cas, je crois qu'il doit y avoir un autre procès. Mais ils sont tous d'accord.

Michael l'étreignit à nouveau.

— C'est une bonne nouvelle.

Christy eut l'air effrayé.

— Et s'il n'est pas reconnu coupable ?

Michael repoussa les boucles de Christy en arrière et posa son front contre le sien.

— Nous espérons de toutes nos forces qu'il le sera, bébé.

Michael croisa à nouveau les doigts et les leva. Christy fit de même avant de revenir vers la télévision.

La présentatrice fixa directement la caméra.

« Il y a un point que nous devons souligner : pour qu'une sentence à perpétuité entre en jeu, Monsieur Sanna doit être reconnu coupable d'avoir commis les crimes avec circonstances aggravantes qui lui sont reprochés. En d'autres termes, le jury doit être convaincu, au-delà de tout doute raisonnable, qu'il a commis ces crimes pendant la durée de l'enlèvement ».

Cam hocha la tête à la caméra.

« C'est exact. Les circonstances aggravées concernent le kidnapping et certains des autres crimes présumés qui vont de pair. S'il est reconnu coupable de tout ceci, alors il y a la possibilité d'une option d'une réclusion à perpétuité et le procureur américain Gordon a décidé depuis un moment qu'il choisirait de réclamer cette sentence ».

Cam posa le bout de ses doigts sur son oreillette et écouta attentivement.

« Très bien, tout le monde est de retour dans la salle d'audience. Je vous retrouve là-bas. »

— L'heure est venue ?

La voix de Christy tremblait alors qu'il posait la question.

Michael prit une profonde inspiration qu'il relâcha lentement.

— Ouais.

Il le serra encore une fois contre lui.

— Tout va bien se passer, bébé, dit-il en priant de toutes ses forces que ce soit le cas.

La caméra balaya la salle d'audience, montrant toutes les personnes présentes, y compris les parents de Michael, ceux de Jake, Jake, Sophia et Rob. Sophia paraissait calme et élégante, toute trace d'hystérie de la nuit précédente absente de son expression.

La robe de magistrat du Juge Anthony remplit l'écran.

« *Merci, mesdames et messieurs. Prenez place, s'il vous plaît. Qu'il soit enregistré que tous les membres de notre jury plus les deux suppléants nous ont rejoints. Bon après-midi, mesdames et messieurs* ».

Les membres du jury marmonnèrent un « bon après-midi ».

« *Très bien. Madame la Présidente du Jury, les formes du verdict sont-elles signées et en ordre ?* » demanda le Juge Anthony.

« *Oui, elles le sont* », répondit-elle.

« *Merci. Mesdames et messieurs du jury, je vais vous demander d'écouter attentivement le verdict tandis que le greffier le lira, puisqu'une fois que ce sera fait, il vous sera demandé individuellement si ceci est bien votre verdict. Madame la Greffière, je vous en prie, poursuivez.* »

Le greffier se racla la gorge et commença.

« *Le tribunal des États-Unis pour le district du nord de New York en ce qui concerne le procès du Peuple contre Yosef Sanna, nous, membres du jury, dans l'action susmentionnée, déclarons que le défendeur, Yosef Sanna est coupable du crime d'enlèvement avec préméditation, de crimes commis sur la personne de Christophoros Tryphon Alexis Castlios également connu en tant que Christy Castle, un être humain, comme accusé dans le premier chef d'accusation.* »

— Oui ! cria Michael en serrant Christy. Tu l'as fait, bébé !

— Il y a plus !

Le greffier poursuivit.

« *Le Tribunal des États-Unis pour le district du nord de New York en ce qui concerne le procès du Peuple contre Yosef Sanna, nous, membres du jury, dans l'action susmentionnée, déclarons que le défendeur, Yosef Sanna est coupable du crime d'agression avec préméditation sur la personne de Christophoros Tryphon Alexis Castlios également connu en tant que Christy Castle, un être humain, comme accusé dans le second chef d'accusation.* »

« *Le Tribunal des États-Unis pour le district du nord de New York en ce qui concerne le procès du Peuple contre Yosef Sanna, nous, membres du jury, dans l'action susmentionnée, déclarons que le défendeur, Yosef Sanna est coupable du crime de viol avec préméditation sur la personne de Christophoros Tryphon Alexis Castlios également connu en tant que Christy Castle, un être humain, comme accusé dans le troisième chef d'accusation* ».

Le Juge Anthony adressa un hochement de tête imperceptible au greffier, puis se tourna vers le jury.

« *Mesdames et messieurs, membres du jury, je vous remercie pour vos services. La détermination de la peine sera prononcée dans deux semaines à compter de demain. Le procès en la matière : le Peuple contre Yosef Sanna est terminé* ».

Michael n'oublierait jamais le bruit sec qui résonna lorsque le marteau du juge rencontra la plaque de support avec la force imparable du destin.

— Oui !

Le cri de Michael surprit Christy qui sursauta.

— Cela veut-il dire que j'ai gagné ?

Michael prit sa tête dans la coupe de ses mains.

— Il a été reconnu coupable de tout ! Tu as gagné !

Le visage de Christy passa par plusieurs expressions avant qu'il le dissimule dans ses mains et éclate en sanglots.

Michael souleva son menton dans un geste doux.

— Tu l'as fait, bébé.

Christy hocha la tête.

— J'ai fait ça.

— Oui !

Michael posa sa tête contre son torse et caressa ses cheveux.

— Tu as été parfait, bébé. Tu as réussi. Tu t'es débarrassé de ce fils de pute.

Christy pleura.

— J'ai fait ça, répéta-t-il.

— Ouais, en effet. Tu l'as eu.

Michael ne pouvait que le tenir pendant qu'il pleurait et sentit que ses propres yeux s'emplissaient de larmes. Depuis les quelques mois où il connaissait Christy, cela avait été à la fois les pires et les meilleurs de sa vie. Cela n'avait été rien de moins qu'un tour de montagnes russes qui avait culminé par son enlèvement, son sauvetage, puis un procès si hideux, qu'il en était inqualifiable. Il se sentit soudain submergé par une vague de soulagement et ne combattit pas les larmes tandis qu'il serrait Christy plus fort contre lui.

Après ce qui lui sembla durer une heure, Michael tendit la main pour attraper un mouchoir, se moucha et rompit le silence.

— Je suis fier de toi, bébé.

Il en saisit un autre qu'il tendit à Christy.

Celui-ci se moucha à son tour.

— C'est la première fois que je gagne.

— Non. Ça ne l'est pas.

Christy releva la tête vers lui, les yeux rouges, sa confusion visible sur son visage.

— Premièrement, tu as survécu. Deuxièmement, tu t'es construit une nouvelle vie. Troisièmement, tu as survécu au kidnapping. Quatrièmement, tu as obtenu ton diplôme d'études secondaires et tu l'as fêté en dépit de ces conneries. Cinquièmement, tu as supporté le procès et toutes les paroles horribles qu'il t'a dites. Et...

Michael recommença à pleurer, puis il s'essuya les yeux et renifla.

— Sixièmement...

Sa voix se brisa sur ce seul mot.

— Tu n'as pas sauté la nuit dernière. Tu es en vie.

Michael s'essuya de nouveau les yeux.

— As-tu la moindre idée de tout ce que tu as accompli ? De combien tu as changé en quinze mois ? Tu es plus fort de jour en jour. Et maintenant, tu as battu ce fils de pute, une bonne fois pour toutes.

Il l'étreignit.

— Je suis si fier de toi.

— Alors, il y a un septièmement, déclara Christy contre sa poitrine.

Michael repoussa une boucle rebelle derrière son oreille.

— Qu'est-ce qu'est le nombre sept ?

— Toi. Je pensais que je n'étais pas digne d'être aimé après…

Michael le serra et posa sa joue sur la tête de Christy.

— Ouais. Sept points. Tu es si digne, bébé. Je t'aime plus que tout au monde.

Soudain, Christy serra Michael dans une de ses étreintes presque trop fortes, et ils restèrent ainsi.

VI

ON FRAPPA à la porte et Peter glissa la tête dans la chambre.

— Prêt pour ta radio ?

Christy se libéra de l'étreinte de Michael, s'essuya les yeux du revers de son bras et hocha la tête.

— J'ai gagné le procès.

Peter sourit largement tandis qu'il guidait un fauteuil roulant vers le côté du lit.

— Félicitations !

— Merci. C'est important pour moi.

— Je sais que ça l'est. Allons faire ça.

Christy inclina la tête et leva les yeux vers Michael, une lueur d'incertitude brillant dans ses orbes.

— Tu vas bien ?

Il acquiesça.

— J'ai un nouveau sentiment. Je suis… un petit peu plus libre.

Michael l'embrassa sur le front et songea à la peur avec laquelle Christy avait vécu depuis qu'il avait quitté la Grèce – toujours terrifié que ses agresseurs, avec de l'argent et du pouvoir, se montrent un jour pour faire exactement ce que Yosef avait fait : tenter de le récupérer. Il détestait Yosef et ne pouvait qu'imaginer ce que Christy devait éprouver à présent qu'il n'était plus la propriété d'un bâtard malade qui l'avait torturé pendant tellement d'années. Michael acquiesça, l'émotion menaçant de le submerger de nouveau.

— Va passer ta radio. Je serai juste ici quand tu reviendras.

— OÙ EST Christy ? demanda Tad, comme une furie, en franchissant la porte.

— Peter vient de l'emmener passer aux rayons X. Pourquoi ?

Tad secoua la tête avec dégoût.

— La presse a été un cauchemar. Monsieur Santini et votre père sont en chemin pour venir ici. Je ne veux pas que vous quittiez cette chambre.

— Précisions. J'ai besoin de précisions, mec. Que voulez-vous dire par « cauchemar » ?

— Nous avons attrapé un gars qui tentait de se faire passer pour un aide-soignant, un autre, pour un infirmier. Et un autre type a essayé de se frayer un chemin de force jusqu'à l'ascenseur menant à cet étage.

Michael agita la tête.

— Ce niveau est sécurisé cependant, non ?

— Oui. Je vais aller chercher Christy. Il n'aurait pas dû quitter ce palier sans un membre de la sécurité.

Un frisson de peur remonta le long de la colonne vertébrale de Michael comme une chandelle romaine [1] qui aurait mal tourné. Si la sécurité n'avait pas traîné dans une chambre au fond du couloir, elle n'en aurait rien su. Michael sauta au bas du lit et un éclair de douleur irradia de son genou quand son pied toucha le sol.

— N'y songez même pas !

Les paroles de Tad étaient emphatiques.

Michael l'ignora tandis qu'il franchissait la porte et se dirigeait vers le bureau des infirmières.

— Carol ! La radiologie est bien au rez-de-chaussée, non ?

— Non. Pourquoi ?

— Où est-elle ?

Elle le dévisagea, puis Tad et revint sur lui.

— Au sous-sol. Pourquoi ?

— La presse ! cria-t-il en allant vers l'ascenseur.

— Michael, revenez ici ! cria Tad après lui.

Il lutta pour ne pas hurler un « va te faire foutre ! » alors qu'il entrait dans la cabine.

Tad glissa sa main entre les portes tandis qu'elles commençaient à se refermer et elles rebondirent avant de s'ouvrir.

— Retournez dans la chambre.

— Non.

Michael appuya sur le bouton du sous-sol, une sonnerie bruyante retentit puisque Tad retenait les portes.

— Michael !

— Les gars, vous l'avez laissé descendre là-bas sans personne ! Lâchez les portes !

— Sortez de l'ascenseur !

— Non !

Tad tendit une main et saisit son bras.

— Lâchez-moi !

---

1 Feu d'artifice. Une chandelle romaine est un procédé pyrotechnique d'origine italienne composé généralement d'un tube de carton, appelé mortier, chargé de plusieurs projectiles (étoiles ou bombettes) empilés les uns sur les autres et propulsés dans les airs à cadence régulière, produisant des effets pyrotechniques lumineux sonores et synchronisés appelés comètes. Ces chandelles peuvent être tenues à la main ou fixées au sol à l'aide de piquets selon des dispositions variées (éventail, bouquet). La chandelle romaine dont le mortier a un gros calibre est appelée mortier garni en raison de la taille du projectile proche de celle d'une bombe. Elle se distingue du feu de Bengale qui met en œuvre un embrasement sans éjection de particules et qui provoque uniquement un effet au sol.

Il le repoussa.

— Vous ne pouvez pas contrôler où l'ascenseur s'arrêtera en cours de route ! Utilisez les escaliers !

Le jeune homme bloqua les portes juste avant qu'elles se referment, sortit de la cabine et se dirigea vers la cage d'escalier.

— Michael… lança Tad sur un ton d'avertissement.

Celui-ci ragea et lutta pour contenir les mots qui menaçaient de franchir ses lèvres quand il atteignit la porte et l'ouvrit violemment. *Idiots !* Il descendit les marches aussi vite que son genou le lui permettait et, en tournant au coin du premier étage, il poussa la porte et se retrouva face à un photographe. Il retourna dans l'escalier tandis que Tad bloquait la prise de vue de l'objectif, mais il ne put rien faire lorsque l'homme cria à l'intention des autres.

— Il est dans la cage d'escalier !

— Allez-y ! cria Tad à Michael.

Il se précipita dans les deux séries de marches menant au sous-sol et franchit la porte pendant que Tad faisait de son mieux pour éviter à la presse de le suivre.

Il faisait frais à cet étage et la chair de poule émergea sur sa peau. Il scruta les panneaux qui pendaient au-dessus de sa tête, trouva ce qu'il cherchait et courut dans le couloir vers le service de radiologie. Les sur chaussures de l'hôpital étaient nulles en guise de chaussures de course et il glissait sur le sol ciré, se rattrapant de justesse à la porte du service.

— Faites attention ! le prévint un infirmier.

Michael tenta de faire tourner la poignée, mais la porte était verrouillée et il jura entre ses dents.

— Puis-je vous aider ? demanda l'infirmier.

— J'ai besoin d'entrer.

L'homme le fixa, sa curiosité pleinement visible sur son visage.

— Avez-vous un rendez-vous ?

— Non ! Oui ! Mon… ah ! Mon ami est à l'intérieur.

L'infirmier jeta un coup d'œil dans la petite vitre carrée incrustée dans la porte.

— Vous allez devoir attendre jusqu'à ce qu'ils aient terminé. Prenez un siège.

Il indiqua une rangée de chaises en plastique installées contre le mur.

N'ayant plus d'autre choix, Michael prit place.

— Le voilà ! Michael ! Qu'avez-vous à dire à propos du verdict d'aujourd'hui ?

Michael se retourna pour trouver une foule de journalistes qui se dirigeaient vers lui. Il se releva brusquement, cherchant la porte ouverte la plus proche et entra dans une pièce sombre. Il la claqua rapidement, s'adossa contre elle et lutta pour calmer sa respiration saccadée tout en cherchant un interrupteur sur le mur. Il en trouva un et appuya. Il se trouvait dans des toilettes. *Super !* Maintenant qu'allait-il bien pouvoir faire ? Il ne pouvait pas laisser Christy quitter le service de radiologie tout seul. *Merde, merde, merde !*

— Michael ! cria Tad à travers la porte. C'est dégagé !

Dieu, merci !

Il ouvrit la porte.

— Nous devons trouver Christy avant eux.

Tad posa une main sur sa poitrine.

— Attendez. La presse est toujours là.

— Vous avez dit que c'était dégagé !

— Ils sont dans le couloir. Restez calme et répondez-leur simplement que vous ne ferez pas de commentaires.

Michael se mit presque à grogner.

— Pouvons-nous entrer dans le service de radiologie ?

— Oui. Christy nous attend.

Michael prit une profonde inspiration, sortit des toilettes et avança dans le corridor. Il se retourna pour jeter un coup d'œil à la presse et fut stupéfait par le nombre de personnes qui le suivaient, puis il se glissa à l'intérieur, Tad sur ses talons.

Christy était assis dans un fauteuil roulant, seul, dans la salle d'attente.

— Hey, bébé. Où est Peter ?

Christy indiqua une porte fermée.

— Juste ici avec l'homme qui a pris les photos. Il sera là dans une minute.

— D'accord.

Il s'accroupit devant Christy et prit ses mains dans les siennes.

— Écoute, la presse est dans le couloir, près des ascenseurs.

Une lueur d'inquiétude passa immédiatement dans les yeux de Christy et Michael savait exactement quel souvenir lui revenait. La première fois qu'il avait marché dans les rues d'Athènes, alors que c'était la première fois qu'il était au soleil depuis des années, les gens avaient traversé la rue pour l'éviter et un homme l'avait frappé avec un journal avant de le lancer sur lui. Cela avait été horrible pour lui après le décès de son père.

— Je n'aime pas la presse.

— Je sais, bébé. Tout ce que nous avons à dire c'est « pas de commentaires », d'accord ?

— Je ne peux pas leur dire que je suis heureux ?

Michael leva les yeux vers Tad afin de chercher de l'aide.

— Monsieur Santini voudrait probablement que vous en disiez le moins possible.

Il se retourna vers Christy.

— Dis seulement « je suis heureux » et laisse-les avec ça, d'accord ?

— Bien.

La porte du bureau s'ouvrit et la surprise inonda le visage de Peter quand il vit Michael et Tad.

Celui-ci leva son pouce par-dessus son épaule.

— La presse est près des ascenseurs.

Peter roula des yeux et secoua la tête.

Michael remit une boucle rebelle derrière l'oreille de Christy.

— Tu es prêt ?

Il acquiesça, un air déterminé gravé sur le visage.

— Je vais le faire.

Michael ne put s'empêcher de sourire avec fierté.

— Comme un pro.

Christy écarquilla les yeux.

— Je suis le patron ?

Michael se mit à rire.

— Ouais, bébé. Tu l'es. Faisons ça.

Flanqué de Tad et de Peter de part et d'autre, Michael fit rouler Christy dans le couloir, puis vers les ascenseurs et la presse se mit à s'agiter comme un nid de guêpes en colère.

— Michael !

— Christy !

— Qu'avez-vous à dire à propos du verdict d'aujourd'hui ?

Tad leva une main afin de leur imposer le silence et ils se calmèrent.

— Je suis heureux, déclara Christy avec conviction.

— Je le suis également. Pas d'autres commentaires, dit sèchement Michael en tentant de faire avancer le fauteuil roulant, mais il fut stoppé par une femme qui agrippa l'accoudoir d'une main.

Tad fit un pas en avant.

— Retirez votre main, s'il vous plaît.

— Christy, vous avez été violé durant votre enlèvement. Voulez-vous faire une mise en garde pour nos téléspectateurs ? demanda-t-elle, juste avant de pousser un micro sous le nez de Christy.

— Ne réponds pas, intervint rapidement Michael. Nous n'avons pas d'autres commentaires.

Christy leva les yeux vers la femme, la colère luisant dans ses orbes.

— Ce ne sont pas vos affaires. S'il vous plaît, ôtez votre main du fauteuil.

Tad tendit la main vers le laissez-passer qui pendait autour de son cou et elle recula rapidement.

— Votre nom ?

— Carol Adder, *Channel 8 News*.

— S'il vous plaît, contactez Nero Santini pour une déclaration formelle, indiqua Tad avec autorité.

49

Peter passa sur le côté du fauteuil de Christy et tendit un bras comme pour repousser gentiment la presse afin qu'ils puissent atteindre l'ascenseur.

— Qui êtes-vous ? cria un homme en direction de Peter.

Christy fixa l'individu, avec une fureur encore plus grande dans les yeux.

— Cela ne vous concerne pas. S'il vous plaît, bougez de là pour que nous puissions passer, siffla-t-il.

— Vous ne pouvez pas parler en son nom, lui cria un autre journaliste.

Christy saisit fermement les roues de son fauteuil.

— Nous vous avons déclaré que nous étions heureux. Nous sommes polis. Vous êtes grossiers. Je suis le patron et vous devez reculer afin que nous puissions passer !

Il fit rouler la chaise en avant sans se soucier de la foule.

D'après les jappements, cris et malédictions, Michael devina que Christy avait écrasé quelques orteils.

Michael fit tout ce qu'il pouvait pour ne pas éclater de rire tandis qu'il guidait le fauteuil de Christy vers les ascenseurs. Tad appuya sur le bouton pour monter et les portes s'ouvrirent. Michael lança un regard éloquent aux reporters avant de le pousser à l'intérieur.

Tad et Peter bloquèrent la porte pour éviter que quiconque se joigne à eux et Michael explosa de rire dès que les portes se refermèrent.

— C'était super, bébé !

— J'ai fait ça comme si j'étais le patron.

Michael riait encore quand ils pénétrèrent dans la chambre pour découvrir que Rob les attendait.

— Salut, Rob.

— Bonjour, Michael.

Il regarda Christy avec de la tristesse dans les yeux.

— Comment allez-vous, Christy ?

— Je vais bien, répondit-il, une trace de colère toujours présente dans sa voix.

— Nous avons rencontré la presse au niveau du sous-sol, mais Christy les a totalement gérés, déclara Michael, riant encore.

— Allez-vous me faire part de la plaisanterie ?

— Il n'y en a pas. Nous avons été polis. Ils ont été grossiers, fit Christy en se relevant du fauteuil et marchant vers le lit.

Même Peter riait maintenant.

— Hey, il leur a donné un avertissement avant.

Rob passa de Peter à Christy, puis à Michael et Tad avant de revenir sur Christy.

— Que s'est-il passé ?

— Michael m'a indiqué que j'étais le patron. Alors, en tant que tel, je leur ai dit de bouger. Ils ne l'ont pas fait. Donc, j'ai fait rouler le fauteuil sur leurs pieds.

Une seconde s'écoula avant que Rob sourie.

— Vous n'avez pas fait ça ?

— Si, il l'a fait ! s'exclama Michael, riant toujours. Comme un boss.

Tad souriait maintenant et indiqua Christy.

— Il a géré ça comme un pro, parfaitement bien. Je suis impatient d'entendre ce que Monsieur Santini en dira lorsqu'il le verra aux infos.

Michael recommença à éclater de rire.

— Hey, peut-être que la prochaine fois, ils reculeront.

— Pouvons-nous discuter en privé, Christy ? demanda Rob.

Celui-ci regarda Michael qui leva les pouces, puis revint sur Rob.

— Oui.

— Il y en a peut-être pour une heure, Michael, l'avertit Rob, toute bonne humeur ayant disparu de sa voix.

Michael commença à s'inquiéter et se tourna vers Christy.

— As-tu toujours le téléphone que Tad t'a donné ?

Celui-ci acquiesça.

Michael tendit la main vers la table de chevet, sortit son appareil et le tendit brièvement afin que Christy le voie. Il hocha de nouveau la tête et Michael quitta la chambre avec Tad et Peter sur les talons.

— Je me demande de quoi ils vont parler, dit-il, ne s'adressant à personne en particulier.

Peter le regarda quand ils atteignirent le bureau des infirmières.

— Je ne suis pas médecin, mais je suppose que Rob veut s'assurer qu'il aille bien avant qu'il rentre à la maison.

Michael fronça les sourcils.

— Il va bien maintenant.

Peter hocha la tête.

— Je ne dis pas que ce n'est pas le cas. Mais seulement que Rob a besoin d'en être certain.

Michael soupira et passa sa main dans ses boucles courtes.

— Ouais. D'accord.

— Voulez-vous attendre votre père dans la pièce avec nous ? demanda Tad.

— Bien sûr.

VII

ROB PLISSA son pantalon et s'assit dans le fauteuil à côté du lit.

— Comment vous sentez-vous ?

Christy ne savait pas trop quoi répondre. Était-ce normal qu'il soit heureux du verdict ou avait-il tort ? Il n'était pas censé souhaiter de mauvaises choses à d'autres personnes, mais Yosef méritait d'être reconnu coupable et bien plus encore. Il croisa le regard de Rob avant de faire un signe de tête imperceptible.

— Bien.

— Hier, c'était une journée plutôt difficile, mais vous avez exceptionnellement bien réussi.

Il regarda Rob, ne sachant toujours pas quoi dire.

— Merci.

— Pouvez-vous décrire ce que vous avez ressenti quand vous avez quitté la salle d'audience, hier ?

Il s'agita, mal à l'aise, ne voulant pas avouer ce qui avait traversé son esprit sur le moment.

— De la peur.

— De ?

— Que Michael ne m'aime plus à cause du sexe avec Yosef.

— Étaient-ce des relations sexuelles ou un viol ?

Il haussa les épaules. *En quoi est-ce important ?*

— Ce n'est pas différent.

— Ça l'est. Vous avez été violé. Vous avez toujours été violé par Yosef.

Il secoua la tête.

— Ce n'est pas vrai. Parfois, j'avais des rapports pour le rendre heureux.

Rob se pencha en avant, posa ses coudes sur ses genoux et entrelaça ses doigts.

— Pour le rendre heureux ? Ou pour l'empêcher de vous frapper ?

— C'est pareil. S'il est heureux, je ne suis pas blessé.

— Ce n'est pas pareil, Christy. Nous en avons déjà discuté. Vous avez été soumis à de graves sévices et vous avez fait ce qui était nécessaire pour vous protéger. Et vous avez vécu dans un état constant d'alerte élevée, devant continuellement évaluer comment gérer au mieux les personnes qui vous blessaient afin d'atténuer la punition, l'humiliation et la douleur. Et...

Il marqua une pause.

— ... vous vouliez être aimé. Ce que vous pensiez que ce que ces hommes vous offraient, c'était de l'affection, mais désormais, vous savez qu'il n'en était rien.

— Je saisis les mots. Cependant, l'esprit ne le croit pas.

— Avant l'enlèvement, vous aviez commencé à l'accepter, n'est-ce pas ?

Christy haussa les épaules, encore une fois.

— Certaines fois.

Il ne voulait pas avoir cette conversation. Michael avait tout vu. C'était seulement une question de temps avant qu'il ne veuille plus de lui. Il savait ce qu'il était censé penser, mais ne parvenait pas toujours à le faire. Il devait constamment corriger son esprit, et c'était épuisant. En ce moment, il était accablé. Son âme était très fatiguée.

— Que pensez-vous du résultat du procès ?

Il voulait que Yosef meure, mais il ne croyait pas pouvoir le dire.

— Je... Je suis... heureux.

Christy connaissait Rob depuis suffisamment longtemps pour savoir que les plis au coin de ses yeux signifiaient qu'il essayait de ne pas sourire – ce qui voulait dire qu'il avait répondu la bonne chose.

— Pensez-vous que, malgré l'humiliation et le fait d'avoir dû revivre les évènements liés au kidnapping, cela valait la peine de témoigner ?

Christy frotta une main sur sa cuisse endolorie. Non. Cela ne valait pas le coup. Cela allait lui coûter Michael.

— Je suis heureux qu'il aille en prison. J'aimerais savoir pour combien de temps.

— L'audience qui déterminera la durée de la peine n'aura pas lieu avant encore quelques semaines.

Il se figea, luttant pour garder son sang-froid. *Quelques semaines ? Quelques semaines !*

— Pourquoi devons-nous attendre ?

— Chaque côté donne ses recommandations à la juge et Yosef aura une chance de lui parler. Un kidnapping entraîne une sentence à perpétuité.

Il voulait que tout disparaisse. Il passa de nouveau sa main sur sa cuisse. D'avant en arrière, dans un mouvement rythmique, réconfortant.

— Dites-moi pourquoi vous vouliez mettre un terme à votre vie la nuit dernière.

Pourquoi ? Un jour, il serait assez courageux pour déclarer à Rob que certaines de ses questions étaient stupides. *Pourquoi pas ?* Ce n'était qu'une question de temps avant que Michael ne veuille plus de lui ; et que quelqu'un qui travaillait pour les Sanna s'en prenne à lui. Pour le punir de la pire des façons.

— Je ne veux plus qu'elle s'arrête maintenant.

— Dites-moi pourquoi vous le désiriez hier soir, s'il vous plaît.

Christy serra les dents. Il avait déjà répondu pourquoi.

— J'avais peur que Michael ne veuille plus de moi.

Rob hocha la tête.

— Êtes-vous en train de m'expliquer que, sans Michael, vous n'avez aucune raison de vivre ?

Question stupide. Mais il n'avait pas pensé à Thimi hier soir. Une pointe de culpabilité lui serra le cœur et il se sentit encore pire à nouveau. Mauvais. Comme s'il avait fait quelque chose de mal. Parfois il détestait la manière dont son esprit fonctionnait.

— J'avais peur. Je vais bien maintenant.

— Répondez à ma question, s'il vous plaît.

Il serra les dents, encore une fois.

— Non. J'aime la vie que j'ai désormais.

Rob hocha la tête.

— Bien. Je veux éclaircir quelques points avec vous. Si vous vous sentez de nouveau suicidaire, je veux que vous veniez me trouver. Wellington n'est pas un refuge pour les personnes suicidaires. Je détesterais que vous ayez à partir alors que vous m'avez, moi, et tout un tas d'autres gens, en tant que ressources, vingt-quatre heures par jour.

La colère de Christy augmenta et il croisa le regard de Rob. Il haïssait la menace implicite et trouvait qu'il était arrogant de croire que cela puisse s'approcher un tant soit peu des menaces avec lesquelles il avait vécu et vivrait pour le reste de sa vie.

— Je vais bien maintenant. Je ne le referai pas.

— Bien. Comment ça se passe avec Michael ?

Christy se détendit légèrement, reconnaissant que Rob ait changé de sujet.

— Michael ne croit pas que le sexe est de ma faute.

Rob hocha la tête une fois.

— Bien. Quelles autres inquiétudes avez-vous à propos de votre relation avec Michael ?

Il s'irrita de nouveau. Il n'aimait pas quand Rob devenait indiscret.

— Michael est bon pour moi.

— Répondez à la question, s'il vous plaît.

— Aucune.

— Me ferez-vous savoir si vous aviez des préoccupations à propos de votre relation avec Michael ?

Non.

— Oui.

— Bien. Pouvons-nous discuter de Thimi pendant quelques minutes ?

Il plissa les yeux en direction de Rob et s'inquiéta qu'il sache quelque chose dont lui n'était pas au courant.

— Oui.

— J'ai reçu un appel du Docteur Jordanou. J'ai cru comprendre que vous parliez avec Thimi.

Est-ce une question ? Il détestait quand il ne parvenait pas à comprendre ce qu'il était censé répondre.

— Oui. Thimi était bouleversé à cause de moi. Je lui ai fait savoir que j'allais bien. Lui aussi va bien maintenant.

Rob hocha la tête.

— Que ressentez-vous ?

Quel genre de question est-ce là ?

— Je n'aime pas ça. Je ne veux pas qu'il arrive quoi que ce soit à Thimi.

Rob acquiesça de nouveau.

— Pensez-vous être prêt à accepter la responsabilité de quelqu'un se reposant sur vous ?

Encore une question stupide. Il avait pris soin de Thimi depuis qu'il était âgé de quatre ou cinq ans. Ceci étant, jusqu'à ce qu'il quitte la Grèce et déménage aux États-Unis. Il passa une main sur son visage tandis qu'un nouveau pic de culpabilité le traversait.

— Je prendrai soin de lui.

— Ce n'est pas votre travail de vous occuper de lui. Nous voulons l'aider à apprendre à se gérer tout seul. Pourtant, inutile de préciser qu'il se reposera lourdement sur vous quand il arrivera, au début.

Christy lutta pour ne pas sourire. Rob n'avait aucune idée de ce qu'il était disposé à faire. *Pas encore.* Thimi ne quittait Christy que lorsqu'il était forcé de travailler. Pas même lorsqu'il allait aux toilettes.

— D'accord. Quand arrive-t-il ?

— Peut-être dimanche, mais à condition que le Docteur Jordanou sente qu'il est prêt à faire le voyage.

— Il allait bien après que je lui ai parlé.

— Le Docteur Jordanou veut s'assurer qu'il n'est pas suicidaire avant de l'amener ici.

— Il ne l'est pas. Il sait que je suis vivant maintenant.

— Tel que je l'ai compris, il est presque tombé du vous quand le Général Sotíras lui a fait savoir que vous étiez vivant. Son poignet s'est brisé lorsqu'ils l'ont empêché de tomber.

Une nouvelle vague de culpabilité submergea Christy et il lutta pour ne pas vomir.

— Tout va bien maintenant ?

Rob acquiesça.

— Le Docteur Jordanou lui a posé un plâtre.

— D'accord.

— Et qu'en est-il de vous ? Êtes-vous prêt à rentrer à la maison ?

— Oui. Nous devons préparer la chambre pour Thimi.

— C'est plus que ça, Christy. J'ai besoin d'une attestation de votre part comme quoi vous ne tenterez plus de vous suicider.

Christy voulait crier sa frustration dans l'air. Si Rob savait seulement combien de fois il avait voulu mourir au cours des quinze derniers mois, ou combien de fois il avait voulu retourner en Grèce et à… « *l'avant* ». Parfois, il ne pouvait pas s'en empêcher. C'était tout ce qu'il avait connu depuis qu'il avait cinq ans.

— J'ai dit que je ne ferai pas ça.

— D'accord. Parlons de la chambre de Thimi. Nous n'avons pas de chambre de libre dans la maison principale. Sans oublier de mentionner qu'elles sont agencées pour des enfants plutôt que de jeunes adultes. Que pensez-vous de Thimi ayant son propre chalet ? Celui à côté du vôtre.

Il n'avait pas à réfléchir à cela.

— Thimi vivait dans un placard auparavant. Et là, pendant un an, il a vécu dans le système d'aération de la maison de mon père. Le chalet sera trop grand pour lui. Il n'aimera pas ça.

— À votre avis, que pouvons-nous faire pour qu'il se sente à l'aise ?

— Il ne peut pas rester avec moi ?

— Non, Christy. Je ne peux pas autoriser que des résidents adolescents partagent une chambre.

Les règles. Il détestait les règles. Il avait l'impression que c'était comme s'il était de retour dans « *l'avant* ».

— Je partageais un espace avec Thimi dès notre plus jeune âge. Tout se passera bien.

Rob secoua la tête.

— C'est contre le protocole. Nous devons faire préparer son chalet.

Il n'allait pas se disputer avec Rob. Celui-ci découvrirait bien assez tôt comment était Thimi.

— Je vais y réfléchir.

— Très bien.

Rob se leva.

— Nero et Mac devraient arriver d'une minute à l'autre désormais.

— J'aimerais récupérer mon téléphone et mes vêtements de la police.

La pause que fit Rob était pratiquement imperceptible, mais Christy ne la manqua pas. Cela lui indiqua que Rob avait oublié la police.

— Je le ferai savoir au détective. Vous leur ferez une déclaration avant de partir d'ici.

— Pourquoi ? Il n'y a pas eu de crime.

— Croyez-le ou non, mais le suicide est un crime.

Christy ne put s'en empêcher. Il éclata de rire.

— Les gens vont en prison dans un cercueil s'ils se suicident ?

Rob faillit presque rire.

56

— Permettez-moi de reformuler. Lorsqu'une personne tente de s'ôter la vie, les autorités sont tenues d'enquêter.

Christy lutta pour ne pas rire tout haut. Les lois américaines étaient stupides.

— Je leur dirai que je ne le referai plus.

Le sourire de Rob était authentique maintenant.

— Je suis très heureux de l'entendre, Christy.

Il s'agita et frotta de nouveau sa cuisse. Il devait s'assurer d'une chose.

— Saviez-vous pour Sophia ?

— Qu'y a-t-il à son sujet ?

— Qu'elle est ma sœur ?

— J'ai récemment appris qu'elle et vous pourriez être frère et sœur, mais j'ai eu du mal à le croire.

Un sentiment de confusion et de colère augmenta en Christy, à égales mesures, il ne savait pas quoi demander en premier.

— Comment l'avez-vous appris ?

— Nero me l'a avoué.

La fureur de Christy monta d'un cran. *Nero aurait dû m'en parler.*

— Vous ne m'avez rien dit.

— Je voulais en parler avec votre tante Ariel en premier. Elle est la seule qui puisse nous révéler ce qui s'est passé il y a toutes ces années.

— Avez-vous discuté avec elle ?

— Non. Nero a tenté, mais Ariel refuse de l'évoquer.

La rage de Christy menaçait de bouillir et de déborder.

— Pourquoi ne pouviez-vous pas le croire ?

— Parce que je pense que vous vous en seriez souvenu si vous aviez une sœur, en particulier une sœur jumelle.

— Que signifie une « jumelle » ?

Rob fit à nouveau une pause, durant une fraction de seconde, avant de poursuivre.

— Cela veut dire que vous êtes nés en même temps.

Nés en même temps. La soudaine réalisation s'installa et une vague d'émotions indescriptibles traversa Christy.

— Sophia le sait-elle ?

— Elle ne l'a appris que très récemment. Lorsqu'elle l'a découvert, elle a été aussi choquée que vous l'êtes. Elle a essayé de discuter avec Ariel et s'est également vue refouler. D'après ce que j'ai compris, elles ont du mal à s'entendre à cause de ça pour l'instant.

La colère de Christy diminua légèrement, mais la confusion embrouillait toujours son esprit.

— Nous sommes jumeaux.

Rob acquiesça.

— Apparemment, oui. Le Général Sotíras est à la recherche de vos actes de naissance pour le savoir avec certitude.

— Ariel refuse d'évoquer quoi que ce soit à ce sujet ?

Rob secoua la tête.

— Elle refuse d'en discuter.

— Quelqu'un a exigé d'Ariel qu'elle ne révèle pas la vérité.

Rob fronça les sourcils.

— Qui pourrait faire ça, et pourquoi ?

— Ce devait être mon père.

— Il est mort. En quoi cela dérangerait-il qu'Ariel en parle maintenant ?

Bonne question. Christy secoua la tête, mais le trouble embrouillait son esprit alors qu'il restait perplexe devant le problème.

— Je vais réfléchir à cela.

— Êtes-vous d'accord pour revoir Sophia ?

Christy hocha lentement la tête tandis qu'il se souvenait de ses cris à l'intention de Yosef dans le prétoire. *Tu mens ! Tu ne sais rien ! Ferme ta sale bouche !* Elle avait été horrifiée et consternée, ce qui n'était pas une surprise, car elle détestait Yosef autant que lui.

— Est-ce qu'elle va bien ?

— Jake est resté avec elle la nuit dernière et elle semblait aller bien dans la salle d'audience aujourd'hui.

— Cela ne veut rien dire. Elle est douée pour cacher ce qu'elle ressent.

Rob pinça les lèvres.

— Pas comme quelqu'un d'autre que je connais.

Christy ignora la taquinerie.

— Que dit *Kýrios* Santini du procès ?

— Il est satisfait du verdict, tout comme Sophia, Anna et les parents de Michael, mais tout le monde s'inquiète pour vous.

Un nouveau sentiment de culpabilité l'inonda. Il n'avait pas voulu causer de problèmes.

— S'il vous plaît, dites-leur que je vais bien.

L'expression de Rob s'adoucit.

— Je le ferai.

— Je ne veux plus jamais revoir Yosef.

Tout le visage de Rob se détendit.

— Je ne peux pas vous en vouloir, Christy.

— Je dois suivre le procès en Grèce.

— Peut-être que nous pourrons en discuter avec le Général Sotíras quand il sera ici.

— Il ne pourra rien faire. Les témoignages viendront de moi.

— Peut-être qu'il pourra prendre des dispositions pour obtenir une audience à huis clos afin que vous soyez la seule personne là-bas.

Christy haussa les sourcils.

— Est-ce possible ?

— Je ne sais pas. Je ne sais pas quelles sont les règles en Grèce.

— D'accord. Je parlerai avec lui.

Les bords des yeux de Rob étaient à nouveau peu creusés et cela indiqua à Christy qu'il avait dit la bonne chose.

— Je vais aller chercher Michael.

Rob s'apprêta à partir.

— Rob ?

Il se retourna.

— Merci. Je suis désolé pour les problèmes.

— Hier, c'était une journée très difficile pour vous. Vous avez tous les droits de vous sentir dévasté. La prochaine fois, souvenez-vous que nous sommes là pour vous. Concentrez-vous là-dessus.

— Je déteste Yosef.

Il se mordit la langue. Il ne pouvait pas croire qu'il avait laissé les mots lui échapper à nouveau et il se maudit intérieurement.

Rob souriait maintenant.

— Bien. Vous le devriez. Je vais chercher Michael.

Rob avait été la première personne à lui indiquer que c'était normal de haïr ses agresseurs. Il ne le croyait pas et le sentiment ne faisait qu'augmenter sa crainte d'une punition, comme un courant électrique constant qui pouvait enflammer ses veines. Michael pensait que c'était normal de les détester également. Donc ce devait être correct, du moins pour les Américains. Pour l'instant, il comptait là-dessus, mais il avait besoin de se souvenir de ne pas le dire à voix haute.

VIII

— MICHAEL ?

Celui-ci se détourna de la télévision au son de la voix de Rob.

— Comment va-t-il ?

— Aussi bien qu'on peut s'y attendre. Pouvons-nous discuter un instant ?

Michael se leva de l'inconfortable chaise en plastique sur laquelle il était assis et indiqua la porte. Il suivit Rob dans le couloir avant de s'arrêter auprès d'un chariot de linge. Michael appuya une épaule contre le mur et croisa les bras sur son torse, ayant peur d'entendre ce que Rob avait à dire.

— Continuez de faire ce que vous faites. Pour l'instant, Christy a besoin d'être rassuré, de répétitions et d'une structure. Hier, c'était un échec et il a du mal à se tenir à la nouvelle vie qu'il s'est construite pour lui-même.

Michael fronça les sourcils.

— Rien n'a changé.

— Rappelez-le-lui aussi souvent que vous pouvez.

— D'accord.

— Je sais que cela a dû être un choc pour vous. Comment vous sentez-vous ?

Michael prit une profonde inspiration, ne sachant pas exactement quoi répondre.

— Très bien. Le saviez-vous ? Pour le viol.

— En effet.

Un sentiment de colère affleura les bords de son esprit.

— Papa était-il aussi au courant ?

Rob acquiesça.

Michael pouvait comprendre la confidentialité entre un médecin et son patient, mais là, cela dépassait les bornes. Son père aurait dû lui en parler, sa fureur s'enflamma à l'intérieur de lui.

— Autre chose ?

— Merci d'avoir été là pour le sauver.

— Je ne l'ai pas fait. Il a choisi de ne pas sauter.

— Si vous ne lui aviez pas prouvé que vous étiez toujours là pour lui, sans barrières, je me hasarderais à penser que cela aurait pu arriver.

Michael ne voulait pas songer de manière négative.

— C'est terminé, il va bien. C'est tout ce qui compte. Serez-vous présent lorsque la police prendra sa déposition ?

— Oui.

— Devrais-je être là ?

— Cela ne peut pas faire de mal. Ils voudront probablement une sorte de déclaration de votre part également.

— Je suis monté, nous sommes descendus, fin de l'histoire.

Rob sourit.

— Encore une chose.

Michael attendit.

— J'ai discuté avec lui du fait que Sophia était sa sœur. Je me suis montré honnête avec lui, mais ne lui ai pas indiqué quand nous l'avons appris. Seulement que j'avais eu du mal à le croire, que Sophia était aussi choquée que lui et qu'Ariel refusait d'en discuter avec n'importe qui.

— Comment l'a-t-il pris ?

— De manière solennelle. Vous a-t-il dit quoi que ce soit à ce sujet ?

— Il veut savoir ce qui s'est passé et pourquoi. Je lui ai répondu que nous pourrions ne jamais trouver les réponses, mais que j'avais deviné que sa mère pensait qu'il était plus en sécurité avec elle et que Sophia l'était avec Ariel. Et je lui ai rappelé que sa mère l'aimait, ce qu'il a accepté.

— Vous êtes sage, bien plus que votre âge ne le laisse supposer. Êtes-vous certain de ne pas vouloir étudier la psychologie ?

— Tout à fait. Cela ne me ressemble pas du tout.

Rob esquissa un petit sourire.

— Vraiment dommage. Je vous retrouverai dans la salle quand les détectives arriveront.

Michael se sentait troublé alors qu'il revenait dans la chambre et ne savait pas tout à fait pourquoi, et quand il ouvrit la porte pour trouver Christy qui sanglotait dans un oreiller, il faillit se demander s'il possédait un sixième sens.

— Hey, hey, hey…

Il grimpa sur le lit, éloigna Christy de l'oreiller et l'étreignit.

— Parle-moi.

Christy secoua la tête contre sa poitrine, son silencieux « c'est rien ».

Michael le berça pendant qu'il pleurait et devina qu'il y aurait de nombreux autres moments comme celui-ci dans leur proche avenir. Il maudit Yosef encore une fois.

Après un temps indéterminé, un coup retentit à la porte et le Détective Davis entra dans la chambre, avec Rob et Carol sur ses talons.

— Salut, Michael.

— Bonjour, monsieur.

Michael écarta doucement Christy et serra la main du policier.

Celui-ci indiqua Christy du menton en silence et Michael agita sa main dans un geste voulant dire « comme ci, comme ça ».

— Bébé ? Tu es réveillé ?

Christy ouvrit des yeux pleins de sommeil et gonflés d'avoir pleuré.

— Je le suis.

— Le Détective Davis est ici.

Christy se redressa.

— Bonjour, Détective.

— Salut, Christy. J'ai entendu dire que vous cherchiez ceci.

Il sortit son téléphone de sa poche de poitrine et le lui tendit.

— Merci.

— De rien.

— Les vêtements ?

— Nous les garderons pendant quelques semaines, mais nous vous les rendrons dès que nous le pourrons. Michael, nous aurons besoin des vôtres également.

Michael baissa le menton, incrédule.

— Bien sûr.

Il quitta le lit, se rendit dans la salle de bain et revint avec un sac en plastique contenant ses habits.

— Comment allez-vous, Christy ? demanda gentiment le Détective Davis tout en acceptant le sac de Michael.

— Je vais bien. Je suis désolé d'avoir causé des problèmes.

Le policier sortit un petit magnétophone de la poche de son manteau, le posa sur la table de chevet et la poussa vers Christy.

— Vous sentez-vous prêt à me faire une déclaration à propos d'hier ?

Christy hocha la tête.

Le Détective alluma l'enregistreur, fit une brève annonce et indiqua à Christy de poursuivre.

— J'étais bouleversé quand ils ont passé la vidéo me concernant au procès. Puis Yosef a dit de mauvaises choses dans la salle d'audience. J'ai ressenti une grande panique et j'ai quitté le tribunal. J'ai couru. Je ne savais pas où aller. J'ai trouvé le taxi. Je suis allé à la grande roue. J'ai grimpé et Michael m'a trouvé.

— Pourquoi avez-vous choisi d'aller à la grande roue ?

— Je ne sais pas.

— Je peux répondre à ça, intervint Michael.

Le Détective Davis leva une main pour le faire taire, annonça sa présence pour l'enregistrement, puis lui indiqua de continuer.

— Christy aime être tout en haut de la grande roue. Il dit qu'il se sent en sécurité, que rien ne peut le blesser quand il est là-haut.

Christy le dévisagea, une lueur émerveillée au fond des yeux.

— Quoi ? Ai-je dit quelque chose de faux ?

— Je n'ai pas pensé à ça.

Il revint vers le policier.

— C'est vrai. C'est un endroit sûr pour moi.

Le détective hocha la tête.

— Donc, vous êtes allé là-bas parce que c'était sûr ?

— Oui.

— Aviez-vous l'intention de sauter du haut de la grande roue ?

— Parfois.

— Que voulez-vous dire par « parfois » ?

Christy ferma les yeux et se frotta durement les tempes du bout de ses doigts.

— Je me sens confus, j'ai des espaces blancs à propos d'hier.

Michael intervint de nouveau.

— Épisodiquement, il ne peut pas se souvenir de tout. C'est ce qu'il veut dire par des espaces blancs.

— Donc, vous ne pouvez pas vous rappeler de tout ce qui s'est passé ?

Christy secoua la tête.

— J'étais bouleversé, je suis allé à la grande roue et Michael est venu me chercher. C'est tout ce que je sais.

Le Détective Davis indiqua Rob d'un geste.

— Vous avez discuté avec votre psychiatre, le Docteur Villarreal. Est-ce correct ?

— Oui, répondit Christy en hésitant.

— Je ne peux pas demander de quoi vous avez parlé tous les deux, mais c'est important que nous sachions si vous aviez l'intention de commettre un suicide hier soir.

— Je ne suis pas certain.

— Avez-vous l'intention de mettre fin à votre vie maintenant ?

— Non. J'aimerais vivre.

Le détective sourit.

— C'est bon à entendre. Ceci conclut la déclaration de Christophoros Tryphon Alexis Castle.

Il éteignit l'enregistreur.

— Je n'ai pas à en dire plus ? demanda Christy.

— Nous avons terminé. Merci, Christy.

— De rien. Je suis désolé pour les problèmes.

Le Détective Davis sourit.

— Nous sommes heureux que vous alliez bien.

Il tira son carnet de notes de sa poche de poitrine.

— Puis-je jeter un coup d'œil à vos mains ?

Christy les tendit devant lui.

— Vos paumes.

— Il retourna ses mains pour lui montrer les bandages neufs.

Le détective écrivit une annotation sur son carnet.

— Vous êtes-vous fait mal ailleurs ?

— Non.

Michael se pencha en avant et murmura :

— Ton pied.

Christy le fixa brièvement, puis dégagea sa jambe des couvertures.

— J'ai des contusions au pied.

Il retira la sur chaussure en papier.

— Comment est-ce arrivé ?

— Je ne m'en souviens pas.

— Une radio a été prise, dit rapidement Carol.

Le détective hocha la tête et fit une autre note.

— Autre chose ?

Christy secoua la tête.

— D'accord. Michael, puis-je avoir une brève déclaration de votre part ?

— Bien sûr.

Le détective ralluma l'enregistreur, annonça le nom de Michael, la date et l'heure de l'entretien, puis lui indiqua d'un geste de poursuivre.

Michael raconta de manière succincte ses suppositions sur ce que Christy avait pu faire pour se rendre à la grande roue, son trajet jusque là-bas, son escalade et le fait qu'il l'avait trouvé dans la cabine au sommet.

— Que faisait Christy lorsque vous l'avez trouvé ?

— Il pleurait et s'injuriait.

— Était-il debout ou assis ?

— Au début, il était debout, puis il s'est assis sur le sol de la cabine.

— Qu'avez-vous fait alors ?

— J'ai grimpé dans la cabine, il ne voulait pas que je le touche, alors j'ai… euh… chanté.

Christy sourit brièvement.

— *Pio pio.*

Michael sourit à son tour.

— Comme il dit. Puis les pompiers nous ont fait descendre.

Le détective prit d'autres notes dans son carnet.

— Des blessures ?

Michael leva une main.

— Je me suis rouvert la paume.

— Blessures provenant initialement du soir de l'enlèvement de Christy, n'est-ce pas ?

— Oui, mais je les ai rouvertes. J'ai enroulé ma cravate autour si bien qu'elle est couverte de sang.

Le détective indiqua le visage de Michael.

— Votre visage ?

— Je… ah ! J'ai glissé et me suis coupé contre un des rayons.

Un petit hoquet échappa à Christy et Michael passa un bras autour de lui afin de l'étreindre.

— Je vais bien, murmura-t-il.

Le détective fit une autre annotation.

— D'autres blessures ?

— En dehors de mes genoux meurtris, non.

— Puis-je voir ?

Michael releva le bas de son pantalon d'hôpital et le policier prit une nouvelle note.

— Autre chose ?

— Non.

— Je dirais que vous êtes tous les deux très chanceux.

Michael serra Christy contre lui, encore une fois, et leva les pouces en direction du détective.

— C'est tout bon.

Le policier sourit à nouveau, regarda Christy qui imita le geste de Michael, pouces levés.

— C'est tout bon.

Le détective se mit à rire.

— Très bien, messieurs. Plus d'escalade de la grande roue.

— Plus jamais, promit Christy.

— Merci d'avoir répondu à mes questions.

Rob fit un geste vers la porte.

— Je vous raccompagne.

— Êtes-vous prêt à déjeuner ? demanda Carol.

— Jell-O, répondit rapidement Christy.

— Ce sera de la véritable nourriture cette fois, je le crains. Qu'aimeriez-vous ?

— Des pâtes.

— Peu importe, dit Michael avant qu'elle puisse l'interroger.

Alors que Carol quittait la chambre, Jake entra dans la pièce en trombe.

— Yosef a été condamné à la perpétuité !

IX

MICHAEL REGARDA alors que les parents de Jake et les siens suivaient son ami dans la pièce, Sophia entrant en dernier, la fiancée de Jake et la… sœur de Christy. *Il va nous falloir pas mal de temps pour nous y habituer.*

— Jacob, il sera probablement condamné à la prison à perpétuité ici. La peine de mort ne s'applique pas aux États-Unis pour un enlèvement, le corrigea Nero.

Nero – un des hommes les plus larges que Michael ait jamais vu, aussi bien en hauteur qu'en circonférence – était pourtant très réservé et il songeait à lui comme à un gentil géant.

— Allez, *Papà* ! Le juge a même dit qu'elle le voulait mort, mort, mort ! Félicitations, mon petit pote ! Tu l'as fait !

Jake leva une main de Christy pour un top-là et celui-ci claqua légèrement sa main.

— Merci, Jacob.

— Hey, mon pote !

Michael frappa et serra à moitié la main de Jake.

— Le juge voulait-elle vraiment le condamner à mort ?

— Elle a déclaré au procès-verbal qu'elle souhaitait que ce soit de son ressort de le faire, répondit Nero.

Rob se glissa tranquillement dans la chambre et s'appuya contre le mur du fond.

— Oh, Christy, j'aurais aimé que tu sois là, déclara Anna.

Michael le regarda.

— C'est une excellente nouvelle, bébé.

— En effet, acquiesça-t-il en regardant Sophia s'approcher.

Contrairement à l'attitude heureuse de tout le monde, elle avait l'air contrariée et anxieuse. Elle fit un pas entre Jake et le lit et se pencha pour embrasser Christy.

— Je suis désolée, murmura-t-elle.

Sa voix était rauque comme celle de Christy, mais plus douce, son accent britannique comportait un soupçon de grec.

Christy la fixa dans les yeux pendant un long moment.

— Nous en discuterons, décida-t-il, tout aussi doucement.

Elle hocha la tête puis recula.

— Comment vont nos héros ? demanda Mac.

— Salut, papa. Maman, les salua Michael. Tout va bien.

— Bonjour, mon chéri, fit Bobbie en embrassant la joue de Michael.

Elle se tourna vers Christy et prit son visage en coupe.

— Comment va notre autre fils ?

Christy sourit brièvement.

— Je vais bien, Madame… Bobbie. Et vous ?

Elle l'embrassa sur le front.

— Inquiète pour toi. Comment te sens-tu ?

— Ça va maintenant.

Elle repoussa une boucle du bout du doigt.

— Nous t'aimons. N'oublie jamais ça.

— Merci.

Mac se dirigea vers l'autre côté du lit.

— Christy, j'ai cru comprendre que tu voulais prendre une douche ?

— J'aimerais rentrer à la maison.

Mac sourit.

— Un petit oiseau m'a dit qu'on avait fait une radio de ton pied. Puis-je voir ?

Une expression confuse traversa le visage de Christy.

— Un oiseau ?

— Il veut dire que quelqu'un lui en a parlé, expliqua Michael.

— Oh !

Christy souleva son pied des couvertures et enleva la bottine.

Mac siffla doucement.

— Je parie que ça fait mal.

Christy secoua la tête.

— C'est le pied avec peu de sensations.

— Je vais chercher la radio, déclara Bobbie en quittant rapidement la chambre.

— Hmm… fit Mac en jetant un coup d'œil à Carol.

Elle lui tendit une petite épingle.

Mac palpa et fit pivoter son pied.

— Tu n'as pas mal du tout ?

Christy haussa une épaule.

— C'est un peu douloureux. C'est comme avant.

— Dis-moi quand tu la sentiras.

Christy répondit en conséquence, Bobbie revint avec les radios et Mac les lui prit, les sortant d'une enveloppe. Il les porta à la lumière et secoua la tête. Après les avoir épinglées au tableau lumineux accroché au mur, il se pencha en avant et les étudia avec soin.

— Es-tu tombé ?

— Non. Je me suis fait mal au pied quand j'ai couru pour attraper le taxi.

— Rien n'est cassé, mais tu as une entorse assez sérieuse. Nous le garderons enveloppé dans un bandage comprimant pour l'instant. Peter te montrera comment l'enrouler. Jetons un coup d'œil à tes mains.

Christy leva ses bras et Carol découpa les bandes.

Mac inspecta soigneusement ses paumes.

— On dirait que tu pourrais avoir besoin de quelques points de suture.

— Les mains vont bien. J'aimerais rentrer à la maison.

Mac lui sourit et hocha la tête en direction de Carol qui sortit de la chambre.

— Carol m'a dit que tu t'étais évanoui ce matin.

— J'étais bouleversé. J'ai oublié de respirer.

— Puis-je te demander pourquoi tu étais ébranlé ?

— Les journaux en Grèce ont déclaré que j'étais mort, la personne vêtue en tenue d'hôpital a menacé Thimi de le ramener sur le yacht et du coup, il a voulu sauter du toit à cause de moi.

Sophia couvrit sa bouche d'une main pour étouffer un halètement et s'appuya contre Jake quand il passa un bras autour d'elle.

Nero fronça les sourcils.

— Quelle personne en tenue d'hôpital ?

Christy haussa les épaules.

— Je crois que c'est une des personnes de Petros ou de Yosef. Le Général Sotíras a dit qu'il allait mettre plus de gardes pour Thimi.

— Est-ce qu'il va bien ?

— Le Général Sotíras lui a dit que j'étais vivant et il a failli tomber du toit, mais ils l'ont arrêté. Il a un plâtre au poignet à cause de ça.

Expert pour afficher ce que Michael appelait « un visage de médecin » il fut surpris quand les traits habituellement placides de son père montrèrent de l'inquiétude.

— Nous en avons discuté, intervint Rob.

Mac lui jeta un coup d'œil et revint vers Christy.

— Très bien. Plus d'escalade de la grande roue ?

— Je vais bien. J'ai fait la promesse à Rob que je ne ferai plus de suicide.

Mac sourit.

— C'est excellent à entendre. Nous ne voulons pas te perdre.

Carol revint avec des fournitures, les déposa sur la table de chevet et la fit rouler jusqu'à Mac.

— Laisse Carol enlever le reste de la graisse de tes mains afin que je puisse mieux les examiner. Michael ?

— Ça va. Peter l'a dit, répondit-il rapidement.

— Alors, je ne vois pas pourquoi vous ne pourriez pas rentrer tous les deux. Mais, Christy, j'aimerais que tu prennes ta douche ici.

— Pourquoi ?

— Je préfèrerais que tu sois ici au cas où tu t'évanouirais à nouveau.

Le visage de Christy montra sa déception.

— D'accord.

Une série de mots en italien franchit les lèvres de Nero tandis qu'il attrapait la télécommande de la télévision et augmentait le son.

Ils levèrent les yeux vers l'écran pour voir des journalistes agglutinés autour de Christy, Michael, Peter et Tad, dans le sous-sol de l'hôpital.

— Oh, merde ! fit doucement Michael.

La voix de Christy se fit entendre.

« Nous sommes polis. Vous êtes grossiers. Je suis le patron et vous devez bouger pour que nous puissions passer ! »

Michael fit tout ce qui était humainement possible pour ne pas éclater de rire. L'annonceur plaisanta :

« Comme vous pouvez le constater, Monsieur Castle est frais et dispo en dépit du procès éprouvant ».

— Oh, mon Dieu ! intervint Sophia avec un sourire.

— Bien joué, Christy ! le salua Jake.

— Je ne savais pas qu'ils avaient filmé ça, se défendit Michael à mi-voix.

Nero regarda Christy, luttant manifestement pour réprimer un sourire.

— Michael a dit que j'étais le patron. Je leur ai demandé de bouger. Ils ne l'ont pas fait, alors, comme ça, j'ai fait rouler le fauteuil sur les pieds, reprit-il d'un air suffisant.

Nero roula des yeux et fixa Michael qui leva les mains, dans une fausse reddition.

— Hey ! Tout ce que j'ai mentionné, c'était qu'il pouvait gérer la presse comme un boss.

— Bien joué ! répéta Jake en faisant un top-là à Michael et la pièce se remplit de rires.

Mac inspecta les mains de Christy et décida qu'elles n'avaient pas besoin de points de suture, puis Christy prit sa douche sans incident, si bien qu'ils se préparèrent à rentrer chez eux.

UN CHAOS total régnait quand ils quittèrent l'hôpital. Chaque forme de média concevable semblait avoir campé devant les ascenseurs, le hall d'entrée, à l'extérieur des portes principales de l'hôpital et dans le parking.

— Bordel de merde ! fit Michael entre ses dents tandis qu'ils atteignaient les portes d'entrée.

— Cela devient ridicule, déclara doucement Jake.

— Nous allons sortir en un seul groupe, expliqua Tad. Restez avec votre garde et dirigez-vous droit vers le véhicule garé au bord du trottoir. Christy entrera le premier, Michael en second, Sophia en troisième, puis vous, Jake, et ainsi de suite.

Il indiqua la limousine qui attendait.

Michael n'était pas convaincu que cela fonctionnerait, si bien qu'il se prépara à résister à ce qui serait sûrement un assaut cauchemardesque.

Encadrés par les gardes, ils avancèrent en groupe vers la voiture qui les attendait. Sous les projecteurs des caméras clignotant à grande vitesse et les cris de la foule, Tad fit rouler Christy vers le véhicule en premier, Michael suivit, puis Sophia et Jake, et les autres s'engouffrèrent dans leur sillage. En fin de compte, c'était une chorégraphie parfaitement réglée et une fois que tout le monde fut en sécurité dans la voiture, elle s'éloigna du trottoir avec un Hummer de la sécurité devant et un autre derrière.

Jake secoua la tête tout en saisissant la main de Sophia et la serrant sur ses genoux.

— Vautours !

Michael se frotta les yeux pour les soulager de l'aveuglement temporaire provenant des flashs lumineux des caméras. Il en avait tellement marre de la presse.

— Christy a réglé ça de main de maître ce matin.

Il acquiesça.

— Je l'ai fait.

— Christy, nous allons vous déposer à Wellington, en premier, dit Nero.

— D'accord.

— Veux-tu que je reste avec toi ce soir ? l'interrogea Michael.

Il secoua la tête.

— Ça ira.

Michael réprima sa déception. Il n'avait pas passé de temps seul à seul avec Christy depuis un moment, et un sentiment de solitude inconnu le traversa lentement.

— *Kýrios* Santini ?

Nero se détourna de la vitre au son de la voix de Christy.

— Quand saurons-nous combien de temps Yosef restera en prison ?

— L'audience du prononcé de jugement aura lieu dans deux semaines, mais peu importe la durée de la sentence, il sera extradé vers la Grèce.

Michael serra la main de Christy.

— C'est une bonne nouvelle, bébé.

— Je ne crois pas qu'il ira en prison en Grèce.

— De toute façon, à ce sujet, les gouvernements grec et américain ont accepté la réciprocité. Il cumulera les deux sentences.

— Donc, s'il obtient vingt ans ici et vingt autres années en Grèce, il restera en prison pour quarante ans ? demanda Michael.

Christy lui jeta un coup d'œil.

— C'est une bonne question.

— Cela dépendra du fait que le juge ordonne que les sentences soient exécutées simultanément ou l'une après l'autre. Si oui, il commencera à purger la plus longue des deux peines. Sinon, elles seront consécutives et il effectuera les deux sentences séparément, répondit Nero.

— Je ne souhaite pas le revoir, expliqua doucement Christy.

— Tu n'auras pas à te rendre à l'audience de jugement, l'assura Nero.

— Je dois aller en Grèce pour le procès.

— Tu iras, mais nous ferons tout ce que nous pourrons pour minimiser le temps que tu passeras auprès de lui.

— Rob a dit que, peut-être, il y a une règle pour que je n'aie pas à parler dans la salle d'audience. Est-ce vrai ?

— J'ai chargé le Général Sotíras de demander des arrangements. Cependant, je pense que tu devras expliquer tes peintures au tribunal.

Christy fixa les yeux de Nero un long moment, puis hocha la tête, semblant accepter les paroles qu'il ne voulait pas entendre.

— Quand avez-vous su que Sophia et moi étions jumeaux ?

Nero soupira et passa une main sur son visage.

— Je n'ai appris que récemment que, d'après le Général Sotíras vous pourriez être frère et sœur. D'après ce que j'ai compris, un certificat de décès a été établi pour ta sœur jumelle parallèlement à l'adoption de Sophia par Ariel. Le Général Sotíras est en train de l'examiner.

Christy fronça les sourcils et répéta sa question.

— Quand avez-vous su ?

— Il y a quelques semaines.

— Pourquoi ne m'avez-vous rien dit ?

— Je n'avais aucune preuve de quoi que ce soit et Ariel a refusé d'en discuter. À ce moment-là, nous faisions face à plusieurs problèmes stressants en rapport avec Jason et Yosef et je ne pensais pas que tu avais besoin d'être accablé jusqu'à ce que j'obtienne une preuve dans un sens ou dans l'autre.

— Pourquoi avoir déclaré Sophia morte ?

Nero secoua la tête.

— Je ne sais pas, Christy.

— J'aimerais savoir quand Thimi arrivera.

Nero jeta un coup d'œil à sa montre.

— Il est trop tard pour appeler le Général Sotíras. Je lui téléphonerai demain matin. Michael, j'ai de bonnes nouvelles pour toi.

Celui-ci se tourna vers lui, pensif.

— Andrew Gordon a laissé tomber les accusations portées contre toi pour avoir agressé Yosef dans l'avion. Cela prendra quelques semaines pour traiter toute la paperasse.

— Voulez-vous, s'il vous plaît, en informer Oxford dès que possible ? Je ne veux pas de problème avec ma bourse.

Nero hocha la tête.

— Dès que j'aurai reçu copie de la décision.

Sophia, qui était restée silencieuse jusqu'à maintenant, posa une question en grec et Christy fixa Nero, attendant la réponse.

Il tourna la tête pendant un moment, perdu dans ses pensées.

— Cela pourrait être une bonne idée.

— Quoi ? demanda Michael à Nero.

— J'ai suggéré que nous utilisions son attaché de presse pour servir de liaison entre les États-Unis et les médias grecs. Sophia a proposé que nous nous rapprochions de son agent plutôt que d'embaucher quelqu'un séparément parce que le sien s'occupe déjà de régler les questions pour les deux pays.

Christy pinça les lèvres.

— Nous devons parler à Ariel. Nous aurons besoin d'une déclaration formelle de sa part.

Jake se racla la gorge.

— Je doute que tu puisses y parvenir, mon petit pote. Elle ne veut même pas en discuter avec Sophia.

— Il semblerait qu'elle n'ait plus le choix désormais. Le pot aux roses a été dévoilé, intervint Bobbie.

Mac se tourna vers elle.

— La procédure était à huis clos. Personne ne saura ce que Yosef a dit.

Jake ricana.

— Il y aura une fuite.

Nero lui adressa un regard irrité.

— Dis-moi que j'ai tort, *Papà*.

— Malheureusement, je ne peux pas.

— Ce qui s'est déroulé dans la salle d'audience est déjà divulgué. Juste avant que Christy réclame aux journalistes de s'écarter, une femme de Channel 8 News a demandé à Christy s'il voulait faire un commentaire à propos du viol. Je lui ai indiqué de ne pas lui répondre, expliqua Michael.

Anna et Sophia haletèrent à l'unisson.

— Tu ne peux pas être sérieux, fit Bobbie, incrédule.

Une soudaine rougeur envahit le cou de Nero et remonta sur ses joues tandis qu'il se mettait en colère.

— Comment s'appelle-t-elle ?

Michael secoua la tête.

— Carol quelque chose. Tad a son nom.

— Carol Adder est une vipère de premier ordre, dit Nero avec dégoût.

— Est-il possible d'obtenir une sorte d'ordonnance de non-divulgation pour qu'elle se taise ? demanda Mac.

— Je vais informer le juge que ce renseignement a peut-être été révélé, mais je doute qu'elle fasse quoi que ce soit à ce sujet. Je suis désolé, Christy.

Celui-ci secoua la tête et se tourna pour regarder le soleil de l'après-midi à travers la vitre.

— C'est la même chose en Grèce, personne n'a d'intimité.

Le dégoût emplit Michael. *Rien n'est sacré pour la presse*, songea-t-il amèrement.

Ils s'engagèrent dans le parking du Ranch Wellington. Rob, arrivé avant eux, attendait sur le grand porche. Bien que Wellington soit un foyer pour jeunes, c'était un endroit magnifique, ressemblant à n'importe quoi, sauf à une institution. Michael admira le porche qui faisait tout le tour, les poutres en bois et la cheminée en pierre complétée par de l'argile robuste. Il était accueillant, possédait un charme rustique et c'était la seule maison que Christy avait connue depuis que sa mère était morte quand il avait cinq ans.

— Prêt, bébé ?

Christy acquiesça et se tourna vers Nero.

— Merci.

— Nous n'aurions pas pu réussir sans toi, Christy. Je suis seulement désolé que cela ait été aussi horrible pour toi.

Il acquiesça, mais n'ajouta rien de plus tandis que Tad ouvrait la portière pour lui.

Anna se pencha en avant et tapota son genou.

— Nous serons toujours là pour toi, Christy.

— Merci, *Kyria* Santini.

— Anna. Tu dois m'appeler Anna.

— Merci, Anna. Merci, Bobbie et Docteur Sattler.

— Assure-toi de garder ton pied enveloppé et tes mains propres, l'avertit Mac.

— Je ferai ça.

— Je reviens tout de suite, déclara Michael en sortant de la voiture derrière Christy.

— Nous serons là, mon chéri. Au revoir, Christy, ajouta Bobbie avec un petit geste de la main.

— Christy ?

Il se retourna vers le son de la voix de Sophia.

— Voudrais-tu que je reste avec toi ?

Un long moment passa avant que Christy réponde.

— J'aimerais ça.

Michael ne put empêcher la pointe de jalousie qui s'empara de lui, mais il ne dit rien.

Elle embrassa rapidement la joue de Jake.

— Je t'appellerai plus tard.

Jake acquiesça.

— À plus tard, Christy. Nous sommes vraiment très fiers de toi.

Le sourire de Christy n'atteignit pas ses yeux.

— Merci, Jacob.

— Je vais te faire envoyer des vêtements, déclara Anna à Sophia.

— Merci, *Mamma*.

Sophia embrassa sa joue et suivit Michael hors de la voiture.

— Heureux d'être de retour à la maison ? fit Rob en saluant Christy.

— Oui.

— Allons dans la maison. Tous les enfants sont dans la pièce principale.

Les enfants les plus jeunes qui vivaient à Wellington adoraient Christy, l'encerclant lorsqu'ils le voyaient et parfois, il lui était difficile de rester debout. Ils suivirent le sentier dallé vers trois petits chalets installés à l'arrière de la maison principale en un demi-cercle.

Quand ils passèrent le coin de la maison, Michael s'arrêta brusquement.

— Qui est-ce ?

X

CHRISTY ET Sophia s'arrêtèrent à côté de Michael.

Un jeune adolescent à l'allure goth, ne portant que du cuir noir sous le chaud soleil de juin était assis sur les marches devant le chalet de Christy.

Ce dernier leva les yeux vers Rob.

— La nouvelle licence de Wellington est approuvée par New York pour Thimi et c'est l'autre garçon ?

Rob acquiesça.

— Il se fait appeler Zero. Attendez ici un instant, indiqua-t-il avant de se diriger vers l'endroit où était assis le jeune homme.

Ils discutèrent à voix basse et le garçon se leva, avant d'aller dans la maison principale.

Christy continua son chemin vers son chalet, Michael et Sophia le suivant.

— Que se passe-t-il avec lui ? demanda Michael.

— Il voulait rencontrer Christy, répondit Rob.

— Je ne veux pas paraître rude, mais Zero ?

Rob haussa les épaules.

— C'est ce qu'il aime.

— Quel est son véritable nom ? reprit Christy tout en cherchant ses clefs qu'il ne trouva pas. Oh ! Les clefs étaient dans mon pantalon. C'est la police qui l'a maintenant.

— Tenez.

Rob sortit ses clefs d'une poche, déverrouilla la porte et l'ouvrit.

— Je ferai parvenir un autre trousseau.

Il se tourna vers Michael.

— Son vrai nom est Chaos Drest.

— Cet enfant n'était pas aimé, déclara Michael, poussant la moitié de sa langue contre sa joue.

Rob le regarda.

— Non, il ne l'était pas. Le Bureau des Services d'Aide à l'Enfance et à la Famille estime qu'il est dans la rue depuis son enfance.

— Comment est-ce possible ?

— Les parents sont devenus sans-abris et quand les enfants deviennent des adolescents, ils ne sont plus acceptés dans les refuges, donc ils partent à la dérive.

— Je ne comprendrai jamais ça. Pas même en un million d'années. Nous devons faire plus pour les gens sans-abris.

Michael secoua la tête tandis qu'il suivait Christy à l'intérieur.

— Te voilà à la maison, bébé !

Christy sourit.

— C'est vrai. C'est agréable d'être ici.

— Est-ce que ça va aller ?

Il acquiesça.

— Sophia est là.

Michael l'étreignit doucement.

— Tu m'appelles plus tard ?

— Je le ferai.

— Fier de toi, bébé.

Il embrassa le bout de son nez.

— Je te parle plus tard. Merci de rester avec lui, Sophia. À plus tard, Rob.

Michael sortit du chalet et ne put retenir l'inquiétude qui déferlait dans ses veines. Les étiquettes dont Christy s'était affublé, au sommet de la grande roue, lui indiquaient que les paroles de Yosef dans la salle d'audience ne constituaient rien d'autre qu'un rabaissement massif de l'image que Christy avait de lui-même. Rob appelait cela un retour en arrière, mais Michael savait que c'était toute autre chose. Yosef avait brisé la fragile confiance que Christy avait bâtie depuis son départ de la Grèce et, maintenant, il faisait face à la tâche éreintante de reconstruire ses bases émotionnelles encore une fois. Il n'existait aucun mot en anglais pour décrire à quel point Yosef était méprisable.

Il décida de traverser la maison principale et entra par la porte de derrière. Il s'engagea dans le large couloir avec son haut plafond, ses lattes de plancher rainuré et ses murs grossièrement taillés. Après trois mois, il s'émerveillait encore de la beauté de l'endroit. Quand il poussa la porte en chêne géante qui séparait la pièce principale des dortoirs, le plus petit cyclone de l'existence sauta sur lui.

— Michael !

Darien, âgé de cinq ans, courut vers lui, cherchant à serrer sa jambe, mais il l'attrapa au vol et le souleva avant qu'il ne heurte son genou.

— Hey, petit homme ! Comment ça va ?

— Christy est-il à la maison ?

— Ouais. Laisse-le se reposer pendant un moment et peut-être que tu pourras le voir plus tard.

— 'Kay. Puis-je avoir un tour sur ton dos ?

— Que dirais-tu que je le fasse dimanche, au barbecue ?

Le visage de Darien s'affaissa.

— Tu promets ?

— Ouais. Promis.

— Okay.

Il se libéra des bras de Michael et se dirigea vers le groupe d'enfants qui se trouvait au milieu des coussins aux couleurs vives. Michael aperçut Jerry du coin de l'œil et leva une main pour lui adresser un petit signe. Jerry referma le livre qu'il avait sur ses genoux, releva le siège inclinable dans lequel il était assis et avança vers Michael.

Jerry Lafayette et Christy étaient devenus amis en cours d'art à l'école, mais parfois, c'était difficile de croire que Jerry avait obtenu son diplôme en même temps qu'eux. Il était petit, portait de petites lunettes violettes funky, avait une mèche rose dans ses cheveux – et il était immature au possible. Il avait eu une éducation protégée dans une famille religieuse et son père l'avait expulsé quand il avait découvert qu'il était gay. Heureusement, Rob avait accepté de l'héberger jusqu'à ce qu'il commence l'université à New York en août.

— Hey, le salua Michael.

— Hey. Comment va Christy ?

— Bien, tout compte fait. Vas-tu aller le voir ?

— Rob a dit d'attendre jusqu'au barbecue de dimanche, parce que le procès a été vraiment très difficile pour lui. Je suppose qu'il est pratiquement dévasté vu qu'il a voulu sauter de la grande roue. Je veux dire… qui fait ça ?

Michael lui adressa un sourire crispé.

— Quelqu'un qui a vécu plus de choses que quiconque ne devrait avoir à supporter. Comment vas-tu ?

Jerry haussa une épaule et n'en dit pas plus, et sa réserve surprit Michael. Jerry était le genre de gars qui n'avait aucun filtre dans la bouche et encore moins de limites sur son comportement.

— Tu vas bien, mec ?

— Je suppose.

Michael le guida vers une chaise à proximité et s'assit sur l'ottomane, en face de lui.

— Quoi de neuf ?

— Rien. J'ai juste… Eh bien, Christy représente beaucoup, tu sais ? Je veux dire, Christy est mon premier ami, en quelque sorte.

En dépit de l'attitude plus qu'ennuyeuse de Jerry, le cœur de Michael se serra.

— Je comprends ce que tu veux dire. Nous ne voulons pas le perdre.

— Je sais que le règlement d'ici indique qu'on ne peut pas rester si on est suicidaire. Rob l'a tatoué dans mon cerveau quand je suis arrivé. Va-t-il faire partir Christy ?

— Non, Christy va bien. Il a passé juste un mauvais moment pendant le procès.

Jerry étudia un morceau effiloché de bois et tira dessus. Un des harceleurs de l'école vivait dans le parc de caravanes qui était jadis la maison de Jerry et l'avait battu comme plâtre. Jerry avait passé quelque temps à l'hôpital avec une grave commotion cérébrale et un bras cassé. Le problème était que Jerry était imprudent et que ses plâtres faisaient face au délabrement total très régulièrement.

— Quand papa a-t-il indiqué qu'il retirerait ton plâtre ?

— Bientôt. C'est un peu étrange parce que mes deux derniers doigts sont engourdis, mais je lui ai dit que je m'en fichais. Je peux encore peindre et faire de l'art.

Jerry paraissait sérieusement abattu et Michael ne savait pas quoi dire.

— Christy va récupérer, Jerry. Il y fera face.

Jerry le dévisageait à présent, se frottant les yeux avec ses doigts sous les verres de ses lunettes en reniflant.

— C'est nul que nous devions tout le temps nous battre contre quelque chose.

— Je comprends ce que tu veux dire. Mais c'est la vie.

— Tu n'as pas à lutter contre quoi que ce soit. Ta vie est parfaite.

Michael eut un petit sourire.

— Pas toujours, mec, mais la vie peut sérieusement être bonne si on y travaille.

— Ouais, tu sais, quelqu'un devrait nous parler de cette connerie.

— Nous dire quoi ?

— Que nous devons y travailler. Je veux dire… Tout le monde pense que lorsque tu grandis, la vie est un long fleuve tranquille.

Désormais, Michael affichait un grand sourire.

— Tu as raison. Quelqu'un devrait nous prévenir que ce sont des conneries. Mais ils ne l'avouent pas, donc nous devons faire avec.

Jerry poussa un long soupir.

— Fais chier…

Michael acquiesça à moitié, tout en secouant la tête.

— Pas toujours.

— Christy n'ira nulle part ? Il peut rester ?

— Ouais. On se voit dimanche ?

— Ouais, okay.

Jerry se leva du siège et Michael le regarda.

— Tu es sûr que tu vas bien ?

— Ouais, à dimanche.

Michael regarda Jerry s'éloigner et se sentit désolé pour lui. Ses parents étaient pénibles et il avait raison sur deux points. Comparé à beaucoup d'autres, Michael avait une vie presque parfaite ; et la vie ne devenait pas plus facile quand on grandissait. Il se leva, repéra Zero assis seul dans un fauteuil, près de la baie vitrée et se dirigea vers lui.

— Salut. Je suis Michael.

Le jeune le dévisagea, ses yeux verts rendus brillants par le lourd maquillage qu'il portait.

— Je sais.

— Laisse un peu de temps à Christy pour qu'il se repose. Puis tu pourras le rencontrer.

— J'ai compris Rob la première fois.

Le jeune homme se leva de sa chaise et s'éloigna.

La réaction immédiate de Michael fut de juger le gamin comme un imbécile, puis il se reprit. Il ne le connaissait pas du tout.

— Tout va bien, mon pote ? Tu es resté là-dedans une éternité, demanda Jake quand Michael remonta dans la limousine.

— Ouais. Christy est ravi d'être à la maison.

— C'est merveilleux à entendre, dit Mac.

— Jerry paraît un peu déprimé.

Jake se glissa sur la banquette pour faire un peu de place à Michael.

— Nous le réconforterons au barbecue de dimanche.

— Le nouveau gamin de la ville est arrivé et veut rencontrer Christy.

— Quel enfant ? demanda Nero.

— Je suppose que c'est celui que Rob a dû accepter afin d'obtenir la licence pour que Wellington devienne un foyer d'hébergement, il a dû prendre un jeune venu de la ville et un nouveau conseiller. De cette manière, Thimi peut venir ici.

Nero hocha la tête.

— J'avais oublié.

— Que penses-tu de lui ? demanda Anna.

Michael haussa une épaule.

— Je crois qu'il était énervé parce que Rob n'a pas voulu le laisser voir Christy.

— Regardez ça. Ne vont-ils donc jamais s'arrêter ? déclara Bobbie alors qu'elle regardait à travers la vitre, les médias garés juste au-delà de la sortie du parking.

— Ils ne s'arrêteront jamais, fit Anna en soupirant.

— Ils devraient être à dix mètres de l'entrée, intervint Nero, d'une voix froide et colérique.

Ils regardèrent tandis que Tad et deux autres gardes de la sécurité s'approchaient d'une camionnette des médias. Après ce qui sembla être un échange tendu, les journalistes remontèrent dans leurs véhicules et partirent.

Le trajet jusqu'à la maison de Michael se déroula sans incident jusqu'à ce qu'ils atteignent la rue dans laquelle ils vivaient.

— Oh, en parlant d'eux… fit Bobbie quand elle vit la presse faisant le pied de grue devant leur maison.

Nero fixa Mac.

— Pourquoi ne resteriez-vous pas chez nous ?

Mac se tourna vers Bobbie qui pinça les lèvres.

— Je suppose. Je déteste devoir continuer à nous imposer chez vous.

Anna serra la main de Bobbie.

— Bêtises. Nous sommes de la famille.

Jake poussa le pied de Michael du sien et celui-ci haussa les épaules.

— Tu as juste besoin de prendre des vêtements et de le faire savoir à Christy.

— TU VAS bien, Christy ? demanda Sophia en grec, de sa place, sur le canapé.

Il hocha la tête tout en s'asseyant dans un des fauteuils rembourrés et lui répondit dans la même langue.

— Sais-tu ce qui s'est passé il y a des années ?

— Pas plus que toi.

— Pourquoi Ariel ne veut-elle pas en discuter ?

— Je ne sais pas. Elle s'est mise en colère quand je l'ai interrogée à ce sujet.

— De quoi te souviens-tu lorsque tu étais petite ?

Elle secoua lentement la tête.

— Je ne me souviens pas que tes… parents sont également les miens.

— Il est possible que nous soyons jumeaux.

Un sourire apparut sur ses lèvres.

— Ça l'est.

— Cela me réconforte.

Désormais, elle souriait franchement.

— Moi également.

— Au final, cela ne change rien du tout, déclara solennellement Christy.

— Je suis d'accord.

Christy fit un geste de la main.

— La vie continue.

Son téléphone bourdonna avec l'arrivée d'un message de Michael et il l'attrapa sur la table basse pour lire le texto.

— Les médias campent devant la maison de Michael. Ils resteront chez Jake.

— Ce serait mieux si mon agent gérait la presse.

Christy se frotta le visage d'une main.

— Tu as raison.

— Nero a dit que tu avais discuté avec Thimi.

Il acquiesça. Il ne voulait pas se disputer avec elle au sujet de Thimi et attendit qu'elle lui dise ce qu'elle avait à l'esprit.

— Es-tu absolument certain que tu souhaites prendre soin de lui ?

Elle avait qualifié Thimi d'animal simplement parce que Yosef était son père et Petros son grand-père, et cela l'énervait complètement qu'elle ait des préjugés.

— Tu connais ma réponse, Sophia.

Elle fronça les sourcils.

— Tu cherches les problèmes avec les Sanna.

— Ce n'est pas de sa faute si Yosef est son père.

— Vrai, mais prendre Thimi avec toi te fait courir des risques.

Ce que Sophia n'avait pas réalisé – ou plus probablement, ne voulait pas accepter – c'était que les Sanna ne laisseraient pas Christy tranquille tant qu'il respirerait. Pour des raisons qu'il ne pouvait pas comprendre, ils étaient obsédés par lui et avoir Thimi auprès de lui ne changerait pas d'un fichu iota le niveau de risque. Mais il n'allait pas lui dire ça. Cela ne ferait que la bouleverser.

— Il a douze ans. Il n'a nulle part où aller, ni personne pour s'occuper de lui. Je ne peux pas le laisser dans un orphelinat en Grèce.

— Tu as demandé à Nero de s'arranger pour faire construire un refuge comme celui-ci, une sorte de Ranch Wellington en Grèce. Pourquoi ne resterait-il pas là-bas ?

— Il viendra auprès de moi. C'est ma décision, point final.

Elle capitula en soupirant.

— Que puis-je faire pour aider ?

Une vague de surprise le traversa.

— Tu veux aider ?

— Si je ne peux pas te faire changer d'avis, je vais essayer de tirer le meilleur parti d'une situation affreuse. Donc, que puis-je faire ?

— Je dois préparer le chalet pour Thimi. Je dois faire la décoration et acheter des affaires. Veux-tu venir faire les courses demain, avec moi ?

Elle sourit.

— Ce sera avec plaisir.

— Aucun commentaire ! cria Michael aux journalistes qui se tenaient juste devant eux, lorsque ses parents et lui entrèrent dans la maison et il claqua la porte. Merde ! J'en suis au point où je déteste ces gars !

— C'est pénible, reconnut Mac.

Michael passa une main dans ses cheveux.

— Combien de temps allons-nous rester chez Jake ?

Bobbie tenta de lui adresser un sourire encourageant.

— Probablement le week-end, mon chéri. Espérons que cela se sera calmé d'ici lundi.

— Seulement pour redevenir bizarre dans deux semaines quand Yosef sera condamné.

Michael traversa le couloir qui menait à sa chambre et ferma la porte derrière lui.

— Tu parles d'une saleté de journées de merde ! murmura-t-il en retirant la blouse d'hôpital, avant de la jeter dans le panier à linge sale dans son placard.

Il tira le tiroir de sa commode pour attraper un caleçon, puis revint à son placard pour un jean qu'il enfila. Il retourna à sa commode, la fouilla pour trouver un tee-shirt et en sortit un qui indiquait « courir : le seul sport qui nécessite deux balles au lieu d'une seule » et le mit.

Ensuite, il explora dans son placard, à la recherche d'un sac pour ses affaires et le remplit de vêtements, incluant sa tenue de sport et ses baskets pour la piste. Jake et lui avaient réussi les essais lors de l'USATF et avaient exactement deux semaines pour s'entraîner et être prêts avant ceux de juillet. Il avait l'impression que cela faisait une éternité depuis la dernière fois qu'il avait couru, mais cela ne remontait qu'à quatre jours.

Puis, il rassembla ses affaires de toilette, les fourra dans son sac et essaya d'y glisser son ordinateur portable également, mais il ne rentra pas. Il l'emballa séparément et referma la fermeture éclair. Une fois terminé, il ferma le sac, passa la sangle sur son épaule et retourna dans le couloir.

— Prêt ? demanda Mac.

— Ouais. J'ai du mal à croire que Jake et moi, nous avons seulement deux semaines pour nous préparer avant les essais.

Mac gloussa.

— Les choses vont se calmer maintenant, et tu seras prêt.

— Je l'espère.

— Comment vas-tu, Michael ?

Il haussa les épaules.

— Bien, je suppose.

Bobbie arriva dans le couloir avec sa valise sur roues et un sac en plus. Mac tenta de l'aider avec les bagages.

— C'est bon. Tu dois faire aller faire les tiens, insista-t-elle.

— Nous reviendrons chercher les sacs après votre retour dans la voiture, Docteur et Madame Sattler, dit rapidement Tad. Le vôtre aussi, Michael.

Il laissa la bandoulière glisser de son épaule et tendit le sac à Tad avec celui de son ordinateur portable, et le garde les posa dans l'entrée avec les autres bagages.

— Chéri, tout est verrouillé ? demanda Bobbie.

— Je me suis occupé de tout, ma chère, l'assura Mac.

— Je commence à comprendre pourquoi Nero déteste autant la presse, dit-elle en soupirant.

Michael passa un bras autour de ses épaules et la serra contre lui.

— Comme papa l'a dit, ça va se calmer.

Elle tapota sa joue.

— Comment ai-je pu être aussi chanceuse et t'avoir pour fils ?

— C'est la faute de papa.

— J'accepte la récompense. Prêts à braver la horde ?

Michael ricana à moitié.

— Est-ce le moment où je dois pousser mon cri à la *Braveheart* ?

Mac se mit à rire.

— Sommes-nous victorieux ?

— Non. Il n'y a absolument rien de victorieux.

— Tu ne ressembles en rien à ce païen de William Wallace. J'appelle cela une victoire, intervint Bobbie.

— Je peux me laisser pousser les cheveux.

— N'y songe même pas, déclara-t-elle tandis que Tad ouvrait la porte et ils firent face à la horde.

Sophia et Christy inspectèrent le chalet vide.

— Qu'en penses-tu ? demanda-t-elle.

Christy se frotta le menton, perdu dans sa contemplation.

— Il y a trop d'espace. Thimi ne se sentira pas en sécurité.

— Que proposez-vous ? demanda Rob.

Il se dirigea vers l'escalier en fer forgé en colimaçon et indiqua l'étage.

— Le loft.

Il grimpa les marches, Sophia et Rob le suivant.

— Là. Il vivra ici.

Rob grimaça.

— Cela ne fait que trente-sept mètres carrés, Christy.

— C'est bon. Nous aurons besoin d'un petit lit et d'étagères pour les vêtements.

— Pas d'un placard ? demanda Sophia.

Christy secoua la tête.

— Non. Et jamais de douche. Il a tellement souffert dans ces endroits.

— Qu'allons-nous faire du reste de l'espace ? reprit Rob.

— Installez des meubles, comme pour moi. Cela prendra du temps, mais il finira par descendre.

— Il devra le faire pour manger, prendre un bain et venir aux réunions individuelles ou de groupe, indiqua Rob.

— Seulement avec moi pour la première semaine. Puis nous verrons.

Sophia étudia intensément Christy.

— Que se passera-t-il si tu n'es pas là ?

— Je serai là. Nous n'avons pas d'école et Michael doit s'entraîner pour les essais. Ce sera une bonne semaine pour Thimi.

Rob continua de faire la grimace.

— Le Docteur Jordanou et le Général Sotíras resteront ici pendant une semaine.

Christy se tourna vers lui.

— C'est très bien. Préparez un lit pour le Docteur Jordanou en dessous.

— Tu t'attends à ce qu'il reste ici ? demanda Sophia.

Christy acquiesça tout en continuant à réfléchir sur les autres affaires dont Thimi aurait besoin.

— Le loft sera l'espace réservé à Thimi, et personne ne devra entrer sans sa permission.

— Je ne sais pas si je peux accepter cela, Christy. Au moins, il y a un service de nettoyage en chambre tous les jours, reprit Rob.

— D'accord. Alors, vous devrez expliquer quand cela arrivera et combien de temps cela prendra. Dites-lui qu'il doit donner sa permission pour ça ; que rien ne sera pris ou volé et qu'il pourra superviser le travail. Cela l'aidera.

Rob lui adressa un regard empli de doute.

— Vous avez réfléchi à tout cela, n'est-ce pas ?

— Non. Venez. Allons manger et faire la liste des affaires à acheter.

XI

— COMMENT VA Christy ? demanda Nero.

Michael leva les yeux de son assiette. Il était tellement occupé à enfourner de la nourriture dans sa bouche, qu'il n'avait pas prêté attention à quiconque à table.

— Bien. Il ne tient qu'à un fil, mais si vous craignez qu'il cherche à se suicider, ce n'est pas la peine. Il est excité par l'arrivée de Thimi ici. Pourquoi ?

— J'étais seulement inquiet. Et toi, comment vas-tu ?

Michael jeta un coup d'œil à Nero, puis à Anna et Jake, et enfin à ses parents avant de revenir sur Nero.

— Bien. La vidéo a été un véritable choc, mais je sais exactement ce qui s'est passé.

— Que veux-tu dire par « ce qui s'est passé » ? demanda Bobbie.

Il croisa les yeux fixes de sa mère.

— Christy a passé treize ans à apprendre comment empêcher Yosef de lui faire du mal, donc il a fait ce qui était nécessaire.

Jake repoussa son assiette et s'adossa à sa chaise.

— Tu n'es pas énervé ?

— Je le suis sérieusement et si jamais je mets les mains sur ce connard à nouveau, il est mort. Désolé pour le langage, mais c'est ce que je ressens.

— Dans ces conditions, c'est acceptable, déclara Mac.

— Je suis d'accord, intervint doucement Anna.

Nero la regarda, surpris.

— Ne me regarde pas comme ça. Cet homme est vil.

— Vas-y, *Mamma !*

Jake leva une main pour un tope-là et Anna la toucha légèrement.

— Je ne pense pas que nous ayons besoin de nous inquiéter que tu aies à nouveau un contact avec lui, dit Bobbie.

— Pour sa sécurité, j'espère que non, fit Michael en se levant de table pour emporter son assiette à la cuisine.

— Michael, assis. Rosa va s'en occuper, insista Anna.

Il avait oublié qu'il était dans la maison de Jake. Bien qu'ils aient grandi ensemble, il omettait souvent que les Santini avaient du personnel.

— Je m'en occupe.

Rosa entra dans la salle à manger et prit l'assiette de ses mains avec un sourire poli. Il capitula et se rassit sur son siège.

— Comment va Sophia ? demanda-t-il à Jake.

Celui-ci siffla doucement.

— Je n'ai pas envie de faire partie des ennemis de cette femme. Je pense qu'elle aurait pu déchiqueter Yosef à mains nues si l'huissier ne l'avait pas fait quitter la salle d'audience.

Nero secoua la tête.

— C'est terminé. Nous devons aller de l'avant.

Rosa revint dans la salle à manger.

— Café ?

Tout le monde accepta, excepté Michael et Jake.

— Allons chercher un peu de glace, déclara Jake.

Bobbie sourit.

— Tu m'en apportes, Michael ?

— Quel genre ?

— Peu importe.

— *Spumoni, figlio*, dit Nero.

Jake adressa un salut à son père.

— *Mamma ?*

— Le Garcia.

— Cerise Garcia pour toi.

— Papa ? demanda Michal.

— Rien pour moi, cependant je prendrais bien un peu de cognac.

— Excellente idée, approuva Nero.

Michael regarda Jake verser de la glace dans deux bols.

— Laisse-moi emmener ça à nos mères et je reviens tout de suite.

Quelques secondes plus tard, il était de retour et mis trois boules de crème glacée au chocolat à la menthe dans un bol, qu'il poussa vers Michael et s'en prépara un autre. Michael assaisonna le sien de sirop de chocolat, puis rajouta de la crème chantilly jusqu'à ce qu'elle déborde pratiquement. Il termina avec une pointe et dispersa des éclats de noisette dessus.

— Nous n'avons que deux semaines seulement avant les essais, Jake.

— Ça ira. L'entraîneur sera présent tous les jours pour nous.

Le coach O'Malley était leur entraîneur sur la piste et le terrain depuis qu'ils avaient commencé le lycée et il leur avait fait gagner quatre championnats d'État consécutifs. C'est une des personnes les plus gentilles qu'ils connaissaient et ils l'aimaient.

— Qui dit ça ?

— Papa lui a parlé.

— Comme s'il était notre entraîneur personnel maintenant ?

Jake fit un geste indiquant « à quoi t'attendais-tu » d'une main.

— C'est sérieusement cool. Rappelle-moi de remercier ton père.

— C'est un peu bizarre parce que je ne pense pas que papa veuille que nous réussissions.

— Que veux-tu dire ?

— Mec, où as-tu la tête ? Tu as une bourse pour Oxford et je vais à Columbia. Ce n'est pas comme si nous avions le temps pour un entraînement olympique si nous réussissons.

Michael arrêta sa cuillère à mi-chemin de sa bouche.

— Quoi ? Comme si nous ne pouvions pas aller à l'université en même temps ?

Jake roula des yeux.

— Tu es tellement inconscient. L'entraînement pour les Jeux olympiques, c'est toute l'année.

Michael glissa sa cuillère dans sa glace.

— Comment cela va-t-il pouvoir marcher ?

— C'est ma question. Tu vas devoir choisir entre une carrière d'athlète ou aller à l'université.

— Je ne veux pas être un athlète de carrière. Je veux restaurer des livres anciens.

— Bien.

— Mec, alors pourquoi faisons-nous ça ?

— Parce que nous aimons courir et que nous sommes doués pour ça ?

Michael inclina son menton.

— Parle pour toi. Je le fais parce que je ne peux pas te laisser être meilleur que moi. Je veux dire... ce n'est pas comme si cela ne pourrait arriver, mais...

Jake renifla ironiquement.

— Je suis toujours meilleur que toi, mon pote !

— Tu ne l'es absolument pas !

Michael catapulta une cuillerée pleine de crème vers Jake, le rata et elle atterrit sur le visage de Rosa alors qu'elle entrait dans la cuisine, les bras chargés d'assiettes.

Michael sauta au bas de son tabouret.

— Oh, merde ! Rosa ! Je suis désolé !

Il saisit un torchon et tapota sa joue pendant qu'elle déposait les plats sur le comptoir.

— Donnez-moi ça ! fit-elle en riant, prenant le torchon de ses mains.

— Je suis désolé. C'était pour Jake. Cela vous dérangerait-il de le tenir pendant que je tire sur lui ?

Elle tendit la main vers la bouteille de crème chantilly et visa Michael.

Celui-ci baissa la tête.

— Je me rends !

— C'est hors de question que vous saccagiez ma cuisine tous les deux !

— Jamais. Nous ne ferions jamais ça. Nous le jurons !

— Tenez, Rosa. Laissez-moi vous nettoyer.

Jake prit le torchon de ses mains, fit semblant de l'essuyer et subrepticement, établa du sirop de chocolat sur l'autre joue.

— Jacob !

— Bataille de nourriture ! cria Michael.

Il attrapa la bouteille de sirop de chocolat et visa Jake.

— Oh, putain, non !

Jake esquiva l'îlot central, ouvrit le réfrigérateur et revint avec des bouteilles de sirop de fraise et de caramel.

— Pas de chance !

Michael hurla tandis qu'il évitait le jet.

— Ha ha ! Tu as raté !

Il se tourna pour voir que Rosa dirigeait le pot de moutarde dans sa direction. Elle le toucha en plein visage.

— C'est vraiment injuste ! C'est une compétition à base de sucré uniquement !

Il se tourna et Jake le toucha avec de la crème chantilly.

La porte de la cuisine s'ouvrit.

— Que se passe-t-il ici ?

— Papa ! cria Michael. Aide-moi ! Ils se sont ligués contre moi !

— Eh bien… Laisse-moi t'aider.

Mac se pencha vers le bol de glace de Michael, en prit une poignée et l'écrasa sur les cheveux de son fils.

— Tiens, voilà. Tu es sauvé.

Mac alla chercher une serviette en papier et s'essuya les mains avant de retourner dans la salle à manger.

— C'est tout à fait contraire aux lois ! N'y a-t-il pas une sorte de code pénal des combats de nourriture qui le dit ?

Jake éclata de rire.

— C'est une question pour mon père. Je ne suis pas encore avocat.

Le téléphone de Michael se mit à sonner et il regarda ses mains, désormais pleines de glace, de crème chantilly et de trois sortes de sirops, le tout agrémenté d'un peu de moutarde.

— Jake, réponds à mon portable !

— Où est-il ?

— Dans ma poche.

Jake le sortit et répondit d'un rapide :

— Hey, Christy !

— C'est moi, Jacob. Pourquoi réponds-tu au téléphone de Michael ?

— Oh… hey, Sophia. Nous avons une bagarre de nourriture et Michael a perdu. Il est dégueu.

Jake croisa le regard inquiet de Michael.

— Tout va bien ?

— Oui. Je voulais juste lui faire savoir que Christy s'était endormi.

— Christy s'est endormi, dit-il à Michael avant de revenir à Sophia.

— C'est bon. Il va bien ?

Michael tendit la main vers une serviette propre et Rosa lui proposa un papier humide pour qu'il puisse se nettoyer les mains.

Sophia poursuivit.

— Très bien, mais il est épuisé après être allé à l'autre chalet pour prévoir l'arrivée de Thimi.

— Comment tiens-tu le coup ? Comment ça se passe ce truc frère/sœur ?

— Ça va bien. Nous avons décidé cela ne changerait rien. Nous aimerions seulement qu'Ariel puisse en discuter.

— Vous devriez peut-être lui laisser un peu plus de temps ?

— Peut-être. Écoute, *bello,* nous devons aller faire des courses demain pour Thimi et Michael devra venir ici pour aider Rob et Christy à bouger les meubles.

— Ah, d'accord. Quelle heure ?

— Vers midi, je pense. Cela nous laissera le temps de finaliser la liste d'achats et les plans.

— D'accord. Attends…

Jake regarda Michael.

— Sophia dit que nous devons être là-bas pour midi. Toi, pour aider à transporter les meubles dans le chalet de Thimi et moi pour faire les emplettes avec elle.

Il agita ses fesses.

— Tu as toujours les boulots les plus cools, mon pote. Et qu'en est-il de l'entraînement ?

Jake jeta un coup d'œil à sa montre.

— Il n'est que vingt heures. Disons que nous allons nous coucher de bonne heure et que nous serons sur la piste pour sept heures trente ?

Michael acquiesça.

— Allons-nous y retrouver l'entraîneur ?

— Pas avant lundi.

— Ça marche pour moi.

Jake reprit son appel.

— C'est bon. Michael et moi irons courir de bonne heure et nous serons là vers midi.

— Oh, j'avais oublié votre entraînement.

Jake sourit.

— Ouais, cela a été quelques journées de folie. Les choses vont revenir à la normale maintenant que le procès est terminé.

— Je l'espère. Je ferai savoir à Rob que Michael viendra.

— Tu vas bien ?

— Oui, mais fatiguée. Je crois que je vais aller dormir maintenant que Christy va bien.

— D'accord. Je t'aime.

— Je t'aime aussi. À demain.

Jake raccrocha.

— Tout va bien. Ils sont juste épuisés.

Michael secoua la tête.

— Tu parles d'une putain de semaine !

— Vois les choses comme ça : dis-toi que c'était ton premier, et probablement ton dernier, procès criminel.

— Non, mon pote, ça ne l'est pas. Christy doit encore faire face à celui qui se déroulera en Grèce.

Jake passa une main sur son visage.

— Okay, eh bien, il n'aura pas lieu ce soir et nous devons nous entraîner demain, alors, allons au lit.

— J'aide Rosa à nettoyer, je prends une douche, puis j'irai me coucher.

Rosa jeta un torchon à Michael.

— Hors de question que vous touchiez à ma cuisine.

BOBBIE APPARUT sur le seuil de la chambre d'amis où se trouvait Michael, la lumière provenant du couloir découpant sa petite silhouette.

— Tout va bien ? demanda-t-il.

Elle entra dans la pièce, s'assit sur le bord du lit et passa une main douce sur ses cheveux bouclés.

— Tes cheveux sont humides.

— Ça va sécher. Quel est le problème ?

— Je m'inquiète pour toi.

— Je vais bien.

Elle sourit, et même dans la pénombre de la chambre, Michael put voir que c'était un sourire triste.

— Que se passe-t-il, maman ?

— Cette vidéo dans la salle d'audience a dû profondément te toucher.

Michael soupira.

— Je te garantis que je ne pourrais pas être tenu pour responsable de mes actions si jamais je pose les mains sur Yosef à nouveau, mais j'ai besoin de rester concentré sur Christy. Il croit que je ne veux plus être avec lui désormais.

Elle grimaça.

— Je ne devrais pas dire ça, mais j'espère que Yosef ira brûler en enfer pour l'éternité.

Michael saisit sa main et embrassa sa paume.

— Pourquoi ne devrais-tu pas le dire ? C'est le diable incarné. Et il brûlera en prison. Si ce n'est pas ici, alors ce sera en Grèce. Le Général Sotíras s'en assurera.

— Je pense que tu as raison.

— Jake et moi, nous irons sur la piste pour sept heures trente, puis nous devrons aller chez Christy pour midi. Je dois aider à transférer des meubles dans le chalet de Thimi.

— À quelle heure veux-tu te lever ?

— Six heures trente.

— À demain matin. Je t'aime.

— Je t'aime aussi, maman.

MICHAEL SE réveilla au son de son téléphone et il lui fallut une seconde pour retrouver son sens de l'orientation avant de se rappeler où il était. Il tendit la main vers l'appareil et dans un état semi-endormi, il répondit.

— Ouais ?

— Michael ?

La voix de Christy paraissait rauque et emplie de peur.

— Hey, bébé. Tu vas bien ? Quel est le problème ?

— Je suis désolé d'appeler si tard. J'avais envie de… d'entendre ta voix.

Michael détestait quand Christy avait des cauchemars et il maudit Yosef une nouvelle fois, pour les avoir ramenés.

— Je suis là. Juste ici. Je ne vais nulle part. Tu me racontes ?

— Cela remonte à l'époque où j'étais avec Yosef.

— L'ancien temps ou le kidnapping ?

— L'ancien temps.

Michael se frotta les yeux.

— C'est fini, Christy. Plus personne ne te fera du mal. Je vais m'en assurer.

— Tu ne peux pas le promettre. Tu ne contrôles pas les actions des autres.

Il le savait, mais cela ne voulait pas dire qu'il n'essaierait pas.

— En effet, mais je peux promettre que je ferai tout ce qui est en mon pouvoir pour te garder en sécurité.

— En ça, je crois.

Désormais, il entendait le sourire contenu dans la voix de Christy.

— Veux-tu que je reste avec toi demain soir ?

— Ce serait super. Le sexe avec toi me manque.

Michael se mit à rire.

— Ouais, ça fait un moment.

— Michael ? reprit Christy, sa crainte revenant à nouveau dans sa voix.

— Quoi, bébé ?

— La vidéo dans la salle d'audience ? Tu ne l'as pas prise comme une trahison ?

Michael serra les dents et voulut s'en prendre violemment à Yosef, encore une fois.

— Putain, non !

— Tu veux toujours avoir des rapports avec moi ?

Michael voulait hurler.

— Cette vidéo n'a rien changé, Christy. Je te le promets.

— Merci.

— Ne me remercie pas. Je t'aime.

— Je t'aime aussi.

Christy lui avouait rarement qu'il l'aimait et le cœur de Michael grimpa en flèche.

— *S'agapó*, bébé.

Christy rit doucement.

— Tu es bon avec l'accent grec sur ces mots.

— Parce que je le pense.

— Je vais retourner dormir maintenant et rêver de toi.

— D'accord, bébé. Je suis juste là. Je n'irai jamais nulle part.

— Très bien. Bonne nuit.

— 'Nuit.

Michael regarda le réveil. Il était trois heures du matin. Il roula sur le ventre, donna des coups de poing dans l'oreiller, comme si c'était le visage de Yosef et sombra dans un sommeil agité.

XII

Hôpital de l'Hippokration, Samedi
GLYFADA, SUD D'ATHÈNES, GRÈCE

— BON APRÈS-MIDI, Thimi, le salua le Docteur Jordanou. Comment vas-tu aujourd'hui ?

Thimi leva son plâtre.

— D... deux.

— Nous allons te donner quelque chose pour la douleur.

Le médecin accrocha ses radios sur le tableau lumineux et les étudia.

— Ton poignet a l'air d'aller bien.

Le Général Sotíras entra dans la chambre.

— Bonjour, Thimi.

Le Docteur Jordanou sourit à la surprise du jeune homme.

— Aimerais-tu savoir pourquoi le Général Sotíras est ici ?

Il hocha la tête.

— Nous allons t'emmener auprès de Christy demain et nous voudrions que tu te prépares pour le voyage. Tu dois savoir à quoi t'attendre.

Le visage de Thimi s'éclaira, et il sourit presque.

— Je t'ai apporté quelque chose.

Le Général Sotíras déroula une longue enveloppe en s'approchant du lit. Il posa plusieurs photos 25x20 cm sur la table de chevet et les lissa d'une main.

— Christy m'a envoyé des photos de tout le monde à New York.

La première était de Christy et Thimi sourit.

— Il a l'air bien, non ? demanda le Docteur Jordanou.

Thimi acquiesça tout en regardant le cliché suivant.

— C'est Michael, le petit ami de Christy, expliqua Sotíras.

La suivante montrait une vue extérieure du chalet de Christy.

— C'est là où il vit.

Thimi leva les yeux vers lui, sa confusion évidente sur ses traits.

— Le Ranch Wellington possède trois chalets en dehors de la maison principale. Christy vit dans l'un d'entre eux.

Ensuite, il passa en revue plus d'une vingtaine de photographies.

— Tu peux les garder, indiqua Sotíras.

— A... appeler Christophoros ?

Le Docteur Jordanou jeta un coup d'œil à sa montre.

— Il est six heures du matin à New York. Tu vas le réveiller.

Thimi hocha la tête, comme si le sommeil de Christy lui importait peu.

Sotíras sortit son portable, fit défiler le numéro et tendit l'appareil à Thimi. Il le porta à son oreille et le secoua quand cela ne fonctionna pas.

— Tu dois appuyer sur « envoyer ». Le bouton vert, lui expliqua le Général.

Thimi le fit et amena de nouveau le portable à son oreille.

— *KALIMÉRA*, GÉNÉRAL, répondit Christy.

— C'est moi, Thimi. J'utilise le téléphone du Général.

Christy répondit avec un heureux :

— *Kaliméra*, Thimi. C'est la première fois que tu m'appelles.

— C'est la première fois que j'appuie sur « envoyer » et que j'entends la sonnerie de la ligne !

— C'est très excitant !

— Tu parles tout le temps maintenant ? Pas seulement pour moi ?

— J'essaie. Je suis des cours d'orthophoniste, et le bégaiement a presque disparu maintenant.

— Ils font ça ?

Christy sourit intérieurement.

— Ils m'aident pour tout, Thimi. Tu auras la même chose. Quoi que tu aies besoin, ils t'aideront quand tu viendras ici.

— Et ils savent ? Pour nous ?

— En effet.

— Que dois-je faire pour eux ?

— Ils ne veulent pas ça de nous, Thimi.

— En es-tu certain ?

— Oui. Ils sont là pour nous aider.

— Je n'y crois pas.

— C'était difficile pour moi d'y croire, mais c'est vrai. C'est un endroit très spécial, pour nous, Thimi. Un lieu pour uniquement des gens comme nous. Tu verras. Quand arrives-tu ?

— Je viens demain !

L'excitation dans la voix de Thimi enchanta Christy et il poussa un monumental soupir de soulagement.

— C'est une merveilleuse nouvelle. Je prépare tout pour toi en ce moment.

— C'est un long voyage.

— Oui. Presque deux heures jusqu'à Athènes, treize heures d'avion jusqu'aux États-Unis, puis tu devras encore faire quatre heures de voiture pour arriver où je suis. Ce sera une longue journée. Qui vient avec toi ?

— Le Docteur Jordanou et le Général Sotíras. C'est bon ?

— Très bien.

Thimi baissa la voix pour prendre un ton de conspirateur.

— Le Général est sûr ?

— Oui.

— C'est un policier, non ?

— Oui. Mais il n'est pas comme le Général Colonomos. Il est sûr. À quelle heure pars-tu ?

— Je vais demander… Le Docteur Jordanou dit que nous partirons à huit heures du matin et que nous prendrons l'avion à dix heures !

Christy calcula rapidement les treize heures de vol, plus une heure pour récupérer leurs bagages et une voiture, plus quatre heures de conduite depuis la ville, faisant pour Thimi, un total de minimum, dix-huit heures de voyage. Puis il retira les sept heures de décalage horaire.

— Tu arriveras ici approximativement à neuf heures du soir demain et tu seras très fatigué. Tu devrais essayer de dormir pendant le vol.

— Je peux faire ça ?

— Oui.

La voix de Thimi redevint un murmure.

— J'ai peur.

— Je sais, mais tu n'as pas besoin d'être effrayé. Tu es en sécurité maintenant. C'est un long voyage, tu verras beaucoup de nouvelles choses et voler est très agréable. Reste près du Docteur Jordanou et du Général Sotíras. Il y a beaucoup de monde dans un aéroport.

— *Entáxei*, okay. Je peux revenir ?

— Que veux-tu dire ? Rentrer en Grèce ?

— Oui.

— Si tu veux. Je ferai parfois le voyage. Tu pourras venir avec moi. Comment sont les rêves ?

Thimi resta silencieux.

— Demande au Docteur Jordanou des médicaments pour dormir.

— *Entáxei.*

— Et les vomissements ?

Il se tut encore une fois.

— Demande au Docteur Jordanou des pilules pour ça aussi.

Thimi soupira.

— *Entáxei.*

— Tu me promets de dormir ?

— Je vais essayer.

— As-tu ta bille en marbre violette ?

Thimi se mit à rire doucement.

— Oui. J'ai vu les photos de toi !

— Ah, c'est bien ! Tu as vu que j'étais heureux ?

— Michael est gentil ?

Les joues de Christy rougirent et il fut heureux que Thimi ne puisse pas le voir.

— Oui. Tu l'aimeras.

— Il ne fait pas…

Christy savait ce que Thimi voulait demander.

— Non. Plus de travail, Thimi. Nous sommes libres maintenant.

— Je n'y crois pas.

— Tu le feras à mesure que le temps passera. Demande au Général Sotíras de m'appeler quand vous serez à New York.

Thimi obéit.

— Il aimerait parler avec toi.

— Passe-le-moi.

— Christy ?

— *Kaliméra*, Général.

— Nicos, s'il vous plaît.

— Nicos, reprit-il succinctement.

— Félicitations pour le verdict. Comment allez-vous ?

Christy se frotta la tempe du bout des doigts. Il ne voulait pas partager ses sentiments personnels avec cet homme.

— Merci. Je vais bien.

— C'est bon à entendre. Nous étions très inquiets pour vous.

— Je vais bien maintenant. Merci. Avez-vous été capable de localiser l'homme qui a menacé Thimi ?

— Pas encore, mais nous l'avons identifié d'après la vidéo de surveillance et tout mon département est à sa recherche.

— Qui est-ce ?

— Il est connu pour être un sans-abri. Quelqu'un qui travaille pour les Sanna l'a certainement approché et payé afin qu'il délivre la menace. J'ai triplé la sécurité à l'étage et autour de la chambre de Thimi.

— Merci, Nicos.

— Dites-moi, comment pensez-vous que Thimi supportera le voyage ?

— Il aura très peur, mais ne voudra pas que vous le voyiez, et c'est très important que personne ne le touche. Il vomira.

— Il devra être fouillé à l'aéroport.

— Vous devrez préparer un petit sac pour lui s'il est malade, avec des vêtements propres. Un sweat-shirt et un tee-shirt à manches longues seraient ce qu'il y a de mieux. Il aime le violet foncé. Le Docteur Jordanou devrait lui fournir des médicaments. Dans l'avion, donnez-lui des couvertures et un oreiller pour dormir.

— Autre chose ?

Christy se frotta le front. Comment pouvait-il expliquer tous les besoins de Thimi en un simple appel téléphonique ? C'était impossible.

96

— Ce serait bien qu'il puisse dormir.

— Merci pour les informations. Je suis impatient de vous revoir.

Christy étouffa la pointe d'irritation née de sa peur et formula une réponse polie.

— Je suis impatient de vous revoir également, Nicos.

— Je vous repasse Thimi.

— Christophoros ? Pourquoi utilises-tu « Christy » ?

— C'est comme Thimi qui est le raccourci de Timotheos, non ?

— Oh !

— Je suis excité de te voir demain soir ! Assure-toi de rester près du Docteur Jordanou et du Général quand tu voyageras. Bien, je dois aller tout préparer pour toi. Je te dis à demain.

— *Entáxei.*

— *Yàssou*, au revoir.

Christy raccrocha, posa le téléphone sur le bar du petit déjeuner et se frotta les yeux. Il espérait, plus que tout, qu'il pourrait donner à Thimi tout ce dont il aurait besoin.

Nord de New York, samedi

— C'EST L'HEURE de se lever, champion, dit Bobbie alors qu'elle tirait les rideaux.

Un soleil lumineux brillait à travers la fenêtre tandis que Michael ouvrait ses yeux fatigués et il jeta un bras en l'air.

— Ça brûle les yeux !

— Jake est debout depuis une heure.

— Il est meilleur que moi. Il me l'a balancé hier soir !

Bobbie se mit à rire.

— Je vais prendre une douche.

— Non. J'ai appuyé sur le bouton de ton réveil. Tu dois revenir dans dix minutes.

Elle l'ignora et quitta la chambre.

Michael se doucha rapidement, évita le rasage et se dirigea vers la cuisine.

— Ça sent bon.

— Cela m'a pris une heure pour nettoyer la cuisine après hier soir, grogna Rosa avec bonne humeur.

Jake sourit.

— Vous méritez une tonne de compliments aujourd'hui.

— En effet ! Et du respect. Beaucoup de respect, reconnut Rosa.

Michael l'étreignit d'un bras.

— Vous êtes la plus jolie fille de la famille.

— Vous voyez ? Michael m'apprécie. Vous ! Vous n'estimez rien !

Elle claqua l'épaule de Jake avec une manique.

— Ce n'est pas vrai, Rosa ! C'est le meilleur petit-déjeuner au monde ! En fait, c'est le meilleur petit-déjeuner de toute l'histoire ! déclara-t-il en découpant un autre morceau de saucisse.

— Écoutez un peu les mensonges que je reçois ! plaisanta-t-elle.

— Il a raison, Rosa. Vos plats sont épiques.

— Nous devons accélérer, mon pote.

— Laisse au gars le temps de manger, veux-tu ? Sophia a-t-elle appelé ?

Jake secoua la tête.

— Je doute fortement qu'ils soient déjà levés. Aucune personne saine d'esprit ne se lèverait aussi tôt un samedi.

Le téléphone de Michael se mit à sonner avant que Jake finisse sa phrase. Il le regarda et lui montra l'écran avant d'y répondre.

— Bonjour, bébé. Tu es debout de bonne heure. Tout va bien ?

— *Kaliméra, filos.* Oui. Thimi a appelé. Il part à huit heures du matin et sera approximativement ici vers neuf heures du soir demain. Nous avons aujourd'hui et demain pour tout préparer pour lui.

— C'est une bonne nouvelle, n'est-ce pas ?

— Oui. Le Général Sotíras a identifié l'homme qui l'a menacé. Ils sont à sa recherche.

— C'est encore mieux. Qui est-ce ?

— C'est un homme sans domicile. Le Général croit que les hommes qui travaillent pour Petros l'ont payé pour qu'il menace Thimi.

— Ça fait sérieusement chier. Je suis désolé, bébé. Mais je suis content qu'ils essaient de le retrouver et que ce n'était pas un des hommes des Sanna.

— Oui. C'est bien. Sophia aimerait savoir quand Jake sera ici.

Michael regarda son ami.

— Appelle Sophia, mon pote.

Jake leva le pouce.

— Tu voulais que nous venions aux alentours de midi, non ?

— Jake avant, si possible. Il y a beaucoup de courses à faire.

— Je lui dirai. Tu vas bien ? Tu parais tendu ?

— Il y a tant à faire.

— Veux-tu que je vienne plus tôt ?

— Non, nous attendrons seulement que les emplettes soient faites. Quel est le truc que nous utilisons pour les exercices ? C'est appelé « natte » ?

— Ouais, c'est une natte. Pourquoi ?

— Nous avons besoin de cela pour Thimi.

— Ah, d'accord. Pourquoi ?

— Il n'a jamais eu de lit auparavant. Il voudra dormir sur le sol.

— Pourquoi ne pas poser le matelas sur le sol ?

— Que veux-tu dire ?

— Tu sais que ton lit est composé d'un entourage et d'un matelas ?

— Non.

Michael sourit intérieurement.

— D'accord. Va près de ton lit.

— Je suis là.

— Soulève le duvet et regarde sur le côté. Il y a deux parties. Celle du bas, c'est le sommier, celle du haut, le matelas.

— Oh ! Je ne savais pas ça.

— Utilise seulement celle du haut, le matelas pour Thimi.

— Je peux faire ça ?

— Je suis certain que tu peux. Demande à Rob.

— D'accord.

— Ne stresse pas. Tout se passera bien. Ce sera du gâteau.

— Du gâteau ? Pourquoi du gâteau ?

— C'est juste une expression. Cela signifie que ce sera facile.

Christy marmonna quelque chose qui ne paraissait pas très gentil.

— Tu vas bien ?

— Oui. Il y a beaucoup à faire et je ne peux pas penser à un gâteau.

— Jake et moi allons nous entraîner sur la piste, puis nous viendrons chez toi, d'accord ? Nous t'aiderons. Ne t'inquiète pas. Essaie de penser à quel point Thimi sera heureux de te voir.

— Et moi, lui.

Maintenant, Michael pouvait entendre un sourire dans la voix de Christy.

— À bientôt, bébé.

— *Yàssou*.

Michael regarda le téléphone.

— Quoi de neuf ? demanda Jake.

— Il commence à stresser. Je pense qu'il a dit au revoir en grec.

— Yahsu ?

— Tu ne parles pas grec, mon pote.

— Sophia m'apprend. Viens. Termine vite ou nous serons en retard.

— Qui a fait de toi le patron des entraînements ?

— Je l'ai toujours été.

— Impossible ! C'est moi.

— Crois ce que tu veux. Mais accélère le mouvement.

Nero et Mac entrèrent dans la cuisine, avec des expressions renfrognées.

— Hey, papa, dit Michael.

— Hey, *Papà*, fit Jake.

Michal envoya un léger coup de coude à Jake.

— Rabat-joie. Quel est le problème ?

— Faites attention en allant et revenant de votre entraînement. Les médias n'ont pas encore laissé tomber, déclara Nero tout en se dirigea vers la cafetière.

— Qu'ont-ils fait ? demanda Michael.

Mac se versa une tasse de café et ajouta de la crème, Michael songea que ça ressemblait à une tasse de crème avec un fond de café.

— Ils ont harcelé vos mères pendant leur jogging matinal.

Michael fronça les sourcils. Sa mère n'avait pas paru énervée quand elle l'avait réveillé.

— Nous ferons attention.

— Nous aurons la sécurité ? intervint Jake.

Nero posa son expresso sur une soucoupe et acquiesça.

— Vous pouvez être certains que la presse vous surveillera pendant votre entraînement.

— Et alors ?

— Ouais, qui s'en soucie ? accepta Michael.

Nero prit une gorgée de son café.

— Ils chercheront à dramatiser tout ce que vous faites.

Jake haussa les épaules.

— Tout se passera bien.

Michael termina les derniers morceaux de ses œufs et de ses saucisses, puis se leva pour déposer son assiette dans l'évier, mais Rosa la lui prit des mains avant qu'il ait eu le temps de contourner l'îlot central.

XIII

— Tu PRENDS la tête, je suivrai, déclara Jake tandis qu'il grimpait dans son SUV.

— Mon pote ?

— Quoi ?

— Pas étonnant que je sois le patron de nous deux.

— De quoi parles-tu ?

Michael lui lança un regard signifiant « pfff » alors qu'il ouvrait la portière, côté passager du véhicule de Jake.

— Je n'ai pas ma voiture ici.

— Comme je l'ai dit : monte !

Michael alluma la radio et « *I'll Follow You* [2] » de Shinedown emplit l'air tandis que Jake reculait de l'allée fermée et se dirigeait vers le stade de l'école.

— Comment crois-tu qu'ils gèrent ce truc frère/sœur ? demanda Michael.

— Qui ? Christy et Sophia ?

— Non, Jean-Christophe [3] et Winnie l'Ourson.

Jake donna un coup sur le volant.

— Je le savais !

— Quoi ?

— Sophia est un ours !

Michael éclata de rire.

— Tu es malade, mon pote !

— Je pense qu'ils s'en sortent bien. Sophia m'a indiqué qu'ils avaient convenu que cela ne changerait rien et elle a déjà une dispute en cours avec Ariel à ce sujet. Alors que pourrait-il se passer de mal ?

— Christy veut savoir pourquoi ils ont été séparés. Je lui ai dit que nous ne le saurons jamais avec certitude, mais que pour une raison quelconque, sa mère pensait que Sophia était en sécurité avec Ariel et qu'il l'était auprès d'elle.

— C'est une possibilité.

— Pour quelle autre raison les aurait-elle séparés ?

— Je ne sais pas. Mais tu sous-entends qu'Alexis avait senti qu'ils étaient en danger.

— Que pourrait-il y avoir d'autre ?

2 Je te suivrai.

3 Jean-Christophe (*Christopher Robin* en version originale) est un personnage de l'univers de Winnie l'Ourson, créé par Alan Alexander Milne. C'est un petit garçon qui possède les peluches de Winnie et de ses amis. Avec eux, il vit de merveilleuses aventures dans la Forêt des Rêves Bleus. Il habite dans une belle maison au fin fond de la forêt.

Jake leva une main.

— Comment diable le saurais-je ? C'est juste que je ne veux rien supposer quand cela a trait à la famille Castlios. Le père de Christy était impliqué dans des trucs de malades. Ajoute Petros et Yosef Sanna et les choses deviennent plus glauques qu'une dionée attrape-mouche.

— Mon pote ? Une dionée attrape-mouche ?

— Ouais ! La Petite Boutique des Horreurs. Les plantes carnivores sont toutes plus mauvaises les unes que les autres.

Michael gloussa.

— Tu as raison.

— À propos de quoi ?

— Des deux.

Une moto passa en accélérant, changea de ligne devant Jake et pila brusquement.

— Jake, fais attention !

Il appuya sur les freins et dérapa sur deux mètres avant de s'arrêter. La moto décolla et plusieurs engins rugirent de chaque côté de la voiture, le son de leur moteur étant assourdissant.

— C'est quoi ce bordel ?

Jake ouvrit sa portière à la volée et sauta.

— Apprends à conduire, connard !

Michael sortit à son tour, protégea ses yeux du soleil matinal et observa les motos accélérer.

— Jake ! Jake ! Regarde la veste du dernier gars !

Il plissa les yeux.

— Je ne peux pas voir.

Tad arrêta le véhicule de la sécurité derrière eux et en sortit.

— Tout le monde va bien ?

Jake donna un coup de pied dans un pneu, énervé.

— Nous allons bien !

Michael jeta un coup d'œil à Tad avant de revenir sur Jake par-dessus le capot de la voiture.

— Allons-y.

Ils remontèrent dans la voiture et Michael prit son téléphone.

— Qui appelles-tu ?

— Lisa.

— Pourquoi ?

— Je te le dirai dans une minute.

Jusqu'à leur dernière année, Lisa Abrams avait été la seule étudiante ouvertement homosexuelle de l'école et une certaine fierté irradiait de sa personne comme un arc-en-ciel en néon. Elle avait une confiance en elle qui ne pouvait provenir que du fait qu'elle se sentait à l'aise dans sa peau. Bien entendu, vu qu'elle était bâtie comme une star de catch de la WWE et qu'elle avait des Hells Angels et Oncle Smitty derrière elle, cela ne faisait pas de mal non plus. C'était également la seule personne qui l'appelait Mike et vivait encore pour le raconter. Il l'aimait beaucoup.

— Salut, Mike ! Es-tu rentré à la maison ?

Michael sourit au son de sa voix. C'était un réconfort bienvenu après la folie de la semaine passée.

— Ouais, nous sommes à la maison. Jake et moi allons nous entraîner.

— Félicitations pour le procès. Christy doit être ravi.

— Il l'est. Nous le sommes tous.

— Comment va-t-il ?

— Jusqu'à présent, tout va bien. Sophia est restée avec lui la nuit dernière.

— Mec, je ne veux plus jamais revoir quelque chose comme ça. J'ai eu des cauchemars en pensant à lui sautant du haut de la grande roue.

Bienvenue au club, pensa tristement Michael.

— Ouais, moi aussi. Je suis désolé, Lisa. Oncle Smitty nous en veut-il ?

— Il n'est pas ravi, mais il comprend. Si tu veux savoir la vérité, il aurait aimé que ses gars s'occupent de Sanna quand vous avez sauvé Christy de l'avion. Personne comme ça ne mérite de vivre.

Oncle Smitty avait un passé des plus ombrageux. Il montait une Harley, possédait un bar appelé « Whitey », ainsi que tous les manèges sur le front de mer, y compris la grande roue et semblait être le patron de tout le monde sur le terminal privé de l'aéroport de JFK. Son bureau ressemblait à un conseil de guerre, exploitant toutes les sortes de communications concevables – des caméras en temps réel de la ville, aux haut-parleurs qui crachotaient les communications de la police, et les murs bordés d'écrans vidéo et d'ordinateurs. Smitty gardait les doigts sur le pouls du monde et tous lui obéissaient. À l'exception de Michael – juste une fois, quand il était monté dans le jet privé de Yosef pour sauver Christy. Et, également lorsqu'il avait grimpé sur la grande roue pour atteindre Christy. Peu importe son passé douteux, Smitty était génial. Il veillait toujours sur eux et c'était le premier prêt à faire n'importe quoi pour un enfant. Sans oublier de mentionner que Michael n'aurait pas pu retrouver Christy après que Yosef l'ait enlevé, sans l'aide de Smitty.

— Je peux comprendre. Si jamais je remets les mains sur le gars encore une fois, il est mort. Mais les choses se sont calmées maintenant et reviennent lentement à la normale depuis que le procès est fini. Veux-tu dire à Smitty que nous sommes désolés ?

— Dis-lui toi-même, Mike. Autrement, il pensera que tu n'as pas de couilles.

Michael sourit intérieurement.

— Je le ferai.

— Pouvons-nous venir au barbecue de demain ? Nous mourons d'envie de vous revoir, les gars.

Les barbecues dominicaux de Wellington n'étaient plus seulement réservés aux résidents. Ils étaient devenus un lieu de rendez-vous hebdomadaire régulier pour leurs amis également.

— Je ne vois pas pourquoi pas, mais appelle Christy. Je ne sais pas tout ce qu'il a prévu pour demain.

— Bien sûr, Mike. Vous allez bien tous les deux ?

— Christy et moi ? Solides. Il est juste nerveux parce que Thimi arrive demain soir et il essaie de faire en sorte que tout soit prêt pour lui.

— Wow ! C'est énorme ! Tu veux de l'aide ?

— Demande à Christy quand tu appelleras ?

— Je le ferai. Je te…

— Lisa, attends !

— Quoi ?

— Dis à Smitty qu'ils sont de retour. Encore un autre tête à queue, mais Jake a été rapide sur les freins.

— Putain, c'est pas possible ! Mec, ça va sérieusement énerver Smitty. Ces loosers sont censés rester au loin. Je sais qu'il enverra nos gars encore une fois. Cherche-les.

— Merci, Lisa. Dis-lui que je suis désolé de l'ennuyer encore une fois avec tout ça.

— Tu n'y peux rien, Mike ! Ce n'est pas de ta faute !

— Je sais. Mais quand même.

— Je te rappelle s'il fait les choses différemment, mais autrement cherche les couleurs de nos gars.

— Compris.

— Hey, sur quelle piste allez-vous ?

— Celle de l'école.

— Peut-être que nous irons faire un tour.

— Ne le fais pas à cause de ces types.

— Nan, nous sommes ton équipe de pom-poms girls, tu te souviens ? Tu ne peux rien foutre sans nous.

Michael sourit à nouveau.

— Les cheerleaders de la victoire !

— Tu le sais ! À plus, Mike !

Michael raccrocha.

— Crache le morceau ! fit Jake avec colère.

XIV

MICHAEL AVAIT oublié que Jake était resté à l'hôpital après l'enlèvement, quand le gang de motards les avait harcelés, sa mère et lui, puis Christy et lui.

— Ton père ne t'a rien dit ?

— Me dire quoi ? demanda Jake avec fureur.

— Merde, Jake ! Je croyais que ton père t'en avait parlé.

— Raconte-moi, bordel !

— Il y a eu un ga… club de motards qui s'est montré ici, venant de la ville. Ils m'ont harcelé en faisant de brusques arrêts comme ils viennent juste de te le faire. C'est arrivé une fois à maman, puis plusieurs autres avec moi et cela a effrayé Christy à mort. Puis un jour, la semaine dernière, je me suis approché de mon quartier et il y en avait beaucoup qui bloquaient l'entrée de ma rue. Les gars de Smitty s'en sont occupés et ils étaient censés être partis. Smitty pense qu'un gars nommé Chase les dirige et que ce serait lui qui aurait vendu la bombe à Jason pour faire exploser ma voiture.

Jake le dévisagea, bouche bée.

— Hey, mon pote, si j'avais su que tu n'étais pas au courant, je te l'aurais dit. Désolé.

Jake secoua la tête tout en conduisant.

— Toujours aussi inconscient.

— Hey, détends-toi ! J'ai oublié, d'accord ?

— Mon père sait tout ça ?

— Ouais. La sécurité était avec nous quand c'est arrivé à maman et à moi.

— Alors, c'est quoi cette connerie s'ils sont censés être partis ?

— J'en sais foutre rien.

Jake secoua la tête avec dégoût.

— Christy en a-t-il parlé à Sophia ?

— Je suis certain qu'il l'a fait. Pourquoi ?

— Parce que je vais devoir lui annoncer que ça nous est arrivé et elle voudra que quelque chose soit fait à ce sujet.

— Je ne sais pas quoi te répondre, mon pote. Ce n'est pas de notre faute s'ils se foutent de nous.

— Pourquoi m'as-tu demandé si j'avais remarqué les vestes ?

— Je l'ai déjà vue auparavant, mais je n'arrive pas à me souvenir où.

— À quoi cela ressemble-t-il ?

— Un blouson en jean. Il y a un grand pétard rouge sur le dos et une grosse explosion jaune ou un soleil, enfin, quelque chose comme ça, sur le devant.

— En es-tu sûr ?

— Ouais, pourquoi ?

— Une veste comme celle de Rich ?

Ce fut au tour de Michael de rester bouche bée.

— Rich, l'ami de Jason ?

— Ouais. Jason, Rich et Tony les ont eues lors de la dernière fête du 4 juillet à l'arcade. Tu te souviens ? Rich portait la sienne tout le temps.

— Oh, mon Dieu ! Comment n'ai-je pas pu m'en souvenir ?

— Pff ! Je ne sais pas. Parce que tu es inconscient de ce qui t'entoure ?

— Arrête, mec. C'est sérieux. Pourquoi Rich traînerait-il avec ces gars ?

Jake roula des yeux.

— Tu te souviens de la dernière chose que Rich t'a dite ?

Michael n'eut aucun problème à se souvenir de son dernier échange avec Rich et Tony après le décès de Jason.

— Putain de pédé ! hurla Rich après lui.

Tony frappa son bras.

— La ferme, mec !

— Comment peux-tu le supporter, Tony ? Il a tué Jason !

Ce qui arrêta Michael dans son élan. Il tourna les talons et revint vers Rich.

— Qu'est-ce que tu as dit ?

— Tu l'as poussé à bout, Michael et tout le monde le sait !

Michael sentit sa mâchoire se décrocher de surprise à la déclaration et une foule commença à se rassembler autour d'eux.

— Et comment j'ai fait ça ?

— Merde, Michael, tout s'écroulait autour de lui ! Sa mère s'est transformée en une lécheuse de chattes de lesbo, son frère est une putain de tarlouze, son père est un salaud et tu l'as baisé !

Michael secoua la tête avec dégoût, en partie à cause des épithètes, et en partie à cause du blâme.

— Je ne vois pas le rapport, mec.

— N'as-tu donc pas compris, Michael ? Tu étais le seul qui lui a donné la moitié d'une chance ! Tu étais le seul qui croyait en lui ! Tu étais tout ce qu'il avait et tu as tout foutu en l'air dans sa tête !

L'entraîneur O'Malley les rejoignit.

— Que se passe-t-il, les gars ?

Michael regarda Rich, de manière égale.

— Rien, entraîneur. Rich exprimait une opinion, c'est tout.

Michael sentit une petite main se glisser dans la sienne et sut que Christy s'était joint à eux sur la piste.

— Ce n'est pas seulement ma putain d'opinion ! Tu aurais aussi bien pu lui coller cette balle toi-même dans la tête !

Rich tourna son regard furieux vers Christy.

— *Seigneur ! Vous êtes des putains de malades ! cria-t-il avant de faire brusquement demi-tour, et de traverser le terrain pour rejoindre le gymnase à grandes enjambées.*

— Ouais, je me souviens. Il me déteste vraiment.

Jake hocha la tête, tout en conduisant.

— Ce gars n'a pas de vie. C'est la raison pour laquelle il t'en veut pour la mort de Jason.

— Mec, c'est totalement fou ! Jason est devenu taré. Il était dangereux et la police s'est lancée à sa poursuite. Cela n'avait rien à voir avec toi, moi, Christy, ou même ma mère !

— C'est le cas maintenant.

— Merde ! fut tout ce que Michael trouva à dire.

— N'oublie pas, la police ne sait toujours pas qui a tiré sur Jason.

— Il était cerné par la police et a refusé de se rendre. Qui d'autre cela aurait-il pu être ?

— Aucune idée, mais tu sais que les flics ont nié l'avoir abattu. Tu te souviens ce que tu pensais à propos de Jason et de Yosef ? Tu croyais que Yosef aurait pu l'aider.

Michael fixa le profil de Jake.

— Tu crois que Rich essaie de terminer ce que Jason a commencé ?

— Je ne pense pas que cela le gênerait. Il a obtenu son diplôme, il ne peut pas se permettre d'aller à l'université et il n'a probablement pas de travail. Il a largement assez de temps libre à sa disposition pour devenir obsédé à ce sujet.

— C'est totalement fou, mon pote !

— Fou ou pas, nous devons en parler à mon père. Il sera énervé si nous ne le faisons pas.

— Prêt ? demanda Jake tandis qu'ils étaient dans les starting-blocks sur la ligne de départ.

Michael sourit quand il vit l'étincelle malicieuse dans les yeux de Jake.

— Vas-y.

— Go !

Ils coururent aussi vite que le vent et Michael était extatique. Il remercia chaque puissance de l'existence pour leur survie, leur courage et tout simplement pour être vivant. Il jeta un coup d'œil à Jake et nota la lueur de défi dans ses prunelles.

— Envoie !

Il se mit à rire et ils accélérèrent d'un cran. Michael le fixa de nouveau et remarqua l'habituelle pointe de bonheur dans les orbes de Jake quand ils couraient ensemble.

— Encore ?

— Envoie ! cria Jake.

Ils augmentèrent à nouveau leur vitesse et Michael écarta largement les bras tandis que Jake et lui franchissaient la ligne d'arrivée.

— Woo-hoo ! hurla-t-il en serrant Jake, le soulevant de terre et le portant sur le terrain.

Il le déposa sur l'herbe et se laissa tomber à côté de lui, avant de rouler sur le dos. Ils restèrent allongés sur la terre humide, à bout de souffle, et appréciant chaque minute.

Jake éclata de rire.

— Mec, ça fait du bien !

— Putain, ouais ! Tu crois que nous serons prêts pour les essais ?

Jake se tourna vers lui, un sourire planté sur les lèvres.

— Aucun doute.

Il fouilla sa poche, en sortit un chronomètre et le jeta à Michael.

Il l'attrapa contre sa poitrine et le regarda. Ils avaient égalé leurs meilleurs temps de course, sans avoir couru pendant une semaine.

— Bordel !

— Bordel de merde, mon pote. Rien ne peut nous arrêter !

Des cris et des sifflements parvinrent des tribunes et ils se tournèrent pour voir leurs meilleurs amis de l'école descendre des gradins, puis se diriger vers eux.

— Regarde un peu, Jake ! Toute l'équipe est là !

Michael se leva et tendit une main à Jake.

Celui-ci haleta et se releva.

— Nos propres supporters privés.

— Vous avez le feu, les gars ! cria Stephen tout en faisant un tope-là à Michael en premier, puis à Jake.

Stephen Engel était le seul autre gay de l'équipe d'athlétisme de Michael et il était assez sympa. Il y avait eu un moment où Michael ne l'avait pas beaucoup apprécié. Il avait dragué Christy, si bien qu'ils avaient connu quelques instants tendus, mais lorsque Christy avait présenté Stephen à Jerry, cela avait largement contribué à alléger les préoccupations de Michael.

Tout le monde se joignit au tope-là.

— Chaud, Mike ! cria Lisa.

— Les Chariots de Feu ! hurla Gav.

Lisa et lui étaient cousins, c'était un de ces gars calmes et gentils avec un cœur énorme. D'un naturel sérieux et inexpressif, vous songiez automatiquement à lui comme à un vieil ami à la minute où vous faisiez sa connaissance. Sans oublier de mentionner que c'était un des meilleurs coureurs de l'équipe.

— Sérieusement ! s'exclama George.

Sa voix haut perchée était aussi incongrue pour son imposante stature, que la voix grave de Christy l'était pour son petit corps. C'était une des personnes les plus douces que Michael connaissait et elle était toujours décontractée. Elle se tenait en arrière-plan, partenaire de Lisa, out et fière, mais elle pouvait facilement se mesurer aux meilleurs d'entre eux.

— Bonne course, déclara Noah, tandis qu'il claquait et secouait à moitié leurs mains.

Noah n'était pas du tout sportif, ni très brillant, mais parlait doucement, un artiste. Il était un peu émotif de temps en temps, mais foncièrement une bonne âme. Gav et lui sortaient ensemble depuis un moment, mais ils étaient restés discrets.

Jorge secoua la main de Jake, puis celle de Michael.

— Vous réussissez toujours.

Jorge Salinas était un joueur de football et incroyablement grand portant une barbichette taillée avec précision. Il était très lettré et avait suivi les mêmes cours de littérature anglaise avancés que Michael. S'il ne l'avait pas conduit partout la nuit où Christy avait été enlevé, il aurait pu ne jamais le retrouver.

Michael serra sa main et fut surpris de voir que Malvolio se tenait auprès de lui. Ils avaient commencé à se fréquenter juste avant le bal de promotion, et leur relation avait été plus que précaire au début. Il serra également la main de Malvolio.

— Merci, mec.

— Mon pote ici a sérieusement besoin de faire un peu plus d'efforts. Je l'ai terrassé ! plaisanta Jake.

Michael enroula un bras autour de son cou et le prit dans une clef de tête.

— Tué ! Le mot est tué ! Et tu rêves total, mon pote !

— Malade ! Vous, les majors en littérature, vous êtes des malades ! Lâche-moi, mon petit gay ! cria Jake tout en riant.

— Tu adores ça, lui renvoya Michael en le relâchant.

— Hey, pas de critique à propos des majors en littérature, plaisanta Jorge. Sérieusement, vous avez l'air bon pour les essais.

— Merci, mec. Cela signifie beaucoup pour nous, répondit Michael en tendant le chronomètre à Jake.

— Les gars, vous voulez manger quelque chose chez Eddie ? demanda Gav tandis qu'ils se dirigeaient là où les sacs de Michael et de Jake étaient posés, près de la piste.

— Merci, mec, mais nous ne pouvons pas. Nous devons aller chez Christy. Thimi arrive demain et il est nerveux.

— Wow ! Sophia a-t-elle fini par arrêter ses conneries à son sujet ? demanda Noah.

— Qui est Thimi ? intervint Stephen.

Michael se retrouva soudain muet et Jake s'avança pour le sauver.

— C'est un des jeunes qu'ils ont sauvés en Grèce. Christy n'était pas le seul prisonnier des griffes de Yosef. Et ouais, Sophia est d'accord avec ça, expliqua calmement Jake.

Stephen grimaça.

— C'est sérieusement une histoire de malade, mec.

— Assez, ne vous mêlez pas des affaires de Christy, déclara Lisa en giflant le bras de Stephen.

— Nous l'avons appelé. Nous venons tous au barbecue de demain, fit Jorge.

— Cool, dit Michael tandis qu'il sortait une serviette de son sac et essuyait la sueur de son front. Hey, Lisa, as-tu parlé à Smitty ?

Son visage devint grave.

— Il est sérieusement énervé, comme j'avais dit qu'il le serait.

Jake renversa une bouteille d'eau sur sa tête pour se rafraîchir.

— Il y a autre chose, dit-il en tirant une serviette de son sac pour s'essuyer.

— Quoi ? demanda George.

Jake indiqua Michael qui déversait également une bouteille d'eau sur sa propre tête. Il la secoua et des gouttes d'eau volèrent partout, brillant dans le soleil de la mi-journée. Il s'essuya le visage du revers de son bras.

— Tu te souviens quand j'ai dit que j'avais reconnu la veste d'un des gars, sans pouvoir me rappeler où je l'avais vue ?

Lisa fronça les sourcils.

— Ouais. Et ?

— Jason, Rich et Tony ont eu des blousons comme ça lors de la dernière fête du 4 juillet. Si nous nous souvenons bien, ils les ont obtenus à l'arcade Carrello, sur le front de mer.

Lisa écarquilla les yeux et resta bouche bée.

— Quoi ? Ce qui te fait croire que Rich reprend là où Jason en était resté ?

— Peut-être. Je pense que Rich pourrait rouler avec eux.

— Merde, Mike ! Ce sont des détails cruciaux ! Pourquoi n'as-tu rien dit plus tôt ?

— Je n'arrivais pas à me rappeler où je l'avais vu. Jake s'en est souvenu.

Jorge secoua la tête, dégoûté.

— Mauvaises nouvelles.

— Sacrément, accepta Michael.

Stephen donna un coup de pied dans le sol et un caillou vola jusque sur le terrain.

— C'est un peu difficile à croire que Rich traîne avec un gang de bikers.

— Pourquoi ? demanda Jake.

— Parce qu'il fallait toujours que Jason commence quelque chose. Rich n'a jamais rien fait de son propre chef.

Gav et Noah échangèrent des regards et cela n'échappa pas à la vigilance de Lisa.

— Crachez le morceau.

— Rich n'avait aucun problème avec le fait que Jason s'en prenne à nous sur le front de mer ce soir-là, expliqua doucement Noah.

Michael le dévisagea, sidéré.

— Rich en faisait partie ?

Gav croisa les yeux de Michael.

— Il savait ce qui allait se passer.

— Mais Jason était avec lui, non ? Rich n'a pas fait ça de son propre chef ? demanda Stephen.

Noah acquiesça.

— Mais Rich a agi comme un Terminator qui aurait mal tourné.

Il frissonna au souvenir et Gav passa un bras autour de lui.

Michael détestait toujours Jason de s'en être pris à Gav et Noah, croyant qu'ils savaient où Christy et lui seraient ce soir-là. Ils les avaient battus avec de lourdes chaînes, au point de les laisser pour morts. Dieu merci, ils avaient survécu.

Stephen secoua la tête.

— Qu'allez-vous faire ?

— Je ne sais pas, répondit Jake tandis qu'il finissait de se sécher et rangeait la serviette dans son sac. Je vais en parler à Papa et voir s'il a des idées.

— Fais-nous savoir ce qu'en pense Smitty ? demanda Michael à Lisa en refermant la fermeture éclair de son sac et balançant la lanière sur son épaule.

— Tu le sais, Mike. C'est inquiétant, de manière épique.

Gav fit un geste de son menton.

— Allons-y.

Ils traversèrent le terrain qui se tenait devant le parking en silence.

— Merde ! s'exclama Jake entre ses dents serrées, s'arrêtant brusquement.

Tout le monde stoppa à côté de lui et Jorge fronça les sourcils lorsqu'il vit la camionnette des médias stationnée au bord du trottoir.

— Même pendant votre entraînement ?

— Ils ne lâchent jamais, fit Michael avec dégoût. Ignorez-les, ajouta-t-il, reprenant sa marche.

Ils atteignirent le parking et Jake appuya sur le porte-clefs pour ouvrir le hayon arrière du SUV. Michael et lui jetèrent leur sac à l'intérieur et distribuèrent des tope-là à tout le monde.

— Merci d'être venus, dit Jake.

— Nous sommes contents que vous soyez de retour. J'appellerai après avoir parlé à Smitty, promit Lisa.

— S'il te plaît, insista Michael.

— Compris. À demain.

Lisa leur adressa un petit geste tandis que tous les autres se dispersaient.

MICHAEL TOQUA à la porte du chalet de Christy, puis entra sans attendre une réponse, Jake le suivant. C'était vide.

— Christy ?

Aucune réponse.

— Sophia ? appela Jake.

Aucune réponse.

Michael se retourna, sortit du chalet et se dirigea vers la maison principale.

— Michael !

Ils firent demi-tour pour trouver Christy et Sophia se tenant sur les marches du chalet contigu au sien.

— Hey, bébé.

— Viens. Nous préparons le chalet pour Thimi ici.

Jake sauta les marches et embrassa la joue de Sophia.

— Tu as l'air superbe.

Elle sourit.

— Tout comme toi.

— Viens, viens ! fit Christy avec enthousiasme.

Michael jeta un coup d'œil aux meubles empilés dans un coin de la salle de séjour et siffla doucement.

— Où est-ce que tout cela va aller ?

— Ici et certains sont pour le loft, mais Rob a un problème avec la poulie, expliqua Christy.

Rob leur jeta un coup d'œil, visiblement mécontent de la masse de corde en nylon entremêlée dans ses mains.

— Voulez-vous de l'aide ? proposa Michael.

Rob retroussa les lèvres et secoua la tête.

— Je n'ai aucun problème avec la poulie du chalet de Christy, mais celle-ci est dans un sale état.

Jake gloussa.

— Que lui est-il arrivé ?

— Je n'en ai aucune idée, répondit-il en tendant le paquet à Michael.

Celui-ci déposa le tout sur le comptoir de la cuisine, s'assit sur le seul tabouret et commença à démêler la corde.

Sophia avança vers Christy et l'embrassa sur la joue.

— Je reviens dès que possible.

Elle se tourna vers Jake.

— Nous devrions y aller. Nous avons beaucoup de courses à faire.

— Tu as une liste ?

— Une liste très complète.

Elle adressa un clin d'œil à Christy.

— L'as-tu vérifié deux fois ? plaisanta Jake.

Christy devint sérieux.

— Six fois. Je ne voulais rien oublier.

— D'accord, mon petit pote. On s'en occupe. À bientôt.

— Au revoir, Christy.

Celui-ci se mit à parler en grec et Sophia sourit avant de hocher la tête.

— Je n'oublierai pas.

Rob se dirigea vers la porte d'entrée, l'ouvrit en grand et glissa la porte-écran de son logement.

— Ne vous inquiétez pas, Christy. Nous ferons tout ce qui est nécessaire.

— Il y a du boulot.

— Nous allons y arriver, bébé.

Michael libéra une longueur de deux mètres de corde.

— Quel bordel…

Un léger coup parvint du chambranle de la porte-écran et ils se tournèrent pour voir que le nouveau jeune se tenait là. Rob ouvrit l'écran et ils parlèrent à voix basse avant de regarder Christy.

— Aimeriez-vous faire la connaissance de Zero ?

L'expression du visage de Christy indiquait à Michael qu'il n'était pas du prêt à le rencontrer pour l'instant.

— Réponds simplement non, bébé. Dis que ce n'est pas le bon moment, murmura-t-il.

Christy secoua brièvement la tête et indiqua à Rob de laisser entrer Zero.

— Christy, voici Zero. Zero, voici Christy, les présenta Rob.

Zero lança un bref « salut » avant de se diriger vers l'endroit où Michael se battait avec le tas de corde et Christy resta immobile, regardant Zero passer devant lui.

— Je vais le faire, dit-il à Michael.

Il lui jeta un coup d'œil et décida qu'il n'arriverait à rien et qu'il laisserait une chance au gamin.

— Vas-y, mec.

Il se leva et offrit le tabouret à Zero.

Celui-ci l'ignora et se mit au travail, dénouant la corde avec une étonnante dextérité.

— *Midenikó*, fit doucement Christy.

Michael se pencha vers lui.

— Quoi, bébé ?

Christy indiqua Zero.

— C'est son nom en Grec.

— Je croyais qu'oméga était le zéro, intervint Rob.

Christy sourit brièvement.

— Oméga est la vingt-quatrième lettre de l'alphabet. La dernière.

Zero jeta un coup d'œil à Christy.

— Pardon, Zero ? Puis-je te poser une question ?

Celui-ci le regarda à nouveau et haussa les épaules.

— Pourquoi t'appelles-tu Zero ?

— Je ne suis personne, alors ils m'appellent Zero.

Le froncement de sourcil unique de Christy entra en action.

— Pardon. Puis-je poser une autre question ?

— Poses-en autant que tu veux.

— Tu n'es pas « personne ». Tu es une personne. Cela ne te dérange pas ?

— Peu importe. C'est juste un nom. Voilà…

Durant le court laps de temps où ils avaient discuté du nom de Zero, il avait démêlé la corde.

Christy sourit.

— Tu es doué avec ça.

Zero haussa les épaules.

— Qu'y a-t-il d'autre ?

— Remettons en place le système de poulie, indiqua Rob.

— STABILISEZ, FIT Rob alors que Michael hissait seulement le haut du matelas jusqu'au loft.

La lourde charge ondula et Zero se pencha par-dessus la balustrade pour l'immobiliser. Rob grimpa les marches pour aider Michael à le passer au-dessus la rambarde, et le bout du matelas glissa de ses mains pour atterrir avec un bruit étouffé sur le sol.

— Où veux-tu l'installer, Christy ?

Il pointa un doigt.

— Le coin sans fenêtre.

Michael le redressa contre le mur.

— D'accord. Montons le sommier jusqu'ici.

— Michael ? J'ai choisi de ne pas l'utiliser, tu te souviens ? Et comme ça, nous pourrons ajouter l'autre partie quand il sera prêt.

Michael jeta un coup d'œil à Rob pour avoir confirmation.

— Ça marche pour moi.

Il attrapa les poignées sur le côté du matelas, dans l'intention de le tirer jusqu'au coin du loft.

— Attends.

Tout le monde dévisagea Zero qui se tourna et dévala l'escalier. En quelques secondes, il revint avec un drap blanc qu'il secoua et étala sur le sol.

Christy sourit.

— C'est une bonne aide, non ?

— Bien pensé, Zero.

Michael leva une main pour un tope-là.

Zero fixa sa main, puis lui comme s'il était l'être le plus pitoyable qui soit.

Michael regarda sa main.

— Quoi ?

Zero secoua la tête et redescendit l'escalier.

Christy ricana.

— Quel est le problème avec ma main ?

— Elle a des bandages, *moro mou.*

Michael sourit aux mots doux avant de se pencher au-dessus de la barrière.

— Je peux supporter un high five, Zero !

Celui-ci continua à l'ignorer, tout en roulant des yeux.

— Peu importe. Que voulez-vous monter ensuite ?

— Nous avons terminé jusqu'au retour de Sophia.

XV

— OÙ EST passé Zero ? demanda Michael tandis que Christy parlait au téléphone.

— Il est retourné à la maison principale, répondit Rob.

— Ma main est si moche que ça ?

Rob fouilla les armoires du coin-cuisine, puis dans le salon.

— Il a un entretien à quatorze heures.

— Il me paraît plutôt normal.

Les rides autour des yeux de Rob se plissèrent, mais il ne dit rien.

— Je déteste quand vous faites ça.

Rob lui jeta un coup d'œil par-dessus son épaule.

— Quoi ? Regarder dans les placards ?

— Quand vous me lancez ce regard qui veut dire « je sais quelque chose et pas vous ».

Rob éclata de rire bruyamment, un évènement rare.

— En effet.

— Oh, Seigneur ! Je le savais !

Christy raccrocha.

— Tu savais quoi ?

— Rob sait quelque chose et pas moi !

Manifestement perdu, Christy se tourna vers Rob qui continua à chercher dans les placards.

— Michael est contrarié parce que je ne veux rien révéler à propos de Zero, expliqua-t-il tout en saisissant le téléphone sur le comptoir de la cuisine et composant un numéro.

Christy baissa son menton avec incrédulité et se tourna vers Michael.

— Ce ne sont pas tes affaires.

Michael s'approcha de lui et le prit dans ses bras.

— Je plaisante.

Christy leva les yeux vers lui, ne sachant pas comment réagir à la situation.

Michael se pencha et l'embrassa sur le bout du nez.

— Qu'est-ce que Sophia a dit ?

— Ils ont fini de faire les courses et ils sont sur le chemin du retour à présent. Jake indique que les motards de Monsieur Smitty sont avec eux.

— Bien.

— S'est-il passé quelque chose ?

Oops. Christy détestait quand Michael oubliait de l'informer de certaines choses.

116

— Ah, ouais. Rien d'important. Une moto s'est arrêtée devant Jake ce matin, alors que nous allions nous entraîner. C'est tout.

— Si ce n'était pas important, tu n'aurais pas besoin des motards de Monsieur Smitty.

— J'ai appelé Lisa pour le leur faire savoir. C'est juste une précaution.

Christy se libéra de ses bras.

— Allez… Ne sois pas en colère contre moi. C'est encore une fois mon truc d'ignorance, le supplia Michael.

— Tu dois réparer ton ignorance.

— Je m'améliore.

Christy lui adressa un regard empli de doute.

— Hey, je t'ai envoyé un message quand nous avons décidé de rester chez Jake. Donne-moi quelques bons points.

Christy céda.

— C'est vrai. D'accord, je t'accorde un bon point.

Michael ne put s'en empêcher. Il éclata de rire.

— Tu es radin avec les bons points, bébé.

— C'est quoi radin ?

— Tu les retiens. Comme un avare.

Christy sourit.

— Je ne veux pas te gâter. Tu t'attendrais à beaucoup de bons points.

Michael s'avança vers Christy et se mit à le chatouiller.

Il éclata d'un rire rauque.

— Ne fais pas ça !

Rob raccrocha et les observa, un sourire éclatant aux lèvres.

— Pas plus !

Michael rigolait et serra Christy.

— Oh, les côtes…

Merde ! Les côtes de Christy étaient toujours en voie de guérison et il avait besoin de se souvenir d'être prudent.

— Bon sang ! T'ai-je fait mal ?

Christy secoua la tête, tout en se tenant le flanc de ses deux mains.

— Je l'ai fait, n'est-ce pas ? Zut ! Je suis désolé, bébé.

— Non, elles ne me gênent plus autant maintenant.

— Je suis désolé.

— Ce n'est rien.

— Bien. Allons arranger le salon, déclara Rob. Comment voulez-vous l'installer, Christy ?

— J'aimerais que ce soit le même que dans mon chalet.

Au moment où Sophia et Jack revinrent, tout était en ordre et ils défirent de nombreux sacs contenant leurs achats.

— Tout est violet, constata Michael.

— C'est la couleur préférée de Thimi, expliqua Christy tandis qu'il pliait trois bas de pyjama.

— Nous devons tout laver avant que vous les rangiez, indiqua Rob.

— Oh, oui. D'accord. Nous faisons ça dans la maison principale ?

— Je demanderai au personnel de s'en occuper demain matin.

— Ce doit être fait maintenant !

Tout le monde se tourna vers Christy qui avait élevé la voix et Rob plissa le front.

— Qu'y a-t-il, Christy ?

Celui-ci tripotait les bords des bandages de sa main.

— Bébé ? insista Michael.

— C'est important que nous soyons organisés ce soir.

— Ah, d'accord... Pourquoi ?

Christy se frotta les tempes du bout de ses doigts.

— Je dois avoir le temps de procéder à des changements. Thimi aura...

Il s'arrêta brusquement au beau milieu de sa phrase, se leva du canapé et alla dans la salle de bain.

— Puis-je acheter un indice ? intervint Jake.

Michael leva les yeux vers Rob, à la recherche d'un peu d'aide.

— Aucune idée.

Rob quitta la chaise sur laquelle il était assis, puis se dirigea vers la porte de la salle de bain et toqua.

— Christy ?

Celui-ci ne répondit pas, et Michael se leva à son tour du canapé pour le rejoindre.

— Bébé ? Puis-je entrer ?

Il essaya de tourner la poignée de la porte, elle était déverrouillée. Il jeta un coup d'œil à l'intérieur pour trouver Christy assis sur la commode, la tête entre ses mains, des sanglots secouant son petit corps. Se sentant immédiatement inquiet, Michael s'approcha de lui et s'accroupit, tendit une main vers lui, avant de reculer.

— Parle-moi, bébé. Nous pouvons faire tout ce que tu veux que nous fassions pour Thimi.

Christy ne fit que pleurer plus fort.

Michael posa légèrement ses mains sur ses épaules et l'attira lentement vers lui. Christy se laissa faire et tomba contre l'épaule de Michael, qui passa ses bras autour de lui pour l'installer sur ses genoux, tout en s'asseyant sur le sol.

— Tout va bien.

Il tapota les boucles épaisses et leva les yeux pour trouver Rob, Sophia et Jake qui les observaient depuis le seuil de la porte. Il leur fit un geste pour leur indiquer de s'éloigner et Rob referma doucement la porte.

Christy avait enduré tellement de choses durant sa courte vie, et beaucoup plus au cours de ces derniers mois, que cela brisa le cœur de Michael. Il avait encore énormément de plaies à guérir, et Michael n'était pas sûr de savoir si Christy pourrait en supporter davantage. Il n'était pas certain que la venue de Thimi ici soit une bonne idée, non plus. Pourtant, alors qu'il caressait doucement le dos de Christy, il se fit une autre promesse silencieuse de faire tout ce qu'il pourrait pour l'aider. Même si cela signifiait aider un enfant qu'il ne connaissait pas.

Lorsque les sanglots de Christy s'estompèrent, Michael souleva son menton et embrassa sa joue.

— Je suis là, bébé. Je ferai tout ce que tu veux pour aider Thimi. Tout ce que tu as besoin de faire est de me dire ce que tu souhaites faire.

Christy se redressa et s'essuya le nez sur le revers de la manche de son tee-shirt, chose que Michael ne l'avait jamais vu faire. Il tendit la main vers le papier toilette et lui tendit quelques feuilles.

Christy se moucha et tenta de nettoyer sa manche.

— Ne t'inquiète pas pour ça. Nous le laverons avec toutes les autres affaires.

Christy le regarda, les yeux bordés de rouge.

— Merci.

Michael afficha un petit sourire.

— Tu dois te laisser du temps pour faire face à tout ce que tu as traversé. Dis-moi ce que je peux faire pour aider, d'accord ?

— C'est difficile à expliquer. Quand tu t'éloignes pour la première fois de cet endroit terrible, tout est nouveau, et c'est très... Quel est le mot quand tu es effrayé ?

— Peur ?

— Oui, ce mot. Thimi aura peur de tout. Le nouvel endroit, les nouveaux vêtements, les gens, le temps. Rien ne ressemblera à ce qu'il connaît.

Michael repoussa une boucle rebelle derrière son oreille.

— Repense à ce que tu as fait.

Christy se moucha encore une fois.

— Ce n'est pas pareil. J'avais dix-huit ans quand j'ai quitté cet endroit terrible. Thimi en a douze. Il ne sait pas les mêmes choses.

Michael tenta de se souvenir de l'époque où il avait douze ans. Il pensait qu'il connaissait tout alors, mais la vie avait souvent fini par être ahurissante et parfois très effrayante. Il ne pouvait qu'imaginer ce que Thimi ressentirait après douze ans de captivité.

— Eh bien...

Il se racla la gorge.

— ... nous aurons juste à le laisser avancer pas à pas. J'aiderai, d'accord ? Promets-moi simplement que tu prendras soin de toi-même également, ou tu ne lui seras d'aucune aide.

Christy acquiesça tout en essuyant de nouveau son nez.

— Je ferai ça.

— Bien. As-tu faim ?

Christy secoua la tête.

— Je dois manger. Alors, allons commander quelques plats et faire un peu de lessive. Tu restes avec moi ce soir ?

— Ouais. Je dois appeler maman pour l'informer, et je devrai me lever de bonne heure pour aller à l'entraînement avec Jake demain. Il ne nous reste plus que deux semaines pour nous le faire.

Le visage de Christy se plissa à nouveau.

— Quoi ?

— C'est très important et je l'ai oublié.

— Me croirais-tu si je te disais que j'avais oublié aussi jusqu'à hier soir ?

— Non.

— C'est pourtant vrai. Ces derniers jours étaient pourris, mais nous avons géré. Et tu as fait ce qui était nécessaire pour mettre ce bâtard à l'ombre.

— J'ai fait ça. Très pourris.

Michael sourit.

— Ça craint beaucoup. Mais tu l'as fait. Tu es mon héros.

Un sourire menaça d'apparaître aux coins de la bouche de Christy.

— C'est toi le héros. Tu m'as sauvé de la grande roue.

— Tu n'avais pas besoin d'être sauvé. Tu devais savoir que ce qui s'était passé avec Yosef ne changeait rien entre nous. C'est tout.

Christy le dévisagea, la lueur contenue dans ses yeux était une combinaison discordante de peur et d'émerveillement.

— Ça ne te dérange pas ?

Michael prit son visage en coupe, posa son front sur le sien et plongea dans ses belles prunelles aigue-marine.

— Mon cœur s'est brisé pour toi et pour ce que tu as dû faire pour rester en vie. Je n'arrive pas à l'imaginer. Je ne peux tout simplement pas. Et cela ne me fait que t'aimer davantage, pas moins. Mais cela me fait également atteindre un degré de rage que je ne peux pas décrire et si jamais je remets les mains sur Yosef encore une fois, je le tuerai. Je ne suis pas habitué à ressentir cette rage aveugle. Donc ces sentiments sont bizarres et me donnent l'impression que cette partie de moi est hors de contrôle. Ce n'est pas normal chez moi. Je n'aime pas ça. Je ne suis pas sûr de pouvoir mieux l'expliquer.

— C'est de la colère pour moi aussi. Mais je n'ai pas l'impression de pouvoir faire quoi que ce soit. C'est comme si j'étais un minuscule insecte sous un pied.

Michael repoussa une mèche de cheveux blond-blanc du front de Christy du bout du doigt.

— Je t'aiderai à regagner ta confiance en toi, bébé. Laisse-toi juste le temps de guérir. Je te veux heureux et que tu profites de ta vie. Je serai là pour t'aider à le faire à chaque étape, tout au long du chemin.

Soudain, Christy se pencha en avant, passa ses bras autour du cou de Michael et le serra contre lui dans une de ses étreintes trop fortes.

Michael lui rendit la pareille et pria pour que Christy ne ressente jamais la rage qu'il éprouvait. Cela le rendait impuissant, frustré, incapable de réagir, mais le rendait également très conscient de la facilité avec laquelle on pouvait perdre le contrôle dans un moment de fureur. Et cela l'effrayait plus que tout.

— SALUT, MAMAN, la salua Michael quand elle répondit au téléphone.

— Comment vas-tu, champion ? J'ai entendu dire que tu avais eu une après-midi difficile.

— As-tu parlé à Rob ?

— Jake.

— Christy en a lourd sur les épaules. Il faisait face à tout ce qui lui est arrivé avec Yosef et maintenant, il est devenu frénétique, essayant de s'assurer que tout est parfait pour Thimi. D'une certaine manière, c'est étrange.

— Que veux-tu dire par là ?

— Je ne sais pas. Il était une épave à l'hôpital jusqu'à ce que je lui annonce que Thimi allait venir ici. Puis, c'était comme si quelqu'un avait appuyé sur un interrupteur. C'était comme « boum », très bien, fini avec le traumatisme, je vais m'assurer que tout est parfait pour Thimi.

Elle resta silencieuse pendant un long moment avant de reparler.

— De temps en temps, nous nous protégeons en agissant pour les autres. Cela nous aide à accorder moins d'attention à notre propre douleur.

— Tu penses que c'est ça ?

— Je le crois. C'est une sorte de transfert.

— Que cela signifie-t-il ?

Elle se tut pendant un autre long moment.

— Parfois, si nous ne sommes pas vraiment auto réalisés…

— Qu'est-ce que c'est ?

— L'autoréalisation signifie que nous nous connaissons bien, que nous prenons le temps d'être introspectifs et que nous savons ce qui nous fait avancer, ce qui nous motive à faire ce que nous faisons. Nous en venons à connaître quelles sont nos limites et quel est notre potentiel.

— D'accord, tout le monde fait ça.

— Malheureusement, non, pas tout ne le monde. Certains choisissent de laisser la responsabilité de leurs sentiments à d'autres. Cependant, ceux qui sont introspectifs passent toute une vie à l'être. Nous pouvons apprendre quelque chose de nouveau à propos de nous-mêmes chaque jour, peu importe notre âge.

— D'accord, alors, continue. Si nous ne nous connaissons pas très bien – tu aurais pu le dire simplement comme ça – qu'est-ce que le transfert ?

— Le transfert, c'est quand nous redirigeons nos émotions vers un substitut et que nous essayons de les traiter à travers cette personne ou cette chose.

— Alors, quoi ? Christy transfère ses émotions sur Thimi et tente de… de… je ne sais pas. Quoi ?

— J'imagine que Christy souffre de manière extraordinaire vive, et sa manière d'y faire face est d'essayer d'aider Thimi.

— Est-ce mauvais ?

— Pas nécessairement, mais ça peut l'être. Tiens, un autre exemple : quelqu'un en veut à sa mère pour ce qu'il ressent. Il transfère ce blâme sur quelqu'un d'autre, un enseignant, un patron, même un ami. Et il commence à exprimer sa colère auprès de ce substitut comme si c'était sa mère.

— Oh, d'accord. Cela revient simplement à en vouloir à quelqu'un d'autre pour tout. Comme Jason m'en voulait pour ce que sa mère faisait, parce que je suis gay et elle aussi.

— C'est ça. Donc le transfert peut être un bon moyen de guérir tout comme ça peut en être un mauvais.

— Attends… Je veux m'assurer d'avoir bien tout compris. Christy aide Thimi, et il se sentira mieux à propos de lui-même ?

— C'est un peu plus compliqué que ça, mais tu as saisi l'idée.

— D'accord, alors revenons à mon autre question, est-ce mauvais ?

— Dans le cas de Christy, je ne le pense pas. Il ne possède pas une once de méchanceté en lui et désire simplement aider tout le monde. Mais à un certain point, il devra mettre un terme à sa propre douleur. Rob y travaillera avec lui et il est très doué dans ce qu'il fait.

— Okay, que puis-je faire ?

— Sois toi-même. Tu es tout à fait normal, Michael. Tu l'es tellement que tes limites sont insipides.

Michael éclata de rire.

— Tu sais toujours comment faire en sorte que je me sente mieux, maman. Merci.

— C'est vrai.

Ça l'était. Il vivait une vie normale, avec une famille normale, il avait tout ce dont il avait besoin ou désirait et il avait le meilleur ami au monde. Il n'était pas pourri gâté, mais il possédait une vie de rêve.

— Merci, maman.

— Pour quoi ?

— Moi. Ma vie. J'ai une vie super.

Elle se mit à rire doucement.

— Cela n'aurait pas pu être possible sans toi.

— Si, cela aurait pu. Papa et toi, vous êtes géniaux.

— Nous le sommes. Mais ce n'est pas du tout le sujet. Certaines personnes sont nées malheureuses et le resteront peu importe ce qu'ils reçoivent, parce qu'elles choisissent de le rester. Tu contribues à ta vie bien plus que tu ne le réalises et certainement autant que nous.

Michael sourit intérieurement.

— D'accord. Tu gagnes. Je vais rester chez Christy. Pourrais-tu demander à Jake de passer me chercher à sept heures ?

— Pourquoi ne vas-tu pas le retrouver au stade ?

— Je n'ai pas ma voiture. Nous sommes rentrés de l'hôpital à la maison, puis chez Jake avec la limousine. Puis Jake m'a conduit jusqu'ici.

— J'avais oublié.

— Je vais avoir besoin de ma voiture à un moment donné, mais c'est bon pour le moment.

— Je rappellerai à Jake de passer de prendre. Comment s'est passé votre premier entraînement ?

— Bien. Vraiment bien. C'est comme s'il n'était rien arrivé à mon genou.

— C'est super à entendre. Assure-toi de continuer à faire tes exercices.

— Je le ferai. Bonne nuit, maman.

— Bonne nuit, mon chéri.

Michael entra dans la salle de bain pour trouver le gars le plus magnifique qu'il ait jamais vu paraissant encore plus beau dans un bain avec des bulles.

XVI

MICHAEL SE réveilla au son désagréable de l'alarme électronique de son téléphone, à six heures, et les rayons du soleil traversaient les fenêtres. Des souvenirs de la nuit précédente cascadèrent dans son esprit et il pensa pour la millionième fois que c'était vraiment génial d'être amoureux de Christy. Il roula sur le côté et découvrit que Christy avait quitté le lit. Il en fut déçu. Il se redressa et jeta un coup d'œil aux alentours. Aucun signe de Christy, le chalet était totalement silencieux.

Il sortit du lit, puis alla vérifier la salle de bain. Elle était vide. Il appela vers le loft, mais ne reçut aucune réponse. Il commença à s'inquiéter. Il regarda la tasse en papier posée à côté du lit, contenant les médicaments de Christy. Il ne les avait pas pris. Sa préoccupation augmenta. Il tendit une main vers le téléphone, appela Christy et ne réussit qu'à remplir la chambre du bruit provenant de la sonnerie de son portable. Son inquiétude se transforma en peur. Où diable est-il ?

Il contacta Rob.

— Salut, Michael.

— Christy est parti.

— Que voulez-vous dire par « parti » ?

— Il n'est pas là !

— Avez-vous vérifié au chalet de Thimi ?

— Attendez…

Michael se précipita vers la porte d'entrée, descendit les marches, grimpa celles du chalet voisin. Il tenta d'ouvrir la poignée.

— La porte est verrouillée.

— J'arrive tout de suite.

Rob raccrocha.

Michael frappa de toutes ses forces sur la porte.

— Christy !

Pas de réponse.

Il recommença.

— Christy, es-tu là ?

Rob arriva en courant derrière lui tout en sortant un trousseau de clefs, les séparant jusqu'à ce qu'il trouve celle qu'il voulait. Il la glissa dans la serrure et ouvrit la porte.

— Christy ?

— Christy, es-tu là ? cria Michael.

Alors qu'il commençait à monter l'escalier, Christy passa sa tête au-dessus de la rambarde du loft, frottant ses yeux endormis.

— Je suis là. Pourquoi cries-tu ?

Michael ravala sa panique en une déglutition agonisante.

— Oh, mon Dieu, bébé ! Tu ne peux pas disparaître comme ça !

— Je n'ai pas disparu. Je teste l'endroit où Thimi dormira.

Michael grimpa le reste des marches et le prit dans ses bras.

— Pourquoi n'as-tu rien dit à personne ?

— C'était avant le lever de soleil et tout le monde dormait, dit-il, continuant de se débarrasser de la brume qui remplissait ses yeux.

— La prochaine fois, avertis quelqu'un. Tu nous as fait une peur de tous les diables.

Christy releva la tête vers lui, une lueur d'incertitude emplissant ses orbes.

— Tu es en colère ?

— Non ! Non, juste inquiet. Juste sérieusement inquiet quand je n'ai pas pu te trouver.

— Vous savez que vous pouvez me contacter à n'importe quel moment du jour ou de la nuit, Christy. La prochaine fois, faites savoir à quelqu'un où vous êtes, déclara Rob, du rez-de-chaussée.

Christy passa de nouveau sa tête au-dessus de la rambarde.

— Je suis désolé d'avoir causé de nouveaux problèmes. Je laisserai un message la prochaine fois.

Rob soupira.

— Bien. Êtes-vous prêt à manger ?

Christy acquiesça.

— Dans quelques minutes.

— Je vais vous faire porter le petit-déjeuner.

Rob partit, refermant doucement la porte du chalet derrière lui.

Michael regarda le champ de bataille composé des couvertures violettes et de la couette posée sur le matelas.

— On dirait que tu as fait la fête.

Christy le dévisagea, paraissant confus.

— Pas du tout. J'ai testé les couvertures.

Michael gloussa.

— Et tu approuves ?

— C'est un très bel espace pour lui. J'ai regardé les étoiles pour m'endormir.

Il indiqua la lucarne, puis se pencha et saisit un des plaids.

— Mais ce n'est pas une bonne couverture. Elle provoque des démangeaisons.

Michael ricana.

— Alors, mets-la dans un sac.

— La mettre dans un sac ?

Michael se mit à rire à moitié.

— Le sac signifie que tu t'en débarrasses.

— D'accord, je vais la mettre dans un sac.

Christy se mit à plier les couvertures et les couettes et Michael l'aida. En peu de temps, le loft était bien rangé et Michael lui tendit la main.

— Allons manger. Jake passe me prendre à sept heures.

Il passa un bras autour de Christy tandis qu'ils empruntaient le chemin menant au chalet de Christy.

— Comment es-tu entré dans celui de Thimi ?

— Ce n'était pas verrouillé.

Michael ne put retenir l'inquiétude qui traversa ses traits.

— Assure-toi de tout garder cadenassé.

— Pourquoi ?

— Parce qu'ainsi, tu sauras que tu es toujours en sécurité.

— Si c'est barricadé, je ne pourrai pas entrer.

— Demande une clef à Rob.

— Il m'en donnera une ?

— J'en suis certain.

— D'accord, fit Christy en poussant un soupir fatigué alors qu'ils entraient dans son chalet.

— Je vais prendre une petite douche rapide afin d'être prêt quand Jake arrivera ici.

— Okay, fit Christy en grimpant dans le lit.

— Que fais-tu ?

— J'aimerais dormir un peu plus.

Michael fronça les sourcils.

— As-tu eu une mauvaise nuit, bébé ?

Christy haussa une épaule.

— Pas une très mauvaise.

Michael s'assit sur le lit, s'allongea à côté de Christy et s'installa en cuillère derrière lui.

— Pourquoi ne m'as-tu pas réveillé ?

— Je ne veux pas t'empêcher de dormir.

— La prochaine fois, s'il te plaît, réveille-moi ?

— Je suis allé dormir à l'endroit préparé pour Thimi. Cela m'a rempli l'esprit de pensées, et je n'ai pas fait de mauvais rêves. J'ai préparé des plans pour lui.

Christy pouvait se montrer entêté, mais Michael également.

— Veux-tu, s'il te plaît, me réveiller la prochaine fois ?

— Peut-être que je ferai ça.

Michael savait que c'était la meilleure proposition qu'il recevrait de Christy et accepta de ne pas le pousser plus loin.

Un léger coup retentit sur la porte juste avant qu'elle s'ouvre et Patrick entra avec deux plateaux de nourriture.

Michael se redressa.

— Salut, Patrick.

— Il va bien ?

Christy s'assit.

— Ça va. J'aimerais dormir un peu plus.

— Voulez-vous manger ?

— Je dois le faire ou Rob va s'en plaindre.

Patrick sourit.

— Avez-vous pris vos médicaments ?

— Je vais le faire.

Christy saisit la tasse en papier sur sa table de chevet et sortit du lit.

— Qu'y a-t-il à manger ?

— Pancakes avec confiture fraîche à la fraise et du bacon. Et, spécialement pour vous, j'ai mis des marshmallows sur votre confiture.

Le visage de Christy s'éclaira.

— Merci.

Il souleva la cloche qui recouvrait son assiette.

— Oh, ce sont des gros. Je n'en avais pas vu encore.

Patrick adressa un clin d'œil à Michael.

— Quelqu'un m'a dit que vous n'aviez jamais mangé de s'mores, donc nous en préparerons dimanche au barbecue.

— Cool, fit Michael.

— Qu'est-ce que des « s'mores » ? demanda Christy.

Michael souleva l'autre cloche de son assiette.

— Je t'ai dit ce que c'était : des chamallows fondus avec du chocolat entre des gâteaux Graham.

— J'ai oublié.

Patrick ramassa les plateaux.

— Je viendrai rechercher les assiettes.

— Merci, Patrick.

Michael plongea sur son plat comme un homme affamé, et Christy resta là, sans bouger.

— Quel est le problème, bébé ?

— Je suis fatigué.

— Prends tes médicaments, mange un peu et retourne te coucher.

— Je vais faire ça.

Le téléphone de Michael sonna et il répondit.

— Hey, mon pote.

— Tu es prêt ?

La voix profonde de Jake résonna à son oreille.

— Je le serai dans dix minutes.

— Alors à tout de suite.

Michael raccrocha et dévora le reste de son petit-déjeuner.

Christy étira une guimauve jusqu'à ce qu'elle se brise en deux.

— C'est un gros chamallow.

Michael gloussa et embrassa sa tempe.

— Douche, puis je serai parti. Nous serons de retour à temps pour le barbecue. Retourne dormir après avoir mangé.

— Je ferai ça.

Michael balança son sac par-dessus son épaule et regarda Christy étirer un autre marshmallow en deux. Il paraissait préoccupé, mais il avait également l'air un peu dépité et Michael ne put s'empêcher de se demander si quelque chose n'allait pas.

— Tu vas bien, bébé ?

Christy hocha la tête.

— Je sais plus de choses maintenant, mais je ne sais pas par où commencer avec Thimi.

Michael s'approcha de lui, se pencha pour plonger directement dans ses yeux.

— Quand je t'ai rencontré pour la première fois et que j'ai découvert ce qui t'était arrivé, je n'avais pas la moindre fichue idée de quoi faire. Alors, tu sais ce que j'ai fait ?

Christy secoua la tête.

— J'ai suivi ton exemple.

— Que veux-tu dire ?

— Si tu paraissais effrayé, alors je savais que ce n'était pas une chose à faire. Si tu souriais, alors je savais que c'était bien. Maintenant que je te connais, je peux pratiquement sentir ce que tu penses avant même que tu le montres.

Christy haussa les sourcils.

— Tu peux faire ça ?

Michael acquiesça.

— J'ai juste observé et appris.

Le froncement de sourcil unique de Christy entra en action.

— Tu ne penses pas que je t'ai pris ta vie ?

Ce fut au tour de Michael de froncer des sourcils.

— Non, bébé.

Il posa son sac sur le sol et prit son visage en coupe.

— Jamais. Tu es un plus dans ma vie et j'aime celle que nous avons ensemble.

— Et si je dois passer du temps avec Thimi ?

— Alors, fais-le.

— Tu ne seras pas en colère ?

— Non.

— Jake n'était pas en colère quand tu étais avec moi ?

— Certainement pas.

Michael y réfléchit un moment.

— Les choses auraient peut-être été différentes si tu ne lui avais pas présenté Sophia. Il aurait pu se sentir frustré avec tout ce temps libre, mais tout a parfaitement fonctionné. Cela le fera aussi.

Michael étudia les beaux yeux de Christy.

— Était-ce ce qui te dérangeait ?

Christy haussa une épaule.

— Je suis un peu nerveux. J'aime la vie avec toi. Je ne veux pas que ça change, mais Thimi est comme un petit frère pour moi. Je dois le faire.

— Alors, fais-le et je serai derrière toi, à cent pour cent.

Christy l'observa intensément.

— Tu m'en fais la promesse ?

Michael sourit.

— Promis.

— BONJOUR ! LE salua Jake lorsque Michael grimpa dans la voiture.

— Hey, mon pote ! Merci d'être passé me prendre. Peut-être que nous pourrions récupérer ma voiture après l'entraînement.

— Je n'en vois pas l'intérêt. Nous nous entraînerons tous les jours ensemble, de toute façon.

— Ouais, mais je n'aime pas que tu aies à venir me chercher et tout ça.

— Ne t'inquiète pas à ce sujet.

Jake fit faire demi-tour à la voiture, sortit du parking, la sécurité le collant comme une tique sur un chien.

— J'ai discuté avec papa à propos de ce truc de la veste hier soir.

— Des idées ?

— Après une tonne de jurons, même de la part de ta mère, il n'en avait aucune.

Michael écarquilla les yeux.

— Maman a juré ?

— Comme un marin. Tu dois te souvenir combien les agissements de Jason étaient difficiles pour elle. Quand il a pointé cette arme sur toi lors de la célébration de notre championnat d'État, elle était totalement effondrée.

Un soupçon de culpabilité traversa Michael. Les actions de Jason avaient été un cauchemar pour eux tous, mais cela avait été particulièrement dur pour sa mère. Elle avait commencé à prendre des pilules pour dormir et à boire plus d'alcool qu'il ne l'avait jamais vu faire. Puis, quand tout avait été terminé, les médicaments et la boisson avaient disparu comme s'il ne s'était jamais rien passé.

— Je sais que je ne devrais pas dire du mal des morts, mais je le déteste toujours, Jake.

Celui-ci fit un geste de la main voulant dire « c'est normal ».

Il est devenu fou et a failli *nous* tuer plus d'une fois.

Michael n'oublierait jamais le toit de sa voiture se retrouvant soufflé à plus de cinquante mètres dans le ciel lorsqu'elle explosa sous l'effet d'une bombe.

Il entama une lente descente, tourna une fois, comme une feuille portée par une brise d'été et le vent le dirigeait droit vers eux.

— Baisse-toi, Jake !

Michael appuya sur la tête de Christy et le protégea de son corps.

Le débris atterrit avec un bruit assourdissant sur le capot de la Mercedes et le pare-brise se fissura. Ils se redressèrent lentement et regardèrent la toile d'araignée formée par la fissure mettre une minute à remplir le pare-brise. Des sirènes retentirent au loin, mais ils étaient sourds au son qui se rapprochait.

Jake dit quelque chose à Michael et celui-ci indiqua ses oreilles.

— Je ne peux pas t'entendre !

Christy était devenu aussi blanc qu'un linge et Michael prit doucement son visage en coupe.

— Tu vas bien ?

Christy le regarda avec des yeux épouvantés.

— Je n'oublierai jamais cette nuit-là.

— Ouais, eh bien, il te faudra être très lucide si Rich traîne avec ces gars.

— Que veux-tu dire par « *si* » ?

— Tu ne sais pas si c'est Rich. Peut-être que Jason a donné sa veste à un de ces types, en échange de la bombe qui a explosé ta voiture.

Michael grimaça.

— Peut-être. As-tu reçu des nouvelles de Lisa ?

Jake secoua la tête.

— Mais connaissant Smitty, il s'en occupe.

Michael poussa un long et bruyant soupir.

— Mec, je pensais que toutes ces conneries étaient terminées.

— Moi aussi, mon pote. Moi aussi.

CHRISTY ÉTIRA une autre guimauve. Quand elle se brisa en deux, il la jeta sur une assiette. Il prit ses médicaments, c'était tout ce qu'il pouvait faire avant de ramper dans son lit. Il pria pour ne plus rêver. Il s'était souvenu de choses qu'il avait oubliées – des choses qu'il pensait ne jamais oblitérer, mais c'était arrivé. Rêver des cris de Thimi avait été trop pour lui. Il se sentait coupable. Il avait l'impression qu'il devrait se souvenir de tout ce qu'ils avaient enduré – comme si, en ne s'en souvenant pas, il avait trahi Thimi d'une manière ou d'une autre. Comme si en ne s'en souvenant pas, *il méritait d'être puni.* Un élan de peur involontaire surgit et ses entrailles se relâchèrent. Il tourna son visage dans l'oreiller et essaya de faire disparaître la terreur. Être éloigné de toute forme de torture depuis un an n'avait servi qu'à multiplier ses craintes au centuple. Quand Yosef l'avait repris, la douleur et les tortures avaient été bien pires que ce dont il se souvenait. Tellement pires. Désormais l'effroi était de retour dans toute sa grandeur odieuse. Tout ce sur quoi il avait travaillé, toutes les techniques d'adaptation qu'il avait apprises au cours des quinze derniers mois s'étaient évanouies au moment où Yosef l'avait touché. Comme si ces précieuses compétences n'avaient jamais abouti, comme s'il n'avait rien accompli, peu importe l'effort atroce qu'il avait mis à contrôler son esprit. C'était comme si l'horreur aurait été plus facile à supporter s'il n'avait jamais connu la liberté. Et maintenant, il ne pouvait plus la combattre. La terreur présente dans son cerveau lui disait que la punition viendrait... il vomit.

XVII

— SALUT, MIKE ! Jake ! fit Lisa quand ils arrivèrent au barbecue.

— Salut, les gars, répondit Michael tandis qu'ils approchaient du bout de la longue rangée de bancs où tout le monde s'asseyait.

Darien arriva en courant et heurta la bonne jambe de Michael.

— Tu as promis !

— Promis quoi ?

— Sur ton dos !

Michael souleva Darien et l'installa sur une de ses épaules.

— Que dirais-tu d'une promenade sur mon épaule, petit homme ?

Darien se mit à rire de manière hystérique tandis que Michael faisait une pseudo galopade en se dirigeant vers la table.

— Qu'y a-t-il pour déjeuner ?

— Comme d'habitude, répondit Darien en faisant la grimace.

— Tu dis ça comme si c'était une mauvaise chose.

— Ennuyant.

Michael ricana.

— J'ai faim, donc c'est bon pour moi.

— Ne prends pas ma place à côté de Christy !

Il souleva Darien de son épaule et le remit sur ses pieds.

— Je n'y pensais même pas. Va chercher les cubes avec des images et je jouerai avec toi après le déjeuner.

— Kevin a les cubes avec les images et j'ai les dames !

— Wow ! Je ne sais pas si je pourrai jouer à ça. Où est Kevin, de toute façon ?

Le visage de Darien s'assombrit subitement.

— Il a une maison avec des parents et tout.

— C'est une bonne nouvelle.

— Tu crois que j'aurai une maison ?

Michael baissa les yeux vers le visage triste de Darien et lui adressa ce qu'il pensait être un sourire rassurant.

— Je sais que ça t'arrivera.

L'expression dans les yeux de Darien contenait tout l'espoir au monde et le cœur de Michael se serra pour lui. Il ne pouvait pas imaginer ce que c'était que de ne pas avoir de maison et il se demanda comment les gens, les enfants en particulier, pouvaient survivre sans.

— Va chercher tes dames.

132

— 'Kay. Je vais te battre !

Darien se précipita et Jorge secoua la tête.

— Ce gamin ne s'arrête jamais.

— Hey, mec !

Michael serra et claqua à moitié la main de Jorge, puis celle de Malvolio, Gavin, Noah, Stephen et agita le plâtre de Jerry d'un doigt.

— Comment ça va ?

Jerry leva les pouces et Gavin l'imita.

— Tout va bien. Après avoir regardé les infos, nous sommes heureux.

— Ouais, pourquoi ? demanda Jake.

— « Nous sommes polis. Vous êtes grossiers. Je suis le patron ! » répéta Noah en imitant Christy. Christy a été génial. Franchement, ce sont les meilleures répliques qui soient !

Jake et Michael éclatèrent de rire.

— Un moment à marquer d'une pierre blanche, reconnut Jake.

— Hey, George. Comment ça va ? demanda Michael.

— Pas mal, Michael ! D'autant plus que vous êtes de retour. Même si la semaine dernière, c'était une victoire, cela a été difficile.

Michael sourit.

— Ouais, c'était assez dur. Mais c'est terminé.

Lisa leva les yeux vers lui et hocha la tête.

— Vraiment. Vous deux, vous avez réussi.

— Ne me regarde pas. Christy l'a totalement géré, déclara Michael.

— Tout à fait, accepta Jake. Où sont Christy et Sophia ?

Lisa roula des yeux.

— Christy est particulièrement émotif avec le violet aujourd'hui. Il n'arrête pas d'obliger Sophia à faire des changements dans le chalet de Thimi. Le joli garçon a un sérieux problème à la Martha Stewart qui se profile.

Michael sourit.

— Nous revenons sous peu. Gardez-nous un peu de nourriture.

Accompagné de Jake, il se dirigea vers les chalets, traversa la pelouse bien entretenue et entra dans celui de Thimi.

— Christy ! appela-t-il.

Des gloussements provenaient du loft au-dessus d'eux et il regarda Jake.

— Oh, ouais. Il ne se passe rien de néfaste ici.

Ils se précipitèrent vers l'escalier en colimaçon, chacun poussant l'autre en arrière d'une marche tandis qu'ils montaient à l'étage.

— Je t'ai eu, mon pote ! déclara Jake en riant.

— Dans tes rê…

Michael s'arrêta sur le palier et Jake lui rentra dedans. Ils fixèrent la tente faite avec des couvertures qui recouvrait la moitié de la pièce.

— Le violet est le nouveau noir, murmura Jake.

Michael éclata de rire.

— Orange, mon pote. L'Orange est le Nouveau Noir [4].

Il se laissa tomber sur son bon genou, écarta le rabat installé en guise de porte et jeta un coup d'œil par l'ouverture. Là, sous la tente, Christy et Sophia étaient allongés sur le dos, gloussant à propos de Dieu seul savait quoi.

— Quel est le mot de passe secret ? demanda Michael.

Christy et Sophia se dévisagèrent puis éclatèrent d'un rire hystérique.

Jake se laissa tomber à côté de Michael, à quatre pattes.

— Qu'en penses-tu ? On s'infiltre ?

— Roger !

Ils se glissèrent à l'intérieur, Christy et Sophia riaient si fort qu'ils ne pouvaient pas parler. Puis Christy commença à tousser.

Michael le prit dans ses bras.

— Arrête ça, bébé. Tu dois respirer. Ralentis et inspire.

Christy se calma et inspira profondément, mais Sophia gloussait toujours, ce qui amena Christy à recommencer.

— Occupe-toi de ta copine, Jake !

— Comme si c'était possible. Que faites-vous ici ?

— On fait semblant, répondit Sophia. C'est notre forteresse.

Jake jeta un coup d'œil circulaire.

— Je pense que cela a besoin d'un peu de couleur. Peut-être d'une touche de violet.

Sophia frappa légèrement l'épaule de Jake et Christy éclata de nouveau de rire.

Michael roula sur le dos et positionna Christy au-dessus de lui.

— Calme-toi ou tu ne seras plus capable de respirer.

— J'aime – toux – cette chambre pour Thimi.

Michael lui adressa un grand sourire.

— Correspond-elle à ce que tu voulais ?

— Oui, *moro mou*. Il sera heureux ici.

— Alors, allons nous chercher quelque chose à manger. Je meurs de faim !

— Qui est assis avec Zero ? demanda Michael tandis qu'ils revenaient au barbecue.

— C'est Melos Katsaros, le nouveau conseiller pour Zero, répondit Christy. Il a un nom grec, mais il est d'Atlanta et il a un étrange accent. Certaines fois, je ne comprends pas ses paroles. Il dit « y'all [5] ». J'ai compris que cela signifiait tous les gens.

---

4 Orange Is the New Black, ou L'orange lui va si bien au Québec, est une série télévisée américaine créée par Jenji Kohan et diffusée depuis le 11 juillet 2013 sur Netflix.

5 You all ou – pour les personnes avec un accent du sud, ils abrègent la forme par y'all = vous tous.

Michael gloussa.

— Exact. C'est bien ce que ça veut dire.

Il attrapa des assiettes, en tendit une à Christy et garda l'autre pour lui-même.

— Que veux-tu ?

— Du Jell-O.

— Le Jell-O vert ? Tu n'aimes pas le vert.

Christy haussa une épaule.

— C'est le seul Jell-O.

— Veux-tu du poulet, des côtes ou un hot-dog ?

— Des côtes et du maïs.

Michael remplit son assiette.

Jake en tenait deux également.

— Sophia ?

— La même chose que Christy.

Avec des assiettes bien remplies, ils retournèrent là où leurs amis étaient assis à l'extrémité de la rangée de tables de pique-nique. Christy prit sa place habituelle en bout de table, et Michael s'assit à sa gauche, à côté de Lisa. Jake et Sophia s'installèrent en face de Michael.

— Qui est le gamin goth ? demanda Jorge.

Christy avala sa bouchée de maïs.

— C'est Zero. Il vient de la ville.

Lisa sourit largement.

— Zero ? Sérieusement ?

— Oui. Son nom ne le dérange pas.

Michael parla à voix basse.

— Son véritable nom n'est guère mieux. Rob dit que c'est Chaos.

— C'est aussi nul que le mien, intervint Malvolio [6].

Michael déposa l'os de sa côte sur le côté de son assiette.

— Hey, au moins ton nom est cool. Il a une légère référence à la littérature.

Malvolio roula des yeux.

— Sois heureux que le tien ne soit pas associé à une arche, grommela Noah.

Gav ricana.

— Me traiterais-tu d'une sorte de bateau ?

Noah sourit.

— Jamais, mec.

George jeta sa serviette dans son assiette vide.

— Quelle sorte de nom est « Chaos » ?

— C'est celui d'un dieu grec. Le premier dieu lors de la création de l'univers. Chaos a engendré Gaïa, la Terre, Tartare, les Abîmes Insondables et Éros, le Désir, expliqua Christy.

6 Malvolio est un des personnages de Roméo et Juliette de Shakespeare.

135

— Il aurait aussi bien pu être appelé « pagaille », fit Jorge.

Christy secoua la tête.

— Chaos est l'incarnation du néant avant la création, pas la dévastation.

Jerry éclata de rire.

— Ils auraient dû l'appeler « Vide ».

— La ferme ! intervint Stephen en donnant un coup de coude dans l'épaule de Jerry.

Michael regarda Christy.

— Chaos est le vide ?

Christy acquiesça.

— Je dois vérifier son étymologie.

Jorge leva le pouce en direction de Michael.

— Qui s'en soucie ? demanda Jake.

— C'est une chose que j'ai besoin de savoir, mon pote, se défendit Michael.

Jake s'essuya les mains et la bouche avec sa serviette.

— Vous, les majors en littérature, vous êtes des tarés.

— Ferme-la, mec.

Sophia se mit à rire doucement.

— Quoi ? demanda Michael, sur la défensive.

— Les nouveaux arrivés de Wellington ont des noms grecs. Je trouve ça bizarre.

Michael l'étudia.

— Un peu.

Il jeta un coup d'œil à Lisa et murmura « Babylicious » entre ses dents. Il adorait la taquiner avec le surnom qui venait de sa famille.

— Mike !

Elle cogna son bras.

— Aïe ! Ne frappe pas le garçon gay !

Melos s'approcha avec Zero, non loin derrière.

— Cela vous dérange-t-il si nous nous joignons à vous ?

Christy secoua la tête et tout le monde glissa sur les bancs pour leur faire de la place, puis il se leva.

— Je vais faire les présentations pour toi. Vous connaissez Jerry parce qu'il vit ici, ainsi que Stephen, son petit ami. Voici Lisa. Là, c'est George, l'amie de Lisa. Puis, Jorge, et Malvolio son petit ami. Ensuite, il y a Gavin, le cousin de Lisa. Là, c'est Noah, le petit ami de Gavin. Voici Jake, le meilleur ami de Michael et Sophia, la fiancée de Jake. Tout le monde, je vous présente Zero.

Cela n'échappa pas à l'attention de Michael qu'il n'avait pas présenté Sophia comme étant sa sœur.

— Oh, et voici Melos, le nouveau conseiller, termina Christy.

— Juste Mel, dit-il rapidement.

Hey, Zero, enchanté de te connaître.

Jorge tendit la main, Zero la regardant à peine.

— Il est un peu timide, reprit rapidement Christy.

— Pas de problème.

Jorge recommença à manger.

Tout le monde resta silencieux pendant un moment et Michael décida de briser la glace.

— Merci pour ton aide avec le chalet de Thimi.

Zero fit un petit signe de tête.

Mel chercha à poursuivre la conversation.

— J'ai cru comprendre que Jake et vous, vous vous entraîniez pour les Essais de l'USATF dans deux semaines ?

Michael secoua la tête.

— Seulement Jake. Tout ce que je fais, c'est prendre mon temps.

Jake tapa l'arrière de la tête de Michael.

— Qu'y a-t-il avec tout le monde se payant ma tête aujourd'hui ? Tu vois ce que j'ai à supporter, Zero ?

Le jeune homme faillit sourire.

Jake désigna Michael de son pouce.

— Pleurnicheur ! Oui, en effet. Michael fait de la course de haies et moi, de la course de fond.

— Cela paraît plutôt excitant.

— Éprouvant pour les nerfs, déclara Michael. Nous nous entraînons chaque matin.

Christy leva les yeux vers lui.

— C'est très excitant pour moi.

Michael sourit.

— Tu es mon fan numéro un. Le meilleur que quiconque peut avoir.

La table redevint silencieuse.

— Que fait tout le monde pendant l'été ? demanda Michael.

Lisa agita ses doigts entre Gorge et elle.

— Nous travaillerons sur le front de mer avec Smitty jusqu'à ce que l'école commence en août. Puis nous entrerons à Mohawk.

— Qu'avez-vous choisi ?

— Le cursus général. Je ne sais pas ce que je veux devenir quand je serai adulte, Mike, et Smitty ne s'en soucie pas tant que nous faisons du mieux que nous pouvons.

— Je cherche du boulot et commencerai Mohawk aussi, intervint Stephen.

— Moi aussi, sauf que je suis inscrit à l'Université de New York, indiqua Jerry.

Zero le dévisagea intensément.

— Tu peux aller à l'université, même si tu viens d'un endroit comme celui-ci ?

— Putain, ouais !

Christy étudia Zero pendant un long moment.

— Ne te juge pas par ce que les autres t'ont fait.

Christy n'avait jamais été aussi ouvert ni assuré à propos de son rétablissement suite à ses mauvais traitements, et Michael rayonna de fierté.

Zero croisa brièvement les yeux de Christy avant de se détourner.

Gavin repoussa son assiette et Noah la prit pour l'empiler sur la sienne.

— Noah et moi nous travaillons à l'arcade Carrello sur le front de mer. Puis Noah a choisi la cuisine à Mohawk, et moi, l'informatique.

Noah fit la tête.

— C'est appelé « études culinaires ».

— Comme il dit.

— Jorge, qu'allez-vous faire ? demanda Mel.

Il indiqua Michael.

— Mon partenaire en major de littérature. Je vais à Cornell. Pas de travail saisonnier. Mes parents veulent que je profite des vacances estivales parce qu'une fois que je serai à l'université, plus question de s'amuser.

Malvolio indiqua Jorge.

— Même chose, pas de travail, mais pas à Cornell. Anthropologie à Vassar.

Michael était impressionné.

— Wow, mec ! Félicitations pour avoir obtenu Vassar.

Malvolio leva la main pour un tope-là et Michael la claqua.

— Que vas-tu faire, Christy ? demanda Lisa.

— Cet été, je vais prendre soin de Thimi, puis j'irai à la Sorbonne. C'est une école à Paris. J'étudierai la peinture.

— Comment ça va marcher avec Michael à Oxford en Angleterre ? demanda Jorge.

— C'est un court trajet entre Londres et Paris, déclara Michael.

— C'est à une heure de vol et deux heures par l'Eurostar, ajouta Christy.

— Cool. Je n'avais pas réalisé que c'était si proche. Oxford est à combien de Londres ?

— À une heure en voiture, deux par le bus, poursuivit Michael. Aimes-tu l'école, Zero ?

Celui-ci haussa les épaules.

— J'ai manqué quelques années.

— Je pourrais être ton tuteur si tu souhaites de l'aide, proposa Christy.

Zero ignora l'offre.

— Quand Thimi arrive-t-il ici ?

— Il devrait être là approximativement entre huit et neuf heures ce soir.

— Parle-t-il anglais ?

Christy acquiesça.

— Il a eu les mêmes tuteurs britanniques que moi en Grèce. Il n'aime pas parler parce qu'il a le... le...

Il regarda Michael.

— Comment tu appelles ça quand le son des lettres saute et se répète ?

— Il bégaie ?

— Oui. Il fait ça s'il parle à quelqu'un, pas à moi.

— Il ne bégaie pas avec toi ? s'étonna Michael.

Christy secoua la tête.

— J'ai pris soin de lui depuis qu'il est tout jeune. Il n'a pas peur de moi.

— Il a douze ans, c'est ça ? intervint Lisa.

Christy acquiesça.

— Tu as douze ans également, non ? demanda-t-il à Zero.

Zero agita une fois sa tête.

— À quoi ressemble-t-il ? l'interrogea Jerry.

Christy réfléchit un moment.

— Il est petit comme moi. Il a des cheveux bruns, sans boucles, des yeux topaze. Ils sont beaux à la lumière du soleil. Il a une voix toute douce. Cela lui est particulier. Personne ne sait pourquoi.

— Que veux-tu dire par « voix douce » ? reprit Michael.

— C'est un murmure. Il n'a pas le son d'une pleine voix.

Michael remua un doigt sur son propre cou avec un air interrogateur, mais Christy secoua la tête.

— Il n'a pas le cou endommagé comme moi. C'est la manière dont sa voix est née.

Michael sourit à la syntaxe de Christy.

— Cool. Jake, mec, parle.

— Comme si le monde entier ne savait pas que le fils du grand Nero Santini allait à Columbia.

— C'est super, Jake, déclara George.

Celui-ci fit une grimace.

— Je n'ai pas eu le choix.

Sophia tapota ses cheveux.

— Tu feras un magnifique avocat.

Elle se tourna vers Michael.

— Nous partons pour l'Italie le lendemain des Essais.

Michael jeta un coup d'œil à Jake. Il avait oublié que son ami visitait l'Europe pendant l'été.

— Elle a une séance photo, expliqua Jake à personne en particulier.

Michael fixa Sophia.

— Ouais. Je l'avais oublié. Comment ça va se passer avec... euh... les cicatrices ?

Elle hocha la tête avec enthousiasme.

— Cela ne fait aucune différence pour les photographes. La presse est mitigée. Certains les trouvent épouvantables. D'autres pensent que je suis courageuse.

— Des photos pour quoi ? intervint Zero.

— C'est un mannequin, répondit Jake.

— Un mannequin pour quoi ?

— Des vêtements. Parfois du parfum, des diamants, des accessoires, des voitures… expliqua Sophia.

— Avec cette cicatrice sur ton visage ? l'interrogea Zero sans inflexion.

Elle sourit.

— J'ai décidé que je ne les laisserais pas interférer avec ma carrière.

Zero eut l'air impressionné.

— C'est bizarre.

Elle se mit à rire doucement.

— Ça l'est. Je suis le seul top-modèle avec des cicatrices. Je suis unique.

Zero lança un coup d'œil à Christy, puis revint sur elle.

— Vous êtes jumeaux ?

Elle regarda Christy et lui fit un geste, l'invitant à parler.

— Nous le sommes, répondit doucement Christy.

Michael voulut sauter de joie, mais préféra tendre la main sous la table et serrer le genou de Christy.

— Qui est né le premier ?

Christy sourit soudain.

— Je ne sais pas.

Sophia éclata à nouveau de rire.

— Peut-être que nous devrions demander.

— Je suis certain d'être né le premier, déclara Christy.

Sophia resta bouche bée en le fixant des yeux.

— Pourquoi dis-tu ça ?

— Je suis intelligent. Je suis sage. Je prends soin de toi. Je suis plus vieux.

Elle poussa un soupir indigné.

— Je suis plus jolie, je suis mondaine et je te laisse prendre soin de moi. Je suis plus âgée.

Christy ramassa sa serviette et la lui jeta. Le jeu spontané surprit Michael.

— Vous êtes bizarres, les gars.

Zero se leva de table et s'éloigna.

Inquiet, Michael regarda Mel qui se mit debout.

— Avons-nous dit quelque chose de mal ?

Mel sourit.

— Il a quelque chose de coincé dans le gosier. Nous allons l'aplanir. Merci de nous avoir laissés nous joindre à vous tous.

Michael adressa un petit salut à Mel.

— Quand vous voulez. Remerciez-le encore de son aide pour le chalet de Thimi.

— Qu'est-ce qu'un gosier ? demanda Christy.

— La gorge, répondit Jorge.

— Ils guérissent ça avec un plan ?

Michael gloussa.

— C'est une manière de parler, bébé. Cela signifie qu'il est grognon, mais qu'ils vont l'aider à arranger ça de façon à ce qu'il ne le soit plus.

— L'anglais américain est étrange.

Des éclats de rire jaillirent de partout autour de la table.

XVIII

MICHAEL ET Christy étaient assis sur la balançoire du porche et contemplaient l'ardent coucher de soleil. Cela avait été une belle journée de juin, et des traits roses, orange et jaunes vifs rayonnaient dans le bleu éthéré du ciel. En dehors du remue-ménage régnant en prévision de l'arrivée de Thimi, tout était calme dans le monde turbulent de Christy.

Michael embrassa sa tempe.

— Pourquoi es-tu nerveux ?

Christy prit une profonde inspiration et passa ses mains sur ses cuisses.

— Je ne le suis pas. Je réfléchissais.

— À propos de Thimi ?

Il hocha la tête et frotta de nouveau ses mains sur ses cuisses.

— Il est comme moi quand j'ai quitté pour la première fois cet endroit horrible. Il aura de terribles cauchemars, vomira et s'oubliera dans le lit. Il ne pourra pas être touché.

— Cela va sans dire, mais je pense qu'il ira bien. Surtout avec toi ici.

— Peut-être.

Son téléphone sonna et il l'attrapa dans une poche avant de le regarder.

— Allô, Rob, c'est moi, Christy.

— Nero a appelé. Ils seront là dans une dizaine de minutes. Thimi est endormi. Le Docteur Jordanou a dû lui donner des sédatifs, donc nous le mettrons dans le lit du bas dans le chalet.

— Il se réveillera et aura peur. Nous le mettrons au lit, avec moi.

— Il ira très bien. Le Docteur Jordanou sera avec lui.

— Non. Il restera avec moi.

— Christy, nous en avons discuté. Nous ne pouvons pas permettre que des résidents partagent une chambre, encore moins un lit.

— Thimi passait la nuit avec moi, chaque soir, en Grèce. Il restera avec moi.

Rob émit un indiscernable son de frustration.

— Je vais faire une exception pour la première nuit, Christy. C'est tout.

— Merci.

Christy raccrocha.

— C'était pour quoi ? demanda Michael, inquiet.

— Thimi dort à cause des médicaments. Il se réveillera et aura peur, donc j'aimerais qu'il soit au lit, avec moi. Rob n'aime pas ça.

Michael n'était pas franchement ravi de l'idée non plus.

— Et ?

— Rob fait une exception pour une nuit.

Michael hocha la tête.

— Ça me paraît raisonnable.

Christy secoua la tête.

— Ça ne va pas marcher comme ça. Thimi voudra dormir avec moi tout le temps.

Une longue mèche des cheveux de Christy flotta dans la brise du soir et Michael la remit derrière son oreille du bout du doigt.

— Ce n'est probablement pas une bonne idée.

Christy se tourna vers lui, une lueur de colère désormais largement présente dans ses yeux.

— Ce doit être comme ça.

Michael l'étudia, sa propre colère effleurant les bords de son esprit.

— Crois-tu que cela va l'aider à prendre soin de lui-même ?

— Il apprendra avec le temps.

Michael pouvait voir une dispute se profiler, donc il laissa tomber. Ce n'était pas le bon moment. Ils restèrent assis en silence jusqu'à ce que la limousine entre sur le parking.

Rob sortit sur le porche et Christy bondit hors de la balancelle en un instant, trébuchant pratiquement sur ses pieds pendant qu'il descendait les marches.

Le chauffeur sortit de la voiture et ouvrit la portière arrière de la limousine. Le Général Sotíras en émergea le premier, il était aussi large que Nero l'était en hauteur et en circonférence, et il paraissait très fatigué.

— Bonsoir, Général, le salua formellement Christy avec une légère courbette.

— Bonsoir, Christy. C'est merveilleux de vous revoir. Michael, c'est agréable de vous revoir également.

Michael s'avança et serra la main du Général.

— Merci, monsieur. Merci d'avoir amené Thimi ici.

— C'est un plaisir. Ah, Docteur Villarreal ! Nous sommes enfin arrivés.

Le Général monta les marches pour serrer la main de Rob.

— Avez-vous fait un bon voyage ? demanda Rob.

— Tout bien considéré, excellent. Thimi a été malade à plusieurs reprises, mais une fois qu'il s'est endormi, tout s'est bien passé.

Un homme de grande taille, à l'aspect bienveillant et aux cheveux argentés sortit de la voiture et salua Christy dans un anglais parfait.

— Vous avez l'air bien, mon ami.

Un petit sourire recourba les côtés des lèvres de Christy.

— Je vais bien, Docteur Jordanou. C'est bon de vous revoir. Merci d'avoir pris soin de Thimi. Voici Michael Sattler.

Michael serra la main du Docteur Jordanou.

— Ravi de faire votre connaissance, Docteur. Christy pense grand bien de vous.

— Merci. C'est un plaisir de vous rencontrer.

Il fit un geste vers la voiture.

— Allez-y. Regardez-le, Christophoros. Il dort paisiblement.

Christy plongea littéralement dans le véhicule.

Sur le siège, de l'autre côté de la banquette, se trouvait Thimi, enroulé dans une couverture violette, tenant sa bille en marbre violette dans sa main, même en dormant. Christy tapota ses cheveux et commença à pleurer.

— Hey, hey, hey, bébé.

Michael grimpa dans la voiture et passa un bras autour de Christy.

— Tu vas bien ?

Il hocha rapidement la tête.

— Je ne pensais pas qu'il était vivant. Maintenant, il est ici, avec moi.

— Ouais, il est en sécurité à présent.

Michael baissa les yeux vers le petit garçon, ses cheveux bruns raides collant sur son front. Ses pommettes étaient hautes et flagrantes dans son visage en forme de cœur, sa lèvre inférieure était plus pleine que la supérieure et toutes les deux affichaient de petites cicatrices blanches. Les cils de ses yeux profonds peignaient des croissants foncés et épais contre sa peau pâle, mais ne faisaient rien pour cacher ses cernes d'épuisement. Paisible dans son sommeil, son expression exsudait toujours une tristesse infinie.

Christy se pencha en avant et murmura quelque chose à l'oreille de Thimi, mais il ne bougea pas.

— Veux-tu que je le porte dans le chalet ?

Christy se pencha par-dessus Michael et posa une question en grec au Docteur Jordanou qui secoua la tête et lui répondit dans la même langue.

— Le Docteur Jordanou dit qu'il ne se réveillera pas.

— D'accord. Je vais l'attraper par l'autre côté de la voiture.

Michael sortit de la limousine.

— Je vais le porter dans le chalet de Christy, dit-il à personne en particulier.

— Laissez-moi aller chercher Patrick pour vous aider, déclara rapidement Rob.

— Je m'en occupe.

Michael se pencha dans la voiture et tira prudemment Thimi vers lui.

— Il est vraiment sonné pour le compte.

— C'est bon.

Christy retira la couverture pour révéler un sweat-shirt violet.

Michael sourit.

— Il est sérieusement dans le violet.

Christy ne fit que hocher la tête.

En un mouvement souple, Michael prit Thimi dans ses bras et fut choqué par son apparence squelettique. Il ne devait pas peser plus de vingt-trois kilos.

— Pose la couverture sur lui.

Christy la borda autour de Thimi, prudemment afin de s'assurer qu'elle ne traînait pas sur le sol.

— Bon sang, il est tout léger.

Christy acquiesça.

— Il n'a pas pu bien grandir sans nourriture.

Michael maudit tous ceux qui avaient posé une main sur Christy et Thimi pour la millionième fois et contourna la maison principale pour se diriger vers le chalet.

Il déposa Thimi dans le lit de Christy, sous l'œil attentif du Docteur Jordanou. Christy retira les chaussures de tennis de Thimi et le recouvrit avec la couette.

— Il est sacrément petit, mec, dit tranquillement Michael.

Le Docteur Jordanou acquiesça.

— La privation de nourriture est la coupable, reconnut-il tout en vérifiant les signes vitaux du jeune garçon. Il devrait dormir toute la nuit.

— Je vais rester avec lui, ajouta rapidement Christy.

Prenant ça comme signal pour lui de partir, Michael se pencha et déposa un baiser sur sa joue.

— Je t'appelle demain après l'entraînement ?

Christy hocha la tête.

— D'accord.

Michael attendit un moment, mais Christy était perdu dans ses caresses sur les cheveux de Thimi. Il quitta le chalet et décida qu'il devait prendre sur lui et s'habituer à ce que Christy passe du temps avec Thimi. Il traversa la pelouse en direction de la maison principale et prit le couloir menant à la grande salle. Il trouva Jake et Sophia assis près de la cheminée, discutant avec le Général Sotíras.

— Prêt ? demanda Jake tandis qu'il approchait.

— Ouais. Ils sont installés pour la nuit. Merci encore d'avoir amené Thimi, Général Sotíras.

L'homme imposant se leva.

— C'était un plaisir.

— Combien de temps, le Docteur Jordanou et allez-vous rester ?

— Probablement une semaine. Nous ne partirons pas jusqu'à ce que le Docteur Jordanou soit certain que Thimi est bien installé.

— Merci encore pour tout ce que vous avez fait pour Christy et Thimi.

— C'est le moins que je pouvais faire.

Le Général Sotíras tendit la main à Michael qu'il serra.

Sophia se leva et Michael se tourna vers elle.

— Restes-tu ici ?

— Je pense que je vais rentrer à la maison avec Jake et toi. C'était agréable de vous revoir, Général.

Elle fit une brève courbette.

— C'est toujours un plaisir, Sophia.

Il embrassa le dos de sa main.

Toutes ces courbettes et ces embrassades étaient bizarres pour Michael, mais il avait appris à faire avec.

— Allons-y, déclara Jake en se levant et serrant la main du Général. C'était agréable de vous revoir, Général.

— Merci, Jacob. Donnez mon meilleur souvenir à votre père et faites-lui savoir que je le contacterai dans la matinée.

— Je le ferai.

JAKE LEVA les yeux dans le rétroviseur et regarda Michael.

— Tu vas bien, mon pote ?

— Ouais. Cela a été une longue journée. Sophia, y a-t-il une raison pour laquelle tu ne voulais pas rester ?

Elle se retourna à moitié, malgré sa ceinture de sécurité et fixa Michael.

— J'ai pensé que c'était mieux que Christy décide quand Thimi et moi pouvions nous rencontrer.

Michael avait oublié que Thimi et elle ne se connaissaient pas.

— Ouais, cela risque d'être un choc de voir une réplique de Christy.

Jake gloussa.

— C'est vrai.

Sophia sourit.

— Je n'avais pas pensé à ça.

— Songes-y. La seule personne en qui tu as eu confiance et dont tu as dépendu pendant toute ta vie a un clone ? Cela me ficherait les jetons.

Sophia resta bouche bée.

— Je ne voulais pas dire toi, recula rapidement Michael. Enfin, si, je parlais de toi, mais pas dans ce sens. Je voulais dire que ce serait bizarre.

Elle le regarda, incrédule.

— Peu importe. Oublie ce que j'ai dit.

Une moto arriva au niveau de la voiture et Michael se figea. Il jeta un coup d'œil dans le rétroviseur intérieur et remarqua l'inquiétude de Jake. Il examina la moto, nota les couleurs de Smitty et vérifia pour s'assurer que la sécurité était juste derrière eux. Tout allait bien, alors il se détendit et leva le pouce dans le miroir, à l'intention de Jake.

ILS ARRIVÈRENT à la maison de Jake pour entendre des voix en colère provenant du salon. Michael et Jake échangèrent des regards préoccupés.

— Tu crois que c'est à propos de nous ? demanda Michael.

— Je ne vois pas pourquoi ce serait le cas, répondit Jake, également à voix basse.

— Nous devrions les laisser, murmura Sophia.

Puis ils entendirent la voix de Bobbie s'élever au-dessus des autres.

— Tout ceci aurait dû cesser avec la mort de Jason ! Faites tout ce qu'il faut pour régler cette histoire une bonne fois pour toutes !

Un frisson d'inquiétude glissa le long de la colonne vertébrale de Michael. Il toqua une fois et ouvrit les doubles portes. Le Détective Davis se tenait près de Nero et Bobbie était tournée à eux, des larmes humidifiant ses joues. Mac et Anna étaient assis sur les canapés qui étaient face à face.

— Maman ?

Michael se dirigea vers elle et étreignit son petit corps.

— Quel est le problème ?

Elle posa son front sur son épaule et lutta pour se reprendre.

— Je ne peux pas supporter l'idée de te perdre, Michael.

— Je suis là, tout va bien.

Il poussa gentiment Bobbie pour qu'elle s'installe sur le canapé tandis que Sophia se mettait à côté d'Anna et prenait sa main, Jake se mettant de l'autre côté d'Anna. Michael s'assit à côté de Bobbie et passa un bras autour d'elle, puis regarda son père, l'implorant du regard, cherchant de l'aide.

— Que se passe-t-il ?

Mac pinça les lèvres.

— Le Détective Davis est venu partager de mauvaises nouvelles avec nous.

Le regard de Jake passa de Mac au Détective Davis, puis se posa sur son père.

— Quoi ?

— Anthony Taylor est mort dans un accident de voiture la nuit dernière, déclara Nero d'une voix plate.

XIX

MICHAEL SE figea. Pas étonnant que sa mère soit bouleversée. Il fixa Jake qui paraissait tout aussi surpris.

— Qui est Anthony Taylor ? demanda Sophia.

— Tony. Un ami de l'école. Un ami de Jason, répondit Jake.

Un petit halètement échappa à Sophia.

Michael retrouva sa voix.

— Que s'est-il passé ?

Le Détective Davis ignora la question.

— Où étiez-vous la nuit dernière ?

— J'étais ici, répondit tranquillement Jake.

— J'étais chez Christy, fit Michael.

— Toute la nuit ?

Un sentiment d'irritation le gagna.

— Oui.

— Aucun de vous deux n'est sorti la nuit dernière ?

La colère devint apparente dans l'expression de Jake.

— J'étais ici et Michael était chez Christy. Je l'ai déposé là-bas parce qu'il n'a pas sa voiture. Elle est chez lui.

— Quand avez-vous vu Tony pour la dernière fois ?

— Il y a plusieurs semaines, répondit Jake.

— Quand ? reprit succinctement le policier.

— Le jour où Christy a été enlevé. Il était avec Rich sur la piste d'entraînement après l'école, expliqua Michael.

— Avez-vous parlé avec lui ?

— Oui.

Michael raconta la confrontation à propos de la mort de Jason et termina avec :

— L'entraîneur était présent et Tony se sentait mal à propos de ce que Rich avait dit et s'est excusé pour lui.

— Oh, pour l'amour de Dieu ! Rich ne peut pas t'en vouloir pour la mort de Jason ! fit Bobbie avec dégoût, en se levant du canapé et se dirigeant vers les décanteurs en cristal posés sur le bar.

Michael étouffa la profonde tristesse qui gagnait sa poitrine quand il vit sa mère aller droit sur les liqueurs et la vieille fureur qu'il ressentait pour Jason – et maintenant, Rich – revint en force.

Le Détective Davis reprit.

— Laissez-moi m'assurer que j'ai bien compris. Rich était en colère après vous, mais Tony ne l'était pas, correct ?

Michael acquiesça en regardant sa mère vers un liquide doré dans un verre en cristal et ajouter deux glaçons.

— Ouais... Oui.

— Et Tony s'est excusé pour ce que Rich avait dit, correct ?

Michael revint vers le policier.

— Oui.

— Tony s'excusait-il pour les insultes ou pour les assertions de Rich comme quoi vous étiez responsable de la mort de Jason ?

Michael haussa les épaules en regardant sa mère s'asseoir dans un fauteuil antique.

— Les deux, je pense.

— Et vous n'avez pas vu Tony depuis ?

Michael réfléchit intensément.

— Non. Je ne l'ai pas revu depuis la remise des diplômes. Et toi, Jake ?

— Non.

Le policier poursuivit.

— Quand était la dernière fois que vous avez vu Rich Carlisle ?

— En même temps que Tony et nous ne l'avons pas revu depuis, répondit rapidement Michael avant de regarder Jake.

Celui-ci le montra de la main.

— Comme il dit.

— L'un ou l'autre d'entre vous conduit-il une moto ?

Michael baissa son menton, incrédule.

— Non. Nous ne sommes jamais montés sur une moto.

— Jamais ? insista de nouveau le Détective Davis.

— Jamais, répondit fermement Jake.

Il se tourna vers Nero.

— Que se passe-t-il, *Papà* ?

— Les images provenant d'une caméra de la circulation montrent que la camionnette Toyota de Tony a été poussée hors de la route 90 au niveau de la passerelle de la rivière Mohawk, à Herkimer par un groupe de motards.

Sophia couvrit sa bouche de sa main pour éviter qu'un autre halètement lui échappe.

— Est-ce le même groupe qui t'a causé des ennuis ?

Jake poussa un long soupir frustré.

— Aucune idée.

— Avez-vous discuté avec Smitty ? demanda Michael.

Le Détective Davis acquiesça.

— Je lui ai parlé, ainsi qu'au personnel de votre service de la sécurité à propos du club de motards qui vous préoccupe. Votre père – il inclina la tête vers Mac – m'a dit que vous suspectiez que Rich roule avec ce groupe. Pourquoi ça ?

— L'un des bikers porte une veste qui ressemble à celles que Jason, Rich et Tony ont obtenues l'année dernière lors du 4 juillet, expliqua Jake.

Le policier fronça les sourcils.

— Décrivez la veste ?

— Une veste en jean avec un gros pétard rouge dans le dos et une explosion jaune sur le devant.

Michael dessina un grand cercle sur sa poitrine avec un doigt.

— Où les ont-ils eues ?

Michael regarda Jake, cherchant de l'aide.

— À l'arcade ?

Jake hocha la tête.

— Sur le front de mer.

— Peut-être que Smitty sait qui les a vendues, ajouta Michael.

— Merci pour l'information.

Le silence remplit la pièce pendant un moment avant que Jake reprenne la parole.

— Cela pourrait être Rich. Ou peut-être que Jason a donné sa veste à un des gars.

— Avez-vous parlé à Rich ? demanda Michael au Détective Davis.

— Non. Ses parents ont déclaré qu'ils ne savent pas où il est. Avez-vous une idée quant à l'endroit où il pourrait se trouver ?

Michael et Jake échangèrent à nouveau des regards.

— Non, fit Michael.

Le Détective Davis se tourna vers Jake dans l'expectative.

Jake indiqua Michael encore une fois.

— Non.

— Rich était-il homophobe ?

Michael poussa un soupir et passa sa main dans ses cheveux.

— Fondamentalement, Jason était le chef et Rich, un suiveur. Il faisait ce que Jason lui disait de faire. Alors quand celui-ci était dans le coin, il agissait comme un homophobe.

— Tony était-il homophobe ?

— Non, Tony pensait par lui-même. Il sortait avec eux, mais il n'était pas… Je ne sais pas. Tony n'avait pas un fond méchant, si cela a un sens, expliqua Michael.

— Non, répondit Jake.

Le policier plissa les yeux vers Michael.

— Comment savez-vous qu'il ne l'était pas s'il sortait avec Jason et Rich ?

— Parce qu'il ne l'était pas, déclara fermement Michael. Il n'avait aucun problème avec Christy et moi. C'était juste... Je ne sais pas... qu'il n'avait pas beaucoup d'amis, donc il était avec Jason et Rich.

— Jason, Rich ou Tony avaient-ils une petite amie ?

Michael fronça les sourcils. Honnêtement, la question le rendait perplexe et il regarda Jake.

Celui-ci haussa les épaules.

— Pas à notre connaissance, mais nous ne nous mêlions pas des affaires des autres gars, si vous voyez ce que je veux dire.

Le Détective Davis hocha la tête, semblant réfléchir.

Soudain, Jake roula des yeux comme si une ampoule venait de s'allumer au-dessus de sa tête.

— Non. Ils n'avaient pas de relation les uns avec les autres.

Michael jeta un coup d'œil à Jake.

— Quoi ? demanda-t-il, sur la défensive.

— Je me demande encore si Jason n'était pas dans le placard.

Le policier l'étudia attentivement.

— Pourquoi ?

Michael haussa une épaule.

— Il harcelait les gars dans les vestiaires, leur claquant les fesses, les traitant de tous les noms, ce genre de truc. Vous savez qu'il a fait ça à Christy, et il s'est battu avec Lisa et Stephen. Et sa haine pour moi, Christy, son frère, même sa mère, était excessive.

Michael marqua une pause. Il ne partageait pas ses pensées personnelles avec qui que ce soit d'habitude, en dehors de Jake et ses parents.

— Je ne sais pas... Peut-être que j'ai tort. Oubliez ce que je viens de dire.

— Pensez-vous que Rich ou Tony aient pu être contraints à avoir une activité sexuelle avec Jason ?

Michael pinça les lèvres.

— Aucun moyen de savoir ça.

— C'est tout pour le moment, conclut le Détective Davis. Je suis désolé d'avoir perturbé votre soirée.

— Je vous raccompagne, déclara Anna.

Michael sauta du canapé.

— Je vais le faire, Madame Santini.

Nero lui adressa un bref regard interrogateur, puis lui indiqua d'y aller.

Michael fit sortir le détective du salon, referma doucement les portes derrière lui, puis le guida vers la porte d'entrée et la referma.

Ils se tenaient sous le portique et le Détective Davis lui lança un long regard évaluateur.

— Que vouliez-vous me dire, Michael ?

— Vous ne pouvez plus évoquer tout ça devant ma mère. Parlez à Monsieur Santini, à papa… non, attendez. Ne parlez plus à mon père. Discutez avec Monsieur Santini si vous voulez nous joindre.

— N'était-ce pas vous qui m'avez indiqué que vous vouliez l'approbation de vos parents pour discuter avec moi, bien que vous ayez dix-huit ans ?

Michael ferma les yeux un court laps de temps, voulant se gifler.

— Oui, mais vous ne pouvez pas… Oubliez que j'ai dit ça. Appelez-moi si vous avez des questions. Si je me sens bizarre à propos de ça, je demanderai à Monsieur Santini de m'aider.

— Vous voulez que je passe par votre avocat maintenant ? C'est bien ça ? demanda-t-il, avec consternation.

— Non. Je veux dire… Je ne sais pas. Ce que je veux vous faire comprendre c'est que vous ne pouvez pas bouleverser ma mère.

Michael était catégorique, mais gardait une voix basse.

— Elle a failli perdre la tête avec cette histoire de Jason.

Le policier le détailla plus attentivement, comme pour juger de sa virilité, et Michael voulut se tortiller sous l'examen minutieux. Finalement, le Détective lâcha :

— Putain, que se passe-t-il ?

Michael était perplexe.

— De quoi parlez-vous ?

— Avec les motards ? Tout le monde sait que vous connaissez Smitty. Personne, assez sain d'esprit, ne vous chercherait des noises, que ce soit vous ou Jake.

— Comment diable le saurais-je ? Ils se sont montrés un jour et agissent comme des cons depuis !

La frustration de Michael le guidait et il lutta pour rester calme et poli.

— Je ne sais pas ce qui se passe. Jake n'en sait pas plus. Ils sont apparus, surgissant de nulle part. Smitty dit qu'il allait s'occuper d'eux. Mais ils sont de retour. C'est tout ce que nous savons.

Le Détective Davis regarda l'allée pavée et le jardin bien entretenu qui ressemblait à un paradis tropical, puis secoua la tête.

— Ne trouvez-vous pas bizarre qu'il n'y ait que des problèmes depuis que vous avez commencé à sortir avec Christy ?

Michael se mit immédiatement sur la défensive.

— Cela n'a rien à voir avec Christy.

— Si, Michael.

— Certainement pas !

— Ce que je veux dire, c'est que ce sont des crimes de haine.

Le système nerveux de Michael ne savait pas s'il fallait exploser ou se calmer.

— Êtes-vous en train de dire qu'il n'y a eu que des problèmes depuis que j'ai fait mon coming out ?

Le Détective Davis acquiesça.

— Alors, ajoutez à cela *qui* est Christy.

Michael devait accorder un bon point au policier pour ça. Il avait raison.

— Deux points pour vous, mais cela ne signifie pas que nous avons tort ou que nous devons quoi que ce soit à qui que ce soit.

— C'est vrai. Mais cela vous a coûté très cher.

— Qu'essayez-vous de dire ? Que si j'arrête de sortir avec Christy tout s'arrêtera ? Parce que cela n'a aucune chance d'arriver.

— Pensez à votre mère.

L'aiguille du baromètre de la colère de Michael vira dans le rouge.

— Même si j'arrêtais de voir Christy demain, cette merde ne s'arrêterait pas parce que cela n'a rien à voir avec le fait que je suis gay, ou Christy. Cela a tout à voir avec les gens qui… qui… sont fous !

— Des personnes qui n'ont pas ce que vous avez, mais qui, de plus, n'ont pas ce que vous avez *malgré* le fait que vous soyez gay ?

Les paroles de Jake, remontant à presque deux mois, revinrent à la mémoire de Michael.

— *Ce que je comprends, c'est que Jason n'est pas après toi parce que tu es gay.*

— *Que veux-tu dire ?*

— *Il s'en prend à toi parce que tu es gay et que tu as toujours une vie normale, ou du moins, plus normale que celle qu'il a et tu possèdes plusieurs choses qu'il n'aura jamais.*

Michael étudia Jake tandis qu'il garait la voiture et coupait le moteur.

— *Tu as raison. J'ai un meilleur ami que ça ne dérange pas que je sois gay. J'ai deux parents cool, je suis capitaine d'une équipe et j'ai des tas d'amis et un petit ami.*

— *Tu es intelligent et tu as obtenu une bourse dans une des meilleures universités au monde.*

— *Qui aurait pu penser qu'être chanceux était un crime ?*

— *La jalousie peut être un motif très puissant, mon pote.*

— Je n'arrêterai pas de voir Christy. Je me fiche de savoir ce que les gens me balancent, déclara-t-il résolument.

— Alors, acceptez les conséquences de vos décisions.

— Ce n'est pas juste.

— La vie est injuste, Michael.

— Vous savez quoi ?

Michael lutta pour ne pas laisser échapper un « allez vous faire foutre ».

— Ne parlez pas à ma mère et n'évoquez rien de tout ceci devant elle. Discutez-en avec Monsieur Santini. Bonne nuit, Détective.

Michael n'avait rien de plus à dire, il se retourna et entra dans la maison. Il revint dans le salon comme une furie, pour ne trouver que son père, Jake et Nero.

— Où est maman ?

— Anna l'a emmenée à l'étage pour qu'elle se mette au lit, dit Mac.

— Que lui as-tu dit ? demanda Jake.

Michael croisa chaque paire d'yeux et s'arrêta sur ceux de son père.

— Qu'il ne pouvait pas parler à maman ni faire mention de cette histoire devant elle. Qu'il devait discuter avec Monsieur Santini.

Soudain, Michael réalisa qu'il avait peut-être outrepassé ses limites.

— Désolé, papa.

Une lueur amusée brillait dans les prunelles de Mac.

— C'est très sage, Michael, intervint Nero en installant son corps imposant sur le canapé, à côté de Jake.

— Je ne voulais pas faire en sorte qu'il pense devoir discuter avec vous pour arriver jusqu'à moi, mais je pense que c'est ainsi qu'il l'a pris. Il est en train de tuer maman avec tout ça !

— Parle à voix basse, fit Mac.

Michael passa une main exaspérée dans ses cheveux tout en se laissant tomber dans le fauteuil que sa mère avait laissé vacant.

— Qu'a répondu le détective ? reprit Jake.

Michael exhala longuement.

— Que la vie était injuste et que je devais accepter les conséquences de mes décisions d'être ouvertement gay et avec Christy.

Mac haussa les sourcils et se mit à rire.

— Eh bien, il est allé droit au but, non ?

Michael lança un regard noir à son père.

— Toutes ces conneries n'arrivent pas parce que je suis avec Christy.

— Non, mais ça arrive parce que d'autres n'ont pas la vie que tu as.

Michael bondit de son siège et arpenta le sol. Il voulait frapper quelque chose.

— Avoir de la chance n'est pas un crime !

— Aux yeux de certaines personnes, ça l'est, et tu ferais bien d'accepter ce fait, fit Mac d'un air sérieux.

— Maintenant, tu sais ce que c'est que d'être riche, mon pote. Cela revient à avoir une cible peinte dans le dos, de bien des manières, indiqua Jake.

Michael le fusilla des yeux.

— Nous ne sommes pas de riches gamins pourris gâtés qui obtiennent tout ce qu'ils veulent et prennent les autres personnes pour garantie !

— Tu as raison. Et nous nous retrouvons face à des choses auxquelles d'autres gens n'ont même pas pensé, mais tu ne t'attends quand même pas à ce qu'ils voient ça, n'est-ce pas ?

Michael marqua une pause.

— Si. Si, mon pote, je le fais. Parce que nous sommes bons avec les gens !

Jake acquiesça.

— En effet. Hourra pour nous ! J'ai abandonné toutes ces conneries il y a longtemps.

— De quoi *diable* parles-tu, Jake ?

— Le monde n'est pas rempli de Michael et de Jake, fiston. Ne t'attends pas à ce que les gens se comportent de la même façon que toi, expliqua patiemment Mac.

Michael arrêta ses allées et venues.

— C'est encore ce truc d'inconscience, c'est ça ?

Même Nero riait maintenant.

— Tu n'es pas inconscient dans le cas présent. En fait, tu es, au contraire, parfaitement conscient de ce que les autres ne réalisent pas ou n'acceptent pas. Tu en subis les effets. Mais tu dois l'accepter.

Michael dévisagea Jake.

Celui-ci fit un geste en direction de Nero et de Mac.

— Nos pères ont raison. Ne lutte pas contre ça. Le monde n'est pas rempli de gens comme nous. N'attends pas des autres qu'ils agissent comme nous.

Michael fixa Jake pendant un long moment avant de se tourner vers son père.

— Est-ce d'accord si je déteste ma vie pendant... quelque chose comme cinq minutes ? Ce sera bref. C'est d'accord ?

Mac éclata de rire.

— Absolument !

XX

LA MAIN de Christy tremblait tandis qu'il repoussait les cheveux de Thimi de son front. Le revoir pour la première fois depuis cette nuit indicible, il y a quinze mois, était surréaliste. Il s'était souvent posé des questions à propos de Thimi, certain qu'il était mort, qu'il avait été jeté à la mer, n'étant rien de plus que de la nourriture à poissons. Il n'avait aucune idée de la façon dont Thimi s'était échappé après son évanouissement – la douleur, le sang, l'horreur, la suffocation traversaient son esprit et ses mains tremblèrent davantage. Il détestait les souvenirs et lutta pour les repousser.

Thimi s'était caché dans le système d'aération de la maison du père de Christy après avoir cru que celui-ci était mort des mains de leurs agresseurs. Ils l'avaient vu se produire tellement de fois, encore et encore – les visages des morts gravés de manière permanente dans leurs rêves. Seul, effrayé, sans nourriture ni vêtement – aucune *protection* – la survie de Thimi n'était rien de moins qu'un miracle. Tout cela était inimaginable.

Depuis sa liberté, Christy avait été stupéfait d'apprendre que de telles horreurs étaient perpétrées sur les enfants du monde entier. Plus particulièrement, sur les enfants mâles. Mais elles l'étaient. *Oh, mais elles l'étaient.* Cela le rendait furieux que des gens n'assouvissent que leurs propres besoins, ne protégeant qu'eux-mêmes et prétendaient ne rien savoir. Il frémit aux souvenirs, les repoussa à nouveau par sa pure force de volonté, et lutta pour empêcher ses mains de trembler.

Il étudia attentivement Thimi. Il était pâle et moite, et il comprit qu'il avait de la fièvre. Il se tourna vers l'endroit où Rob, le Docteur Jordanou et le Général Sotíras étaient assis dans le salon, à discuter à voix basse.

— Docteur Jordanou ?

— Oui, Christophoros ?

Christy passa de l'anglais au grec.

— Je suis désolé de vous interrompre. Je crois qu'il a de la fièvre. Voudriez-vous bien vérifier ?

— Bien sûr.

Le médecin se leva du canapé et s'approcha pour vérifier l'état de santé de Thimi.

— Je crois que vous avez raison. Peut-être que nous devrions retirer son sweat-shirt ?

Christy acquiesça.

— Laissez-moi lui trouver des vêtements.

Il traversa la grande salle de bain jusqu'au placard de plain-pied, et jeta un coup d'œil, ne se souvenant pas de l'endroit où il avait rangé les vêtements qu'il avait amenés avec lui quand il avait quitté la Grèce. Puis il aperçut la boîte posée en hauteur, sur une étagère. Il regarda à nouveau autour de lui, se demandant s'il pouvait grimper sur quelque chose pour l'atteindre, en vain. Il refit le chemin en sens inverse et s'appuya contre la porte.

— Rob ? Pourriez-vous m'aider, s'il vous plaît, avec le carton ?

Rob regarda le récipient que Christy lui indiquait, tendit la main pour l'attraper et le posa sur le comptoir central, à l'intérieur de la penderie.

— Ce sont les vêtements que vous avez apportés de Grèce avec vous.

Christy acquiesça.

— C'est le coton égéen. Il protège des contacts parce qu'il a des manches longues, mais c'est suffisamment frais sur la peau.

— Intelligent que vous vous souveniez de ça.

— Il vomira quand je changerai ses vêtements. Nous aurons besoin d'une serviette.

Les plis autour des yeux de Rob s'approfondirent sous le coup de l'empathie et de la compréhension.

— Vous avez fait de gros progrès depuis votre arrivée ici, Christy. Vous devriez être fier de vous.

Il sourit brièvement. Si seulement Rob savait combien il dissimulait de choses, afin que jamais elles ne soient perçues par le monde extérieur.

— Merci.

Il fouilla la boîte et en sortit un pantalon en coton blanc et un tee-shirt.

— La conseillère Gwen est-elle ici ?

— En effet.

— Je pense que cela pourrait aider si Thimi se réveillait et voyait une femme en tenue d'infirmière.

— Je vais l'appeler.

— Merci. S'il vous plaît, laissez la boîte ici.

Rob hocha la tête et quitta la penderie.

Christy retourna au chevet de Thimi, déposa les vêtements au bout du lit et réfléchit à la manière de changer ses habits.

— Gwen sera là dans une minute, dit Rob en le rejoignant auprès du lit.

— Merci.

Le Docteur Jordanou fixa Christy, une question dans les yeux.

— Thimi se réveillera dans un endroit qui lui est étranger et ce serait bien qu'il voie une infirmière. Il sera effrayé s'il n'y a que des hommes avec Rob et le Général Sotíras ici, expliqua tranquillement Christy.

— Très intelligent, reconnut le Docteur Jordanou.

Gwen entra dans le chalet et s'approcha rapidement du lit.

— Salut, Christy. Comment va-t-il ?

— Merci pour votre aide. Il dort.

— Je vois ça. Comment voulez-vous faire ?

— Je ne sais pas. Je dois voir comment il se réveille. Il pourrait paniquer complètement. C'est important de se souvenir de ne pas le toucher.

— D'accord.

Christy grimpa sur le lit et repoussa lentement le duvet. Thimi ne bougea pas. Il prit son visage dans ses mains avec précaution et pinça doucement sa joue. Thimi ne bougeait toujours pas. Il garda une main sur la joue du garçon, saisit la sienne de l'autre et serra fortement. Ils avaient dormi en se tenant par la main depuis aussi longtemps qu'ils se connaissaient, et la sensation lui serait familière. Thimi remua. Il l'étreignit encore une fois. Thimi s'agita un peu plus. Il empoigna sa main très fort et les yeux de Thimi papillonnèrent avant de s'ouvrir et Christy lui sourit.

— *Adelfáki mou*, dit-il doucement.

La prise d'air de Thimi fut massive tandis qu'il se redressait brusquement et tendait les mains vers Christy, ses bras le serrant fortement au niveau de la taille, et Christy ravala la douleur émanant de ses côtes. Thimi frissonnait dans ses bras, ressemblant à peine à un être humain.

— Tu es là maintenant, avec moi. Tu es en sécurité.

Thimi l'étreignit encore plus fort et la douleur provenant de son flanc en voie de guérison de Christy commença à hurler. Il abaissa gentiment les bras de Thimi, espérant soulager sa souffrance.

— Comment vas-tu ?

Thimi jeta un coup d'œil aux personnes autour de lui et enfouit son visage contre la poitrine de Christy.

— N'aie pas peur. Le Docteur Jordanou est ici. Voici Gwen et Rob. Ils ne te feront aucun mal.

Thimi leur lança un bref coup d'œil, puis se détourna.

— As-tu faim ? demanda doucement Christy en grec.

— *Thélo neró.*

Il aimerait boire un peu d'eau.

— Une seconde.

Rob se précipita rapidement dans la cuisine, sortit deux bouteilles d'eau du réfrigérateur et revint à son chevet. Il tourna le bouchon de l'une d'entre elles et la tendit à Christy.

— Tiens.

Christy indiqua Rob.

— Prends-la-lui. Il ne te fera pas de mal.

Thimi retourna son visage contre la poitrine de Christy qui prit la bouteille des mains de Rob et la pressa contre la joue de Thimi.

— Bois.

Soudain, Thimi saisit la bouteille et la but avidement.

— Bois lentement, l'encouragea le Docteur Jordanou. Tu vas te faire mal à l'estomac.

Brusquement, Thimi se mit à vomir. Rob tendit la main vers une serviette et Christy le tint à l'écart.

— C'est bon.

Il essuya la bouche de Thimi avec le coin de son tee-shirt et les yeux du jeune garçon se remplirent de larmes.

— Bois lentement cette fois.

— Désolé, murmura Thimi en grec.

— C'est bon. J'ai des vêtements propres pour toi.

Il indiqua d'un geste les habits en coton blanc au bout du lit.

— Qui les a donnés ?

— Ce sont les miens. Tu n'as plus à travailler pour en avoir.

Thimi leva les yeux vers lui, de sa place sûre contre la poitrine de Christy, incrédule.

Christy lui adressa un sourire.

— Nous avons nos propres habits maintenant. Voudrais-tu porter les miens ?

Thimi hocha la tête.

— Nous allons dans la salle de bain privée pour te laver et te changer, d'accord ?

— Privée ?

Christy sourit à nouveau et hocha la tête.

— Nous avons des salles de bain privées. Personne n'est autorisé à entrer sans permission.

Thimi écarquilla les yeux.

— C'est vrai. C'est privé pour toi.

— Je pense qu'il est peut-être trop faible pour marcher, Christophoros, intervint le Docteur Jordanou.

— Aimerais-tu que le Docteur Jordanou te porte jusqu'à la salle de bain ?

Thimi paraissait hésitant.

Christy parla rapidement en grec et le Docteur Jordanou se tourna vers Rob.

— Il dit que vous avez toujours un fauteuil roulant ici ?

— Je reviens tout de suite.

— Rob ? l'appela Christy. Voulez-vous faire couler de l'eau chaude dans le lavabo ?

Rob acquiesça et se dirigea vers la salle de bain.

— Il va aller chercher un fauteuil roulant, comme ça, le Docteur Jordanou n'aura pas à te porter, expliqua-t-il en grec.

— Tu as ça ?

Christy sourit et hocha la tête.

— J'en ai un chaque fois que je souhaite l'utiliser et désormais, il sera également à toi.

Thimi eut l'air encore plus incrédule.

— Rob va nous préparer de l'eau fraîche, je vais te laver et tu mettras mes vêtements, le rassura Christy.

Rob revint avec le fauteuil roulant et le gara à côté du lit.

— Laisse-nous t'installer sur le fauteuil, dit doucement Christy en grec, puis il passa à l'anglais pour s'adresser à tous ceux qui se trouvaient près du lit.

— S'il vous plaît, veuillez reculer.

Ils reculèrent tous de quelques pas.

— Ils font ce que tu ordonnes ? demanda Thimi, sidéré.

Christy lui adressa un nouveau sourire.

— Ils ne le feront pas si tu l'ordonnes. Si tu demandes, ils feront à peu près n'importe quoi.

— Qu'est-ce qu'ils ne font pas ?

— Je vais te donner des exemples, alors tu n'as pas besoin de t'inquiéter. Tu ne peux pas refuser de te nourrir. Ils voudront que tu manges trois fois par jour et tu devras essayer, même si tu as l'impression que tu ne peux pas. Tu ne peux pas refuser de dormir. Ils voudront que tu dormes huit heures en une seule nuit. Tu ne peux pas refuser les médicaments.

Thimi dévisagea Christy, toujours abasourdi.

— Ce sont les règles ?

— Ce sont quelques-unes d'entre elles. Je t'aiderai avec elles. Tu vas les aimer.

Thimi lui adressa un regard encore plus médusé.

— C'est vrai. Viens. Allons nous nettoyer. Nous discuterons des règles demain.

Christy se libéra lentement des bras de Thimi et lui fit signe d'attendre un instant. Il glissa hors du lit, posa une main sur ses côtes et maudit silencieusement Yosef.

— Tu es blessé ? demanda Thimi.

— Ça va bien maintenant.

— Ce sont les gens ?

Christy secoua la tête.

— Les gens ne te feront pas mal. Nous en parlerons demain. Pour l'instant, allons nous laver et manger. Viens.

Thimi se pencha vers Christy qui le souleva et le tira à moitié pour l'aider à s'installer dans le fauteuil roulant. Thimi leva les yeux vers tous ceux qui se tenaient prêts, mais à distance respectueuse.

Christy fit un geste.

— Tu connais le Docteur Jordanou. Voici le Docteur Rob. Et là, c'est Gwen. C'est une conseillère. Il y en a plein ici. Ainsi que des infirmiers. N'aie pas peur. Ils t'aideront. Juste là, il y a le Général Sotíras.

Thimi regarda derrière le Docteur Jordanou.

— Hello, Thimi. Bienvenue dans ta nouvelle maison, le salua le Général Sotíras.

Thimi baissa rapidement les yeux et se détourna.

Christy drapa les vêtements légers en coton sur une poignée du fauteuil roulant.

— Rob, j'aimerais de la soupe dans une tasse pour Thimi. Je prendrai des pâtes et la salade Caprese.

Rob hocha la tête et se tourna vers le Docteur Jordanou.

— Avez-vous des médicaments à lui faire prendre ?

— Ce serait mieux qu'il les avale avec de la nourriture.

Il se tourna vers Gwen.

— S'il vous plaît, commandez les plats, d'autres bouteilles d'eau et de jus de fruit.

— Bien sûr.

Elle se dirigea vers le téléphone près du comptoir de la cuisine.

Rob revint vers Christy.

— C'est fait. Autre chose ?

Une vague de bonheur essaya de s'introduire dans le cœur de Christy tandis qu'il se souvenait combien tout le monde s'était montré attentif lorsqu'il était arrivé au Ranch Wellington, et désormais, il avait la chance de le voir d'un autre point de vue. C'était étrange de voir à quel point il ne se souvenait plus cette époque. Mais ça ne l'était pas. Il avait été *terrifié* lorsqu'il était arrivé et son esprit ne fonctionnait pas du tout normalement. Non pas qu'il le fasse tout le temps maintenant, mais c'était largement mieux que cela avait été. Par rapport à ce moment-là, il était presque normal par instants. *Mieux. Normal.* Les mots le frappèrent comme des éclairs. Il était *mieux*. Il pouvait être *normal* par moments. Ses nerfs se débattirent avec ces révélations et il espéra que personne ne remarquerait son air surpris. Il s'occupa rapidement, s'assurant que tout était prêt pour Thimi dans le fauteuil roulant.

— Est-ce possible d'avoir du Jell-O et des guimauves ?

Rob sourit.

— À la cerise ?

— Merci, Rob.

Il se pencha sur l'épaule de Thimi et murmura :

— Tu es bien installé dans le fauteuil ?

Thimi acquiesça.

— Très bien. Nous allons à la salle de bain privée maintenant. N'aie pas peur.

XXI

MICHAEL ÉTAIT couché sur le lit de Jake, balançant ses jambes qui pendaient par-dessus bord.

— Où est Sophia ?

— Elle est allée se coucher. Avec tout ce qui s'est passé, elle est épuisée.

— Je peux comprendre.

Il agita paresseusement ses pieds à nouveau.

— Ces bikers sont mauvais pour les affaires.

— Sans déconner ?

Jake posa son dernier chronomètre dans le tiroir avec les autres. Jake gardait les chronomètres qui affichaient les meilleurs temps des courses de Michael en guise de souvenirs. Lorsque Michael l'avait découvert, cela l'avait profondément touché.

Michael regarda à nouveau dans le tiroir.

— Jake, je ne sais pas quoi dire.

Jake se mit à rire tandis qu'il tendait une main dans le tiroir et récupérait une bande blanche et un marqueur. Déchirant un petit morceau de ruban adhésif sur le rouleau, il écrivit la date du championnat d'État. Il attrapa le chronomètre sur l'étagère et positionna soigneusement le ruban adhésif daté au dos de celui-ci, puis le posa dans une case vide du tiroir.

— Voilà. Ton meilleur temps pour l'instant sur le 110.

— Tu m'as chronométré à la rencontre ?

— Je le fais toujours.

Jake referma le tiroir.

— Que fais-tu ? Tu gardes un carton de chronomètres dans ta voiture ?

— Ouais.

Michael commença à rire.

— Tu plaisantes, non ?

— Non.

Michael n'arrivait pas à le croire.

— Bon sang de bois, Jacob Santini ! Si je ne savais pas à quel point tu aimes Sophia, je dirais que tu as le béguin pour moi !

Il imitait la voix de Scarlett O'Hara.

— La ferme !

Jake le poussa et il tomba à la renverse sur le lit, éclatant de rire.

Quand Jake ne l'imita pas, il redevint sérieux.

162

— Je ne sais pas quoi dire, mec.

— Dis que c'est incroyablement cool et ferme-la.

— C'est incroyablement cool.

— Pour info, j'aime que tu fasses ça, mon pote.

Jake lui jeta un coup d'œil bref et referma le tiroir.

— Nous pouvons disparaître en un clin d'œil. Chaque souvenir compte.

Ils savaient que c'était trop vrai. Jake avait à peine survécu à un coup de batte de base-ball sur la tête, grâce aux gorilles de Yosef. La pensée de perdre Jake était si douloureuse pour Michael qu'il eut mal à la poitrine.

— Je ne sais pas ce que je ferais si je te perdais, Jake.

— Ne sois pas aussi larmoyant avec moi. Tu sais que je déteste ça.

Jake se laissa tomber sur le lit à côté de Michael qui serra sa tête.

— Tu aimes ça, mon pote !

— Lâche-moi, mon petit gay !

Ils éclatèrent de rire. Michael relâcha Jake et redevint sérieux.

— Pourquoi voudraient-ils faire sortir Tony de la route ?

— Aucune idée. Tout ce que je sais, c'est que nous devons faire attention.

Michael regarda son téléphone. Il était plus de vingt-deux heures, trop tard pour appeler Lisa, donc il lui envoya un message.

— Lisa ?

— Ouais. Je lui ai demandé d'appeler dès qu'elle le pourrait.

Quelques secondes plus tard, le portable de Michael se mit à sonner et il répondit.

— Désolé de t'avoir envoyé un texto aussi tard.

— Pas de soucis, Mike. Je suppose que le détective Davis t'a rendu visite.

Sa voix manquait de son exubérance habituelle, un mauvais signe, pour sûr.

— Tu as des infos ?

— C'est mauvais. Je n'avais pas vu Smitty aussi en colère depuis que j'étais gamine.

— A-t-il des idées ?

— Il essaie de suivre les caméras du trafic concernant le moment indiqué. Ils ont filé Tony depuis le centre-ville, puis l'ont simplement fait sortir de la route. Smitty essaie de découvrir ce qui s'est passé en ville. Il se souvient des vestes. Quelqu'un a-t-il parlé à Rich ?

— Davis dit que ses parents ne savent pas où il se trouve.

Elle lâcha un juron.

— Depuis quand ?

— Aucune idée. On ne se souvient pas d'avoir vu Rich ou Tony à la remise des diplômes. Et toi ?

— Maintenant que j'y pense, non. Je n'aime pas cette situation, Mike. As-tu le numéro de Rich ?

— Peut-être. Attends…

Michael la mit en attente. En tant que capitaine de l'équipe d'athlétisme, il avait la plupart des numéros de ses coéquipiers et il fit défiler sa liste de contacts. Il repéra celui de Jason et de Tony, mais ne parvint pas à trouver celui de Rich.

—As-tu le numéro de Rich ?

Jake sortit son appareil de sa poche, fit dérouler sa liste et le leva afin que Michael puisse le lire.

Il le donna à Lisa.

— L'as-tu appelé ? demanda-t-elle.

Michael se tourna vers Jake.

— Peux-tu téléphoner ?

Jake appuya sur le bouton d'envoi, écouta, puis raccrocha.

— C'est allé directement sur le répondeur.

—As-tu entendu ?

— Ouais. S'il n'est pas déconnecté, je suis certaine que la police a vérifié, mais attends une seconde.

Elle revint au téléphone une minute plus tard.

— Smitty est en train de vérifier. Il va nous faire une auto combustion s'il ne peut pas découvrir ce que Tony faisait en ville.

— Maman est en train de perdre la boule. Après l'histoire de Jason, elle ne peut pas gérer ça. J'ai demandé au détective Davis de ne plus lui en parler.

— Oh, mon Dieu, Mike, je le savais. L'affaire avec Jason a été dure pour tout le monde, mais sacrément brutale pour elle. Changement de sujet. Thimi est-il bien arrivé à Wellington ?

— Ouais, c'était très émouvant. Christy a pleuré.

— Ah, mec, ce doit être épique pour lui. Je suis impatiente de rencontrer Thimi.

— Moi aussi.

— Tu ne l'as pas encore fait ?

— Non. Le voyage n'a pas été facile pour lui, et le doc a dû l'assommer.

— Je n'arrive toujours pas à imaginer ce que c'est que de survivre à cette vie. Je n'ai pas les mots, Mike. Tout simplement.

— Cela me fait haïr la race humaine.

— Sérieusement. Écoute, j'appellerai si Smitty déniche quoi que ce soit.

— Remercie-le pour nous.

— Pas besoin, Mike. Il le fait pour nous tous. À plus !

Michael raccrocha et regarda Jake.

— Smitty dit qu'ils suivaient Tony depuis le centre-ville et qu'il essaie de trouver ce qu'il faisait là-bas.

— Peut-être que Rich y était et que Tony est allé lui parler.

— Il n'y a pas moyen de le savoir, mon pote.

Jake secoua la tête et sauta au bas du lit.

— Allons nous coucher. Nous devons nous lever de bonne heure demain matin pour aller à l'entraînement. Le coach sera là.

Michael envoya à Christy un rapide *I* ❤ *you* et se mit au lit.

CHRISTY AIDA Thimi à avancer le fauteuil roulant jusqu'aux toilettes, et le garçon jeta un coup d'œil circulaire à l'énorme salle de bain, ses yeux se fixant sur les parois en verre de la douche.

— Ne regarde pas. Tu n'as pas à l'utiliser, dit doucement Christy tandis qu'il allumait le Bose et baissait le volume de la musique pour en faire un bruit de fond.

— C'est une grande pièce.

Christy sourit.

— La baignoire est très agréable. Veux-tu de l'aide pour retirer tes vêtements ?

Thimi tenta de passer son bras dans la manche de son sweat-shirt. Trop faible, il lutta avec et ne put la faire passer sur le plâtre de son poignet.

Christy le maintint d'une main douce.

— Tiens le marbre. Je vais enlever la chemise.

Thimi leva les yeux vers lui, ses orbes emplis d'une lueur d'appréhension tandis qu'il se soumettait.

Christy ne dit rien. Thimi avait toutes les raisons d'avoir peur. La terreur était une émotion puissante et il n'avait aucune idée de l'endroit où il était et ne faisait pas encore confiance à son nouvel environnement.

— Tu devrais demander à des amis de signer ton plâtre.

Christy sourit devant l'étonnement de Thimi tandis qu'il retirait la chemise.

— C'est une coutume quand tu as un plâtre. Tout le monde signe ou fait un petit dessin dessus. Cela le rendra spécial pour toi. Je serai le premier à signer.

Thimi avait toujours l'air perdu tandis que Christy l'aidait avec le pantalon de pyjama, puis il le lava avec un gant de toilette, du savon et de l'eau chaude.

— Comment va le poignet ? demanda-t-il alors qu'il le séchait.

Thimi baissa les yeux.

— Je suis désolé.

Christy souleva son menton du bout de ses doigts.

— Ne le sois pas. Comment est la douleur ?

Thimi fit un geste voulant dire « comme ci, comme ça » de sa bonne main.

— Le Docteur Jordanou te donnera quelque chose. Je vais t'apporter des vêtements. Ils sont pour toi.

— Nous les partagerons, promit Thimi.

— J'ai beaucoup d'habits maintenant. Ce sont tes premiers vêtements de ta nouvelle vie.

— Christophoros, c'est un rêve.

— Un bon, j'espère.

— Tu étais mort.

Christy se figea.

— Je ne suis pas mort. Je suis ici.

Thimi secoua la tête.

— Tu étais mort sur le sol. Je l'ai vu.

— Le Général Sotíras m'a sauvé. Ne l'as-tu pas vu ?

Thimi secoua la tête.

— Je suis allé à la cheminée. Tu étais mort et j'ai grimpé à l'intérieur des pierres.

Christy ferma brièvement les yeux, revivant la terreur de cette sordide nuit et repoussa mentalement les souvenirs au loin.

— C'est fini maintenant. Nous recommençons tout. Ensemble. Tu aimeras vivre ici.

Christy enfila la chemise en coton par-dessus la tête de Thimi et l'aida pour les bras. Elle était trop grande et il tira soigneusement sur les longues manches pour qu'elle ne déborde pas sur les mains. Il posa la bille en marbre violet dans la paume de Thimi et referma ses doigts dessus. Cela l'étonnait que, malgré tout ce qui lui était arrivé, Thimi possédât encore cet objet. Elle avait miraculeusement survécu à chaque horreur de la vie de Thimi.

Christy tendit le pantalon pour que Thimi puisse glisser ses pieds dedans, puis le regroupa autour de ses genoux.

— Je vais t'aider à te lever et tu le remonteras.

Christy plaça les vêtements sales de Thimi dans le panier à linge.

— Maintenant, lavons-nous les dents.

Il fouilla dans les tiroirs du meuble de la salle de bain jusqu'à ce qu'il trouve une nouvelle brosse à dents.

— En voilà une !

Thimi se tourna vers le lavabo et comment à s'effondrer, mais Christy l'attrapa par la taille.

— Tu es faible à cause des médicaments. Je vais te tenir.

Thimi se lava les dents et paraissait épuisé après avoir terminé cette petite tâche.

— Un peu de nourriture et tu auras plus de force, déclara gentiment Christy. Là. Dans le fauteuil.

Il le fit tourner lentement et l'aida à s'installer dans le fauteuil roulant.

— Je vais te brosser les cheveux.

Thimi faillit presque sourire.

— Tu t'occupes de moi comme si j'étais petit à nouveau.

Ce fut au tour de Christy de sourire.

— Je prendrai toujours soin de toi.

Il brossa ses cheveux et les étudia pendant un long moment. Il ne pouvait toujours pas croire que Thimi était ici, aux États-Unis, avec lui et ses émotions menacèrent de le submerger encore une fois. Il examina ses efforts pour ses cheveux et, satisfait, il se dirigea vers le tiroir de la salle de bain qui contenait ses petits carnets et ses crayons. Ils avaient été ses fidèles aides de camp pendant que son larynx guérissait et il ne pouvait toujours pas supporter de se séparer d'eux. Il tendit la main vers l'un des feutres Sharpie que ses amis avaient utilisés pour signer ses plâtres de jambe. Il était violet et parfait pour Thimi. Il saisit son poignet protégé et écrivit en script grec « *Tant qu'il y a de la vie, il y a de l'espoir, petit frère. Christy* ».

Thimi lut et fronça les sourcils.

— Nous n'osons pas espérer quoi que ce soit. Nous l'avons toujours su, Christophoros.

— Tu peux espérer maintenant. Tu verras.

Il augmenta le son de la radio qui diffusait « *Wonderful* [7]» d'Everclear.

— Cette chanson est pour toi.

Il lui tendit le marqueur.

— Garde-le pour que les autres signent.

Puis il se dirigea vers le placard et revint avec une paire de chaussettes blanche en coton et la posa sur les genoux de Thimi.

— J'aimerais vérifier ta température avant que tu mettes ceci. Comment te sens-tu ?

— Comme si j'étais dans un rêve.

— As-tu chaud ?

Thimi secoua la tête et s'arrêta brusquement.

— Étourdi.

— Ce sont les médicaments. La nourriture aidera. Es-tu prêt ?

— Dois-je parler ?

— Tu dois laisser le Docteur Jordanou vérifier ton état de santé, tu dois essayer de manger, puis tu dois tenter de dormir.

— Quand travaillons-nous ?

Le cœur de Christy sombra. Il prit son visage dans la coupe de ses mains.

— Je sais que c'est difficile à croire. Aucun travail. Aucune punition. C'est terminé. Tu es en sécurité ici.

La lèvre inférieure de Thimi trembla et la méfiance que Christy vit dans ses yeux ne le surprit pas.

— Tu es en sécurité ici, répéta-t-il. Au fil du temps, tu verras.

Il tendit la main vers une boîte de mouchoirs en papier. Il lui en proposa deux.

— Nous y allons maintenant. Si c'est trop difficile, tu iras au lit afin de dormir.

Thimi hocha la tête et Christy le fit rouler dans le salon.

— Ah, tu as l'air superbe. Te sens-tu mieux ? demanda le Docteur Jordanou quand Christy l'aida à s'installer sur un tabouret.

---

7 Merveilleux

Thimi acquiesça.

— Il avait mal au poignet, indiqua Christy en grec.

Thimi leva deux doigts et le médecin sourit.

— Prenons ta température, puis je te donnerai quelque chose pour la douleur.

Thimi attendit patiemment tandis que le Docteur Jordanou insérait la sonde d'un thermomètre à fibre optique dans son oreille. Il bipa après quelques instants et le médecin sourit.

— Pas trop chaud.

— Les chaussettes ? demanda Christy.

Le Docteur Jordanou accepta.

— Bonne idée.

Christy essaya de s'accroupir pour enfiler la chaussette au pied de Thimi, mais une douleur émana de sa cuisse. Il tendit une main vers le comptoir, se releva rapidement et inspira pour soulager sa souffrance.

Une lueur d'inquiétude traversa le visage de Rob.

— Assurez-vous de parler au Docteur Sattler à ce sujet.

Christy hocha la tête, mais ne dit rien.

— Gwen ?

Rob fit un geste vers les chaussettes.

Elle s'agenouilla et Thimi s'écarta.

— C'est une infirmière. C'est bon, le rassura Christy.

Thimi baissa les yeux et surveilla chaque mouvement tandis qu'elle enfilait les chaussettes à ses pieds.

Rob avait disposé d'autres tabourets autour de l'îlot de la cuisine et tout le monde s'installa.

— Très bien. Nous avons de la soupe et des pâtes si tu veux, annonça Christy tandis qu'il découvrait les assiettes posées devant eux.

— Bois lentement le bouillon, indiqua le Docteur Jordanou.

— Ah… Attends ! dit Christy tandis qu'il déballait le Jell-O. C'est mon préféré. Je vais te faire goûter.

Il plongea une cuillère, prit une petite bouchée de Jell-O et la porta aux lèvres de Thimi.

— Essaie.

Les yeux de Thimi s'écarquillèrent tandis qu'il fondait dans sa bouche.

— Une de plus.

Christy étira une guimauve jusqu'à ce qu'une petite partie se déchire et la posa sur les lèvres de Thimi.

Celui-ci y goûta et ses yeux étaient grands ouverts.

Christy sourit.

— Très bien. Maintenant, tu bois ton bouillon et tu pourras en avoir plus quand tu auras fini.

Ils mangèrent, discutant tranquillement. Le Docteur Jordanou expliqua à Thimi ce qu'il avait appris de Rob à propos de Wellington et le Général Sotíras applaudit les progrès de Christy. Thimi regardait tout le monde d'un air soupçonneux, mais les yeux entraînés ne réagirent pas et Christy fut reconnaissant que personne ne presse Thimi de parler. Le jeune garçon mangea bien, très peu toutefois, et il se sentit bientôt épuisé.

Christy le prit à nouveau en charge.

— Très bien, va dormir maintenant.

Il le mit au lit, tenant sa main pendant qu'il dormait – ce qui se produisit en l'espace de quelques secondes – et était encore émerveillé que Thimi soit juste là, avec lui, aux États-Unis, dans son chalet.

Quand Christy rejoignit tout le monde dans le salon, la pièce devint silencieuse.

— Qu'en pensez-vous ? demanda finalement Rob.

— Il est comme moi quand je suis arrivé ici.

— Nous prendrons soin de lui, le rassura Rob.

Christy se tourna vers Gwen.

— Merci pour votre aide. Je sais que votre temps de travail est dépassé.

— Je serai présente chaque fois que vous aurez besoin de moi.

Un petit sourire apparut sur les lèvres de Christy.

— À condition que Darien ne requière pas votre attention.

Elle se mit à rire doucement.

— Eh bien, il y a de ça.

Christy étudia tout le monde, un par un et songea que c'était étonnant qu'il soit ici. Maintenant. Ayant tellement changé par rapport à ce qu'il était il y a quinze mois. Son regard se posa sur le Général Sotíras.

— Merci. Je ne serais pas vivant sans votre aide, Général.

— Nous sommes heureux que vous ayez survécu.

— Dites-moi… Pourquoi n'avez-vous pas trouvé Thimi lorsque vous m'avez découvert ?

Sotíras secoua la tête.

— J'aurais essayé de le sauver aussi.

Christy hocha une fois la tête et son regard se fit lointain, tandis que des images fragmentées de cette nuit indescriptible rebondissaient sur les parois de son cerveau.

Rob se racla la gorge.

— Qu'avez-vous à l'esprit, Christy ?

Celui-ci fronça les sourcils alors qu'il tentait de reprendre ses esprits et laisser les souvenirs douloureux derrière, ne sachant pas trop quoi répondre. Il ignora la question de Rob.

— Thimi a grimpé sur les pierres de la cheminée jusqu'au système de ventilation de la maison.

— Intelligent, commenta Sotíras.

— Il a dit qu'il m'avait vu mourir.

Le visage du Général se vida de toute émotion.

— Cela a été difficile de vous ressusciter, admit-il.

— Comment avez-vous su qu'il fallait venir chez mon père ?

— Son majordome a appelé le service des urgences.

Christy lutta pour contenir son étonnement. Ce salaud avait non seulement toujours su ce que son père faisait, mais il avait également contribué à le couvrir depuis aussi longtemps qu'il pouvait s'en souvenir.

— Où est-il maintenant ?

— Il a disparu. Nous pensons qu'il est en Turquie.

— Avez-vous discuté avec mon père ?

Sotíras adressa à Christy un long regard scrutateur.

— En effet.

— Qu'a-t-il dit ?

— Il n'a pas parlé de vous.

— Qu'a-t-il dit ? répéta Christy, toujours ennuyé quand les gens ne répondaient pas à ses questions.

Après un instant, Sotíras reprit la parole.

— Il a menacé de mettre fin à ma carrière pendant que je l'arrêtais.

— Lui avez-vous reparlé après ?

— Seulement pour l'interroger.

— M'a-t-il mentionné ?

Le général paraissait légèrement mal à l'aise.

— Non. Mais ce n'est pas surprenant. Votre père pensait que nous n'avions pas le droit d'enquêter sur sa vie personnelle. Nous avons également eu beaucoup de mal à vous identifier au début. Grâce au Docteur Jordanou, nous avons pu le faire à l'aide des dossiers dentaires.

Cela le prit totalement par surprise.

— Pourquoi ?

— Les dossiers indiquaient que vous étiez mort dans l'accident avec votre mère.

Christy ne put retenir son expression étonnée. Le patron de Sotíras était la seule personne avec l'autorité suffisante pour faire enregistrer un certificat de décès en l'absence de corps.

— Colonomos, dit-il finalement entre ses dents serrées, puis il se mordit la langue.

Il devait arrêter de laisser glisser des mots hors de sa bouche.

— Je suis désolé, Christy, reprit sincèrement le général.

— Où est Colonomos maintenant ?

— En prison, attendant le procès.

— Vous en êtes certain ?

— Il est détenu par ordre présidentiel, sous la garde de mes meilleurs hommes.

— Ne le sous-estimez pas, Général.

Le regard de Sotíras s'étrécit sur Christy.

— Qu'est-ce qui vous préoccupe ?

— Il pourrait payer et quelqu'un le relâchera.

Le fléchissement du policier était pratiquement indiscernable, mais Christy ne le rata pas.

— Je placerai d'autres hommes auprès de lui. Merci pour le conseil, fit-il avec gravité.

— Racontez-moi pour Sophia.

Sotíras se racla la gorge.

— Je suis désolé que vous ayez dû apprendre par Yosef qu'elle est votre sœur.

— En êtes-vous certain ?

— Oui, intervint le Docteur Jordanou. J'ai mené moi-même les tests ADN.

Sotíras prit une gorgée d'eau avant de poursuivre.

— Un certificat de décès a été déposé pour Sophia et, simultanément, Ariel a adopté une enfant.

— Michael croit que ma mère a laissé Sophia à Ariel pour la protéger de mon père et qu'elle m'avait gardé, pensant que je serais en sécurité avec elle. Pourquoi falsifier les dossiers et déclarer Sophia morte ? Pourquoi ne pas simplement permettre à Ariel de l'adopter ?

— C'est une bonne question et je ne connais pas la réponse, déclara platement Sotíras.

Christy continua.

— Si Michael a raison, pourquoi mon père aurait-il accepté une telle idée venant de ma mère ? Pourquoi aurait-il autorisé Sophia à aller avec Ariel ?

— C'est une autre bonne question, Christy, ajouta Rob.

— Je ne peux que supposer qu'Ariel en sait davantage, reprit le général.

Christy fit un geste impatient, lui indiquant de poursuivre.

Sotíras l'étudia pendant un autre long moment, avant de parler.

— Je pourrais suggérer que votre père ne souhaitait plus que Sophia soit l'héritière rattachée à sa fortune.

— Une adoption arrangerait ceci, non ?

— Vous pourriez le penser. L'ironie, c'est que votre mère était riche de son côté et Ariel a hérité de sa fortune – dont une partie reste détenue dans un fonds pour Sophia et pour vous. Cela inclut également les parts de votre mère sur les biens de votre père.

La surprise revint comme un raz-de-marée contre les émotions de Christy. Elle le submergea et ses entrailles se mirent à trembler, menaçant de se transformer en gelée. Il était de nouveau un petit enfant effrayé, ses vieilles peurs déferlant dans ses veines avec sa nouvelle terreur de l'inconnu. Il ne savait pas combien d'autres surprises son système nerveux pourrait supporter avant qu'il devienne une mare d'émotions à l'état brut. Il ne pouvait qu'imaginer l'ampleur des secrets qu'Ariel connaissait et il s'agita, mal à l'aise sur son siège, tandis qu'il s'efforçait de rester tranquille.

— Avez-vous parlé avec Ariel ?

Sotíras secoua la tête.

— J'ai chargé Nero de s'approcher d'elle.

— Elle ne veut pas parler avec *Kýrios* Santini. Elle ne veut pas parler avec Sophia.

Il se tourna vers Rob.

— Je crois que je vais aller m'entretenir avec Ariel.

Rob fit un geste de la main disant « allez-y ».

— Tant que vous croyez être assez fort, faites-le. J'en aviserai Nero d'abord, cependant.

— Pourquoi ?

— Votre réserve émotionnelle est vide, Christy. Vous devez vous assurer que vous souffrirez ou que vous serez le moins bouleversé possible et vous avez besoin d'un plan de discussion pour y parvenir.

Celui-ci ne pouvait pas nier que Rob l'avait guidé à travers le labyrinthe qu'était son chemin vers la guérison et l'avait aidé à résoudre ses différends avec Sophia concernant Thimi. Il se tourna vers le Docteur Jordanou.

— Merci de m'avoir sauvé la vie ainsi que celle de Thimi.

— Le crédit vous en revient entièrement. Vous êtes tous deux incroyablement résilients. Comme le dit Nicos, nous espérions seulement que vous pourriez survivre.

Un petit sourire apparut de nouveau sur les lèvres de Christy.

— L'espoir est souvent tout ce que nous avons.

À présent, Sotíras souriait.

— Exact.

CHRISTY DORMIT moins d'une heure avant que les rêves de Thimi apparaissent. Il les connaissait que trop bien. Ils étaient furtifs, silencieux au début, gentils. Toujours avec une offre séduisante, mais cependant insaisissable : la nourriture. Puis les rêves se transformaient, vous deveniez incontinent et vomissiez dans votre sommeil. « *Cauchemar* » était un mot pathétique pour ce qui saisissait l'âme de Thimi et la réduisait à rien de plus qu'un carnage à l'état brut.

XXII

— HEY, COACH ! le salua Michael tandis qu'il étreignait O'Malley.

L'entraîneur souriait d'une oreille à l'autre.

— Comment ça va, Michael ? Jake ?

Jake lui serra la main.

— Merci beaucoup d'avoir accepté de nous aider pendant l'été.

— C'est un plaisir. Je suis content que votre père ait appelé. J'avais du mal à rester assis, essayant d'agir comme un retraité.

Michael resta bouche bée.

— Vous n'êtes pas assez âgé pour prendre votre retraite !

— Oh, mec ! Pourquoi ne nous avez-vous rien dit ? demanda Jake.

— Mon vieux cœur me cause quelques problèmes et qui diable accepte de reconnaître qu'il devient vieux ?

Les problèmes cardiaques n'étaient pas à prendre à la légère et Michael le dévisageait avec inquiétude, désormais.

— Vous allez bien, coach ?

— Je me sens en pleine forme !

— On a l'âge que l'on se donne, plaisanta Jake.

— Exact ! Comment va Christy, Michael ?

— Tout bien considéré, pas mal. Tout est de retour à la normale.

— Excellent à entendre. Avez-vous pu avoir la chance de vous entraîner un peu ?

Michael indiqua Jake.

— Ouais. Nos temps de course sont bons.

— Très bien. Pourquoi ne travaillerions-nous pas sur votre sortie des starting-blocks ?

— Ça marche pour moi, répondit Michael.

— Ça me va, renchérit Jake.

Ils s'assurèrent de positionner le block avec précaution, la pédale avant à deux pas de la ligne de départ, celle de l'arrière, à trois. Celle de devant était posée à plat sur le sol et celle de derrière était légèrement surélevée. Une fois installés, l'entraîneur O'Malley vérifia leurs trois points d'appui.

— Jake, reculez vos épaules d'un poil.

Jake ajusta sa position.

— Michael, les doigts.

Il fléchit chaque main et posa ses doigts.

— Prêts ! cria l'entraîneur.

Ils levèrent les hanches et plièrent leur jambe arrière pour garder le plein contact avec le block.

— Complètement à plat, Michael, ou vous serez disqualifié.

Il aplatit l'arrière de son pied contre la pédale.

— Jake, plus haut, les hanches.

Il obéit.

— Partez !

Ils bondirent des starting-blocks et l'entraîneur O'Malley siffla pour les rappeler.

— Michael, votre timing est mauvais. Vous aurez de la chance si vous franchissez votre première haie.

Après quatre heures passées à travailler les départs, ils étaient épuisés et la rotule de Michael se faisait douloureuse.

— Le genou ? demanda l'entraîneur.

Michael secoua la tête.

— Trop d'accroupissements dans les blocks. Cela me provoque un léger problème sur les agenouillements également.

L'entraîneur hocha la tête.

— Demain, nous le laisserons se reposer et travaillerons sur les sprints.

— Très bien.

Jake jura entre ses dents, Michael et le coach se retournèrent vers lui. Il fit un geste vers le parking.

Michael leva les yeux et fut étonné de voir une pléthore de motos garées.

— Qui sont-ils ? demanda l'entraîneur O'Malley.

Jake se tourna vers Michael.

— Veux-tu appeler Smitty ?

— Ouais.

Michael soupira de frustration tout en fouillant dans son sac pour chercher son portable.

— Je crois comprendre qu'ils ne font pas partie de la famille de Lisa, reprit l'entraîneur.

— Non, et ils n'arrêtent pas de nous harceler, répondit Jake.

L'entraîneur fronça les sourcils.

— Pour quelle raison ?

— Nous ne savons pas vraiment.

Jake expliqua la situation pendant que Michael tentait de joindre Lisa, en vain.

— Je n'arrive pas à l'avoir, Jake. Au moins, nous avons la sécurité.

— Avec autant de bikers, deux gars ne suffiront peut-être pas.

Jake prit son portable et composa un numéro.

— Salut, Myra. Papa est-il dans le coin ?

— Bonjour, Jake. Il est en rendez-vous.

174

— Est-ce un rendez-vous/rendez-vous ou une réunion importante ?

— C'est un rendez-vous/rendez-vous. De quoi avez-vous besoin ?

— Dites-lui que nous sommes sur le stade pour nous entraîner et que le parking est plein de motos. Et faites-lui savoir que nous allons bien. Nous sommes avec l'entraîneur.

— Un moment.

Michael haussa un sourcil en direction de Jake.

— Mon pote ? Un rendez-vous/rendez-vous ?

Jake ricana.

— Un que je peux interrompre sans avoir à souffrir d'une lente et douloureuse agonie.

Nero prit l'appel.

— Jacob, vois-tu des membres de la presse ?

— Hey, *Papà*. Non. Pourquoi ?

— Pour une fois qu'ils pourraient se montrer utiles… Laisse-moi passer quelques coups de fil. Prépare-toi à ne *pas* répondre aux questions de la presse.

Jake éclata de rire.

— Très bien. Merci, *Papà*.

Il raccrocha et croisa le regard de Michael.

— Papa envoie les médias.

Michael haussa brusquement les sourcils.

— Cela ne lui ressemble pas.

— Non, mais cela réglera tout ce que ces gars avaient prévu.

— Allons dans les vestiaires, proposa l'entraîneur.

Ils emballèrent leur équipement et sortirent du terrain.

Comme promis, le temps qu'ils se douchent et se changent, la presse se trouvait sur le parking et les bikers avaient disparu.

— Je suis désolé d'apprendre que les questions concernant Jason ne sont pas résolues, dit l'entraîneur O'Malley tandis qu'ils quittaient les vestiaires.

Jake hocha simplement la tête.

— Avez-vous vu Tony ou Rich ? demanda Michael.

L'entraîneur secoua la tête.

— Pas depuis le jour où Rich vous a confronté sur le terrain.

— Bizarre, dit Jake.

— À demain à huit heures, fit l'entraîneur en agitant la main avant de se diriger vers sa voiture.

— À plus, coach !

— Merci encore, entraîneur ! lança Jake alors qu'ils prenaient la direction opposée.

Immédiatement, les questions des journalistes se mirent à fuser.

— Michael ! Jacob ! Est-ce vrai… ?

— Pas de commentaires ! cria Jake.

La sécurité les protégea des journalistes pendant qu'ils montaient dans la voiture.

— Je veux aller chez Christy.

Michael composa son numéro, mais l'appel arriva sur la boîte vocale.

— Hey, bébé, c'est moi. J'ai terminé l'entraînement et je me dirige chez toi. Appelle-moi.

Il raccrocha.

— Je suppose que non après tout. Contacte ton père et demande-lui si c'est d'accord que nous passions chercher ma voiture.

Jake démarra la voiture, attendit que son téléphone se connecte au système GPS et appuya sur la touche de raccourci pour composer le numéro du bureau de son père.

— Myra, désolé de vous déranger encore. Pouvez-vous demander à papa si c'est d'accord que Michael récupère sa voiture ?

Elle revint en ligne quelques minutes plus tard.

— Il m'a dit de vous faire savoir que les Sattler sont rentrés chez eux aujourd'hui.

— Merci, Myra.

Jake raccrocha.

— Eh bien, mon pote, c'était vrai.

— Que vas-tu faire ?

Jake appela Sophia et sa voix sortit des enceintes de la voiture.

— *Ciao, bello.*

— *Ciao, cuore mio.* Que fais-tu ?

— Je lis près de la piscine. Je dois retourner en ville demain, mais je reviendrai ce week-end.

— Tout va bien ?

— Oui. Je dois discuter avec mon agent à propos des contrats, faire des essayages et parler avec Ariel.

Jake échangea un regard inquiet avec Michael.

— Vas-tu essayer de discuter de ce truc de frère/sœur encore une fois ?

— Oui. Il n'y a aucune raison pour qu'elle ne nous en informe pas.

— Je suis d'accord. Très bien, veux-tu un peu de compagnie ?

— Absolument.

À DIX-HUIT heures, Michael n'avait toujours aucune nouvelle de Christy. Il composa de nouveau son numéro et tomba directement sur la messagerie. Il allait téléphoner à Rob, mais avant que son doigt appuie sur le bouton, sa mère appela.

— Hey, maman.

— Salut, mon chéri. Veux-tu sortir le pain de viande du réfrigérateur et le mettre au four à 180 ° ?

— Je suis toujours chez Jake, mais ouais, quand je serai à la maison.

— Merci. Nous rentrerons entre dix-neuf heures et dix-neuf heures trente.

— Au revoir, maman.

Il appela le Ranch Wellington.

— Salut, Michael.

— Hey, Rob. Je n'ai pas réussi à joindre Christy de toute la journée. Est-ce que tout va bien ?

— Il est resté debout toute la nuit avec Thimi et a dormi toute la journée. Je vais lui demander de vous téléphoner lorsqu'il se réveillera.

— Merci, Rob.

Il raccrocha.

— Pas bon ? demanda Jake.

Michael se leva et enfila son tee-shirt.

— Il est resté éveillé toute la nuit avec Thimi et dort encore. Tu me ramènes à la maison ?

— Bien sûr.

— À samedi, Sophia.

— À plus, Michael.

Il ne manqua pas de remarquer la pointe d'inquiétude dans sa voix tandis qu'elle lui adressait un petit geste de la main.

CHRISTY SOURIT lorsqu'il se réveilla en trouvant Thimi qui l'observait de sous le duvet.

— Bonjour, Thimi.

— C'est la nuit, murmura-t-il.

Christy écarquilla les yeux et jeta un coup d'œil au chalet pour découvrir que leur seule illumination provenait de la petite lumière de la cuisine. Il tendit la main vers son téléphone et le regarda. Il était plus de vingt heures. Il soupira et reposa l'appareil sur la table de chevet.

— As-tu dormi ?

Thimi acquiesça.

— Les rêves ne viennent pas si j'attends jusqu'à ce que je ne puisse plus rester éveillé.

Christy se rappelait bien du nombre de fois qu'il avait évité les cauchemars, refusant de dormir jusqu'à ce l'épuisement prenne le dessus et son cœur se serra pour Thimi. Il repoussa la couette et caressa les cheveux de Thimi.

— Tu n'as plus à faire ça désormais. Demande quelques médicaments supplémentaires.

— Tu ne fais plus de rêves maintenant ?

Christy lutta contre son envie de répondre par la négative, tandis qu'il roulait sur le dos et fixait le plafond.

— Je ne le faisais plus jusqu'à ce que Yosef vienne pour moi. Maintenant, je les ai encore.

— Prends-tu des médicaments ?

Christy se tourna vers lui et sourit, surpris que ça ne le gêne pas d'acquiescer.

— Ça aide.

Ils restèrent allongés dans un silence agréable pendant un temps indéterminé avant que Thimi se redresse et tende la main vers la bouteille d'eau. Il la rata et la fit tomber de la table de chevet, une soudaine panique emplissant ses yeux. Il rampa hors du lit et Christy se redressa rapidement et l'arrêta, posant une main sur son bras qu'il serra légèrement.

— C'est bon.

Les yeux de Thimi étaient remplis de larmes.

— Je vais être puni !

— Non ! Pas de punitions ! C'est bon.

Christy sortit du lit et ramassa la bouteille. Plongeant dans les prunelles dorées de Thimi, il dit, de manière succincte :

— Il n'y a plus de punitions désormais, Thimi. Plus jamais.

Christy observa le visage de Thimi qui fut traversé par une vague de soulagement avant qu'il éclate en sanglots.

— C'est sûr ici.

Il caressa de nouveau ses cheveux.

— Je vais t'en chercher une autre.

Il alla à la cuisine et revint un moment plus tard, posa un torchon sur la flaque d'eau et tendit une bouteille fraîche à Thimi. Celui-ci refusa de la prendre. Christy s'assit sur le bord du lit, saisit sa main et posa la bouteille froide dedans.

— C'est autorisé de faire des erreurs. C'est ce que les gens normaux font. Je ne le savais pas jusqu'à ce que je vienne ici.

Thimi n'avait toujours pas bu et Christy l'encouragea.

— Bois.

Le jeune homme lutta avec le bouchon, et Christy l'ouvrit pour lui.

— N'utilise pas ton poignet blessé. Je vais t'aider.

Un coup résonna à la porte du chalet et Christy s'avança. Se dressant sur la pointe des pieds pour vérifier par le judas, il vit Rob, Gwen et Darien. Quand il ouvrit la porte, Darien se jeta sur lui et l'étreignit fortement à la taille.

— Christy !

— Darien, non !

Gwen se précipita dans un effort pour l'arrêter et le rata.

Christy vacilla en arrière, à peine capable de rester debout.

— Hello, Darien.

— Darien, tu ne peux pas faire ça. Tu vas renverser Christy, intervint sévèrement Rob.

— Christy va bien ! Salut, Christy ! Où est Thimi ?

— Utilise ta voix pour l'intérieur, lui rappela Gwen.

Christy ne put s'empêcher de sourire devant l'enthousiasme de Darien.

— Il est ici, au lit. Tu dois parler plus bas sinon tu vas l'effrayer.

Darien se dirigea vers le lit et commença à grimper dessus.

Thimi recula avec effroi et Christy ne put retenir son vif « non ! » qui lui échappa tandis qu'il trébuchait vers Thimi.

Celui-ci recula et tomba de l'autre côté du lit, un bruit sourd retentit lorsqu'il heurta le sol.

— Thimi !

Le pied de Christy se tordit avant qu'il atteigne le lit et il tomba dans le salon.

— Darien !

Gwen se précipita vers le lit et souleva Darien qu'elle prit dans ses bras alors que le petit garçon se mettait à pleurer.

Rob aida Christy à se relever et celui-ci sautilla aussi rapidement qu'il le put vers le côté du lit.

— Thimi, tu vas bien ?

Il était assis sur le sol, en larmes, tenant son poignet contre ses genoux, essayant de dissimuler son pantalon souillé et humide.

— Es-tu blessé ? As-tu mal ?

Thimi secoua la tête, sa crainte s'affichant sur son visage.

Lentement, Christy se glissa entre le lit et le mur, s'asseyant avec précaution à côté de Thimi, puis passa un bras autour de lui.

— Laisse-moi voir ton poignet.

Thimi tourna son visage contre la poitrine de Christy.

— Je vais appeler le Docteur Jordanou, déclara rapidement Rob. Gwen, ramenez Darien à la maison principale.

— Non, intervint Christy. Ce n'était qu'une erreur.

Rob céda.

— Darien, tu dois t'excuser auprès de Christy et de Thimi. Je reviens dans un instant.

Darien se mit à pleurer plus fort et Christy indiqua à Gwen de le reposer par terre. Elle le fit à contrecœur, mais ne lâcha pas sa main.

— C'est bon. Viens, Darien. Approche doucement et tranquillement. N'effraie pas Thimi.

Le petit garçon pivota et Christy tapota le sol devant eux.

— Assis. Ne pleure pas.

Darien le faisait toujours alors qu'il se laissait tomber sur les genoux, se serrant dans l'espace déjà étriqué et enfouit son visage contre l'épaule de Christy.

Thimi recula rapidement, mais Christy le ramena, son bras se resserrant autour de lui.

Gwen tendit la main vers Darien.

— Ne…

— C'est bon, l'interrompit Christy.

Il passa au grec.

— Darien est comme nous. Il est inoffensif. Il a beaucoup d'énergie et oublie les bonnes manières. Je suis désolé qu'il t'ait effrayé.

Thimi dévisagea Darien, qui ne faisait que continuer à pleurer contre l'épaule de Christy qui tapotait son dos avant de parler à nouveau en anglais.

— Darien ? Assieds-toi et dis « salut » à Thimi. Viens. Dis « salut ».

— Salut, fit Darien, toujours réfugié contre son épaule.

— Viens. Assieds-toi.

Christy tenta de l'éloigner, mais Darien ne le laissa pas faire.

— Darien, tu dois t'asseoir ici pour moi.

Gwen s'installa sur le sol, à l'autre bout du lit, puis rampa lentement vers l'espace avant de gentiment tirer Darien sur ses genoux. Simultanément, Darien refusa de relâcher son emprise sur lui et Thimi vomit sur l'avant du tee-shirt de Christy. Frustré, celui-ci ferma les yeux un instant, ne sachant pas quoi gérer en premier.

— *Adelfáki*, je suis désolé.

Gwen posa Darien sur le sol, à côté d'elle.

— Peux-tu rester assis ici pendant une minute ? Je dois aller chercher une serviette pour Thimi.

— Je vais le faire, répondit Darien tout en s'essuyant le nez sur son bras.

Gwen se releva et lui tendit la main.

— D'accord.

— Je suis désolé, Christophoros, répéta doucement Thimi.

Christy le serra contre lui, mais le maintint loin de son tee-shirt souillé.

— C'est moi qui suis désolé. J'aurais dû t'avertir avant d'ouvrir la porte. Il agit comme ça avec moi. Rob essaie de lui apprendre à ne plus le faire.

Gwen revint, guidant un Darien désormais calme qui marchait très lentement vers eux et tendit un gant de toilette à Thimi.

— Je ne voulais pas te faire ça.

Christy sourit, accepta le tissu et le passa à Thimi.

Celui-ci s'essuya le visage et fit de son mieux pour nettoyer l'avant du tee-shirt de Christy, mais ne réussit qu'à étaler davantage le renvoi.

— Laisse ça. Nous le laverons.

Thimi leva les yeux vers lui, une lueur d'incertitude brillant dans ses yeux.

— C'est bon, *adelfáki mou*.

Christy se tourna vers Darien.

— Quelles sont les règles dans mon chalet ?

— Ne pas courir et utiliser la voix d'intérieur.

— La prochaine fois, tu t'en souviendras ?

Darien renifla et hocha la tête.

— Te souviens-tu lorsque tu es arrivé ici pour la première fois ? Tu avais très peur ?

Darien acquiesça de nouveau.

— Thimi est comme ça pour le moment. Il est très effrayé.

Darien tendit la main vers Thimi.

— Je suis désolé.

Thimi jeta un coup d'œil à Christy.

— C'est bon, tu peux le toucher.

Thimi sortit une main hésitante et Darien posa sa menotte dans sa paume. Thimi la serra brièvement avant de retirer précipitamment sa main.

Darien renifla de nouveau.

— Il peut utiliser mon nouveau pyjama.

Christy sourit.

— Merci pour ton offre généreuse. Ce n'est pas nécessaire. Nous avons des pyjamas pour Thimi.

Rob revint avec le Docteur Jordanou.

— Comment allons-nous ?

— C'est bon désormais. J'ai rappelé à Darien les règles pour mon chalet, il a fait la connaissance de Thimi et Darien a offert son nouveau pyjama à Thimi.

Rob secoua la tête tout en souriant.

— C'était très gentil de ta part, Darien. Retourne à la maison maintenant. Le Docteur Jordanou a besoin de regarder le poignet de Thimi.

Le visage de Darien s'assombrit.

— Je suis désolé.

Christy tendit la main et serra celle du petit garçon.

— Tout va bien. La prochaine fois, tu t'en souviendras. Veux-tu bien me peindre un autre dessin ?

— D'accord.

Gwen souleva Darien et le prit dans ses bras.

— Je reviens dans une minute.

— Bye, Christy !

Gwen posa un doigt sur ses lèvres.

— Doucement.

— Bye, Christy ! répéta Darien dans un chuchotement féroce.

Christy agita la main.

— Bye, Darien.

— Peux-tu te lever ? demanda le Docteur Jordanou, tendant une main vers Thimi.

Christy lui reprit le gant de toilette.

— Oui ?

Une lueur de peur emplissait de nouveau les yeux de Thimi, mais il saisit la main du Docteur Jordanou, se mit debout en vacillant et le médecin l'aida à remonter sur le lit.

Coincé entre le lit et le mur, et avec son pied et ses côtes lui faisant désormais mal, Christy tenta de se relever et échoua.

— Christy ? demanda Rob.

— J'ai besoin d'aide. Le problème vient de mon pied.

Rob fronça les sourcils.

— À quel point est-ce mauvais ?

— Ce n'est pas bon.

— Pouvons-nous retirer votre tee-shirt avant de tenter de vous relever ?

Christy retira ses bras du vêtement et Rob le fit passer par-dessus sa tête, faisant attention à tenir éloignée de son visage la partie souillée. Il le posa sur le côté.

— Comment voulez-vous faire ça ?

Christy tendit une main à Rob qui s'en empara.

— Prêt ?

Il acquiesça et Rob essaya de le relever. Une soudaine douleur déferla dans les côtes et le pied de Christy. Il pâlit et cria.

Rob le reposa lentement sur le sol.

— Les côtes aussi ?

Christy se tenait le côté, respirant rapidement à cause de la souffrance et hocha la tête.

Gwen qui était revenue, fit une suggestion.

— Je vais poser la couette sur le sol. Asseyez-vous dessus et nous vous tirerons de derrière le lit, d'accord ?

Christy serra fermement son côté tout en essayant de s'installer sur la couette, puis Gwen et Rob l'agrippèrent.

— C'est parti. Nous y allons lentement.

Une fois que Christy fut dégagé du lit, le Docteur Jordanou s'accroupit à côté de lui.

— Pouvez-vous vous allonger sur le dos pour moi ?

Christy commença à s'étirer vers l'arrière, mais ses côtes lui firent plus mal encore et il tendit rapidement la main pour attraper celle du médecin.

— Je ne peux pas.

Le Docteur Jordanou saisit sa main et soutint son dos tandis qu'il se redressait lui-même.

— Je crois qu'un bain chaud aidera.

— Jetez un coup d'œil à son pied, intervint Rob.

Christy tendit sa jambe et vit que son pied était plus violet que jamais.

— Je pensais que vous étiez censé le garder enveloppé, dit Rob, découragé.

— Pas quand je dors.

Rob soupira et se frotta le front.

— Vous devez passer une radio de vos côtes et de votre pied.

— Je vais prendre un bain. Si ça ne va pas mieux demain, j'irai faire les images.

Rob pinça les lèvres et secoua la tête.

— Ils devraient être radiographiés maintenant, Christy.

— Inutile d'insister. J'aimerais prendre le bain chaud et dormir avant de décider pour l'image, insista Christy.

LE TÉLÉPHONE de Michael bourdonna avec l'arrivée d'un message au beau milieu de la nuit. Il roula sur le côté et tendit la main vers son portable. Dans son état à moitié endormi, il lut :

Moro mou, la nuit a été très mauvaise pour Thimi. J'appellerai demain.

XXIII

COMME PROMIS, l'entraîneur O'Malley travailla avec Michael et Jake sur les sprints et leurs temps étaient excellents. Ils ébauchèrent des plans pour que Michael franchisse les obstacles et pour que Jake fasse de l'endurance le jour suivant. Ils terminèrent leur entraînement en recevant un message identique de la part de Lisa, leur demandant de venir la retrouver chez Smitty.

— Tu crois que Smitty a découvert ce que Tony faisait en ville ? demanda Jake tandis qu'ils se dirigeaient vers leurs voitures.

— C'est ce que je pensais. Je vais te suivre.

Michael appela Christy tandis qu'il quittait le parking et fut agréablement surpris lorsqu'il répondit au téléphone.

— Hey, bébé !

— *Kaliméra, filos.*

La voix de Christy paraissait la plus plate qu'il avait jamais entendue.

— Tu vas bien ?

Longue pause.

— Je suis fatigué. Thimi ne peut pas dormir une heure sans faire de cauchemar.

— Pourquoi le doc ne l'assomme-t-il pas ?

— Ils testent de nouveaux médicaments afin de l'aider au mieux.

Une pointe de frustration s'enroula autour de la colonne vertébrale de Michael.

— Bébé, tu parais épuisé. Tu dois dormir. Parles-en au médecin.

— Je crois que je vais faire ça.

Michael jeta un coup d'œil sur l'heure. Il était un peu plus de midi.

— Fais une sieste, et je passerai te voir aux alentours de quinze heures. D'accord ?

— Okay.

Le « okay » de Christy semblait si petit et fragile que Michael s'inquiéta pour lui.

— Es-tu sûr que tout va bien ?

— Ça va. À tout à l'heure, vers quinze heures.

Michael jeta un coup d'œil au GPS pour voir si l'appel était interrompu, mais Christy avait raccroché. Il ne put retenir le sentiment d'inquiétude qui le traversa. Christy n'avait pas seulement paru physiquement épuisé, mais également émotionnellement vidé.

Il avança devant le « Whitey » suivant Jake, prenant grand soin de rester loin des nombreuses motos stationnées devant le bar. Jake trouva deux espaces dans le coin opposé du parking et ils garèrent leurs véhicules.

— Je ne peux pas croire que cet endroit soit aussi plein au beau milieu de la journée, déclara Jake tandis qu'ils se dirigeaient vers la porte d'entrée.

— J'ai comme l'impression qu'il est plein vingt-quatre heures sur vingt-quatre et sept jours sur sept, dit Michael, alors qu'ils traversaient le parking.

— Tu es sûr que nous pouvons entrer ? Nous n'avons pas vingt-et-un ans.

— Nous allons au bureau en passant par l'arrière, indiqua Michael, ouvrant une lourde porte en bois et ils pénétrèrent dans le bar faiblement éclairé.

Les clients se turent et tous les yeux se tournèrent vers eux dans la salle enfumée. Certains de ceux qui se tenaient au bar se levèrent de leurs sièges dans un signe de défi, mais Smitty entra, venant de la cuisine. Tout ce qu'il fit, fut de jeter un regard à la ronde et tout le monde se rassit. Il tenait la porte battante ouverte dans un ordre silencieux de le suivre à l'arrière.

Michael et Jake entrèrent dans le bureau de Smitty et Lisa les salua d'une poigne de fer sur l'épaule de Michael.

— Hey, Mike, Jake.

— Hey, Lisa, répondirent-ils à l'unisson.

La première fois que Michael était venu dans le bureau de Smitty, il était borgne à cause des blessures reçues après l'enlèvement et sa recherche de Christy. Aujourd'hui, alors qu'il prenait de pleine face le mur au-dessus du bureau de Smitty, recouvert d'écrans de télévision et d'ordinateurs, il avait l'impression d'être entré dans le CENTCOM, le quartier général du Département de la Défense. Des cris et des bavardages remplissaient la pièce, et un haut-parleur diffusait des informations provenant d'un scanner de la police. Chaque écran au-dessus du bureau montrait des images d'une moto sous différents angles tandis qu'elle filait à grande vitesse sur l'autoroute vers New York City.

Un gars âgé avec de longs cheveux gris et une barbe tout aussi longue se trouvait devant un ordinateur. Cela rappela à Michael un vieil elfe tandis qu'il entrait des informations sur le clavier et que l'écran diffusait la vidéo image par image avant de recommencer.

À la grande surprise de Michael, le détective Davis était assis dans l'un des fauteuils et étudiait l'écran.

— Vous avez trouvé Tony grâce aux caméras provenant du trafic routier ?

— Ouais, mais nous ne pouvons toujours pas voir ce qu'il faisait en centre-ville, fit Lisa avec consternation. Oncle Smitty, va là où nous le perdons de vue.

Smitty hocha la tête et le vieil elfe accéléra la vidéo jusqu'à ce que la Toyota Camry de Tony quitte la bretelle et entre dans le Bronx. Les caméras continuaient de fournir des images jusqu'à ce que la voiture entre dans une zone résidentielle et ne soit plus à portée de l'objectif d'une caméra.

— Quelle heure était-il ? demanda Jake.

L'elfe appuya sur la touche « pause » et l'écran se figea sur quinze heures deux.

— Puis, nous le retrouvons deux heures plus tard, quand il est reparti, ajouta le détective Davis.

L'homme aux cheveux gris appuya sur avance rapide jusqu'à ce que la voiture de Tony soit affichée, quittant la zone résidentielle, suivie par un motard. Celui-ci portait la fameuse veste du 4 juillet que Michael avait reconnue.

— Nous n'avons aucun moyen de savoir si c'est Rich, intervint Michael.

— Je pense que nous avons quelque chose.

Smitty indiqua à l'elfe informaticien de zoomer sur le motocycliste. La vue se réduisit et se concentra sur une des mains du motard.

Michael et Jake se penchèrent en avant pour étudier l'écran et Michael indiqua un doigt.

— La bague de l'école.

Lisa hocha lentement la tête.

— Celle de notre classe. Et la pierre est rouge avec un « C » gravé dessus.

Le policier se tourna et dévisagea Jake et Michael.

— L'anniversaire de Rich Carlisle est le seize juillet et la pierre de naissance pour le mois de juillet est le rubis. Nous vérifierons s'il a précisément acheté cette bague.

— Alors, maintenant, que fait-on ? demanda Michael.

— Nous cherchons où Barry Williams réside actuellement, répondit le détective Davis.

— Et c'est ? intervint Jake.

— Chase, répondit Smitty. Le gars à la tête de ces losers.

— Pas étonnant qu'il passe par Chase, déclara Michael, glissant sa langue contre sa joue.

— Nous ne savons toujours pas ce que Tony faisait là-bas, reprit Jake.

— Il y a plus.

À nouveau, Smitty fit un geste vers l'elfe lui indiquant d'avancer plus vite. L'écran montra Tony sortant de la voie express pour prendre de l'essence et le motard le suivant à la station. Il se gara et le conducteur descendit de l'engin, avant de s'approcher de Tony. Ils semblaient échanger des mots, mais le motard ne souleva pas sa visière et ne retira pas son casque, puis il remonta sur sa moto.

Ensuite, l'écran montra Tony à nouveau sur l'autoroute 90 et plusieurs engins s'engager sur le même tronçon, tandis que Tony se dirigeait vers le nord. Au moment où il atteignait le viaduc de la rivière Mohawk, quelques motos le suivaient. L'une d'elles se glissa devant la voiture de Tony, puis freina brusquement et Tony bifurqua pour éviter de la renverser. Sa Camry heurta le garde-fou et oscilla dessus avant de plonger plus bas. Les motards continuèrent comme s'il ne s'était rien passé, y compris celui qu'ils pensaient être Rich.

— C'est tout, déclara Smitty.

Michael frissonna et se frotta les paupières de son pouce et son index.

— Si c'était Rich, il aurait dû s'arrêter.

Le détective Davis se tourna et leva les yeux vers Michael à nouveau.

— Vous présumez qu'il se souciait de Tony.

— Ils étaient amis depuis le primaire, intervint Jake.

— La loyauté change, fit doucement Lisa.

— Ce n'est pas cool, dit Michael en se tournant vers Smitty. Au moins, ils n'étaient pas à l'entraînement d'aujourd'hui.

— Entraînement ?

L'expression du visage de Smitty passa de tranquille à furieuse en une fraction de seconde.

— Raconte-moi.

Jake prit la parole.

— Ils se trouvaient sur le parking des étudiants quand nous avons terminé notre entraînement hier. Michael a essayé de joindre Lisa pour vous en informer, mais il n'a pas pu la contacter. J'ai appelé mon père et, pour une fois, la presse s'est révélée utile. Ils sont arrivés et les bikers sont partis.

Lisa jeta un coup d'œil à son portable.

— Mike, tu n'as pas laissé de message !

— Je déteste avoir à te déranger avec toute cette histoire, répondit rapidement Michael.

Smitty sembla reprendre son calme alors qu'il regardait l'écran de l'ordinateur.

— N'hésite pas, Michael. Chase a un motif.

— Quel motif ?

— En dehors d'être stupide ? Aucune idée.

Michael vérifia l'heure sur son téléphone.

— Je dois aller chez Christy. Que voulez-vous que nous fassions ?

Smitty croisa son regard.

— Veille sur tes arrières et reste près de la sécurité.

— QU'EN PENSES-TU ? demanda Jake tandis qu'ils revenaient vers leurs voitures.

— C'est difficile pour moi de croire que Rich ferait ça à Tony.

Jake s'arrêta et dévisagea Michael.

— Tout le monde n'a pas l'amitié que nous partageons.

Michael frémit malgré le soleil de l'après-midi.

— Je sais ça, mon pote. J'ai bien compris le « tout le monde n'est pas à notre place ». Mais tu ne peux pas faire volte-face… écoute… C'est au-delà de mauvais pour le business. C'est carrément excessif. C'est *criminel*.

— Non pas que nous n'ayons pas dû faire face à un tout un tas de conneries criminelles ces deux derniers mois.

Michael poussa un long soupir tandis que l'avertissement du policier revenait à sa mémoire.

— Tout cela doit s'arrêter.

— Pour de bon, renchérit Jake.

Michael lâcha un juron silencieux.

— Sophia a laissé un message pendant que nous étions avec Smitty. Je t'appellerai si son entretien avec Ariel n'a pas pris la bonne direction.

— Et les emmerdes continuent simplement à tomber. C'est la dernière chose dont Christy a besoin pour l'instant.

— Vas-y, je pars de mon côté et nous restons connectés.

— Compris.

Michael atteignit sa voiture.

— Jake ?

Celui-ci se tourna vers lui.

— Merci.

— Pour quoi ?

— Pour toujours être là.

— Pareil pour toi.

Il leva son portable.

— Vérifie de temps en temps.

Michael acquiesça et grimpa dans son véhicule. Il attacha sa ceinture de sécurité, démarra sa voiture et composa le numéro de Christy.

— Hey, bébé. Je suis en chemin, le salua-t-il lorsque Christy répondit au téléphone.

— S'il te plaît, sois doux avec Thimi. Il est très effrayé.

— D'accord. Autre chose ?

La voix de Christy baissa, s'approchant d'un murmure et Michael eut du mal à l'entendre.

— Parle à voix basse. Il aura peur de ta taille. Il pourrait vomir ou faire sur lui.

— D'accord.

— C'est une grande aventure pour lui de faire ta connaissance. Il ne comprendra pas comment une personne peut aimer… les gens comme nous.

Un étau invisible se resserra autour du cœur de Michael et cela lui fit mal de la même manière qu'il le faisait toujours lorsqu'il songeait au passé de Christy. Désormais, il souffrait également pour Thimi. La maltraitance qu'ils avaient subie avait rongé leurs âmes et les avait réduits à des épaves humaines dans leurs esprits.

— Il n'y a rien de mal à ton sujet. Je le lui dirai, d'accord ?

— Thimi est un petit peu têtu et pourrait ne pas l'accepter.

Bien que Michael sente que Christy pensait que cette première rencontre serait terrible, il détecta une note de joie dans sa voix.

— C'est bon. Je continuerai de le répéter jusqu'à ce qu'il me croit.

— Merci, Michael. Tu me manques.

— Toi aussi, bébé. Je serai là dans une vingtaine de minutes.

Michael alluma le lecteur de CD et frappa le volant au rythme de « *I Miss You* » de Blink-182. Il sortit du parking et le SUV de la sécurité apparut dans son rétroviseur arrière. C'était amusant, il n'avait pas remarqué qu'il les avait suivis jusqu'au bar de Smitty.

Il se souvint à quel point Christy était effrayé lors de leur première rencontre et décida que, peu importe combien il était décontracté, Thimi aurait peur de lui. Il réfléchit sérieusement et tenta de trouver un moyen de rompre la glace, puis se décida pour le langage universel chez les enfants : les bonbons. Il s'arrêta près d'un magasin de proximité et la sécurité se gara derrière lui. Tad abaissa sa fenêtre.

— Je vais juste chercher quelque chose, lança Michael tout en se dirigeant dans la supérette.

Il trouva l'aile des sucreries et décida que des ours en gélatine conviendraient parfaitement. Le paquet contenait des ours mauves également. *Génial !* Puis il attrapa une poignée de sucettes pour le plaisir.

Il arriva à Wellington et vit Christy assis sur la balancelle du porche avec Thimi. Pour un enfant de douze ans, Thimi paraissait extrêmement petit – sans oublier de mentionner épais comme une planche à pain. Même vêtues d'un survêtement, les jambes du gamin ressemblaient à des baguettes de tambour. Michael se gara, sortit de la voiture et grimpa les marches du porche à pas mesurés.

— Hey, fit-il en se penchant et embrassant le front de Christy.

Thimi s'écarta, sa peur devenant visible.

Christy saisit la main de Thimi, la serra et dit quelque chose en grec avant d'adresser un sourire à Michael.

— *Kaliméra, filos.* Voici mon très bon ami qui est comme un frère pour moi, Timotheos. Nous utilisons le nom de Thimi.

Les yeux vert-noisette expressifs étaient magnifiques. Grands et tachetés de paillettes dorées, ils montraient une crainte ouverte et Michael utilisa une voix douce et uniforme.

— Salut, Thimi.

Dans un effort pour paraître moins intimidant, il choisit de s'asseoir en tailleur sur le porche, devant Christy plutôt que sur une chaise.

Christy parla rapidement en grec et indiqua Michael.

— Je lui ai dit que ton nom grec était *Mihalis.*

— Cool. J'ai pensé que tu pourrais aimer ceci.

Il tendit les deux sacs d'ours en gélatine et de sucettes.

Christy sourit et expliqua ce que c'était. Thimi indiqua le sachet multicolore et Christy l'ouvrit, choisit un ours rouge pour lui-même, puis lui tendit le paquet.

Thimi jeta un coup d'œil à l'intérieur et en sélectionna un rouge également. Il le posa sur sa langue et son visage se plissa brièvement avant qu'il commence à le sucer.

— C'est bon ? demanda Christy en anglais.

Thimi hocha la tête.

— *Ef-fharistó.*

— Il te dit merci.

— De rien, répondit Michael.

Thimi dit quelque chose en grec et Christy traduisit, faisant un geste vers un tas de photos disposées à côté de Thimi.

— Le Général Sotíras a donné des clichés à Thimi avant qu'il vienne aux États-Unis. Il dit que tu ressembles aux tiens.

— Il a des photos de moi ?

— Jacob m'a donné des tirages te concernant pour les envoyer à Thimi.

Michael gloussa.

— J'espère qu'il a choisi des images décentes.

Christy sourit de nouveau et indiqua à Thimi de les lui montrer et celui-ci tendit les photographies à Michael d'une main tremblante. Michael les prit et se mit à rire en les regardant. Au moins, Jake n'avait pas choisi des clichés d'eux faisant les imbéciles ou des grimaces.

— J'avais oublié que Jake avait ceci.

Il les rendit à Thimi qui lança un bref coup d'œil à Christy, ne sachant manifestement pas s'il pouvait ou non les accepter.

— Elles sont à toi, expliqua Christy en anglais.

Michael avait oublié que Thimi comprenait l'anglais. Il allait devoir s'en souvenir.

— Elles sont à toi, pour que tu les gardes, le rassura-t-il.

Thimi les prit, sa main tremblant toujours et les posa sur ses genoux pendant qu'ils mangeaient des ours en gélatine en silence pendant quelques instants.

— Aimes-tu être ici ? se hasarda Michael.

Thimi hocha la tête et répondit quelque chose en grec.

— Il est content d'être avec moi.

— Moi aussi. Tu es très important pour Christy.

Les joues de ce dernier rougirent légèrement, puis Thimi sourit.

— J'ai expliqué à Thimi que mes premières nuits ici étaient très mauvaises et que c'était normal de passer des nuits désagréables, de vomir et d'avoir des accidents de vessie.

Michael acquiesça.

— Exact.

— Je lui ai dit qu'au bout d'un mois j'allais beaucoup mieux et qu'après neuf mois, j'avais été heureux de te rencontrer.

Michael sourit.

— Et tu t'es montré si patient avec moi. Tu m'as expliqué les choses afin que je puisse t'aider.

Thimi jeta un bref coup d'œil à Christy et s'exprima dans un murmure.

— Il demande un exemple.

— La règle de ne pas toucher. Bon contact – mauvais contact, tu te souviens ? Tu pouvais me toucher, mais je n'avais pas le droit de le faire.

— Oh, j'avais oublié !

Christy se tourna vers Thimi.

— Si tu n'aimes pas que les gens te touchent, peu importe à quel point c'est léger, le contact est mauvais et la personne ne doit plus le faire. C'est la règle de quelqu'un de normal. C'est la même pour toi aussi à présent.

Christy était très succinct dans ses mots, ne laissant aucune marge pour un malentendu, mais l'expression de Thimi montra son doute.

— C'est vrai. C'est la règle de quelqu'un de normal, réaffirma Christy.

Michael hocha la tête.

— Tu contrôles toujours la manière dont les gens te traitent.

Thimi fronça les sourcils, Christy expliqua en grec et Thimi répondit dans la même langue.

— Il demande quoi faire s'il ne souhaite pas avoir le contrôle.

Ce fut au tour de Michael de froncer les sourcils.

— Pourquoi ne le voudrait-il pas ?

— Quand tu échappes pour la première fois de cet endroit terrible, tu ne sais pas comment prendre une décision pour deux raisons : la première parce que tu n'es pas autorisé à le faire, la plupart du temps, et la seconde parce le peu que tu peux prendre aboutit à des punitions. Alors, au final, tu n'aimes pas prendre de décisions.

— Lesquelles ? Si tu n'aimes pas ça, tu n'aimes pas.

— Je vais essayer différemment pour toi, *filos*. Si tu souhaites garder le contrôle, tu dois être capable de réfléchir à la question. Mais le choix est une mauvaise chose parce que la réponse est toujours faussée et cela signifiera une punition.

— N'importe quel choix est mauvais ?

— Oui. N'importe lequel posera un problème parce qu'ils utilisent celui de te punir.

— Tu veux dire que tu seras en difficulté d'une manière ou d'une autre ?

— C'est un piège, confirma Christy.

Michael réfléchit sur le sujet. Si chaque choix représentait une menace, il ne souhaiterait pas prendre de décisions non plus. Il regarda Thimi, qui l'étudiait intensément et cela lui revint à l'esprit. Tout comme il l'avait été avec Christy, il se devait d'être honnête et direct avec Thimi dès le commencement.

— Il n'y aura pas de punition, Thimi.

Christy indiqua Michael comme si ce qu'il avait dit venait d'être prouvé.

Michael poursuivit.

— Même si tu donnes une mauvaise réponse, il n'y aura pas de punition.

Christy refit le même geste.

— Donc, cela signifie que tu n'as plus à avoir peur désormais et que tu peux faire des choix et prendre des décisions.

— Je le lui ai dit, mais c'est difficile de ne pas avoir peur.

Michael hocha la tête.

— Je peux le comprendre. Si tu as besoin d'aide, demande à Christy, à Rob, à moi ou à n'importe qui d'autre qui pourrait t'aider à résoudre ton problème.

Christy répéta son geste et Thimi posa une question en grec. Christy traduisit.

— Il demande comment décider ce qui sera un problème. Est-ce la personne qui fera le contact ou le genre d'attouchement ?

— L'un ou l'autre, ou les deux, répondit Michael.

Christy expliqua et Thimi semblait perdu.

— Penses-y de cette manière : n'y réfléchis pas. Si cela *te* met mal à l'aise, alors c'est que ce n'est pas censé se produire et tu demandes à la personne d'arrêter.

Christy traduisit, Thimi posa une autre question et Christy répéta en anglais.

— Et si la personne ne s'arrête pas ?

— Alors, demande de l'aide.

Christy expliqua en grec, puis en anglais.

— Et s'il n'y a personne à qui demander de l'aide ? Je lui ai répondu qu'il devait toujours être avec quelqu'un auprès de qui il se sentait en sécurité avant d'être prêt à prendre le contrôle.

— Parfait, acquiesça Michael.

Christy parla en grec, puis revint vers Michael.

— Je lui ai expliqué que j'étais toujours avec toi, Sophia ou Jake si je ne suis pas à Wellington.

— Tu es bien à l'hôpital, même si tu es seul.

— Oh, c'est vrai !

— Tu es bien à l'école également.

Christy fit un geste voulant dire « comme ci, comme ça ».

Michael devait reconnaître qu'il était d'accord à ce sujet. Quelques personnes avaient harcelé Christy à l'école, et cela n'avait pas été beau à voir.

Thimi initia finalement la conversation en grec, de son propre chef. Sa voix était un doux murmure, pourtant étrangement lyrique, et Michael pensa que cela lui convenait bien.

Christy traduisit.

— Il dit qu'il aime la nourriture ici.

Michael sourit.

— Moi aussi.

Thimi parla de nouveau et Christy reprit son rôle de traducteur.

— Il aime les vêtements.

— Cool.

Thimi fronça les sourcils et Christy expliqua ce que « cool » signifiait.

— A-t-il déjà rencontré d'autres enfants ? reprit Michael.

Christy acquiesça.

— Darien.

— Que penses-tu ?

— Pe… petit, répondit doucement Thimi.

Il lui avait directement parlé en anglais ! *Bon point !* Michael hocha la tête.

— Une boule de nerf non-stop et mignonne.

Christy le répéta en grec et Thimi acquiesça, puis il dit quelque chose qui fit rougir les joues de Christy.

Michael sourit à nouveau.

— Qu'a-t-il dit ?

— Il dit que tu serais un bon parent… avec moi.

Michael gloussa et regarda Thimi.

— Tu as raison. Je suis un bon partenaire pour Christy.

Les joues de l'intéressé étaient désormais écrevisse et il cogna le genou de Michael du bout de sa chaussure.

— Quoi ? C'est vrai.

Thimi eut un sourire hésitant, dit quelque chose et Christy hocha simplement la tête.

— Pas de conspiration. Qu'a-t-il dit ?

— Que tu es gentil.

L'expression de Michael s'adoucit.

— J'essaie.

Thimi posa une autre question et Christy secoua la tête.

— Il demande si ça te dérange que j'aie des antécédents de mauvais traitements et j'ai répondu non.

Michael acquiesça.

— Tu ne peux pas te juger par ce que les autres t'ont fait.

Christy traduisit pour Thimi, puis ajouta en anglais :

— Tu dois toujours te souvenir de ceci. C'est la règle pour une personne normale.

Thimi scruta intensément Michael encore une fois et celui-ci ne savait pas quoi dire. À son grand soulagement, il fut sauvé par la vibration de son téléphone portable.

XXIV

MICHAEL SORTIT son téléphone d'une poche et le regarda.

— C'est Jake.

Il répondit d'un rapide « salut, mon pote ».

— Comment ça va ?

Le ton de voix de Jake était bien trop sérieux du goût de Michael et il commença à s'inquiéter.

— Bien. Thimi est super. Tu vas bien ?

— Autant que je peux l'être. Je pense que Christy et Sophia devront se mettre ensemble, pour discuter avec Ariel.

— Merde ! Pourquoi ?

— Ariel est têtue.

— Ce n'est pas inhabituel dans cette famille. Quelle raison donne-t-elle ?

— Elle prétend qu'elle ne peut pas dire le moindre mot.

— J'ai déjà entendu ça. Je suis certain qu'il y a un « parce que » derrière, mon pote.

— Aucun « parce que ».

— Nous avons besoin de plus que ça pour continuer à avancer.

— Sophia va bientôt appeler Christy et lui demander de venir en ville pour discuter ensemble à Ariel.

— Pourquoi ne vient-elle pas ici ?

— Elle refuse, déclarant qu'elle ne s'approcherait pas de Thimi.

Michael plissa les lèvres.

— Mais elle n'a pas expliqué pourquoi ?

— Ce n'est pas difficile à comprendre. Manifestement, elle déteste les Sanna aussi.

— Allez, Jake. Pourquoi ne pas simplement dire « ouais, ça s'est passé à l'époque et alors » ?

— Je ne sais pas. Cependant, Sophia est en train d'appeler Christy maintenant. Tu pourras gérer ?

— Ai-je le choix ?

— Non. Ça va se faire.

— Je te rappelle.

Michael raccrochait alors que deux évènements arrivaient simultanément : Rob apparut sur le porche et le téléphone de Christy se mit à sonner avec « *Count on Me* [8] » de Bruno Mars, la sonnerie correspondant à Sophia.

8 Compte sur moi

194

Christy répondit à l'appel et immédiatement, son visage se tordit sous l'effet de la colère. Il se leva de la balancelle avec effort, s'éloigna et se tint contre la rambarde, leur tournant le dos. Michael ne put s'empêcher de remarquer la claudication de Christy et se demanda s'il s'était de nouveau fait mal au pied.

Thimi se mit soudain à s'agiter, son regard passant rapidement de Christy à Rob, puis à Michael avant de revenir sur Christy, et la lueur de panique qui remplissait ses yeux sembla jaillir hors de son petit corps comme un éclair. Sa posture devint rigide et une brusque humidité s'étala au niveau de l'entrejambe de son survêtement. Michael se sentit écrasé que quelqu'un puisse vivre dans une telle terreur, en particulier un enfant.

— Tout va bien. Christy restera ici, le rassura-t-il rapidement, tandis qu'il se penchait en arrière et glissait une main dans la poche arrière du jean de Christy.

Celui-ci jeta un coup d'œil par-dessus son épaule et dit quelque chose à Thimi en grec. L'enfant se calma, mais seulement légèrement, tout en mettant les photos de Michael sur ses genoux pour dissimuler l'humidité.

— Tout va bien ? demanda Rob, jetant un coup d'œil à Christy, puis à eux.

— Super, répondit rapidement Michael. Voulez-vous, s'il vous plaît, me trouver un tas de cure-dents ?

Rob lui lança un regard interrogateur, avant de capituler.

— Bien sûr.

Michael écouta les paroles colériques de Christy en grec. Sa voix était basse, contrôlée, mais ses mots paraissaient rudes.

— Tout va bien, Thimi. Christy est juste ici, le rassura Michael.

Thimi était figé sur place, sa panique se remarquant sur son visage.

— Tout va bien, répéta-t-il.

Rob revint quelques instants plus tard avec une petite boîte en plastique contenant des cure-dents colorés en bois.

— Merci.

Michael choisit rapidement plusieurs ours en gélatine dans le sac.

— Tiens, Thimi, dit-il tandis qu'il piquait une friandise sur un cure-dents et le lui tendait.

Thimi le regarda, puis leva les yeux vers Christy.

Michael répéta rapidement son geste, ajoutant d'autres ours sur des cure-dents.

— Là. Tiens-les pour moi.

Il tendit quatre bonbons transpercés à Thimi.

L'enfant les lui prit, sa main tremblant encore, alors qu'il gardait toujours un œil sur Christy.

Rob continua à observer en silence.

— Tiens, en voilà deux de plus.

Thimi ramena son regard sur Michael, prit les deux autres friandises avant de se tourner de nouveau vers Christy.

— Tiens, en voilà encore deux autres.

Thimi serra fermement sa main sur les ours empalés et concentra désormais son attention sur Michael.

— Bien, tiens ceux-ci pendant une minute.

Rob continua à regarder tandis que Michael reliait quatre ours ensemble pour faire un rond. Puis, un à un, il enfonça les bonbons épinglés sur les bords de la plateforme. Enfin, il prit quatre nouveaux cure-dents et piqua le bord inférieur du contour, puis le leva.

— C'est un carrousel de nounours.

Thimi le fixait tandis que Michael le faisait lentement tourner.

— Tiens, à ton tour d'essayer.

Il tendit le tout à Thimi.

Celui-ci jeta un coup d'œil à Christy avant de le prendre des mains de Michael.

— Fais-le tourner.

L'enfant dévisagea Michael.

Celui-ci transperça un autre bonbon et le fit tournoyer entre ses doigts.

Thimi regarda Christy encore une fois avant de se concentrer sur le carrousel miniature entre ses mains. Il essaya de le faire tournoyer, mais il glissa de ses mains.

Michael le rattrapa avant qu'il plonge vers sa mort sur le porche.

— Essaie encore.

Thimi le reprit et Michael leva l'ours solitaire sur son cure-dents entre ses doigts avant de le faire tourbillonner.

— Comme ça.

Le garçon le fit tourner sans le laisser tomber cette fois.

— Cool. Très bien, maintenant, nous allons faire le dessus.

Michael prépara rapidement d'autres bonbons, les empalant au-dessus des friandises montées sur la plateforme, et écrasa leurs têtes qu'il réunit ensemble pour former une sorte de pointe, comme celle d'une tente de cirque.

— Maintenant, tu as un carrousel comme ceux que tu peux voir au cirque.

Thimi le fit lentement tourner entre ses doigts.

— Super ! le complimenta Michael.

Christy raccrocha et revint à sa place à côté de Thimi.

Pour Michael, il paraissait exaspéré, mais contrôlé.

— Tout va bien ?

Christy secoua la tête.

— Qu'est-ce que c'est ?

— J'ai fait un carrousel de nounours, expliqua Michael.

Thimi le leva et le fit tourner une fois.

— Ah, c'est très bien.

Thimi posa une question en grec et Christy leva un doigt, indiquant qu'il devrait attendre pendant qu'il effectuait des recherches sur Google avec son portable. Il trouva une vidéo d'un carrousel et la montra à Thimi.

— Comme ça.

Thimi observa le manège tourner lentement sur le téléphone et écouta la musique.

— Michael m'a emmené voir des chevaux peints. Voudrais-tu en voir aussi ? demanda Christy.

Thimi hocha la tête.

— Alors, nous t'emmènerons.

Rob, qui était resté silencieux pendant tout l'échanger, se mit enfin à parler.

— Vos plats seront livrés à votre chalet dans trente minutes.

Christy se leva et tendit une main à Thimi.

— Nous devons aller manger maintenant.

L'expression sur le visage de l'enfant montrait sa douloureuse humiliation avant qu'il dise quelque chose en grec et détourne son regard.

— C'est bon. Cela arrivera jusqu'à ce que tu saches que tu es en sécurité.

Thimi continua d'avoir l'air peiné.

— Rob ? Michael ? S'il vous plaît, entrez dans le chalet.

Sentant que la requête devait avoir rapport avec le pantalon humide de Thimi, Michael n'hésita pas.

— Bien sûr !

Il se releva et tendit la boîte de cure-dents à Rob avec un rapide « merci ». Celui-ci le rejoignit et ils descendirent les marches pour prendre l'allée dallée, contournèrent la maison principale avant de se diriger vers le chalet de Christy.

Christy attendit jusqu'à ce qu'ils soient hors de vue et se rassit à côté de Thimi.

— Ne t'inquiète pas à propos de tes fuites urinaires. J'en ai eu beaucoup quand je suis arrivé ici.

Des larmes ourlaient les yeux de Thimi et il les essuya du revers d'une main.

— J'ai douze ans.

— J'en avais dix-huit lorsque je suis arrivé et j'avais très peur. C'est difficile de commencer une nouvelle ville, mais les accidents cesseront avec le temps.

— Rob n'est pas en colère ?

Christy secoua la tête.

— Il comprend la terreur. Il m'a donné des dessous spéciaux pour que les accidents ne soient pas visibles. Je crois qu'il m'en reste quelques-uns. Aimerais-tu les essayer ?

Thimi renifla et hocha la tête.

— Très bien. Allons te trouver des vêtements propres.

Il lui tendit la main pour l'aider à se relever, puis Christy prit le sachet de friandises et de sucettes, lui laissant le carrousel à tenir alors qu'ils suivaient la direction du chalet.

Michael entra dans le chalet et s'arrêta net. Les meubles du salon avaient été réarrangés, le canapé se trouvait désormais plaqué contre un mur afin d'installer une table de salle à manger pour six.

— Wow ! Je n'arrive pas à croire que vous avez réussi à faire entrer une table pareille ici. Ça a l'air super.

— J'étais surpris qu'elle s'intègre aussi parfaitement, admit Rob tout en prenant un siège à table.

Le Docteur Jordanou et le Général Sotíras occupaient deux autres chaises, mais ils se levèrent pour saluer Michael. Il serra la main du Général Sotíras en premier.

— C'est agréable de vous revoir, monsieur.

Le général agita une main, dans un geste de rejet.

— Nicos, s'il vous plaît.

Michael sourit et se tourna vers le Docteur Jordanou.

— Ravi de vous revoir, Docteur.

— Le plaisir est pour moi, répondit-il, serrant la main de Michael. Je dois dire que je suis très impressionné par les progrès de Christy.

— Ne me regardez pas. C'est uniquement grâce à lui. C'est la personne la plus déterminée que j'ai jamais connue.

Le Docteur Jordanou eut un petit rire tandis qu'il retournait à sa place.

— Je suis certain que vous voulez dire « têtu ».

Michael étouffa un rire.

— Ça aussi.

Christy et Thimi entrèrent dans le chalet et se dirigèrent directement vers la salle de bain. La claudication de Christy était désormais évidente et Michael se sentit immédiatement inquiet.

— Christy s'est-il de nouveau fait mal au pied ?

— Darien l'a carrément renversé et son pied a cédé avant qu'il tombe. Ses côtes sont douloureuses également. J'ai voulu l'emmener faire des radios, mais il a insisté, expliquant que tout allait bien, expliqua Rob.

— Je vais le faire savoir à mon père.

— Merci. Voulez-vous rester dîner ?

— Bien sûr. Laissez-moi appeler ma mère.

— S'il vous plaît, saluez vos parents pour moi, intervint le Général Sotíras.

— Oui, monsieur.

Il composa le numéro de sa mère et elle répondit à la première sonnerie.

— Hey ! Je suis chez Christy. Puis-je rester pour le dîner… ? Ah, ouais. Monsieur Santini t'a-t-il parlé de… ? Je n'ai rien dit parce qu'il ne s'est rien passé… D'accord, pouvons-nous en discuter plus tard… ? D'accord. Je t'aime aussi.

Il raccrocha et regarda Rob.

— Où voulez-vous que je m'asseye ?

— Nous mettrons Thimi en bout de table avec Christy à sa droite. Cela vous dérangerait-il de vous installer entre Christy et moi ?

Il prit le siège à côté de celui de Rob.

— Comment va Thimi ?

— Cela a été quelques jours un peu difficile, mais avoir Christy et le Docteur Jordanou ici a énormément aidé, répondit Rob. Qu'aimeriez-vous boire ?

Michael jeta un bref coup d'œil aux bouteilles posées sur la table.

— Je prendrai de l'eau.

Il saisit le pichet d'eau en verre et s'en versa tout en baissant la voix.

— Je me sens mal qu'il ait mouillé son pantalon.

Rob afficha immédiatement son air placide de médecin.

— Laissez-lui du temps.

— Ouais, mais je n'ai aucune envie d'effrayer qui que ce soit.

Le Docteur Jordanou prit une gorgée de vin rouge.

— Maintenant qu'il vous a rencontré, ça devrait aller mieux avec vous.

L'accent grec du médecin était très prononcé, mais il parlait un anglais parfait.

— Je l'espère. Je sais que Christy s'inquiète sérieusement pour lui.

— D'après ce que nous savons, il s'est occupé de Thimi depuis qu'il était très jeune. Il sera très soucieux de tout ce qui se rapportera à Thimi.

— Christy discutait-il avec Sophia au téléphone ? demanda Rob.

Michael acquiesça.

— D'après Jake, elle veut que Christy vienne en ville afin de parler avec Ariel. Elle ne veut toujours pas dire un mot quant à la raison pour laquelle Christy et Sophia ont été séparés.

Rob hocha lentement la tête.

— J'ai demandé pourquoi Ariel ne pouvait pas venir ici et Jake a répondu qu'elle ne voulait pas s'approcher de Thimi.

Contrairement à son attitude précédente, Rob secoua la tête avec consternation.

Michael regarda le Général Sotíras.

— Qu'en pensez-vous ?

— Je comprends sa peur. Petros Sanna n'est pas moins impitoyable que l'était le père de Christy. Yosef est son protégé et non seulement sans pitié, mais également fou.

Michael laissa échapper un long soupir exaspéré.

— Les enfants souffrent pour les erreurs de leurs parents.

Tout le monde à table le fixa avec appréciation.

— C'est tout à fait vrai, Michael, déclara le Docteur Jordanou, la voix emplie d'empathie.

Michael lui jeta un coup d'œil avant de se tourner à nouveau vers le Général Sotíras.

— À quel point est-ce dangereux pour Christy d'avoir Thimi ici, avec lui ?

— Je vais être honnête. En Grèce, j'aurais dit que c'était risqué. La portée des Sanna est comme les tentacules d'une pieuvre. Leur influence agit sur l'air que nous respirons. Ici, je ne crois pas qu'il y ait des risques, maintenant que Yosef est incarcéré.

Il marqua une pause avant de poursuivre.

— Petros est un homme intelligent. Il n'a aucun intérêt à mettre en colère le gouvernement américain plus que son fils ne l'a déjà fait, d'autant que ses navires pourraient ne plus être autorisés à accoster dans les ports du continent nord-américain.

Michael réfléchit sur le sujet, et cela lui paraissait raisonnable.

— Pourquoi pensez-vous qu'Ariel refuse de parler ?

— Elle est à New York City, à la requête de Christy et de Sophia, et s'attend à retourner en Grèce lorsque Christy le fera. Avec ceci présent à l'esprit, je suis certain qu'elle aimerait ne pas avoir peur de rentrer chez elle.

Une pointe de douleur serra le cœur de Michael. Il avait toujours eu le sentiment que les États-Unis était son chez-lui, et penser qu'il en était autrement pour Christy le bouleversait. Il détestait l'idée qu'il parte, et il avait essayé à plusieurs reprises d'apaiser son tourment en sachant qu'ils allaient quitter les États-Unis pour aller à l'université, mais cela n'avait pas fonctionné.

— Quand pensez-vous que Christy repartira ?

Rob haussa les épaules.

— Pour autant que je sache, il est ravi que Nero gère ses affaires en Grèce et il n'a pas prévu, dans l'immédiat, d'y retourner. Il est plus heureux ici qu'il ne l'a jamais été et il est impatient d'aller à l'école à Paris, tout en ayant la possibilité de vous rendre visite en Angleterre.

Cette information le rendit à la fois heureux et le frustra. Si Christy ne retournait jamais en Grèce, que ferait Ariel ? Ne révèlerait-elle jamais la vérité à Sophia et Christy quant à ce qui s'était passé il y a toutes ces années ?

Avant que Michael puisse poursuivre sa rumination, Christy guida Thimi hors de la salle de bain, jusqu'à son siège en bout de table.

XXV

THIMI ÉTAIT vêtu d'un autre bas de pyjama violet, mais portait désormais un tee-shirt à manches longues mauve, plutôt qu'un sweat-shirt. Christy l'aida à s'installer, lui murmurant des paroles réconfortantes en grec, avant de prendre place à côté de lui. Thimi posa avec précaution sa serviette sur ses genoux, geste que Michael se rappela ne pas encore avoir fait, puis il attendit patiemment, son expression vide.

Michael songea qu'il avait l'air terriblement petit sur la chaise à haut dossier, et cela lui rappela lorsqu'il était un petit garçon et qu'il ne pouvait pas atteindre les plats posés sur la table. Il se tourna vers Rob.

— Avez-vous un annuaire ?

Rob fronça les sourcils.

— Pour un numéro de portable ?

— Je pense que Thimi a besoin d'un rehausseur.

Soudain, Rob se mit à sourire.

— C'est une nouveauté.

Il sortit son portable de la poche de sa chemise et composa un numéro.

— Pourriez-vous amener, s'il vous plaît, l'annuaire de la ville avec les plats ?

Il sourit encore.

— Vous m'avez bien entendu.

Il raccrocha.

Le haussement d'un sourcil de Christy entra en action.

— Pourquoi en as-tu besoin ?

— Quand j'étais petit, mes parents me faisaient asseoir sur un annuaire pour que je puisse atteindre les plats sur la table, expliqua Michael.

Le front de Christy se plissa à l'extrême.

— Tu veux qu'il s'asseye sur le livre ?

— Ouais. C'est vraiment un gros bouquin.

— On ne peut pas s'asseoir dessus.

Michael sourit.

— Sur celui-ci, tu peux.

Un coup poli résonna sur la porte avant que Gwen entre avec deux autres conseillers, dans son sillage, portant des plateaux de nourriture.

Thimi se recroquevilla littéralement sur sa chaise, comme s'il faisait un effort pour se rendre invisible, une expression terrorisée s'affichant sur son visage. Christy saisit rapidement sa main et la serra tandis qu'il prononçait d'autres paroles réconfortantes en grec.

— Il va bien ? demanda doucement Michael.

— Il y a trop de gens dans la pièce et il a peur.

Thimi s'agita soudain et Michael sut exactement ce qu'il essayait de dissimuler.

— Ça ne se verra pas, reprit très doucement Christy.

Thimi baissa les yeux et une lueur de surprise emplit ses traits.

Christy lui adressa un clin d'œil.

— Ils sont super, non ?

Thimi fit un bref hochement de tête.

— Est-ce bien ce que vous vouliez ?

Gwen tendit l'annuaire téléphonique à Rob.

— Génial !

Michael le lui prit des mains.

— Christy, demande à Thimi de se lever une minute.

Celui-ci traduisit rapidement, retira la serviette de ses genoux et Thimi obéit.

Michael posa l'annuaire sur le siège et s'assura qu'il était bien calé et solidement placé, puis le tapota.

— Assieds-toi dessus.

Thimi se tenait immobile, le fixant d'un air sceptique, puis il leva les yeux vers Michael, les orbes pleins de peur.

Christy expliqua rapidement le plan de Michael.

Thimi secoua la tête et répondit en grec.

— Il n'arrive pas à monter dessus.

— Veux-tu de l'aide ? demanda Michael.

Thimi le dévisagea, ses prunelles noisette sombre montrant toute son incertitude.

— Raconte-lui la première fois où tu as essayé de monter dans ma voiture, dit rapidement Michael.

Christy sourit soudain et un petit rire lui échappa.

— D'accord, comme ça, commença-t-il, puis il passa au grec.

Lorsqu'il termina son histoire, Thimi posa une question.

Christy éclata à moitié de rire et regarda Michael.

— Il dit qu'il n'a pas de poignée.

Michael plia son bras pour former un « L » et le tendit à Thimi.

— Utilise mon bras en guise de poignée. Christy, aide-le.

Celui-ci se mit de nouveau à rire avant d'expliquer en grec. Désormais, le Docteur Jordanou et le Général Sotíras souriaient.

Thimi posa une main hésitante sur le bras de Michael.

— Tu dois l'attraper. Puis-je te toucher ? demanda Michael.

Thimi se tourna vers Christy qui hocha la tête.

— Là. Pose ta main dans la mienne comme si tu allais lutter contre moi.

Christy expliqua en Grec et se tourna vers Michael.

— Montre-lui où mettre la main.

Gentiment, il prit la main de Thimi, la souleva de son bras pour la poser dans la sienne, entrelaçant leurs doigts.

— Bien. Christy, tu le tiens par les hanches ?

— Je ne peux pas le faire sous cet angle.

— Très bien, qu'en est-il de ceci ? Puis-je le soulever en passant mes bras sous les siens pour l'installer sur le livre ?

Christy parla doucement en grec et Thimi hocha la tête.

— C'est d'accord de le soulever.

Michael le fit lentement, surpris encore une fois par son poids léger, et l'installa sur la chaise.

— Ça va ?

Thimi acquiesça.

— Je vais pousser la chaise en avant. Tiens-toi.

Lentement, il avança la chaise pour que Thimi soit à la bonne distance de la table.

— Ça m'a l'air bien.

Thimi leva les yeux vers lui, avec un sourire en coin, comme s'il pensait que Michael disait n'importe quoi.

Christy lui rendit sa serviette.

— C'est mieux, non ?

Thimi hocha la tête.

— C'était donc la très grande aventure pour la place sur le livre, fit Christy avec un sourire.

Tout le monde se mit à rire tandis que Christy versait un verre de lait à Thimi.

Michael leva son verre d'eau.

— Très bien. Nous devons porter un toast.

Christy haussa les sourcils.

— *Filos ?*

— Ouais, nous devons le faire. Allez. Lève ton verre.

— Oh !

Christy se versa rapidement de l'eau et l'imita. Thimi resta assis là, les yeux fixés sur tout le monde à table. Christy lui tendit le verre de lait et lui indiqua de le lever.

— À Thimi. Pour avoir eu le courage de venir ici afin d'être avec Christy. Ton nouveau monde ne fait que commencer et il est rempli d'espoir. Félicitations !

Christy traduisit et tout le monde le salua tandis que Michael faisait délicatement tinter son verre contre celui de Thimi.

Celui-ci avait l'air totalement stupéfait et le dîner fut servi.

ILS PASSÈRENT dans le coin salon après le dîner et Thimi s'endormit sur le canapé, la tête posée sur les genoux de Christy. La conversation avait été agréable et légère tandis qu'ils parlaient des entraînements de Michael, de l'USATF et échangeaient des idées pour un Ranch Wellington en Grèce. Quand Christy bâilla, Michael sut qu'il était temps pour lui de reprendre la route.

— Je dois rentrer à la maison et me lever à sept heures pour l'entraînement, dit-il doucement.

Christy le regarda et le désir que Michael remarqua dans ses yeux faillit briser son cœur.

— Je passe te voir demain ?

Christy acquiesça.

Michael serra doucement sa main et se leva.

— Tu m'envoies un message si tu as besoin de moi ?

Le jeune homme hocha de nouveau la tête.

— Merci pour l'aventure avec le livre.

Michael sourit.

— Pas de quoi.

Il se tourna.

— À demain, Rob. Docteur Jordanou, c'était agréable de vous revoir.

Il lui serra la main.

— Général Sotíras…

— Nicos, lui rappela-t-il tout en soulevant son grand corps du fauteuil profond.

— Oui, monsieur. Nicos, confirma Michael, serrant sa main.

— Christy, voulez-vous de l'aide pour transporter Thimi ? demanda le médecin.

Celui-ci acquiesça encore une fois.

— Je raccompagne Michael pendant que vous mettez Thimi au lit ? offrit Nicos.

La lueur de surprise contenue dans les yeux de Christy fut fugace, mais Michael ne la rata pas. Il songea à informer le général que ce n'était pas nécessaire, puis se reprit. Il ne voulait pas paraître impoli. Il se pencha et embrassa le front de Christy.

— Je t'aime, murmura-t-il.

Désormais, Christy souriait.

— C'EST MAGNIFIQUE ici, dit Nicos tandis qu'il marchait avec Michael jusqu'à sa voiture.

— Le mois de juin est toujours le meilleur. Chaud et pas trop humide encore.

Ils atteignirent la voiture de Michael et le général se tourna vers lui.

— Nero m'a dit qu'il y avait eu un autre problème concernant ce Jason qui avait essayé de vous tuer, Christy et vous.

Les mots étaient durs, trop directs du goût de Michael, mais il ne pouvait pas les réfuter. Il n'avait pas d'autre choix que d'avouer la vérité bien qu'il ne sache pas combien il pouvait en révéler.

— Je ne sais pas si c'est une grosse complication. Un des amis de Jason pourrait nous causer des ennuis. Le détective Davis enquête à ce sujet.

Nicos croisa les yeux de Michael.

— Si cela implique des truands et un autre décès, c'est un souci.

Michael voulut sourire à l'utilisation du mot « truands » mais resta réservé. Il ne voulait pas que le général pense qu'il ne prenait pas le problème au sérieux.

— Jusqu'à ce que le détective Davis puisse prouver que c'est bien Rich qui traîne avec ces gars, nous ne saurons pas si cela a quelque chose à voir avec Jason. Et même alors, cela pourrait simplement être Rich qui s'occupe de ses petites affaires.

— Vous vous souvenez que j'ai rencontré Smitty à l'aéroport pendant le sauvetage de Christy ?

Oops ! Michael l'avait oublié.

— En effet.

Il attendit que le général en dise plus, ses yeux sombres et pénétrants le retenant sous leur forte emprise. Quand il ne poursuivit pas, Michael tenta :

— Smitty se renseigne également.

— Nero m'a indiqué que vous soupçonniez que Yosef aurait pu aider Jason.

— Je m'interroge toujours à ce sujet. Une bombe, ce n'était pas… le genre de chose que Jason aurait fait. Quelqu'un a dû lui en donner l'idée et l'aider. Le détective Davis n'a jamais identifié les deux gars qui ont participé à l'installation de l'explosif dans ma voiture.

Le visage de Nicos s'assombrit.

— La police n'a jamais trouvé non plus celui qui avait tiré sur Jason.

C'était une constatation, pas une question et Michael ne savait pas quoi dire, donc il posa une question à son tour.

— À quoi pensez-vous ?

— Je crois que vos soupçons étaient exacts et que Yosef a contacté Jason.

Michael grimaça.

— Vous devez savoir à quel point cela ressemble à la mafia pour moi.

L'expression de Nicos changea et devint inquiète.

— Malheureusement, ce genre de chose arrive autour de la famille Sanna.

Ce n'était pas *du tout* réconfortant.

— À votre avis, que devrions-nous faire ?

— Ce serait sage d'ajouter une sécurité supplémentaire pour Jake, Sophia, Christy, vous et Thimi, tout le temps.

Encore plus déconcertant.

— Merci, Gen… Nicos.

JAKE APPELA dès que Michael reprit la route.

— Comment ça s'est passé ? demanda-t-il, sans préambule.

— Je n'ai pas eu l'occasion de parler à Christy à propos du truc avec Ariel, mais il avait l'air énervé.

— Sophia veut que Christy vienne en ville demain.

— Pourquoi demain ?

— Elle croit que si ce n'est pas traité tout de suite, Ariel pensera qu'elle peut continuer à la maintenir à l'écart.

— Je ne sais pas quand Christy a vu Ariel pour la dernière fois, et je n'ai pas moyen de savoir si cela le bouleversera de la rencontrer. Sophia peut-elle comprendre ça ?

Avant même que Jake puisse répondre, le téléphone de Michael bipa, indiquant l'arrivée d'un autre appel.

— Laisse-moi te rappeler, mon pote. Christy essaie de me joindre.

— Compris.

Michael toucha l'écran et le nom de Christy passa à l'avant.

— Hey, bébé. Tu vas bien ?

— Ça va. J'aimerais te parler de quelque chose avant que Thimi se réveille.

— Vas-y.

— Sophia demande que j'aille en ville demain pour parler avec Ariel de ce qui s'est passé il y a quelques années avec ma mère.

— Que ressens-tu à ce sujet ?

— J'ai beaucoup d'émotions. Je ne suis pas allé à New York City depuis mon arrivée ici. Ça fait un an. Cela fait également longtemps que je n'ai pas vu Ariel.

— Quand l'as-tu rencontrée pour la dernière fois ?

— Lorsque j'ai vu Sophia avant que le Général Sotíras me sauve. C'était quand je jouais à la chasse dans le jardin avec Sophia. J'avais peut-être douze ans.

— Ça fait très longtemps. Est-ce que cela ira bien si tu la vois ?

— J'ai quelques problèmes de colère avec ça. Je ne comprends pas pourquoi elle a pris ma sœur et pas moi.

C'était la première fois que Christy se référait à Sophia comme à sa sœur, et cela paraissait bizarre pour Michael.

— As-tu discuté avec Rob à ce sujet ?

— Je l'ai fait. Il me dit que c'est bon d'avoir de la colère, mais que l'expression, c'est d'être patient.

— Je sais combien c'est difficile, mais je crois qu'il a raison.

— C'est très dur de faire ça.

— Je sais, bébé. Je sais.

— Le Général Sotíras aimerait aller en ville avec moi.

— Wow ! Pourquoi ?

— Il croit que c'est important d'entendre directement Ariel pour le procès en Grèce.

— C'est logique. Tu es d'accord avec ça ?

— J'ai peur qu'Ariel ne veuille pas parler s'il est là.

— Il peut s'asseoir dans une autre pièce pendant que vous discutez, non ?

— C'est impoli de faire ça.

— Peut-être pas. Veux-tu que je vienne avec toi ? Je pourrai m'asseoir avec lui.

— Tu as entraînement demain matin.

— Ne t'inquiète pas pour l'entraînement. Jake et moi avons déjà pas mal travaillé. Je serais heureux d'aller avec toi.

Christy resta silencieux bien trop longtemps, et Michael crut qu'il avait perdu l'appel.

— Tu es toujours là ?

— J'aimerais bien, Michael.

La pointe de soulagement qu'il discerna dans la voix de Christy était palpable.

— Alors, je serai là. Comment veux-tu faire ça ? Je te conduis ?

— *Kýrios* Santini prête la limousine pour le général. Nous partons à sept heures.

— D'accord. Je serai là pour sept heures. Tu es sûr d'être d'accord avec ça ?

— Si tu es là, ça ira pour moi.

Michael sourit intérieurement.

— Merci, bébé. Cela représente beaucoup pour moi. Comment va ton pied ? Rob a dit que Darien t'avait renversé.

Le soupir irrité de Christy fut audible à travers le téléphone.

— Rob ne devrait pas te dire ça. Je vais bien. Tu n'as pas besoin de t'inquiéter.

— Eh bien, tu boitillais aujourd'hui.

— Ce n'est pas nouveau pour le pied. Je vis avec ça depuis longtemps.

— Ouais, je sais. Et tes côtes ?

Christy soupira encore une fois.

— Je vais bien, Michael. S'il te plaît, ne t'inquiète pas.

— Je ne peux pas ne pas me faire du souci, bébé. Mais je vais essayer de rester discret.

— C'est une bonne idée. *S'agapó, moro mou.* Je dois y aller maintenant. Thimi se réveille.

— Je t'aime aussi. À demain.

Michael raccrocha, découragé par la désapprobation évidente de Christy au fait que Rob lui avait parlé de ses blessures. Christy aurait dû l'en informer, et ce n'était pas juste de sa part qu'il s'attende à ce qu'il ne s'inquiète pas.

Il rappela aussitôt Jake.

— Hey, mon pote. J'ai eu toutes les infos. Je vais en ville avec Christy demain. Le Général Sotíras vient aussi.

— Pourquoi le général y va-t-il ?

— Il a déclaré à Christy que c'était important qu'il entende directement d'Ariel, ce qu'elle a à dire pour le procès en Grèce. Veux-tu informer l'entraîneur que je ne serai pas là à l'entraînement demain ?

— Dernières news, mon pote : je l'ai déjà averti que *nous* ne serions pas là. J'y vais aussi.

— Pourquoi ? Je veux dire... non pas que je n'aimerais pas que tu sois là, mais que se passe-t-il ?

— Sophia est une loque avec tout ça. Elle n'a aucune idée de ce qu'Ariel révèlera et elle ne veut pas que Christy pense que sa mère l'ait favorisée par rapport à lui.

— Ce serait pire que tout. Cependant, je dois dire que je ne crois pas que c'est ce qui s'est passé. Je pense honnêtement qu'Alexis croyait que Christy serait en sécurité avec elle.

— Nous le découvrirons.

— Ouais. Je suppose que nous le ferons. Merci de venir, Jake.

— Toujours là pour toi, mon pote.

XXVI

MICHAEL DÉPOSA son sac de sport sur le sèche-linge, jeta son survêtement dans la machine à laver, ajouta de la lessive et la fit démarrer. La cuisine était sombre, seul l'éclairage provenant de la petite lumière au-dessus du four diffusait une lueur dorée. Ses parents, assis à la table de la cuisine, discutaient à voix basse. Sa mère avait un verre devant elle. Sa colère envers Rich et son inquiétude pour la boisson alcoolisée le traversèrent à mesures égales. Il jeta ses clefs sur le comptoir et son père lui indiqua d'un geste de prendre place à table.

— As-tu bien dîné ? demanda Mac.

— Ouais. Très bien. Le Général Sotíras vous salue.

— Fais-lui part de nos salutations.

— Darien a fait tomber Christy, ses côtes et son pied lui font mal à nouveau.

L'inquiétude assombrit le visage de Mac.

— Ce ne doit pas être trop grave si Rob n'a pas appelé.

— Christy n'a pas voulu le laisser faire.

L'expression de Mac passa de soucieuse à une légère irritation.

— J'appellerai Rob dans la matinée.

— Pourquoi ne nous as-tu pas parlé de la présence des motos à l'école ? demanda Bobbie.

Oh oh. Michael se gratta le front avec l'ongle de son pouce.

— Ah, j'ai oublié ?

— Michael...

La pointe d'exaspération fatiguée contenue dans son ton augmenta l'inquiétude de Michael.

— Sérieusement, maman. Il ne s'est rien passé, donc ça m'a quitté l'esprit. Je suis désolé.

— Essaie de ne pas oublier si cela se reproduit, fit solennellement Mac.

— Désolé, papa. Ça va, maman ?

Elle croisa ses yeux avec un regard peiné.

— Non.

Michael contourna la table et s'assit sur la chaise à côté de la sienne pour l'étreindre.

— Tout se passera bien, maman. Je te le promets. Le détective Davis enquête sur tout ça. Smitty l'aide également et il a demandé à ses gars de veiller sur nous.

Elle soupira et Michael recula.

— Vraiment, maman. Tout se passera bien.

Elle hocha simplement la tête.

— Apprécies-tu le Docteur Jordanou ? demanda Mac.

Michael fut reconnaissant pour le changement de sujet.

— Il est gentil. Il semble vraiment se préoccuper de tout ce qui se rapporte à Christy et à Thimi.

— C'est agréable à entendre. Que penses-tu de Thimi ?

— Il semble bien, mais il est dix fois plus effrayé par le monde que Christy ne l'était lorsque je l'ai rencontré. Comme sérieusement terrorisé. Quand Sophia a appelé et que Christy s'est éloigné pour prendre l'appel, il a mouillé son pantalon. C'est comme si un nuage de pure terreur s'était abattu sur lui, et il a perdu le contrôle de sa vessie.

Mac grimaça.

— Je ne peux que l'imaginer.

— Cela me donne vraiment envie de faire de mauvaises choses aux gens qui les ont blessés. Yosef étant le *numero uno* de la liste.

— Puisse-il griller en enfer ! déclara Bobbie.

— Comme tu dis, maman.

— Heureusement, nous n'avons plus à nous faire de souci pour lui désormais, ajouta Mac.

— Je descends en ville demain avec Christy et Jake.

— C'est ce que nous avons entendu dire.

— Par qui ?

— Nero.

Bobbie secoua la tête tandis qu'elle regardait au loin, apparemment perdue dans ses pensées.

— Toute cette histoire de frère/sœur me déconcerte.

— Tout ce truc est bien trop, acquiesça Michael.

— Nous ne devrions pas porter de jugement. On ne peut jamais savoir ce qui se passe dans un cercle familial privé, ajouta calmement Mac.

— Ouais, papa, mais, allez… c'est de la substance pour des fictions des années 70. Est-ce qu'Harold Robbins [9] vous rappelle quelque chose ?

Mac gloussa et Bobbie sourit.

— Comment pourrais-tu savoir quoi que ce soit concernant Harold Robbins ?

---

9 Harold Robbins (New York, 21 mai 1916 - Palm Springs (Californie), 14 octobre 1997) est un écrivain américain. Au début de la Seconde Guerre mondiale, il perd sa fortune et déménage à Hollywood, où il travaille à Universal Studios, d'abord comme expéditionnaire, puis comme cadre de studio. Il s'est fait une réputation comme écrivain en publiant son autobiographie, puis en dépeignant le côté le plus sombre de Hollywood. Plusieurs de ses romans ont été adaptés au cinéma. À une époque, ses livres étaient parmi les plus vendus au monde. Parmi ses succès les mieux connus figurent *Les Ambitieux*, un livre librement inspiré par la vie de Howard Hughes qui fait voyager le lecteur de la prospérité de l'industrie aéronautique jusqu'au glamour hollywoodien. La suite, intitulée *The Raiders*, est parue en 1995.

— Oh, hey, maman ! Tu n'as aucune idée de ce qu'ils m'ont fait faire pendant mes cours de littérature. « Les Opportunistes » ? « Les Marchands de Rêves » ? Mieux encore, tiens : Jacqueline Susann [10] ? C'est une chance que je n'aie pas abandonné le lycée pour devenir un écrivain de fictions commerciales. Je suis resté fort. Soyez fiers.

Mac se mit à rire et Bobbie ne put s'empêcher de se joindre aux éclats de rire, ce qui rendit Michael heureux d'avoir détendu ses parents.

— De bons romans d'espionnage datent des années 70, défendit Mac.

— Oh, je t'en prie ! Je n'en lirai jamais.

La baie vitrée du salon se brisa soudain dans un bruit assourdissant et Bobbie sursauta sur sa chaise avant de hurler. Une vague de choc et de peur ondula le long de la colonne vertébrale de Michael tandis qu'il bondissait de son siège sans en avoir conscience pour se précipiter vers le salon.

— Michael ! hurla Mac.

Des flammes ravageaient la pièce du sol au plafond et Michael recula rapidement, se heurtant à son père. Il trébuchait alors qu'une seconde déflagration résonnait et, d'après le son qu'elle fit, Michael sut qu'elle devait provenir de la fenêtre de sa chambre ou de celle de la salle à manger. C'étaient les deux seules autres grandes vitres de la façade avant de la maison. Son père attrapa son bras et il se libéra aussitôt. Il devait trouver l'extincteur. Il le récupéra sous l'évier de la cuisine et revint en courant dans le salon. Son père était déjà au téléphone avec les services d'urgence.

— Michael ! le rappela-t-il.

Celui-ci appuya sur l'extincteur, il n'était d'aucune utilité. La pièce était trop brûlante, les flammes trop hautes et le couloir était bloqué. Il se traversa en trombe la cuisine, la buanderie, la moitié de la salle de bain et heurta le corridor à pleine vitesse. À nouveau, il s'arrêta brusquement. D'épais nuages de fumée noire s'échappaient de sa chambre. C'était sans espoir. Il revint en courant vers la cuisine.

— Maman !

Elle était assise, aussi immobile qu'une statue, choquée au-delà de la raison et figée sur place. Elle était perdue pour le reste du monde. Bien qu'elle puisse gérer n'importe quelle situation dans une salle d'urgence, une attaque de sa maison était trop pour elle. Il avança vers elle.

— Allez, viens, maman !

Elle leva les yeux vers lui, désorientée et incapable de bouger. Il glissa ses mains sous ses bras, la releva et posa son bras autour de son cou. Avec l'autre passé autour de sa taille, il se dirigea vers la buanderie.

— Viens, papa !

---

10 Jacqueline Susann (née le 20 août 1918 à Philadelphie et décédée le 21 septembre 1974 à New York) est une femme de lettres américaine auteur de romans à succès. Son œuvre la plus connue est *La Vallée des poupées* (*Valley of the Dolls*, 1966), qui a battu des records de vente pour l'époque et a été adapté en un film éponyme en 1967.

Avec les pieds de Bobbie raclant le sol en pierre, Michael la porta pratiquement jusqu'à la porte arrière, en direction de la piscine. Il l'aida à s'asseoir sur un fauteuil et fit demi-tour.

— Papa !

Il se ruait dans la maison au moment où son père en jaillissait, toussant et s'étouffant à cause de la fumée qui sortait maintenant de la porte.

— Les pompiers sont en chemin, croassa-t-il.

Michael l'aida à s'installer sur une chaise à côté de sa mère et se retourna vers la maison. Le bruit d'une autre fenêtre qui se brisait atteignit les oreilles de Michael tandis que de la fumée noire s'élevait dans le ciel et que des flammes léchaient le toit au niveau de la cheminée. Michael avait eu tort. Les fictions des années 70 n'étaient pas concernées ; c'était des romans d'horreur venus des années 80 qui causaient des ravages sur la seule maison qu'il ait jamais connue.

DEUX HEURES plus tard, Michael traversait les pièces détrempées avec son père. Les pompiers étaient arrivés rapidement et la maison n'avait pas autant souffert que ce qu'elle aurait pu, supposa-t-il. Mais la fumée et l'eau avaient détruit toutes les pièces à l'avant de la maison : le salon, la salle à manger, la chambre d'amis et sa propre chambre étaient grillés – littéralement.

— Nous pourrons mieux voir à la lumière du jour, dit doucement Mac.

Michael se frotta le visage de ses deux mains, voulant réfréner sa colère.

— C'est tellement merdique !

Mac soupira.

— Je suis d'accord.

— Est-ce que maman va bien ?

— En état de choc. J'ai demandé aux ambulanciers de la mettre sous perfusion de calmants.

Jake entra en trombe par ce qui restait de la porte d'entrée et Mac cria :

— Fais attention !

Jake ralentit, mais c'était trop tard. Il glissa sur du verre et l'eau boueuse, mais réussit à se rétablir contre un mur.

— Bordel de m… zut !

— Tu peux la refaire, mon pote, dit doucement Michael.

— Ma mère est avec la tienne. Tu vas bien ?

Michael acquiesça tandis qu'il enfonçait ses orteils dans un tapis humide et fondu.

— Ouais. Nous avons réussi à sortir.

— Les pompiers déclarent qu'il s'agissait de cocktails Molotov. Tout comme celui que Jason avait lancé dans le chalet de Christy.

Mac hocha la tête, une lueur de tristesse dans les yeux.

— Plusieurs apparemment.

— Foutrement incroyable ! Désolé pour le langage, Doc S. mais *foutrement* incroyable !

— Jacob…

La voix de Nero était sévère et basse tandis qu'il franchissait le seuil.

— Regarde ça, *Papà !*

— Je vois. Mac, tes vêtements ?

Mac leva les yeux vers le plafond, puis au bout du couloir.

— Laisse-moi voir si je peux atteindre la chambre par l'arrière. Je ne pense pas que le vestibule soit stable.

— Je vais y aller. Reste ici, papa, dit rapidement Michael.

Mac hocha simplement la tête.

Jake avança prudemment à travers le bourbier qu'était autrefois le salon et suivit Michael à travers la cuisine.

— Tu vas bien ?

Michael fit claquer la porte de derrière, l'ouvrant à la volée et elle rebondit contre la maison avant de revenir avec force. Il la repoussa encore une fois et lorsqu'elle jaillit, il donna un coup de pied et l'épingla contre le mur d'un coup violent.

— Ouais. Maman est effrayée. Elle ne peut pas le supporter.

— Je comprends ça.

Michael jeta un coup d'œil à travers les fenêtres, vers le salon. Il était sombre, mais paraissait intact. Il alla vers les portes-fenêtres qui menaient à la chambre de ses parents. Il tenta de les ouvrir, mais elles étaient verrouillées. Il jura et donna un nouveau coup de pied dans la porte. Le panneau en verre biseauté dans sa ligne de mire se fissura. Il tourna les talons et se dirigea vers la poubelle en plastique qui contenait leurs jeux de plein air. Il la fouilla jusqu'à ce qu'il trouve une batte de base-ball en bois qu'il sortit.

— Que fais-tu ?

— Je vais ouvrir ces fichues portes.

— Whoa, whoa, whoa ! As-tu tes clefs ?

— Pourquoi ?

Jake indiqua la serrure à pêne dormant sur l'une des portes.

Michael tapota ses poches et jura avant de se souvenir qu'il les avait jetées sur le comptoir de la cuisine. Il revint dans la maison, attrapa son trousseau et revint à l'extérieur. Après avoir coincé la clef de la maison dans la serrure et l'avoir tournée avec plus de force que nécessaire, la porte s'ouvrit.

Il entra dans la chambre de ses parents et l'odeur de fumée se répandit dans ses narines. Autrement, la pièce paraissait intacte. Il ouvrit doucement la porte donnant sur le couloir, et entendit un gémissement provenant d'en haut, le cadre squelettique de la maison l'avertissant que ce n'était pas sûr.

— Je ne ferais pas ça, dit doucement Jake.

Michael jeta un coup d'œil dans le corridor. La porte carbonisée de sa chambre semblait sinistre, les débris pendaient de manière précaire sur une charnière.

Il referma le battant avec précaution et se dirigea vers le dressing de ses parents. Il l'ouvrit lentement et trouva le placard dénué de toute odeur de fumée.

— As-tu ton téléphone ?

— Ouais.

— Appelle mon père et dis-lui que la chambre est okay.

Michael sortit la valise de sa mère du fond du placard tout en écoutant Jake téléphoner à Mac. Il posa le bagage sur le lit et chercha du regard celui appartenant à son père. Il le trouva dans un autre recoin du placard, et il l'installa également sur le lit.

Jake raccrocha.

— Ma mère va venir emballer des trucs pour la tienne.

— Merci.

— Et qu'en est-il de toi ?

Michael secoua la tête tandis qu'il ramassait les photos posées sur la table de chevet de sa mère et les mettait dans un des sacs.

— Ma chambre a disparu.

— Tu as des affaires chez moi, et tu peux porter mes vêtements.

— Ouais.

Anna franchit les portes en hésitant et Jake l'embrassa sur la joue.

— Merci, *Mamma*.

— Pourquoi n'emmènerais-tu pas Michael voir Bobbie ?

Jake acquiesça.

— Allons voir comment va ta mère, mon pote.

Anna étreignit doucement Michael.

— Va, va… Je vais m'occuper des tenues de ta mère.

— Merci, madame Santini.

Michael s'arrêta dans la buanderie et ouvrit le lave-linge. En cet instant, sa tenue de sport propre, mais encore humide, était le seul vêtement qu'il possédait.

Jake posa une main sur son épaule et la serra.

— Tu la feras sécher chez moi.

Michael ramassa l'habit, l'enfourna dans un sac avec ses baskets et le balança sur son épaule. Ils traversèrent avec soin la couche d'eau qui recouvrait le plancher du salon. Le verre brisé et la moquette détrempée émettaient des bruits bizarres sous leurs pieds alors qu'ils se dirigeaient vers l'endroit où Nero attendait sur le porche.

— On dirait que l'arrière de la maison est à peu près en état.

La voix de Michael était plate, reflétant ses nerfs engourdis.

Nero posa une main réconfortante et aussi grande qu'une assiette sur son épaule.

— Nous traverserons cela ensemble, Michael.

Celui-ci ne put que hocher la tête tandis que Jake et lui avançaient vers l'ambulance. Un crissement horrible résonna alors que les pompiers soulevaient la porte du garage et ils se retournèrent.

— Oh, non. Non !

Michael se précipita vers le garage et s'arrêta brusquement tandis qu'un des pompiers le retenait.

— Le toit s'est effondré sur les voitures.

Michael contempla les véhicules carbonisés et voulut pleurer comme un bébé. Jake passa un bras autour de son cou et le redirigea vers l'ambulance.

— Ne regarde pas. Elles sont assurées. Allons vérifier comment va ta mère.

Michael voulait hurler le mot de Cambronne dans l'air tandis qu'ils avançaient vers l'ambulance, mais il savait pertinemment que cela ne servirait à rien. Il grimpa à l'intérieur et étreignit sa mère.

— L'arrière de la maison n'a rien. Le salon est en bon état. Ta chambre aussi.

Elle hocha la tête et sa lèvre inférieure trembla alors qu'elle luttait pour ravaler ses larmes.

— C'est bon, maman. Nous allons bien.

Elle étouffa un sanglot et hocha de nouveau la tête.

— Va avec Jake.

— Nous attendrons jusqu'à ce que papa et toi soyez prêts à partir.

Elle secoua la tête, tentant de paraître courageuse, mais ses larmes commencèrent à tomber. Son nez devint rouge et coula, le cœur de Michael se brisa pratiquement en deux. Il chercha des mouchoirs du regard. Un ambulancier lui en tendit rapidement et Michael la serra contre lui.

— Nous allons bien, maman. Tout se passera bien.

Les haineuses actions menaçantes de Jason avaient failli l'anéantir. Maintenant, avec Rich qui reprenait là où Jason avait laissé la situation, ce n'était pas seulement hallucinant, mais également rageant d'une manière que Michael ne pouvait pas décrire. La fureur pure qu'il avait ressentie quand il avait vu sa mère bouleversée et apeurée lui donnait envie de se transformer en justicier et de traquer Rich.

La sonnerie correspondant à Sophia émana du téléphone de Jake et il s'éloigna de l'arrière de l'ambulance pour prendre l'appel. Il revint quelques instants plus tard, avec une expression austère.

— Appelle Christy. Nous sommes partout aux infos.

Michael tâtonna ses poches, à la recherche de son portable et, ô surprise, il ne l'avait pas perdu dans l'agitation de l'incendie.

— Je reviens tout de suite, d'accord ?

Bobbie hocha la tête et se moucha.

Michael composa le numéro de Christy et tomba sur la boîte vocale. Il priait tous les Dieux que Christy n'ait pas encore vu les journaux télévisés tandis qu'il appelait Rob. Heureusement, celui-ci répondit à la première sonnerie.

— Michael ? Tout va bien ?

— Non. Nous sommes partout aux nouvelles. Quelqu'un a incendié notre maison ce soir. Où est Christy ?

Long moment de silence.

— Il est endormi. Vous allez bien ?

— Tout le monde va bien.

— Je ferais mieux de réveiller Christy.

— Ne le faites pas.

— Il sera furieux si je ne le fais pas.

— Laissez-moi une heure pour arriver chez Jake.

— En êtes-vous certain ?

— Ouais. Laissez-le dormir. Il en a besoin.

— D'accord.

— Merci, Rob.

Michael revint vers l'endroit où se tenait Jake, discutant toujours avec Sophia.

— Il dort.

Jake relaya le message à Sophia et se retourna vers Michael.

— Elle veut savoir ce qu'elle devra dire s'il l'appelle.

— Qu'elle lui réponde que nous allons bien. J'ai demandé à Rob de nous laisser une heure, le temps d'arriver chez toi, avant de réveiller Christy.

— Bon plan.

Jake revint à sa conversation téléphonique et Michael grimpa à l'intérieur de l'ambulance.

— Tout va bien ? demanda Bobbie.

Michael acquiesça.

— Christy est endormi, mais nous faisons, encore une fois, la une des journaux.

Bobbie plissa les lèvres et secoua la tête tandis qu'elle ravalait d'autres larmes.

Un petit coup retentit sur l'encadrement de la portière de l'ambulance et ils se retournèrent pour voir que Smitty se tenait là.

— Comment allez-vous, Bobbie ?

Elle se reprit, sa force et son sang-froid renforçant sa contenance.

— Bien.

— Brave femme. Cela vous dérange-t-il si je jette un coup d'œil ?

Elle secoua la tête.

— Mac et Nero sont à l'intérieur.

— Je reviens tout de suite, maman, dit Michael, après une autre brève étreinte.

Elle hocha la tête et il sauta de l'arrière de l'ambulance, suivant Smitty dans la maison.

Celui-ci s'arrêta à la porte et serra les mains de Nero et de Mac.

— Ont-ils dit quelque chose à propos du dispositif incendiaire ?

— Non, répondit solennellement Mac.

— Puis-je jeter un coup d'œil ?

Mac indiqua le salon d'un geste.

— Je vous en prie.

Michael suivit Smitty tandis qu'il étudiait avec soin les décombres. Il se pencha, ramassant un morceau de verre sur le tapis détrempé et l'examina attentivement, puis il fronça les sourcils et se dirigea vers la baie vitrée. Le côté de la fenêtre était toujours intact, seul le pan central avait été brisé par le jet du cocktail Molotov. Smitty étudia ce qui restait de la vitre et fit courir ses doigts le long des éclats dans le cadre. Michael grogna, certain qu'il se couperait. Smitty regarda alors la vitre latérale inférieure, sortit une petite lampe d'une de ses poches et se pencha pour observer minutieusement le bord inférieur.

— Que cherchez-vous ? demanda Michael tandis que Jake arrivait derrière lui.

— Tu vois ça ?

Michael scruta consciencieusement la zone auréolée par le faisceau de la lampe de poche. Le bord latéral de la fenêtre était étoilé, comme si la fissure avait commencé, mais que le verre n'avait pas eu le temps de voler en éclats.

— Ouais.

— Cela ne provient pas d'une grenade d'un pauvre homme ordinaire.

— Ce qui signifie ?

Smitty suivit le bas de la fenêtre, puis l'indiqua tandis qu'il dirigeait la lumière dessus. Elle était fissurée aussi, mais n'avait pas éclaté.

— Il faut une puissante chaleur pour faire s'effondrer le verre comme ça. Et regarde ici.

Smitty passa ses phalanges sur les bords des éclats qui dépassaient encore du cadre de la fenêtre.

— Les rebords sont lisses. Très peu de combustibles peuvent faire ça.

— Qu'est-ce qui le ferait ? demanda Jake.

— Rien qui n'est vendu à la station d'essence locale, répondit Smitty avec dégoût.

Il se retourna et étudia le couloir.

— Y a-t-il un autre moyen d'atteindre l'autre fenêtre ?

Michael secoua la tête.

— Le corridor n'est pas sûr.

— Quelle est la pièce qui se trouve au bout, là-bas, vers l'avant de la maison ?

— Ma chambre.

Smitty adressa à Michael un regard entendu avant de revenir en arrière, vers Nero et Mac.

— Avez-vous trouvé quelque chose ? demanda Nero.

— En effet. J'appellerai après avoir vérifié un détail.

XXVII

Jake conduisait et Michael gardait le silence.

— Tu vas bien ?

— Ouais, mentit-il. C'est sérieusement détraqué, Jake.

— Nous trouverons le fin mot de tout ceci. Nous devons juste rester forts.

— Qu'est-ce que Sophia a dit ?

— Elle perd la boule. Entre Ariel qui ne parle pas, son inquiétude pour Christy, l'arrivée de Thimi et maintenant ça, elle va mal.

— Désolé, mon pote, répondit Michael d'un air absent tandis qu'il regardait les lampadaires défiler.

— Nous allons dormir, ferons face à tout ça demain, et reviendrons ici pour faire le point.

— Ouais.

— Un pas à la fois, mon pote. Un pas à la fois…

Michael composa un numéro et porta son téléphone à son oreille.

— Michael ?

La voix de Christy paraissait ensommeillée.

— Hey, bébé, nous allons bien, dit-il rapidement. Retourne dormir. Je serai chez Jake.

— Tes parents ?

— Ils vont bien.

— Sophia dit que c'était une bombe incendiaire comme dans ma fenêtre ?

— Ouais, mais nous allons bien. Retourne dormir.

— Michael, pourquoi est-ce arrivé ?

— Je ne sais pas, bébé. Mais tout le monde s'en occupe et nous allons bien. Je vais chez Jake.

— Je ne peux pas dormir en sachant cela.

— Veux-tu me faire une grosse faveur ?

— Tout ce que tu veux.

— Dors pour moi. Nous devons partir de bonne heure pour la ville.

— Nous ne pouvons pas y aller maintenant.

— Bien sûr que si ! Cela ne sert à rien de traîner par ici. Nous passerons te voir à la première heure demain matin.

Christy soupira.

— Je n'aime pas ça, Michael.

— Nous le surmonterons. Je veux que tu dormes afin que tu sois prêt à partir dans la matinée.

Christy soupira à nouveau.

— S'il te plaît, appelle lorsque tu seras chez Jacob ?

— Nous sommes dans l'allée actuellement. À demain matin.

— Es-tu sûr d'aller bien ?

— Nous allons tous bien, bébé, répéta Michael.

— D'accord. À demain matin.

— Je t'aime.

Michael raccrocha.

— Pieux mensonge, fit doucement Jake.

— Nous serons chez toi dans dix minutes. C'est très proche.

Le téléphone de Michael sonna à nouveau et il regarda l'appelant.

— Hey, papa.

— J'emmène ta mère à l'hôpital.

Un brusque sentiment d'angoisse ondula le long de la colonne vertébrale de Michael.

— Quel est le problème ?

— C'est simplement par précaution. Sa pression sanguine est un peu basse. Elle ira bien, fiston.

— Dois-je venir ?

— Non. Je voulais seulement te faire savoir où nous serions pendant une heure ou deux.

— D'accord.

— Tu vas bien ?

— Ouais.

— Menteur.

Michael sourit.

— Tu peux parler.

Mac gloussa doucement.

— À dans quelques heures. Va te reposer un peu.

— Au revoir, papa.

Michael se tourna vers Jake.

— Il emmène maman à l'hôpital.

Jake secoua une fois la tête.

— Tu as raison, mon pote. C'est sérieusement le bordel.

Le téléphone de Michael sonna encore une fois et il vérifia l'identité. C'était Lisa et il n'avait pas l'énergie de discuter avec elle, donc il laissa l'appel aller sur le répondeur.

Jake lui jeta un coup d'œil interrogateur.

— Lisa ?

— Ouais.

— Es-tu prêt à parier sur le temps qui va s'écouler jusqu'à ce qu'elle m'appelle ?

Michael mima avec sa bouche : *un, deux, trois.*

— Maintenant.

Le portable de Jake sonna.

JAKE FRANCHIT le portail sécurisé de sa maison, suivi par la sécurité. Il se gara sous le portique, puis Michael et lui sortirent de la voiture.

— Merci d'avoir répondu à Lisa, fit Michael tandis qu'ils grimpaient les marches menant à la porte d'entrée.

— Pas de soucis, mon pote. Allons nous coucher.

Jake fouilla dans sa poche, à la recherche de ses clefs, la tourna pour déverrouiller et, au même moment, son SUV explosa.

Instinctivement, ils plongèrent au sol tandis qu'une boule de feu s'élevait dans le ciel, carbonisant instantanément le portique qui se trouvait au-dessus de son véhicule. L'alarme de la maison déclencha un grondement assourdissant alors que des éclats de métal volaient et rebondissaient sur le portique et ils se protégèrent la tête de leurs mains et leurs bras lorsque les débris tombèrent sur eux.

— Entrez ! cria Tad tandis que John et lui les aidaient à se relever.

Jake tâtonna avec les clefs, jura et parvint à ouvrir la porte d'entrée au moment où le la voiture de la sécurité partait également en flammes.

Tad claqua violemment la porte d'entrée.

— Allez à l'arrière de la maison !

— Éteignez l'alarme ! cria Jake à travers le vacarme.

— Laissez-la !

Jake lança un regard furieux à Tad avant de saisir le bras de Michael et de le traîner à travers l'entrée, jusque dans la salle à manger, puis dans la cuisine, à l'arrière de la maison.

— Bordel, que se passe-t-il, Jake ?

Jake attrapa un torchon et le tendit à Michael.

— Aucune idée, mec ! Aucune putain d'idée ! Enroule ça autour de ton bras.

— Quoi… ?

Il n'avait pas ressenti de douleur et Michael fut surpris de découvrir que son bras était couvert de griffures et de coupures. Il utilisa ses dents pour saisir l'extrémité du torchon et le nouer.

Jake fit la même chose et en tendit un autre à Michael avant d'ouvrir le réfrigérateur et d'attraper quatre bouteilles d'eau. Il indiqua les portes donnant sur la terrasse arrière et guida Michael. Une fois que Jake referma les portes, la sonnerie n'était plus aussi bruyante à l'arrière de la maison et Michael pouvait presque s'entendre penser.

Jake tendit deux bouteilles d'eau à Michael qui les posa sur la rambarde.

Il jura à nouveau.

— Il a dû falloir un sacré paquet de muscles pour lancer quelque chose au-dessus du portail et toucher la voiture à plus de vingt mètres, sous un portique.

Michael appuya une hanche contre la balustrade alors qu'il finissait d'attacher le deuxième torchon, essayait de croiser ses bras sur son torse, puis cessa lorsqu'il vit du sang transpercer le tissu.

— Jake ?

Celui-ci ouvrit une bouteille d'eau et but avidement.

— Quoi ?

— Et s'il n'avait pas été jeté ?

— De quoi parles-tu ?

— Et si quelqu'un avait mis quelque chose dans ta voiture pendant que tu étais chez moi ?

Jake pointa un doigt vers Michael.

— Ce n'est pas drôle, mon pote.

— Dis quelque chose ou je le ferai.

Jake ouvrit la porte de la maison, libérant de nouveau le son provenant de l'alarme assourdissante.

— Tad !

Le garde entra dans la cuisine et poursuivit vers l'arrière, un téléphone collé à son oreille.

— Oui, monsieur !… Oui, monsieur !… Un instant, monsieur !

Il tendit l'appareil à Jake.

— Votre père !

— Nous allons bien ! cria Jake au téléphone.

— Ne quitte pas la maison.

La voix de Nero était grave.

— Vérifie ta voiture ! Michael pense que quelqu'un pourrait avoir mis quelque chose dans la mienne pendant que nous étions chez lui !

Un chapelet d'injures en italien quitta les lèvres de Nero et Jake éloigna le portable de son oreille.

— Dis-lui d'envoyer plus de sécurité à Wellington ! cria Michael par-dessus la tonalité stridente.

Jake saisit la porte arrière et la claqua, ramenant le bruit de la sonnerie à un niveau plus supportable.

— *Papà*, Michael voudrait que tu mettes des gardes supplémentaires à Wellington.

Nero jura encore une fois.

— Laisse Tad gérer les médias quand ils arriveront. Nous arrivons sous peu. Laisse-moi reparler à Tad.

Jake rendit le téléphone au garde et se tourna vers Michael.

— J'espère sincèrement que tu as tort, mon pote.

Michael leva les yeux vers l'immense propriété sereine. Il était sacrément sûr que ce n'était pas le cas.

LE DÉTECTIVE Davis écrivit une nouvelle note sur son carnet tandis que Mac faisait des points de suture sur une profonde coupure au bras de Jake.

— Je veux que vous utilisiez les véhicules de la sécurité jusqu'à nouvel ordre, déclara Nero.

Jake et Michael ne répondirent pas.

Un pompier entra dans la pièce, retira son casque et essuya la sueur de son front du revers de son bras avant de tendre une feuille de papier au policier. D'après les insignes sur son équipement, Michael devina que ce devait être un chef de brigade.

Le détective Davis le lut, puis le regarda.

— Une idée quant au combustible ?

— Non standard. Nous vous ferons savoir ce que le laboratoire en dira.

Le policier sortit une carte de visite de sa poche de poitrine et la lui tendit.

— Merci.

Le chef s'éloigna et le détective Davis se tourna vers Michael.

— Vous aviez raison. C'était une sorte d'engin explosif qui devait se déclencher dix minutes après la mise en route du moteur. Un autre était également attaché au véhicule des Santini.

Michael et Jake échangèrent des regards nerveux avant que Jake demande :

— Pourquoi dix minutes ?

— Pour s'assurer que vous seriez loin du personnel des services d'urgence quand ils exploseraient.

Michael tenta d'empêcher sa bouche de se mettre à béer tandis qu'il s'asseyait sur l'îlot de la cuisine et que Bobbie nettoyait les plaies sur ses bras et sa nuque.

— Cela doit s'arrêter ! déclara Michael avec une pointe de férocité qu'il n'avait pas voulu laisser transparaître.

— Où, exactement, étiez-vous stationnés ? demanda le détective Davis.

Jake laissa échapper un long soupir.

— Quand nous sommes arrivés chez Michael, la rue était pleine de véhicules des services d'urgence, donc je me suis garé de l'autre côté de la rue, à environ une centaine de mètres plus bas.

— Je me suis rangé juste derrière Jacob, et la sécurité, juste derrière moi, ajouta Nero.

Anna déposa un plateau de hors-d'œuvre et d'aliments tout prêts sur la table, puis passa une main dans les cheveux de Jake.

— Je vais bien, *Mamma.*

Il embrassa sa joue.

— Essaie de manger quelque chose.

Elle versa un verre de vin rouge et le tendit à Nero.

— Bobbie ?

Elle jeta un coup d'œil à Anna et hocha la tête, puis reprit son examen d'une coupure particulièrement profonde sur le bras de Michael.

— Je pense que tu as encore quelque chose dans ta plaie.

— Papa arrangera ça.

Mac croisa son regard et lui adressa un petit sourire avant de terminer les sutures sur le bras de Jake.

— Épouvantail, je pense que tu es hors de danger désormais.

— Merci, Doc S.

— Michael, jetons-y un coup d'œil.

Il échangea de place avec Jake et Bobbie indiqua son bras.

— Examine cette coupure en premier.

Mac examina attentivement et émit un « *hmm* » typique.

— Je vais devoir anesthésier ton bras pour nettoyer ça.

Michael haussa une épaule.

— Fais-le.

Le détective Davis referma bruyamment son carnet et Nero serra sa main.

— Merci.

Mac fit une pause, tendit sa main par-dessus le bras de Michael et serra celle du policier.

— Merci d'être venu.

— Je suis désolé que nous n'ayons pas encore résolu ce problème.

— Il faut du temps, déclara placidement Nero.

— Je resterai en contact.

— Je vous raccompagne, fit Anna.

Après le départ du policier, Michael fixa Nero.

— Smitty a mentionné quelque chose à propos du feu étant extrêmement chaud. Savez-vous de quoi il parlait ?

Nero sirota son vin.

— Je n'en ai aucune idée. Mais le crime est passé à une tentative d'assassinat à présent, ce qui permet au détective Davis de faire appel à plusieurs hommes sur l'affaire.

Il jeta un coup d'œil à sa montre.

— Vous devez être chez Christy dans quatre heures. Peut-être serait-il mieux d'envisager de remettre votre voyage en ville.

— Non, intervint rapidement Michael.

Jake croisa les yeux sombres de son père et fit un geste vers Michael.

— Nous dormirons dans la voiture en chemin.

XXVIII

MICHAEL ET Jake firent le trajet jusqu'à Wellington avec la sécurité, sujet qui n'allait pas manquer de provoquer des questions de la part de Christy, Michael en était certain, et dont les réponses ne feraient que le bouleverser davantage. Tad se gara derrière la limousine en attente et les huit – imaginez ça, *huit* – gardes de la sécurité qui se tenaient là, postés en sentinelles.

Ils patientèrent, fatigués et irrités jusqu'à ce que Tad déverrouille les portières et leur donne le signal que tout était clair. Le corps entier de Michael était douloureux et Jake avait l'air en aussi mauvais état que lui.

Christy descendit les marches pour venir à la rencontre de Michael, Rob sur les talons. Sa claudication était encore plus évidente qu'elle ne l'avait été et Michael s'inquiéta davantage.

— *Moro mou*, tu as une tête horrible. N'as-tu pas dormi ?

Puis il remarqua les bandages sur son bras.

— Tu as dit que tu n'étais pas blessé !

Michael picora les lèvres de Christy.

— C'est juste quelques égratignures, bébé. Nous allons bien.

Christy dévisagea Jacob et les pansements sur ses bras.

— Tu étais aussi dans l'incendie ?

Jake jeta un coup d'œil à Michael avant de croiser le regard de Christy.

— Montons dans la voiture et nous te raconterons toute l'histoire.

— D'accord. Laissez-moi quelques minutes avec Thimi.

L'enfant paraissait dévasté que Christy s'en aille et Michael l'observa pendant que Christy lui adressait des paroles rassurantes.

— Je reviens ce soir. Tu vas passer une bonne journée avec Melos, Rob et le Docteur Jordanou.

La lèvre inférieure de Thimi trembla et s'avança, mais il restait fort, apparemment peu disposé à verser une larme.

Michael lui fit un petit geste, que Thimi lui rendit.

Rob se tourna vers Jake.

— Sophia sait-elle pour l'incident à votre maison ?

Il secoua la tête.

— Elle ne m'a pas appelé encore et papa a réussi à ce que cela n'apparaisse pas aux nouvelles.

Rob observa Michael.

— Vous voudrez probablement l'expliquer à Christy.

Michael acquiesça.

— Le Général Sotíras le sait-il ?

— Nero m'a appelé, fit le Général Sotíras, approchant derrière Michael et Jake.

— Bonjour, Général, déclara Jake, lui serrant la main.

— Nicos, s'il vous plaît. Bonjour.

Le général serra celle de Michael.

— Êtes-vous prêts pour cette tâche ?

Michael sourit.

— Très peu de sommeil, mais nous devons le faire.

Rob sourit presque.

— J'apprécie que vous y alliez pour Christy et pour Sophia.

— Je n'aurais pas voulu rater ça, plaisanta Jake.

— Michael, tenez, voici un sédatif pour Christy. Demandez-lui de le prendre s'il se sent trop bouleversé.

Michael accepta le petit sac contenant la pilule et le mit dans sa poche.

— Est-il d'accord ?

Rob se montra honnête.

— Généralement, non.

— Je ferai avec.

— Michael ?

Il se tourna au son de la voix de Christy qui lui fit signe.

— Ouais, bébé ?

— Thimi demande si tu as d'autres ours.

Michael sourit.

— Non, mais nous t'en apporterons plein d'autres sur le chemin du retour. Peux-tu tenir jusqu'à ce soir ?

Christy traduisit rapidement et Thimi hocha la tête.

— Dis-lui de manger le carrousel et que nous en ferons un autre.

Christy s'exécuta et Thimi parut horrifié.

— Il ne souhaite pas manger le cadeau.

Michael sourit encore une fois.

— Dis-lui de le manger et nous en ferons un plus grand.

Christy obéit et Thimi eut l'air de douter.

— Nous en ferons un nettement mieux, promit Michael.

Darien jaillit de la porte d'entrée et se dirigea droit sur Christy, Mel l'intercepta et le prit dans ses bras avant qu'il le heurte.

— Whoa ! Où vas-tu comme ça ?

Darien tendit les deux bras vers Christy.

— Je n'ai pas eu de câlin !

Christy le serra brièvement contre lui.

— Je reviens ce soir. Tu aideras Thimi avec les dessins pour moi ?

Darien baissa les yeux vers Thimi.

— D'accord, mais il ne peut pas utiliser la peinture rouge.

— Pourquoi pas ?

— C'est à moi.

Christy se mit à rire doucement.

— Je suis sûr que Mel lui trouvera de la peinture rouge s'il en a besoin. N'oublie pas tes bonnes manières avec Thimi ? Il a encore peur.

Darien tourna de grands yeux de hibou vers Thimi à nouveau.

— Okay. Je vais l'aider avec la sécurité.

— Très bien.

Christy saisit la main de Thimi et la serra.

— Je reviens ce soir. Appelle si tu as besoin de quelque chose, d'accord ?

Thimi avait l'air totalement abattu tandis qu'il hochait la tête, et Michael se sentit désolé pour le gamin.

Christy suivit Michael en bas des marches, là où tout le monde attendait et agit la main une dernière fois avant de grimper dans la voiture.

— RACONTE-MOI, MICHAEL, dit doucement Christy.

Michael soupira. Il ne voulait pas répéter cette histoire, donc il lui donna la version ultra courte.

— La voiture de Jake et celle de la sécurité ont été ravagées par les flammes quand nous sommes arrivés chez lui.

— Elles n'ont pas endommagé la maison, précisa rapidement Jake.

Christy parut stupéfait.

— Seulement les blessures aux bras ?

— Nous étions déjà sortis de la voiture, clarifia Michael.

— Pourquoi cela arrive-t-il ? demanda Christy à travers ses dents serrées.

Michael et Jake échangèrent des regards inquiets avant qu'il se tourne dans son siège pour faire face à Christy.

— Te souviens-tu de Rich, le meilleur ami de Jason ?

Le froncement de sourcil unique de Christy s'approfondit et il hocha la tête.

— Rich et Tony.

— C'est ça. Nous pensons que Rich est lié au club de motocyclistes qui nous harcèle.

Désormais, tout le front de Christy était plissé.

— Il est avec les gens qui ont donné la bombe à Jason pour la voiture ?

Christy était brillant et n'avait aucun problème à additionner deux et deux.

— Nous le croyons.

— Et ensemble, ils ont bombardé ta maison et les voitures de Jake et de la sécurité ?

— Peut-être. Le détective Davis enquête à ce sujet.

— Quel est le rôle de Tony là-dedans ?

226

Jake et Michael échangèrent un nouveau regard inquiet avant que Michael poursuive.

— Tony est mort dans un accident de voiture samedi dernier, dans la soirée.

Christy parut horrifié.

— Comment l'accident s'est-il produit ?

— On dirait que le club de motards l'a fait passer par-dessus un pont.

— Si c'était possible, Christy eut l'air encore plus épouvanté.

— Tu ne m'as rien dit de tout ça ?

Jake intervint pour le sauver.

— Nous venons juste de le découvrir.

— Cette nouvelle est terrible. La police s'en occupe ?

— Ouais. Ainsi qu'Oncle Smitty, le rassura Michael.

Christy se tourna vers Nicos et dit quelque chose de dur en grec.

— J'enquête également à ce sujet, l'informa le général.

Christy se lança dans une tirade en grec. Ses paroles arrivaient rapidement et furieusement, les seuls mots que Michael comprit étaient les noms de Petros et de Yosef.

Nicos secoua calmement la tête.

— Je ne le crois pas, mais j'étudierai attentivement les preuves.

— Qu'as-tu dit, bébé ?

Christy prit une profonde inspiration afin de se calmer avant de se tourner face à Michael.

— Je crois que Yosef est derrière tout ça.

— Comment pourrait-il ? Il est en prison. Sans oublier de mentionner qu'il n'a aucun accès à de l'argent.

— Cela ne compte pas. Beaucoup de gens sont prêts à l'aider.

— Veux-tu entendre ce que je pense ?

Christy soupira lourdement.

— Oui, *filos*.

— Rich m'en veut pour la mort de Jason. Il est énervé et a repris là où Jason a tout laissé. Il s'est tourné avec le même gang de motards pour chercher de l'aide afin qu'il puisse me suivre.

Christy le scruta pendant un long moment.

— Alors, pourquoi s'être débarrassé de Tony ?

— Peut-être qu'il était venu parler pour remettre un peu les idées de Rich en place et que cela l'a énervé aussi.

— Tu ne tues pas des gens pour une dispute, Michael !

— Tu as raison, mais Tony a été chassé de la route par le même groupe de motards. Désormais, Smitty essaie de traiter avec ce type, Chase, qui est à la tête du gang. Toute cette histoire est devenue hors de contrôle alors même que Jason était encore en vie. Tu le sais. Je ne pense pas que cela ait quelque chose à voir avec Yosef ou avec Petros.

Christy se frotta le front de frustration.

— Comment seras-tu en sécurité ?

— Pour l'instant, plus aucun de nous n'a de voiture, nous nous déplaçons avec les gardes, où que nous allions. Monsieur Santini a doublé les gardes de la sécurité à Wellington, auprès de mes parents et de nous. Donc, nous sommes aussi en sécurité que nous pouvons l'être.

— Où est ta voiture ?

— Elle était dans le garage quand la maison a été incendiée. Il n'en reste plus rien.

Christy roula des yeux et laissa sa tête retomber contre l'appuie-tête.

— Tu as raison. Tout ça est hors de contrôle.

— Nous sommes d'accord, mon petit pote, mais tous ceux qui peuvent faire quelque chose à ce sujet travaillent dessus, déclara fermement Jake.

Christy le dévisagea et indiqua d'un geste ses bras.

— Que s'est-il passé avec vos bras ? Comment avez-vous pu avoir ça si vous n'étiez pas dans la voiture ?

Jake sourit à la demande de Christy.

— Nous venions juste de sortir et avons été blessés par les débris volants de la voiture.

— Combien de points de suture ?

— Je ne les ai pas comptés, mais je te garantis qu'ils ne sont pas mortels.

Christy revint vers Michael.

— Je n'ai pas compté les miens non plus, mais Jake a raison. Ce sont juste des points.

Ils roulèrent en silence pendant quelques minutes, tandis que Christy fulminait, ses mains s'agitant sur ses genoux. Michael tendit un bras et saisit une de ses mains.

— Nous allons très bien, bébé. Nous ferons tout ce que nous pourrons pour nous protéger.

— Jacob, est-ce que la sécurité de ta maison est bonne ?

Jake acquiesça.

— Très. L'alarme de la maison a réveillé tout le voisinage la nuit dernière.

— Y a-t-il eu des dommages à ta maison ?

— Seul le portique où les voitures étaient garées.

Christy se frotta de nouveau le front.

— Je vais demander à Rob de faire installer un dispositif supplémentaire à Wellington.

— J'ai pris la liberté de demander à Nero de mettre des alarmes sur tout un nouveau périmètre de sécurité. Elles devraient être posées lorsque nous reviendrons ce soir, dit Nicos.

— Qu'est-ce que c'est ?

— C'est un système qui couvre tous les abords de la propriété. De cette manière, vous saurez quand quelqu'un essaie de traverser avant qu'ils atteignent la maison ou les chalets.

— Le terrain est très grand, non ?

Jake se détourna de la vitre.

— C'est bien. Ça sonnera longtemps avant que quiconque puisse t'atteindre.

— J'ai fait plus de huit mille kilomètres pour être en sûreté et nous devons vivre dans une forteresse ! s'écria Christy avec colère.

Personne n'avait quoi que ce soit à répondre à cela.

Tad abaissa la fenêtre de séparation.

— Nous arrivons au GWB, monsieur.

— Merci, répondit Nicos.

Il se pencha en avant et secoua le genou de Michael.

Celui-ci se réveilla en sursaut, s'étant endormi dans la voiture.

— Sommes-nous arrivés ?

— Je crois que nous sommes proches. Tad m'a indiqué que nous allions nous engager sur le GBW, bien que je ne sache pas ce que cela signifie.

— Le pont George Washington, répondit Michael tout en bâillant.

Il secoua le genou de Jake.

— Réveille-toi, mon pote. Nous traversons le pont.

Il jeta un coup d'œil à Christy qui s'était endormi également, la tête posée sur ses genoux et il caressa les épaisses boucles blondes, les éloignant de son visage.

— Hey, bébé. Réveille-toi. Nous sommes presque arrivés.

Les paupières de Christy papillonnèrent avant de s'ouvrirent et il se redressa si vite que sa tête heurta le menton de Michael.

Celui-ci étouffa un grognement.

— Aïe ! Ça va ?

Christy se frotta le crâne et tint ses côtes en même temps.

— Oui. Nous sommes en ville ?

Michael jeta un coup d'œil sur l'eau vitreuse, rendue encore plus bleue par le ciel clair et pointa un doigt vers la vitre.

— Nous traversons le pont pour y entrer.

Christy se tourna vers Tad.

— Encore combien de temps ?

— Le trafic sur le pont est fluide, je l'estime à une demi-heure, répondit Tad.

— Impressionnant, fit Nicos tandis qu'il regardait la ville, au-delà de l'Hudson River.

— Trop de personnes entassées sur une île, à mon point de vue, déclara Jake en s'étirant. Veux-tu que j'appelle Sophia ?

Christy hocha la tête d'un air endormi.

— Demande-lui si elle veut bien nous préparer de la nourriture.

Jake sourit en portant son téléphone à son oreille.

— Compris.

Michael passa un bras autour de Christy lorsqu'il s'appuya contre lui.

— Tu vas bien ?

Il hocha la tête et se frotta les yeux.

— C'est la première fois que je dors plus de deux heures depuis l'arrivée de Thimi.

Le cœur de Michael se serra pour lui.

— Le Docteur Jordanou ne peut-il pas lui donner quelque chose pour l'aider à dormir ?

— Je l'ai demandé. Thimi ne dort pas et les rêves empirent. Plus les rêves deviennent mauvais, moins il dort et plus ça s'envenime. C'est un cercle infernal.

— Je pense que c'est intelligent. Tu ne peux pas continuer comme ça.

— C'est vrai.

Jake rangea son téléphone dans sa poche.

— Elle ne répond pas.

Christy fronça les sourcils.

— As-tu appelé le numéro de l'appartement ?

— Non, de son portable.

Christy attrapa son appareil dans sa poche, fit défiler sa liste de contacts et appuya sur le bouton.

— Est-ce Celeste… ? Oh, oui, Celeste, c'est moi, Christophoros. J'aimerais parler avec Sophia.

Le haussement de sourcil unique de Christy s'approfondit.

— Savez-vous quelle est la raison de la dispute… ? Oh… Oh… D'accord, nous serons bientôt là. Approximativement trente minutes… D'accord. S'il vous plaît, commander des plats… Oh, d'accord, c'est bon, merci.

Il raccrocha.

— Dispute ? s'enquit Jake.

— Celeste est la domestique. Elle entendait une dispute dans la chambre de Sophia, avec Ariel, mais elle n'a pas voulu les interrompre.

— A-t-elle dit quel en était le sujet ? demanda Michael.

— Elle ne savait pas, mais il y a du verre brisé.

Michael et Jake échangèrent des regards chargés d'appréhension.

— Penses-tu que nous devrions attendre jusqu'à ce que tu discutes avec Sophia ? demanda Jake.

Christy écarquilla les yeux.

— Non. Je ne souhaite pas que du verre soit brisé contre moi.

Jake ricana.

— Homme intelligent.

— Ne t'inquiète pas, je te protègerai, fit Michael en riant.

— Oui. J'aimerais ça.

XXIX

TAD DONNA les clefs de la voiture à un valet de l'hôtel Pierre et Michael leva les yeux vers l'immeuble imposant.

— Elle a un appartement dans un hôtel ?

Christy acquiesça.

— Sophia explique que c'est un palace de première classe pour les clients pompiers liés au monde de la photographie. Très français. Beaucoup de parfums et plein de petits aliments. Je n'aime pas ça, mais Sophia apprécie leur très bonne *soupe à l'oignon gratinée* et la baguette avec du *fromage* [11].

— Pompiers ?

— Les gens snob.

Michael lutta pour ne pas éclater de rire.

— Je pense que tu veux dire « pompeux » bébé. Et Sophia aime quoi ?

— La soupe à l'oignon, et la baguette avec du fromage.

Nicos gloussa.

— Je vais m'assurer de vous consulter avant de m'installer dans un hôtel de New York.

— Oui. Je suis bon pour ça. Je vérifie les hôtels pour Sophia.

ALORS QU'ILS entraient dans le hall, Christy s'accrocha à Michael et il passa rapidement un bras autour de lui.

— Tout va bien, murmura-t-il alors que Christy tremblait sous lui.

— C'est cet énorme endroit avec beaucoup de gens.

— Immense.

— Nous devons trouver l'ascenseur pour l'appartement.

Michael jeta un coup d'œil autour de lui et repéra le concierge.

— Reste juste ici, avec Jake et le général.

Il trotta vers le comptoir.

— Excusez-moi. Où se trouve l'ascenseur pour les appartements ?

Le concierge leva un doigt en l'air, lui indiquant qu'il devait attendre jusqu'à ce qu'il termine une écriture dans un grand livre.

— Oui, monsieur ? En quoi puis-je vous être utile ?

Michael répéta la question.

— Votre nom, monsieur ?

---

11 En français dans le texte.

232

Michael ne pensait pas que le type arrogant avait besoin de son nom, mais il le lui donna tout de même.

— Michael Sattler. Nous sommes ici pour voir Sophia Antoniou.

— Qui est-ce « nous », monsieur ?

Michael sentit l'irritation le gagner, assombrissant sa bonne humeur.

— Christy Castle, Jake Santini et le Général Nicos Sotíras.

— Ah, oui. Vous êtes sur la liste des invités. Veuillez signer ici, s'il vous plaît.

Michael griffonna rapidement son nom là où Monsieur Prétentieux Suffisant l'indiquait sur le registre.

— Je serai heureux d'appeler pour annoncer votre arrivée. Voici votre clef pour l'ascenseur. Vous devez traverser le couloir sur ma gauche, puis tourner à droite au bout et vous arriverez aux ascenseurs pour l'appartement. Une fois dans la cabine, insérez la clef et il vous emmènera directement à son étage.

— Merci.

Monsieur Prétentieux Suffisant retint le regard de Michael pendant un instant prolongé.

Jake passa devant Michael et glissa un billet de vingt dollars à travers le comptoir.

— Merci, monsieur, fit Prétentieux Suffisant avec un sourire crispé.

— Merci.

Jake éloigna Michael.

— Je ne savais pas que j'étais censé lui laisser un pourboire ! Maintenant, c'est fait ! murmura Michael.

Jake secoua la tête.

— Inconscient.

— Vingt billets ? Il ne fait que passer un appel !

— La ferme, mec.

— Y a-t-il un problème ? demanda Christy.

— Non, répondit rapidement Jake. Où est l'ascenseur ?

Michael tourna les talons.

— Couloir à la gauche de Prétentieux Suffisant.

Christy haussa les sourcils.

— Qu'est-ce qu'un prétentieux suffisant ?

— Ne l'écoute pas, mon petit pote. Montre le chemin, Michael.

Ils atteignirent l'ascenseur et Michael chercha la fente pour la clef. Jake la lui prit des mains et l'inséra dans une rainure à peine visible.

Michael resta bouche bée devant lui.

— J'allais y arriver.

— Mais bien sûr !

— Hey, c'est une expérience éducative pour moi.

Jake secoua la tête.

— C'est évident. Une très lente.

— La ferme !

Nicos passa une main sur son visage, tentant de dissimuler un sourire.

— Ils sont comme ça la plupart du temps, dit doucement Christy.

Michael sourit et l'étreignit d'un bras.

L'ascenseur s'éleva dans le ciel et Christy s'agita. Michael le serra à nouveau contre lui.

— Tu feras ça très bien. Si ça devient trop difficile, nous prendrons une pause ou nous partirons.

— D'accord.

— Sérieusement, comme Michael a dit.

— J'aimerais comprendre les années passées.

— Nous t'aiderons.

— Je ferai ce que je peux pour vous assister également, dit Nicos.

— Merci, général, mais je ne souhaite pas qu'Ariel pense que c'est un interrogatoire.

— Je ferai de mon mieux pour lui assurer que ça n'en est pas un.

— Merci.

L'ascenseur ralentit, puis s'arrêta et les portes s'ouvrirent sur une magnifique entrée dallée de marbre.

Michael haussa les sourcils.

— Euh… Okay. Où est le couloir ?

Jake guida Michael.

— Étage privé, mec. Tu es arrivé.

Celeste vint à leur rencontre et fit une petite courbette.

— Bonjour, messieurs. Je suis Celeste.

Elle fit une autre révérence devant Christy.

— Vous devez être Christophoros. C'est un grand plaisir de faire votre connaissance, monsieur.

— S'il vous plaît, je suis Christy.

— Christy, donc.

Il y eut d'autres trucs d'inclinations. Michael n'avait toujours pas compris. Il devait se souvenir d'interroger Christy à ce sujet.

Elle se tourna vers Jake.

— Jacob ?

— C'est agréable de vous rencontrer, Celeste. Voici Michael et le Général Sotíras.

— C'est un plaisir. Par ici, s'il vous plaît.

Ils suivirent Celeste à travers un élégant salon avec des fenêtres allant du sol au plafond, donnant sur la ville. La pièce, décorée de blanc avec des accents dorés rendait Michael anxieux. Il était sûr que ses chaussures n'étaient pas assez propres pour marcher sur des tapis blancs. Il ne put s'empêcher de regarder par les fenêtres en suivant Celeste, et faillit presque trébucher sur une table basse.

Elle les conduisit à une salle à manger contenant une table pour six.

— Nous avons organisé un brunch tardif. Veuillez vous asseoir et servez-vous. Je vais prévenir *Madame* Ariel et *Mademoiselle* Sophia que vous êtes arrivés.

— Merci, *mademoiselle*, dit doucement Christy.

Les joues de Celeste affichèrent un léger rose.

— Merci, Christy.

Ils s'installèrent et Christy se servit comme l'homme affamé qu'il était. Cela ravit Michael parce qu'il y avait eu une époque où Christy mangeait à peine.

— Ne devrions-nous pas les attendre ? demanda-t-il.

Christy secoua la tête.

— Elles viendront quand elles auront fini la dispute.

Michael fixa Jake qui haussa simplement les épaules.

UNE HEURE s'écoula, ils avaient fini de manger et étaient désormais assis dans un silence pensif.

— À votre avis, que se passe-t-il ? demanda Michael.

Nicos se racla la gorge.

— Je soupçonne Ariel de connaître un détail vital. Quelque chose qui fait que les Sanna sont encore intéressés par la famille Castlios, en plus de l'obsession de Yosef pour Christy.

Celui-ci l'étudia intensément.

— Qu'est-ce que c'est ?

— Je n'en ai aucune idée, mais je n'ai pas d'autre alternative que de croire que c'est précisément cette information qu'elle est prête à protéger farouchement.

C'était une déclaration déconcertante. Michael se pencha en avant.

— Peut-être que c'est parce que Christy peut prendre la tête des sociétés des Sanna et qu'ils veulent garder un contrôle sur lui.

Nicos secoua la tête.

— C'est un fait reconnu et de notoriété publique maintenant, surtout avec la procédure en cours. Ce doit être quelque chose de très particulier. Ayant peut-être un rapport avec Alexis.

— Ma mère n'aimait pas les Sanna. Je crois qu'elle les haïssait.

— Je pense que vous avez raison. Cependant, elle était peut-être au courant d'un détail dont elle a fait part à Ariel.

Christy secoua la tête, découragé.

— Je ne sais pas.

— Vous souvenez-vous si votre mère gardait des enregistrements ? Un journal, peut-être ?

Christy hocha la tête.

— C'était une artiste très douée et elle avait toujours un petit livre avec des dessins et des mots.

Soudain, son visage devint infiniment triste.

— Mon père a vidé toute la maison de ses affaires après sa mort.

Nicos grimaça.

— Je suis désolé.

— Eh bien, nous n'irons nulle part en restant simplement assis ici et ça s'est calmé, je pense que je vais aller toquer à la porte, annonça Jake.

— Veux-tu que je vienne avec toi ? demanda Christy.

— Laisse-moi faire partir en reconnaissance et je reviens tout de suite.

Jake quitta la pièce, à la recherche de Celeste.

— C'est quoi la reconnaissance ? demanda Christy.

— Cela signifie qu'il va vérifier comment ça se passe, expliqua Michael.

— La reconnaissance, c'est comme de l'espionnage ?

Michael sourit.

— Il ne va pas espionner, bébé. Il va toquer à la porte et vérifier comment ça va.

— Ah, d'accord. Nous attendons.

Jake revint après quelques minutes.

— Ariel fait ce que la plupart des femmes magnifiques font : elle se rend belle et elles seront là dans une minute. Si vous êtes intelligents, vous ne ferez aucun commentaire à propos de ses yeux rouges.

— Quel est le problème avec ses yeux ? demanda Christy.

— Elle a pleuré. Je serai gentil avec elle.

La préoccupation assombrit l'humeur de Christy.

— Sophia ?

— Elle va bien, mais elle est triste et veut savoir ce qui est arrivé à mes bras. Je lui ai expliqué que je lui en parlerai plus tard.

— Elle ne t'a rien dit ?

Jake inspira profondément et relâcha lentement son souffle.

— Elle indique que la nouvelle est surprenante et qu'elle comprend maintenant pourquoi Ariel refusait de parler.

XXX

ILS SE levèrent de leurs fauteuils quand Sophia et Ariel entrèrent dans la pièce. Ariel était d'une beauté étonnante et Michael reconnut immédiatement l'air de famille : les mêmes yeux bleus, aussi clairs que du cristal, l'épaisse crinière blonde et la petite taille. Elle se tenait avec un grand aplomb, elle était élégante, majestueuse, presque royale. Bien que superbe, son épuisement et sa tension étaient évidents.

Ariel alla directement vers Christy et prit gentiment son visage en coupe de ses deux mains. Elle passa une main dans ses longs cheveux, fixa ses yeux et parla doucement en grec. Le visage de Christy devint infiniment triste et ses yeux s'emplirent de larmes. En règle générale, Michael ne comprenait pas le grec, mais il en savait assez pour savoir que Christy répétait le mot « non ». Puis Ariel l'embrassa et ils pleurèrent ensemble pendant un temps indéfini. Lorsqu'Ariel se retira, et tapota à nouveau ses cheveux, tout le monde s'assit, à l'exception de Michael qui offrit son fauteuil à Ariel. Elle accepta gracieusement et s'installa, tenant la main de Christy.

Sophia se mit à côté de Jake, laissant la dernière chaise en bout de table à la disposition de Michael.

Ariel croisa le regard de Nicos.

— Général, c'est bon de vous revoir.

Il se leva et elle offrit sa main au-dessus de la table. Il s'inclina, prit gentiment sa main et baisa le dos de celle-ci.

— C'est toujours un plaisir, madame Antoniou. Vous êtes toujours aussi belle.

— Ariel, s'il vous plaît.

— Seulement si vous me fait l'honneur de m'appeler Nicos.

Elle hocha la tête et Nicos reprit sa place.

Sophia murmura quelque chose à Celeste avant de parler.

— *Mitéra*, voici mon Jacob.

Jake se leva et se pencha pour lui serrer brièvement la main.

— Un plaisir, madame Antoniou.

Elle sourit et inclina la tête.

Sophia indiqua Michael.

— C'est le Michael de Christy.

Michael suivit l'exemple de Jake.

— Enchanté de vous connaître, madame Antoniou.

— C'est un grand plaisir de vous rencontrer tous les deux, mais dispensons-nous de toutes ces formalités. S'il vous plaît, appelez-moi Ariel, dit-elle poliment.

Sa voix paraissait identique à celle de Sophia, mais son accent était grec avec un soupçon d'anglais.

Celeste déposa une boisson rouge gazeuse devant Ariel qui ressemblait, du moins pour Michael, à du soda à la cerise.

— Quelqu'un veut-il boire un verre ? demanda-t-elle tout en posant un verre de thé glacé devant Sophia.

— Un Expresso, indiqua brièvement Nicos.

— Rien pour moi, fit rapidement Michael.

— Moi non plus, dit Jake.

— Christy ?

Il fit un geste vers la boisson d'Ariel.

— La même chose.

— *Mitéra*, veux-tu que je donne une brève explication, puis je te laisserai répondre aux questions ? demanda Sophia.

— Si tu veux, répondit Ariel.

Sophia prit une gorgée de son thé glacé, puis commença.

— Christy, notre mère a essayé au début de nous confier tous les deux à Ariel. L'explication qu'elle a donnée à Vasilis, notre père, était qu'elle ne pouvait pas suivre le calendrier rigoureux d'un top-modèle et être une mère à plein temps. La véritable raison, bien entendu, c'était qu'elle était au courant des activités illicites de Vasilis. Ils se sont disputés. Il était d'avis qu'elle était capable de s'occuper au moins d'un enfant, tout en poursuivant sa carrière de mannequin et il a accepté à ce qu'un seul d'entre nous aille avec Ariel. Au fil du temps, les activités de Vasilis se sont aggravées et notre mère est devenue plus effrayée. Contre son gré, elle t'amenait à Ariel la nuit de l'accident de voiture.

Christy resta assis, parfaitement immobile, paraissant comme sculpté dans la pierre et Michael commença à s'inquiéter.

Ariel étudia longuement Christy, et il se tourna finalement vers elle et posa une question en grec.

Sophia traduisit pour Michael et Jake.

— Il demande comment notre mère en est venue à prendre la décision de me donner à Ariel en premier.

Celle-ci lui adressa un petit sourire d'appréciation pour la traduction.

— Ta mère a senti que Sophia était plus à même de s'ajuster à une nouvelle maison sans ta présence.

Christy haussa les sourcils.

— Elle me croyait faible ?

— Sensible. Tu étais proche de ta mère. Sophia était indépendante et Vasilis a laissé seulement quelques instants à Alexis pour prendre sa décision. Elle a fait du mieux qu'elle pouvait.

Christy parut accepter cette explication avant de se tourner vers Nicos.

— Que savez-vous de l'accident ?

— J'étais là quand nous vous avons tirés, votre mère et vous, hors de l'épave.

— Les articles de journaux étaient-ils justes ? Y a-t-il eu des soupçons comme quoi mon père l'avait causé ?

Nicos adressa à Christy un long regard scrutateur.

— Les câbles des freins ont été sectionnés, mais nous n'avons jamais été en mesure de prouver qui l'avait fait.

— Que croyez-vous ?

— Nous savons que votre mère et votre père se querellaient avant qu'elle quitte la maison.

Il fit un geste vers Ariel.

— Maintenant, je sais qu'ils se disputaient parce que vous alliez vivre avec Ariel.

— Ce n'est pas une réponse.

Nicos plissa brièvement les yeux en direction de Christy.

— Je pense que votre père a causé l'accident, dit-il d'un ton sans équivoque.

Le regard de Christy se perdit au loin, rejoignant son endroit privé, et l'inquiétude de Michael augmenta.

— Bébé ?

Christy cligna lentement des yeux une fois avant de se tourner vers lui.

— Je vais bien, *filos*.

Il revint vers Ariel.

— Le général a l'enregistrement de l'adoption de Sophia par vous.

Ariel hocha la tête.

— Pourquoi existe-t-il un certificat de décès au nom de Sophia ?

Un petit halètement échappa à Sophia, Jake haussa les sourcils et il échangea un regard nerveux avec Michael avant de parler.

— De quoi parles-tu, Christy ?

Celui-ci fit un geste en direction de Nicos pour qu'il explique, et il paraissait mal à l'aise.

La posture d'Ariel était tendue, presque rigide et elle parla succinctement.

— Je vais répondre à cela. Lorsqu'Alexis m'a déposé Sophia, elle était morte pour Vasilis. Donc – elle fit un petit geste vers Sophia – il t'a déclarée morte par simple méchanceté.

Une expression incrédule s'étala sur le visage de Sophia.

— Je n'étais rien de plus qu'une simple enfant. Comment a-t-il pu… ?

Elle se tut brutalement et rassembla son sang-froid.

— Je m'excuse, Christy. S'il te plaît, continue.

— Il n'a pas fait ça pour qu'elle ne puisse pas hériter de l'argent ?

Ariel secoua la tête.

— L'héritage n'avait aucune importance. C'était seulement un ignoble bâtard malveillant.

Christy regarda Sophia.

— Je m'excuse pour ça.

Le visage de Sophia s'adoucit et elle sourit.

— Pas besoin. Je suis reconnaissante que nous ne soyons pas comme lui.

Michael observa Christy intensément alors que son expression incertaine se transformant en résolue. Il se tourna à nouveau vers le général Sotíras.

— Vous pouvez modifier le dossier ?

Nicos s'adossa à sa chaise.

— Je vous suggère de parler avec Nero. Vous pourriez souhaiter les choses telles qu'elles sont.

— Pourquoi ?

— Nero a pris certaines dispositions légales pour Sophia et lui a accordé des autorisations spéciales sur vos biens, conformément à vos instructions.

Christy hocha la tête.

— Ces dernières sont basées sur le fait qu'elle est votre cousine, non ?

Il acquiesça à nouveau.

— J'imagine que l'annulation et la refonte de ces dispositions et documents prendraient beaucoup de temps, coûteraient cher et requerraient probablement l'approbation du gouvernement.

Christy sembla réfléchir avant de se tourner vers Sophia.

— Que souhaites-tu ?

Elle tendit le bras et saisit la main de Christy qu'elle serra légèrement.

— Rien – aucun document, aucun accord et plus important encore, la haine de personne – ne pourra changer le fait que nous sommes nés ensemble. Je suis d'accord avec Nicos. Parle à Nero.

— D'accord, déclara doucement Christy avant de se tourner à nouveau vers Ariel. Nous sommes jumeaux ?

Ariel sourit et hocha la tête une fois.

— Qui est né le premier ?

Elle se mit à rire doucement.

— Toi, de quelques heures. Sophia était têtue et ne voulait pas quitter le ventre de sa mère, et vous avez pratiquement des dates d'anniversaire différentes. Oserais-je dire qu'elle n'a pas changé ?

Sophia souffla tout en souriant.

Christy sourit.

— C'est parfait. Je suis plus vieux et plus sage et j'ai une petite sœur.

Sophia roula des yeux.

Puis il redevint sérieux.

— Vous n'aimez pas les Sanna. Je peux le comprendre, mais vous n'appréciez pas Thimi. Pourquoi ça ?

Le visage d'Ariel s'emplit de tristesse et des larmes coulèrent de ses yeux.

— *Mitéra* ?

Ariel indiqua d'un geste à Sophia de parler.

— Tu connais l'histoire comme quoi Yosef a violé la mère de Thimi ? Que c'est ainsi qu'il a été conçu ?

Christy acquiesça.

— C'était Ariel.

Toute couleur disparut du visage de Christy et il se tourna vers Ariel.

— Vous êtes la mère de Thimi ?

Ariel croisa le regard de Christy tandis que ses larmes tombaient.

Sophia la pressa.

— *Mitéra ?*

Ariel acquiesça sans se détourner de Christy.

Sophia poursuivit.

— Il y a plus. Ariel avait arrangé une adoption privée pour Thimi. Bien que Yosef ait accepté, il a changé d'avis ultérieurement, il l'a recherché et l'a enlevé à son foyer d'adoption.

Christy resta bouche bée et l'incrédulité s'étala sur les traits de Nicos.

— Sainte Mère de Dieu !

— Quel âge avait Thimi à cette époque ? demanda Christy.

— Quatre ans. Ariel a été soupçonnée d'avoir enlevé Thimi avant d'être finalement blanchie par la police. Un an plus tard, elle a entendu Petros se vanter d'une soirée où Yosef avait rendu son fils à « la famille » – elle fit des guillemets avec ses doigts – elle a alors compris qui l'avait enlevé.

Ariel sortit deux documents de sa poche. L'un était l'acte de naissance de Thimi, l'autre, un article de journal à propos de l'enlèvement. Elle les lissa à plat sur la table avant de les passer à Nicos.

Soudain, Christy rugit et se leva, se lançant dans une tirade en grec tandis qu'il commençait à aller et venir dans la salle à manger. Après quelques instants, il se retourna, pointant un doigt vers Nicos et dit quelque chose qui ne paraissait pas aimable.

— Christy… tenta Sophia.

Il se tourna vers elle et lâcha d'autres paroles dures.

Michael se leva et alla vers lui, mais Christy le repoussa.

— Parle-moi, Christy. Je ne comprends pas ce que tu dis.

Brusquement, Christy s'arrêta et leva les yeux vers Michael, des larmes coulaient et il gémit.

— Je souhaite que la famille Sanna soit détruite !

Il tomba contre la poitrine de Michael et se mit à pleurer et tout ce que Michael put faire fut de le tenir jusqu'à ce qu'il lâche tout.

— Il y a encore plus, reprit doucement Sophia.

Christy se tourna vers elle, de l'endroit sûr qu'étaient les bras de Michael.

— Quoi ? demanda-t-il.

— Ariel vit dans un état de frayeur constant. Elle ne peut pas dire un mot. Elle est surveillée par les Sanna et ils ont menacé de « causer un accident » si elle disait quoi que ce soit.

Sophia mima des guillemets à nouveau.

Une soudaine rougeur envahit les traits de Nicos, sa colère venant au premier plan.

— Celeste !

La domestique entra dans la pièce d'un pas rapide et silencieux.

— Vous aurez une seule chance de pouvoir répondre honnêtement à cette question.

Elle jeta un coup d'œil à Ariel avant de croiser le regard du général.

— Avez-vous eu des contacts avec les Sanna ou avec quiconque employés par les Sanna ?

Son incapacité à répondre dit tout.

— Êtes-vous citoyenne américaine ? demanda Nicos, sa colère à peine contenue.

Elle resta muette.

— Elle détient la citoyenneté française et grecque, répondit Ariel pour elle.

— Prenez un siège, ordonna-t-il.

Elle tenta de quitter la pièce. Sophia et Nicos se dressèrent simultanément et Michael s'éloigna de Christy pour bloquer son départ.

— Je demanderai à la sécurité de l'hôtel de stopper l'ascenseur si vous tentez de partir.

La voix calme de Nicos démentait la colère qui se cachait juste sous la surface.

Celeste se dirigea vers un fauteuil, dans un coin de la pièce et s'assit bien droite.

Nicos quitta la salle, le téléphone portable à la main, Michael resta debout et Christy dévisageait Celeste, une expression dégoûtée inondant son visage.

— Le général va s'occuper de ça, dit rapidement Sophia.

Christy sortit son portable de sa poche et composa un numéro.

— Oui, c'est moi, Christy. J'aimerais parler à *Kýrios* Santini… Je vais attendre.

— Pourquoi appelles-tu papa ? demanda Jake.

Christy fusilla Celeste du regard avant de revenir vers Jake.

— Un instant, s'il vous plaît.

Ariel se tourna vers Sophia.

— Enferme Celeste dans sa chambre, enlève le téléphone et prends son portable.

Sophia acquiesça.

— Celeste ?

Elle refusa de bouger de son fauteuil.

— Michael, dit Jake en se levant.

Michael fixa Celeste.

— Allons-y.

Christy cria quelque chose en grec et Celeste se leva immédiatement.

Sophia l'escorta hors de la pièce, Michael et Jake les suivant.

Christy revint à son appel.

— Oui, c'est moi, Christy. Je ne voulais pas crier après vous, *Kýrios* Santini.

— Tout va bien ?

— Oui. J'ai beaucoup de nouvelles.

— Je crois comprendre qu'Ariel vous a enfin parlé.

— Oui. Nous avons un problème urgent.

Christy passa au grec et relaya les informations à Nero.

Sophia, Jake et Michael revinrent dans la salle à manger et Sophia écoutait Christy tandis qu'elle posait les téléphones portables de Celeste sur la table.

— Elle en a deux. Je crois qu'il y en a un pour contacter les Sanna.

— Puis-je jeter un coup d'œil ? demanda Michael.

Elle les poussa vers lui, tout en continuant d'écouter Christy.

— Je suis d'accord avec Christy, *Mitéra*.

Ariel hocha la tête.

— C'est malheureux que nous soyons contraintes d'en arriver à de telles extrémités.

Jake regarda Sophia.

— Que dit-il ?

— Il demande à Nero de nous adjoindre des gardes supplémentaires et de fournir du personnel de maison venant de société de sécurité.

— Bonne pioche.

Michael leva un des téléphones.

— Ce portable montre un historique des appels vers un seul numéro seulement.

Sophia le lui prit et l'étudia.

— Je ne reconnais pas le numéro, mais il est américain.

Elle tendit l'appareil à Ariel.

Elle le regarda, fronça les sourcils et secoua la tête.

— Je ne connais pas ce numéro.

Nicos revint dans la salle à manger.

— Où est notre traître ?

XXXI

— CELESTE EST enfermée dans sa chambre et nous avons les téléphones, dit rapidement Jake.

— Le FBI sera bientôt ici pour l'emmener en garde à vue.

— C'est-à-dire ? demanda Sophia.

— Elle sera détenue, interrogée et extradée.

Ariel remit les téléphones portables à Nicos.

— Ils appartiennent à Celeste.

Nicos reprit son siège et fouilla les appareils avant de les mettre dans sa poche, puis il écouta Christy discuter avec Nero pendant un moment. Il se tourna ensuite vers Ariel.

— Voulez-vous que Thimi sache que vous êtes sa mère ?

Des larmes jaillirent de ses yeux et elle les essuya avec une serviette.

— J'aimerais savoir ce que Christy pense être le mieux pour Thimi.

Le téléphone intérieur sonna et Sophia quitta rapidement son siège pour y répondre.

— S'il vous plaît, faites-les monter... merci.

Elle revint à table.

— C'est Tad, notre chef de la sécurité, et le FBI. Tad aimerait parler avec nous, *Mitéra*.

Christy raccrocha.

— D'accord. J'ai pris la décision pour vous, et j'aimerais que vous acceptiez. Je souhaiterais que deux gardes de la sécurité soient postés à l'appartement tout le temps et quatre autres pour Sophia et vous quand vous le quittez. J'aimerais que tout le personnel de maison vienne de la société de sécurité.

— Quatre, ça fait un peu beaucoup, dit Sophia.

Christy claqua de la langue pour montrer sa désapprobation.

— Nous avons ce nouveau problème concernant Rich et tu devras avoir quatre gardes quand tu quittes l'appartement et lorsque tu rends visite à Jacob. Je crois que c'est un bon chiffre.

— Rich ? intervint Ariel.

Sophia expliqua rapidement en grec et Ariel hocha la tête.

— Ah, les nouvelles d'hier soir.

— Oui.

Sophia se tourna vers Jake.

— Maintenant, veux-tu bien me dire ce qui est arrivé à tes bras ?

Michael et Jake échangèrent à nouveau des regards, puis Jake se racla la gorge.

— Ce n'est pas seulement la maison de Michael qui a été incendiée hier soir. Ma voiture et celle de la sécurité sont parties en flammes.

Sophia haleta et commença à s'en prendre à Jake et Michael intervint pour le sauver.

— Sophia ! C'est arrivé après notre arrivée chez Jake, nous n'étions pas dans la voiture et il était deux heures du matin. Tout le monde allait bien et il n'y avait aucune raison de vous réveiller, Christy et toi. Nous circulerons avec la sécurité jusqu'à ce que l'histoire soit résolue et nous ferons très attention. Il n'y a pas de raison de s'inquiéter.

— Que veux-tu dire par « ne pas s'inquiéter » ? Comment ne pas le faire ?

Sophia se tourna vers Christy.

— Tu dois leur attribuer plus de sécurité.

— *Kýrios* Santini s'en est occupé. Pour les parents de Michael également. Je ne veux pas que le problème s'amplifie, déclara-t-il fermement.

Sophia jura doucement.

— C'est incroyable ! Que fait la police à propos de Rich ?

— Ils font tout ce qu'ils peuvent, et l'oncle Smitty de Lisa est également à la recherche du gang de motards qui nous harcèle, se défendit Jake.

— C'est comme si Jason avait commencé une sorte de guerre !

— Hey, ce n'est rien de plus que ce à quoi tu dois faire face avec les Sanna.

Le ton de Michael était plus sec qu'il ne l'avait voulu, mais cela appuya son point de vue.

Sophia s'arrêta et regarda Michael.

— Écoute. Tout ce que je dis, c'est que nous devons rester ensemble et en sécurité. Se disputer sur tout cela n'est pas constructif.

Christy dit quelque chose à Sophia en grec et elle se détendit à contrecœur.

— Christy ?

Il se tourna vers Ariel.

— Que veux-tu que Thimi sache ?

Christy soupira et s'affala sur sa chaise.

— Il croit que sa mère est morte.

Ariel donna l'impression qu'elle allait de nouveau éclater en sanglots.

— Il ne se souvient pas de ceux qui l'ont adopté ?

— Je ne sais pas. Il ne parle pas d'eux.

— Jamais ?

Christy secoua la tête et s'assit en silence pendant un long moment.

— Je crois qu'il vaut mieux ne rien dire pour l'instant. Je pense que vous devriez venir me rendre visite quand vous le voudrez. À l'avenir, nous prendrons les décisions ensemble quant à ce qu'il faut lui faire savoir.

Ariel était pensive.

— Je suis d'accord.

Christy se tourna vers Nicos.

— Cela change-t-il la donne pour les gens responsables de Thimi ?

— C'est une question intéressante. Légalement, ses parents adoptifs seraient en droit de demander sa garde.

— Je ne veux pas de cela.

— Malheureusement, ce n'est pas à vous de décider.

— Et qu'en est-il des dossiers de la police en Grèce ? demanda Ariel.

Nicos fronça les sourcils.

— Je vais jeter un coup d'œil sur les documents, et nous en reparlerons.

Un son léger retentit et Sophia se leva de sa place pour aller saluer Tad, une jeune femme en tailleur et deux agents du FBI qui venaient d'apparaître dans l'entrée. Michael reconnut un des hommes comme étant l'agent Simmons qui avait aidé à sauver Christy de l'avion de Yosef. Nicos se leva pour les saluer.

— Ariel, voici Tad MacDonald. Il dirige l'équipe de sécurité pour Christy. Tad, vous connaissez déjà Sophia. Voici Madame Antoniou.

— C'est un plaisir de vous rencontrer, madame.

— De même, répondit-elle doucement.

L'agent Simmons tendit la main à Michael.

— C'est agréable de vous revoir, Michael.

Celui-ci serra sa main.

— Merci encore pour toute votre aide.

Il se tourna vers Christy.

— C'est l'agent du FBI qui a aidé à ton sauvetage de l'avion de Yosef.

— Oh !

Christy se leva et tendit courageusement sa main, geste que Michael ne l'avait jamais vu faire.

L'agent Simmons la serra vigoureusement.

— Je ne suis que l'un d'entre eux. C'est bon de voir en pleine santé, Monsieur Castlios.

— Merci pour le sauvetage.

La jeune femme qui accompagnait Tad prit place dans le fauteuil du coin de la pièce, laissé vacant par Celeste.

— Laissez-moi finaliser les choses avec Celeste et je reviendrai sous peu.

Nicos fit un geste vers sa chaise.

— S'il vous plaît…

— Merci, monsieur.

Tad prit la place de Nicos à la table et le policier, accompagné des deux agents du FBI s'éloigna.

— Christy, j'aimerais avoir confirmation des instructions de Monsieur Santini. Vous voulez une équipe de quatre gardes pour accompagner Sophia et Madame A…

— Ariel, dit-elle rapidement.

— Merci, madame. Une équipe de quatre gardes pour accompagner Sophia et Ariel tout le temps, si elles quittent l'appartement ?

Christy inclina une fois la tête.

— Et vous voulez que deux gardes se tiennent dans l'entrée, tout le temps ? Christy acquiesça à nouveau.

— Et vous voulez que tout le personnel de maison vienne de notre société ? Il répéta son geste.

— Voulez-vous que ledit personnel de maison soit pleinement qualifié en tant que gardes de la sécurité ?

— Oui.

Tad fit un geste vers la jeune femme qui était arrivée avec lui.

— Voici Deborah Ross. Elle va prendre la suite de Celeste.

La jeune femme se leva et fit un hochement de tête formel.

— C'est un plaisir de vous rencontrer toutes les deux.

— Je vous remercie de nous venir en aide, déclara poliment Sophia.

— Elle ne peut certainement pas travailler en tailleur, dit Ariel.

— J'ai pris d'autres vêtements avec moi, madame.

Tad poursuivit.

— Elle va également s'occuper de la chambre et des affaires personnelles de Celeste, puis elle, ainsi que deux autres personnes, vérifieront tout l'appartement, afin de chercher toute sorte de matériel de surveillance ou de système d'écoute.

Sophia et Ariel semblèrent stupéfaites, à égales mesures.

— C'est une simple précaution et le protocole standard quand nous avons une fuite.

— Une fuite ? s'enquit Ariel.

— Quand nous rencontrons une personne telle que Celeste. S'il vous plaît, rappelez-vous que nous avons découvert un dispositif de surveillance illégal dans le chalet de Christy.

Michael avait oublié cette horrible nuit et la menace de mort qui s'en était suivie.

— Quel système de surveillance dans le chalet ? demanda Christy, son froncement de sourcil unique entrant en action.

Oh oh. Tad commença à parler, mais Michael l'interrompit.

— Tu souviens-tu de la nuit où Jason a bombardé ma voiture ?

— Je ne peux pas oublier ça.

— Afin d'être totalement sûre, la sécurité a vérifié l'intérieur de ton chalet pendant que nous dînions, et ils ont découvert que Yosef avait fait installer un système qui t'enregistrait quand tu dormais.

Christy resta bouche bée.

— Pourquoi ne m'en as-tu pas parlé ?

— Honnêtement ? J'ai oublié. C'était une nuit de folie et nous étions totalement sens dessus dessous.

— D'accord. Je t'accorde le pardon parce que c'est le passé avec ton gros problème de prise de conscience de ton entourage.

Michael voulut sourire, mais se réfréna.

— Merci, bébé. Je suis désolé. Je travaille dessus. Je te le jure.

Christy se tourna vers Tad, qui leva les mains en l'air dans une fausse reddition.

— Vous allez devoir demander à Monsieur Santini pourquoi il ne vous en a pas parlé, Christy.

— Je ferai ça. Depuis combien de temps était-il dans le chalet ?

— Le système a montré que des interférences ont commencé moins de vingt-quatre heures avant que nous le trouvions, donc, pas longtemps.

Même Michael n'avait pas eu connaissance de ce détail.

— C'est bon à entendre.

— Ça ne l'est pas.

— C'est toujours mieux que de découvrir qu'il était là depuis trois mois, bébé.

Christy grimaça et acquiesça à contrecœur d'un hochement de tête silencieux.

— Et s'il y avait un système de surveillance maintenant et que des gens écoutaient ?

— J'ai cherché des interférences dès que j'ai mis le pied hors de l'ascenseur et je n'en ai trouvé aucune, mais j'aimerais quand même que tout l'appartement soit vérifié.

— Vous pouvez faire ça ? demanda Christy avec surprise.

Tad acquiesça.

— Une grande partie de notre clientèle concerne des dignitaires étrangers, des diplomates, des politiciens, etc. C'est une procédure standard de vérifier ce genre de choses.

— Oh ! C'est très bien. Merci.

Ils se retournèrent au son de Nicos accompagnant les agents du FBI et une Celeste menottée dans l'entrée.

— Merci, messieurs, fit Nicos.

L'agent Simmons lui adressa un petit hochement de tête avant d'entrer dans l'ascenseur et les portes se refermèrent.

Nicos revint à table et Tad se leva de sa chaise. Le policier lui indiqua d'un geste de garder sa place et s'assit sur un des sièges d'angle.

— Christy, êtes-vous satisfait avec les instructions ?

— Je le suis, Général.

— Ariel, pour l'instant, Christy ne va rien révéler à Thimi ?

Elle hocha la tête.

— J'aimerais que Christy prenne les décisions pour Timotheos.

Christy se tourna vers elle.

— Merci, Ariel.

— Vous me le ferez savoir s'il venait à se souvenir de ses parents adoptifs ?

— Je le ferai. Je suis désolé pour tout.

Elle afficha un petit sourire.

— Ne vous excusez pas, mon cher enfant. Nous avons tous été victimes de ces misérables.

XXXII

ARIEL SE tourna vers Nicos.

— Dites-moi, que savez-vous à propos du Général Colonomos ?

Nicos se racla la gorge.

— Le Général Colonomos est en détention provisoire. Pourquoi demandez-vous ?

Ariel sourit.

— Vous avez finalement pu arrêter ce salaud. Il m'a accusée d'avoir kidnappé Thimi.

Le visage de Nicos montra sa colère, mais il garda son calme.

— Merci de m'en avoir informé.

— Pourquoi a-t-il été arrêté ?

— Il se trouvait sur le yacht des Sanna lorsque nous l'avons pris d'assaut.

Une satisfaction évidente sembla s'installer sur les traits d'Ariel.

— Vous avez désormais la preuve qu'il savait tout du long où se trouvait Thimi.

Nicos fixa son regard.

— Il semblerait bien.

La satisfaction quitta son visage et Christy revint vers elle.

— Une autre question, Ariel ?

Elle lui indiqua d'un geste de poursuivre.

— Que souhaitez-vous que les médias apprennent ?

Elle devint à nouveau rigide.

— Rien.

Jake prit la parole.

— Le problème, c'est que Yosef a balancé beaucoup de choses odieuses dans la salle d'audience et qu'elles seront probablement divulguées. À un moment donné, la presse découvrira que Sophia et Christy sont frère et sœur.

Ariel s'indigna.

— Yosef a-t-il révélé quelque chose à ce sujet ?

Une vague de douleur déferla dans chaque fibre du corps de Christy et devint évidente sur son visage tandis qu'il rassemblait ses forces une fois encore, pour ne reporter que les faits seulement.

— Il a dit que j'étais né pute, que notre mère vous avait donné Sophia pour que vous la protégiez de ma maladie et du pus, que j'étais la progéniture du diable et que notre mère me haïssait.

Ariel pâlit, devenant si blanche que Michael ne savait même pas qu'une telle teinte pouvait exister, puis son visage se déforma sous l'effet de la colère et son petit corps se mit à trembler.

— Ta mère t'aimait beaucoup.

Elle se tourna vers Nicos.

— Étiez-vous dans la salle d'audience ?

— Non, mais j'ai lu les retranscriptions. Christy a été précis et Sophia a contribué au dialogue.

Ariel se tourna vers elle.

— J'ai perdu toute ma diplomatie, admit-elle.

— Tu dois être plus prudente.

Elle se tourna à nouveau vers Christy.

— Ne doute *jamais* que ta mère t'aimait énormément.

Elle inspira profondément avant de poursuivre.

— Refusez de répondre aux médias jusqu'à ce qu'ils l'apprennent par eux-mêmes, puis utilisez-le à votre avantage. Montrez-leur que Yosef ne cherchait pas seulement à détruire ta vie, mais celle de Sophia également.

Christy acquiesça, sa douleur émotionnelle encore visible sur ses traits et le cœur de Michael se brisa un peu plus pour lui. Les paroles de Yosef resteraient gravées au fond de lui pour toujours, un autre problème à combattre tandis qu'ils reconstruiraient de nouvelles fondations, cherchant à creuser un gouffre dans son âme. Michael s'agita, mal à l'aise, sur sa chaise et tenta de dissiper sa rage contre Yosef et quiconque avait touché Christy.

Ariel passa doucement une main dans les boucles dorées de Christy.

— Rien de ce qu'il a dit n'est vrai.

Il tourna ses yeux expressifs vers elle.

— Sois-en certain au fond de ton cœur, ta mère t'aimait énormément.

Finalement, il hocha la tête.

— Merci d'être venu me voir. Je sais que c'était difficile pour toi.

— Merci, Ariel. À nouveau, je suis désolé pour tout.

Elle fit à nouveau courir une main dans ses cheveux.

— Nous persévérerons malgré tout.

Un sourire trouva son chemin sur les lèvres de Christy.

— En effet.

— Tu es le bienvenu, quand tu veux.

Elle se tourna vers Michael.

— Merci de prendre soin de notre Christy.

Michael sourit.

— Je ne peux pas m'en empêcher. Il est super et je suis honoré d'avoir fait votre connaissance ainsi que celle de Sophia.

Elle lui rendit son sourire avant de regarder Jake.

— Merci également, Jacob.

— C'est un plaisir, Ariel. J'ai beaucoup de chance d'avoir Sophia dans ma vie.

Sophia se mit à rire doucement et embrassa sa joue.

— Tu l'es.

— Vous êtes tous les bienvenus pour venir quand vous le désirez, déclara Ariel en se levant et Nicos la rejoignit.

— Je vous demande un petit instant.

Elle quitta la pièce et revint quelques secondes plus tard.

— Ceci t'appartient désormais.

Elle lui tendit une magnifique petite boîte en fer-blanc.

Christy la prit et commença à l'ouvrir, mais elle posa une main sur la sienne.

— Plus tard.

Elle embrassa sa joue.

— Ainsi, tu sauras à quel point ta mère t'a aimé.

Christy afficha un petit sourire et hocha la tête.

— Merci, Ariel.

Un petit son émana de l'ascenseur alors qu'il arrivait et deux gardes de la sécurité pénétrèrent dans le hall.

Tad les fit entrer dans la salle à manger.

— Ariel, Sophia, voici Bill Holder et David Browne, les gardes supplémentaires pour assister Deborah ce soir. Voici ma carte. S'il vous plaît, n'hésitez pas à me contacter si vous avez besoin de quoi que ce soit d'autre.

Ariel accepta la carte.

— Merci.

— À bientôt, Ariel, dit Christy, l'embrassant sur la joue. Merci.

Sophia embrassa Christy.

— Je t'appellerai.

Il hocha la tête, puis ils prirent l'ascenseur et Christy leur adressa un petit geste de la main avant que les portes se referment.

— COMBIEN DE temps jusqu'à Wellington ? demanda Christy à Tad tandis qu'ils se retrouvaient pris dans le trafic sur le GWB.

— Nous devrions arriver entre vingt et vingt-et-une heures.

— Merci pour la sécurité pour Sophia et Ariel.

— De rien. S'il vous plaît, n'hésitez pas à me faire savoir si vous souhaitez procéder à de nouveaux arrangements.

— Je le ferai.

Christy sortit son téléphone portable de sa poche et composa un numéro.

— Qui appelles-tu ? demanda Michael.

— J'aimerais parler avec Thimi. C'est son premier jour sans moi et il devait rencontrer Melos.

Tad commença à remonter la vitre de séparation, mais Michael l'arrêta, d'une main posée sur le rebord de la fenêtre.

— Tad ? Nous devons nous arrêter et acheter des ours en gélatine pour Thimi.

— Je le ferai.

La fenêtre privée se referma et Michael jeta un coup d'œil au Général Sotíras, puis baissa la voix.

— Qu'en pensez-vous ?

Il regarda Christy à la dérobée qui se trouvait désormais mêlé à une conversation.

— Je ne croyais pas qu'il était possible de détester Vasilis Castlios et les Sanna plus que moi.

— Sérieusement.

Jake soupira et secoua la tête.

— Je dois lui tirer mon chapeau – il indiqua Christy – ainsi qu'à Sophia. Ils ont pris chaque coup dans la foulée et n'ont pas perdu leur sang-froid.

Cela obligea Michael à se demander s'il n'y avait pas une autre mauvaise nouvelle qui allait tomber, mais il opta pour garder son inquiétude pour lui-même.

— Nous avons de la chance, mon pote. Ils sont solides.

— Et résilients, reconnut Nicos.

Michael baissa davantage sa voix.

— Qu'en est-il du dossier de la police sur Thimi en Grèce ?

Nicos secoua la tête, son expression devenant austère.

— Gardez à l'esprit que j'ai dû prouver à notre haute cour que Yosef était le père légitime de Thimi et que sa mère était morte.

Une vague d'appréhension commença lentement à s'enrouler autour de la colonne vertébrale de Michael.

— Maintenant, je vais être contraint de retirer ma déclaration, et la cour a le droit d'invalider l'ordre de placement de Thimi auprès de Christy.

Une alarme déferla à pleine vitesse dans les veines de Michael.

— Ça ne peut pas arriver. Cela ne peut tout simplement pas.

— Je comprends. En résumé, ce ne sera pas un problème de corriger le dossier, mais c'en sera un de le notifier à la cour. Ils exigeront que j'indique à ses parents adoptifs sa nouvelle localisation, réclamer des tests ADN et Thimi pourrait être obligé de retourner en Grèce afin d'être placé dans un foyer.

— Merde ! jura doucement Michael. C'est impossible !

— Je vais jeter un coup d'œil dans les dossiers de la police afin de tenter de déterminer le statut actuel des parents adoptifs. Je devrai demander à Ariel de subir un test ADN afin d'être prêt pour l'enquête du tribunal. Nous possédons déjà celui de Yosef et l'établissement des liens de parenté, dans l'absolu, ne devrait pas être difficile.

— Et ensuite ?

— Je ne suis pas certain que le fait que les parents adoptifs de Thimi cherchent à obtenir sa garde soit une bonne idée à ce stade. Cela fait huit ans et il n'y a pas d'installations en Grèce pour le soigner. En outre, j'ai eu l'occasion d'observer le Docteur Jordanou et Christy avec Thimi au cours des quatre derniers jours. Prendre soin d'un garçon comme Thimi est un travail à plein temps, jusqu'à ce qu'il réussisse à s'adapter à son nouvel environnement. Dans cet état d'esprit, supposons que les parents adoptifs ne souhaitent pas reprendre sa garde, n'est-ce pas ?

— D'accord. Et ?

— Cela exigerait que Thimi soit placé sous la garde d'un foyer officiel…

— Impos…

Nicos leva une main pour réduire Michael au silence.

— Pour éviter ceci, Ariel aura besoin de réaffirmer ses droits parentaux. Si elle est prête à le faire, je crois que le problème sera résolu. Les tribunaux ont déjà accepté Wellington comme étant le meilleur endroit pour Thimi et ils apprécient que Christy en ait pris la responsabilité. Avec la mère naturelle de Thimi ici, aux États-Unis, tout serait pour le mieux.

La tension nerveuse de Michael commença lentement à s'apaiser tandis qu'il tentait d'assembler les pièces dans son esprit.

Jake se tourna vers Nicos.

— En avez-vous parlé à mon père ?

Nicos hocha la tête.

— Égoïstement, j'ajouterai que je ne veux pas voir Thimi retiré de Wellington, et j'aimerais qu'il ait l'opportunité de pouvoir faire les mêmes progrès que Christy.

Michael poussa un long soupir.

— Quel bordel…

— C'est compliqué, reconnut Nicos. Mais si nous sommes prudents et prenons soin de documenter méthodiquement les dossiers, le tribunal ne devrait pas changer son ordre.

Christy raccrocha.

— Tout va bien ? demanda Michael.

— C'est intéressant. Il n'allait pas bien quand je suis parti, mais ça allait mieux quand Zero a joué aux échecs avec Thimi. Rob a dit qu'il n'avait pas mangé, dormi ou discuté avec Melos, qu'il avait fait sous lui et qu'il avait vomi, mais qu'il se sent bien avec Zero désormais.

— Bien joué, Zero !

— Ce sont les bonnes nouvelles, mais Thimi n'a pas parlé avec Melos.

— Tu refusais de discuter avec Rob quand tu es arrivé là-bas. Laisse-lui du temps.

— C'est peut-être un tout petit peu vrai.

— C'est totalement vrai !

Christy sourit.

— Ça l'est.

— Vas-tu ouvrir le coffret ?

— Oh, oui.

Christy le posa sur ses genoux et lutta avec jusqu'à ce qu'il s'ouvre, des photographies en jaillirent et s'éparpillèrent sur le sol de la voiture. Christy en ramassa une et l'étudia. Michael y jeta un coup d'œil et la reconnut immédiatement. C'était une photo de Christy et de sa mère. C'était une femme éblouissante et Christy avait hérité de ses cheveux et de sa beauté. En fait, Christy et Sophia lui ressemblaient tellement qu'ils en étaient des copies identiques. Christy en saisit une autre. C'était également un cliché de sa mère et lui. Il en attrapa encore une autre, et un sanglot involontaire lui échappa. Il tenta rapidement de l'étouffer en posant son avant-bras contre sa bouche, afin de retenir le flux soudain d'émotions accablantes, en vain. Les sanglots de Christy éclatèrent et Michael passa rapidement un bras autour de lui afin de le rapprocher de lui tandis qu'il ramassait les photos étalées sur le siège et celles qui étaient tombées sur le sol. Il les regarda. Sur chacune d'entre elles, il y avait Alexis et Christy. Un bonheur inachevé rayonnait d'eux, l'essence même d'une joie et d'une innocence sans vernis se retrouvait capturée dans la nature morte. Christy n'avait pas encore été entaché par les horreurs de l'abus. Son père et d'innombrables autres personnes ne l'avaient pas encore privé des droits immuables de l'enfance : la sécurité, grandir et apprendre, *être aimé*. Le larcin irréparable sur l'âme de Christy ne s'était pas encore produit.

Michael se retrouva à lutter son chagrin accablant. Christy aurait pu être si différent. Il aurait pu être indemne plutôt que réduit en pièces, tentant de remettre ensemble les fragments de son estime de soi. Il aurait pu être sans blessures, en sécurité, *entier*. Christy aurait pu *vivre* plutôt que *survivre*.

La tristesse qu'il ressentait pour Christy imprégnait chaque fibre de son être et il le serra encore plus fort, avant d'embrasser son front. Rien – *absolument rien* – n'arrêterait Michael de faire tout ce qu'il pouvait pour restaurer chaque facette de l'ipséité même de Christy.

— Elles sont géniales, dit-il doucement.

Christy leva les yeux vers lui, le visage baigné de larmes.

— J'ai quelque chose de ma mère.

Michael sourit.

— Ne doute jamais de combien elle t'aimait.

Christy hocha la tête et se redressa.

— Je ne me souvenais pas des endroits, ni des photos, jusqu'à maintenant.

— Aident-elles à combler les espaces blancs ?

— Oui !

Christy repassa toutes les photos et expliqua ce qu'il pouvait se souvenir sur chacune d'elles. Il finit par s'endormir, la tête posée sur les genoux de Michael, tenant une poignée de photos.

Ils arrivèrent à Wellington juste après vingt-et-une heures. Tout le monde s'était endormi à l'arrière de la limousine, y compris Nicos, mais se réveilla quand la voiture s'arrêta.

— Tu es arrivé à la maison, bébé, dit Michael, bâillant.

— C'est un long voyage.

Christy se redressa et remit les photos dans le coffret.

— Tu peux apprécier les efforts de Sophia. Elle le fait chaque week-end, déclara Jake en s'étirant.

— C'est vrai.

Michael jeta un coup d'œil aux banquettes et sur le sol.

— Tu as toutes les photos ?

Christy acquiesça.

— Je regarderai à nouveau lorsque nous serons sortis de la voiture.

Tad ouvrit la portière, et Michael descendit le premier.

— Voilà pour vous, Michael.

Il saisit le sac en plastique transparent contenant des ours en gélatine.

— Qu'est-ce que… ?

— Vous étiez endormi, alors je me suis arrêté chez Costco.

— Deux kilos ? Il va mettre un an à les manger.

— C'est trop de bonbons, déclara Christy, sortant de la voiture.

— Vraiment ? Bordel de merde, Tad !

Jake éclata de rire lorsqu'il vit le sac.

— Le Docteur Jordanou va vous détester.

— Sérieusement, renchérit Michael.

La lumière du porche s'illumina tandis que Rob franchissait le seuil de la porte d'entrée.

— Bon retour.

Christy commença à s'étirer, puis se figea, sa main posée sur son côté.

— Merci, Rob. C'est un très long trajet pour une seule journée. Comment va Thimi ?

Rob indiqua la balancelle du porche. Thimi se trouvait là, se tenant à la limite du rai de lumière, seul, abandonné, attendant Christy.

Celui-ci s'arrêta net.

— Pourquoi ne dors-tu pas ?

— Il n'a pas voulu aller au lit jusqu'à ce que vous rentriez à la maison.

Christy passa au grec et Thimi donnait l'impression qu'il allait éclater en larmes. Christy revint à l'anglais et leva le sachet d'ours.

— Ah, non. Je suis à la maison. Regarde.

Thimi écarquilla les yeux.

— Il y a assez d'ours pour un an. Viens.

Thimi ne bougea pas.

— Viens, viens. Ils sont pour toi.

Il se leva tandis que Christy grimpait les marches.

— Prends-les. Ils sont pour toi.

Michael posa le sac dans les bras de l'enfant.

— Ne les mange pas tous en une seule fois.

Un sourire orna les lèvres de Thimi, réussissant presque à se concrétiser et il dévisagea Michael.

— Me... merci.

But ! Il m'a parlé ! Michael sourit.

— Gardes-en quelques-uns pour le nouveau carrousel.

Thimi hocha la tête.

— Michael, tu appelleras demain ? demanda Christy.

Une myriade d'émotions traversa Michael. Bien qu'il n'y ait pas consciemment réfléchi, il avait, d'une certaine manière, espéré passer la nuit avec Christy.

—Ah... Ouais, bébé. Je te passerai un coup de téléphone après l'entraînement.

— Merci.

— Ça va aller pour toi ?

Christy remarqua la lueur d'inquiétude dans les yeux de Michael, se dirigea vers lui et l'étreignit prudemment.

— Merci.

Cela n'avait pas échappé à Michael que ses côtes lui faisaient mal.

— Tu as été très bien aujourd'hui.

Christy lui adressa un sourire.

— Cela n'aurait pas été possible sans toi.

— Bien sûr que si. Tu deviens plus fort chaque jour.

— Okay. Tu appelleras après l'entraînement ? Et tu viendras pour le barbecue de dimanche ?

Dimanche ? Je vais devoir attendre jusqu'à dimanche pour te revoir ?

— Euh... Ouais.

— *S'agapó, moro mou.*

— Je t'aime aussi, bébé.

Il regarda Christy prendre Thimi par la main et le faire entrer dans la maison.

— Comment était-il ? demanda Rob.

— Fantastique. C'était une journée vraiment riche en émotions, mais il l'a bien gérée. Sophia était super aussi. Cela aurait pu s'avérer extrêmement mauvais, mais Ariel n'a rien retenu. Une fois que ça s'est mis à couler, cela a continué et je pense qu'ils l'apprécient pour cette raison.

— Je suis d'accord, fit Jake. C'était une victoire.

— Mmm... Vrai, concéda Nicos.

— A-t-il pris les médicaments que je vous ai donnés ?

Michael secoua la tête alors qu'il fouillait dans sa poche et sortait le petit sac.

— Il n'en a pas eu besoin. Il s'est mis en colère après les Sanna, mais cela n'a pas duré, il s'est repris et a vraiment tout pris en charge.

Rob lui prit le sachet.

— C'est super à entendre.

— Je vous donnerai tous les détails, indiqua Nicos.

— Merci, Général, dit Michael, lui serrant la main. Vous nous tenez informés ?

— Nero saura ce qui se passe en Grèce.

— Merci.

Après un dernier geste, Michael et Jake grimpèrent de nouveau dans la voiture.

— FATIGUÉ ? DEMANDA Jake tandis qu'ils faisaient le trajet de retour jusqu'à la maison.

— « Fatigué » ne suffirait pas à décrire mon état.

Jake secoua la tête.

— Sacré bordel.

— Plutôt, mon pote. Je ne suis pas sûr de pouvoir en supporter davantage. C'est pire qu'un feuilleton. « Amour, Gloire et Mocheté [12] »

Jake sourit et se mit à jouer à son tour.

— « Des Jours et des Vies Ridicules [13] »

Michael gloussa.

— « J'ai l'Estomac Retourné [14] ».

Jake ricana.

— « Hôpital Horrible [15] »

Michael éclata franchement de rire.

— « Les Feux du Ridicule [16] »

Jake explosa.

---

12 The Bold and Beautiful – Amour, Gloire et Beauté

13 Day of our Lives – Des Jours et des Vies

14 As the Stomach Turns – Alors Que le Monde Tourne As the World Turns (souvent abrégé en ATWT) est un feuilleton télévisé américain, propriété de Procter & Gamble, créé par Irna Phillips et diffusé le 2 avril 1956 au 17 septembre 2010 sur CBS. Ce feuilleton, inédit dans les pays francophones, a connu la plus longue diffusion continue à la télévision américaine. La chaine CBS a annoncé le 8 décembre 2009 qu'elle mettrait un point final le 17 septembre 2010 à la série qu'elle diffusait depuis plus de 53 ans.

15 General Hospital – Hôpital Central

16 The Young and Restless – Les Feux de l'Amour

— « Les Hauts de ces Foutus Hurlevent [17] »

Soudain, ce n'était plus drôle. *Du tout.*

— Je ne suis pas certain de pouvoir en supporter davantage et je ne peux qu'imaginer ce que Christy ressent.

Jake bougea à travers la voiture pour s'asseoir à côté de Michael, l'étreignant d'un bras et embrassant sa tempe.

— Nous le surmonterons. C'est ce que nous faisons.

Tad s'engouffra dans l'allée pavée et ils furent choqués de voir que les voitures avaient disparu et qu'il n'y avait plus aucun dommage sur le portique.

— Ton père a tout pris en charge, fit Michael, stupéfait.

— Je suis certain que maman s'en est occupée. Autant elle se plaint, disant que la maison est un monument à la gloire de papa, autant elle l'aime et ne peut pas supporter qu'il y ait quelque chose qui ne soit pas à sa place. Elle a probablement obligé les gars de l'entretien à travailler du lever au coucher du soleil.

— Je me demande à quoi ressemble ma maison.

— Je suis sûr que ton père s'en est chargé.

— Tu veux bien me faire une faveur ?

— Dis toujours.

— Aller là-bas, avec moi, après l'entraînement. J'ai besoin de voir ce qui reste de ma chambre.

Jake acquiesça.

— D'accord. Allons dormir un peu.

---

17 Wuthering Heights – Les Hauts de Hurlevent

XXXIII

— Whoo-hoo ! cria Michael tandis que Jake et lui franchissaient la ligne d'arrivée, à l'entraînement du jeudi.

— Vos temps sont excellents ! hurla le coach O'Malley.

— Nous l'avons senti ! rugit Michael.

Le coach tapa l'épaule de Jake d'une main et celle de Michael de l'autre.

— Vous allez briller !

— On n'aurait pas pu y arriver sans vous, entraîneur ! brailla Jake.

Le coach leva une main pour un tope-là et Michael suivit.

— Nous retravaillerons les départs demain, déclara O'Malley, tout en faisant des annotations sur son presse-papiers. Je veux vérifier ton genou, Michael.

— Je veux travailler sur mes pas et mon timing aussi.

— Très bien, très bien. Nous nous arrangerons pour tout faire.

Il griffonna encore une fois sur son presse-papiers.

— Comment allez-vous après l'autre soir ?

— Vous l'avez vu aux infos ? demanda Jake.

— On ne pouvait pas le rater.

Michael laissa échapper un long soupir alors qu'il attrapait une serviette qu'il jeta à Jake, et sortait une bouteille d'eau de son sac.

— Ça fait braire.

O'Malley fit un geste subrepticement vers le parking.

— Ils ont quelque chose à voir avec ça ?

Jake et Michael se retournèrent.

— Bordel ! cria Michael.

— Que se passe-t-il ?

Jake donna un coup de pied dans le sol.

— Il semblerait que Rich traîne avec les gars qui ont vendu à Jason la bombe pour la voiture de Michael.

Celui-ci se versa de l'eau sur la tête.

— Ils ont eu celle de Jake et une de celles de la sécurité aussi.

Le visage d'O'Malley montra son incrédulité.

— Peut-être que nous devrions utiliser la piste intérieure du Lycée Wilson.

Michael avala les dernières gorgées d'eau de sa bouteille.

— Ce serait peut-être une bonne idée. Ma mère est près de perdre la tête et je ne veux pas que les parents nous disent que nous ne pouvons plus nous entraîner.

Le coach hocha la tête.

— Je vais m'en occuper et vous appellerai ce soir.

Jake donna un nouveau coup de pied dans le sol.

— Merci, entraîneur. J'apprécie.

— Que dit la police ?

— Ils ne peuvent rien prouver encore.

O'Malley secoua la tête, consterné.

— Désolé, les garçons.

— Hey, coach ?

L'entraîneur croisa le regard de Michael.

— C'est la seule tenue de sport que j'ai après l'incendie. Y a-t-il la moindre chance pour qu'il vous reste un maillot après cette année ?

— Je te le ferai savoir quand j'appellerai ce soir.

— Merci.

— Comment allez-vous rentrer à la maison, les garçons ?

— Avec la sécurité. Aucun de nous n'a de voiture désormais, dit Jake, jetant sa serviette dans son sac.

— Qu'est-il arrivé à celle de Michael ?

— Elle était au garage quand la maison a été incendiée.

L'entraîneur secoua la tête avec dégoût.

— Comment veux-tu faire ça, mon pote ? demanda Jake à Michael.

— Quoi ?

— Regagner cette foutue voiture.

— Qu'ils aillent se faire voir. Marchons directement jusque là-bas.

O'Malley remballa son presse-papiers et son chronomètre dans son petit sac à dos.

— Je vous accompagne.

Michael secoua la tête.

— Je ne veux pas que vous soyez impliqué dans tout ceci.

— Que viens-tu juste de dire ? Qu'ils aillent se faire voir ?

Michael sourit.

— Où êtes-vous garé ?

— Même parking.

Jake sortit son téléphone portable de la poche dissimulée dans son short.

— Qui appelles-tu ? demanda Michael.

— Tad… Ouais, hey, Tad. Où êtes-vous garé… ?

Jake gloussa.

— Ouais… ? D'accord, à tout de suite.

Il raccrocha.

— Il est stationné juste à côté des motos et la police est en chemin.

Michael éclata de rire.

—Allons-y !

Un véhicule de la police entrait sur le parking alors qu'ils traversaient le terrain. Ils continuèrent jusqu'à celui de la sécurité qui les attendait, et ce fut alors que Michael repéra la veste.

— Jake.

Celui-ci regarda Michael.

— La veste.

Jake fronça les sourcils et se retourna vers les motards.

— Il n'a quand même pas les couilles d'être là.

— Je vais vérifier.

Michael se dirigea directement vers le motard et Jake l'attrapa par le bras.

— Ne fais pas ça.

Michael se libéra.

— Je veux savoir.

— Ne fais pas ça, l'avertit Jake.

— Si, j'y vais.

Michael trottina directement vers le biker et tenta de soulever sa visière.

Le gars tapa sur sa main pour l'éloigner, releva la visière et cracha en direction de Michael. Bien entendu, c'était Rich. Les visières de tous les autres motards se relevèrent à l'unisson, comme l'ouverture coordonnée de l'œil d'un insecte.

Une vague de colère déferla en Michael et il se pencha pour tirer Rich hors de sa moto.

— Putain, ne t'avise pas de me cracher dessus.

Jake l'attrapa par le bras.

— Recule.

Il se tourna ensuite vers Rich.

— Que fais-tu là, mec ?

— À ton avis, je fais quoi ?

— Pourquoi nous harceler ?

Le rire qui émana de Rich paraissait malveillant, carrément maléfique.

— Je te retourne la faveur, mec.

Michael baissa le menton, incrédule.

— De quoi diable parles-tu ?

— Tu as foutu ma vie en l'air, je fais la même chose avec la tienne.

Une expression pleine de colère s'afficha sur le visage de Jake.

— On ne t'a rien fait du tout !

Rich eut un sourire en coin.

— Comme si tu ne savais pas.

Puis il se tourna vers les motards.

— Ces gosses de riches ! Plus cons que des brêles !

Les bikers se mirent à rire et Rich remonta sa béquille et démarra son engin. Sans ajouter un seul autre mot, il roula, sortant du parking. Les autres le suivirent et, si les regards pouvaient tuer, Michael et Jake seraient morts une centaine de fois.

— De quoi parle-t-il ? demanda Michael, exaspéré.

— Aucune idée.

— Merci, entraîneur, débita Michael, d'un air absent, tandis qu'ils s'éloignaient.

— Veillez sur vos arrières, les garçons.

Michael et Jake arrivèrent au véhicule de la sécurité, pour trouver non seulement Tad et John, leurs gardes réguliers, mais également deux nouveaux.

— Tout va bien ? demanda Tad.

— Non, répondit Michael. Rich pense que nous avons fichu sa vie en l'air et tout ça n'est qu'une histoire de revanche.

— A-t-il expliqué ce que vous aviez fait pour ruiner sa vie ?

— Non.

— Je vais en informer Monsieur Santini.

— Passons par chez moi, ajouta Michael.

— Votre mère se trouve là-bas en ce moment. Pourquoi ne l'appelleriez-vous pas ?

Tandis que Michael sortait son portable pour passer l'appel, Jake prit le sien dans son sac et composa un numéro.

— Tu téléphones à ma mère ?

Jake secoua la tête.

— Jake Santini pour le Détective Davis. Je vais patienter.

— Je sais que tu crois que je suis inconscient, Jake, mais je ne pense pas que nous ayons fait quoi que ce soit à Rich.

— Tu ne l'es pas cette fois. Rich a un balai coincé dans le cul... Ouais, bonjour, Détective. Nous venons juste de rencontrer Rich.

— C'est ce que j'ai entendu dire. Notre voiture de patrouille vient d'en faire le rapport.

— Alors, je suppose que vous savez ce qui s'est passé.

— Était-ce Rich avec la veste ?

— Oui, et il déclare que nous avons f... fichu en l'air sa vie et nous sommes censés savoir comment nous avons fait ça. Pour le citer, il « me retourne la faveur ». Nous ne savons pas de quoi il parlait.

— Ça n'aide pas beaucoup. J'ai pu apprendre qu'il n'avait pas obtenu son diplôme d'études secondaires. Il doit redoubler.

— Mais il possède la bague de la classe ?

— Elle a été achetée en début d'année scolaire.

— Tony a-t-il obtenu le sien ?

— Oui. Je vais tenter de discuter à nouveau avec les parents de Rich ce soir. Je tiendrai les vôtres informés.

263

— Merci, Détective.

Jake raccrocha.

— Il dit que Rich doit redoubler et qu'il n'a pas reçu de diplôme.

— Que se passe-t-il avec la bague ?

— Il l'a achetée en début d'année. Peut-être que c'est la raison pour laquelle il est énervé.

— Cela n'a rien à avoir avec nous.

— Le fait que tu sois gay n'avait rien à voir avec Jason non plus, mais il le pensait pourtant.

Michael secoua la tête avec frustration tout en composant un numéro.

— Hey, maman.

— Bonjour, mon chéri. Comment s'est passé l'entraînement ?

— Super. Que fais-tu à la maison ?

— Ton père et moi avons rencontré l'expert de l'assurance et les ouvriers sont ici à présent.

— Je vais passer. Je veux vérifier l'état de ma chambre.

Elle soupira.

— Il n'en reste rien, mais tu es le bienvenu pour venir.

Michael grimaça.

— Je serai là dans quelques minutes.

Il raccrocha, appela Christy et tomba sur la boîte vocale. Il composa le numéro de Rob.

— Salut, Rob.

— Bonjour, Michael. Christy fait une sieste avec Thimi.

— Comment était la nuit ?

— Difficile. Je crains que la rencontre avec Ariel n'ait pas été bénéfique pour les cauchemars de Christy.

— Je me demandais à ce sujet. Il va bien ?

— Aussi bien qu'on peut s'y attendre.

— Voulez-vous lui faire savoir que j'ai appelé et que j'essaierai plus tard ?

— Bien entendu.

— Merci.

Il raccrocha.

— Mauvaise nuit pour Thimi ?

Michael secoua la tête.

— Christy.

Jake laissa échapper un long soupir exaspéré.

— Toute cette histoire a besoin de se calmer.

— As-tu discuté avec Sophia ?

Jake acquiesça.

— Elle a appelé de bonne heure ce matin et a dit qu'Ariel allait bien, que revoir Christy avait illuminé sa vie depuis la perte de sa sœur. Elle dresse toutes sortes de plans pour l'avenir.

Michael imita le soupir de Jake.

— Tout cela aurait pu très mal tourner. Je suis content que ça se soit bien passé.

— Elle dit qu'Ariel a toujours sérieusement peur des Sanna, mais que la sécurité supplémentaire aide bien.

— Je ne peux pas lui en vouloir.

— Tout bien considéré, je pense toujours que c'est une victoire.

— Sauf pour ce qui est de la garde de Thimi.

Jake haussa une épaule.

— Avec le Général Sotíras et mon père sur le dossier, je ne pense pas que ce sera un problème.

— Et si ses parents adoptifs veulent le récupérer ?

— Alors, nous y ferons face.

XXXIV

L'ENTREPRISE DE réparation avait évacué l'eau, les cendres, la suie et les tapis endommagés de la maison. Ce qui restait des meubles brûlés était chargé dans un camion pour être emporté. Des travailleurs sur le toit enlevaient les bardeaux endommagés et les jetaient en tas sur l'herbe. Une autre équipe avait travaillé pour enlever le plafond et remplacer le Placoplatre dans le couloir, et un gars courait partout pour prendre des photos du tout. Michael et Jake passèrent par le salon pour se rendre à la cuisine.

— Ça a l'air nettement mieux que ça ne l'était hier soir, dit Jake. Il y a de l'espoir.

— Il y a toujours de l'espoir, mon pote.

Ils trouvèrent les parents de Michael dans la cuisine, chacun avec un portable rivé à l'oreille. Bobbie paraissait épuisée et Mac leva une main et leur fit un geste. Michael alla vers le réfrigérateur et en sortit plusieurs bouteilles d'eau. Il en envoya une à Jake et le rejoignit au bar du petit-déjeuner.

Bobbie raccrocha et sourit à Michael.

— Tu vas bien, maman ?

— Oui. Ton père n'a pas limité mon budget pour les meubles et je vais refaire toute la maison.

— Bien joué !

Michael leva une main pour un tope-là et elle la claqua légèrement.

— Nous resterons chez Jake pendant les réparations.

— Un autre bon point ! Pouvons-nous jeter un coup d'œil à ma chambre ?

Son visage montra sa déception.

— Elle a été vidée. J'ai fait déposer tout ce qui pouvait être sauvé dans le salon. Je pense que ta grâce est sauve parce que tout ce qui était important pour toi se trouve dans les placards du salon.

Michael bondit de son siège et l'embrassa sur la joue.

— Merci, maman.

Ils se dirigèrent vers le couloir, faisant attention à rester hors du chemin des ouvriers et se tinrent devant l'entrée de la chambre de Michael.

Jake siffla doucement.

— Elle ne plaisantait pas, hein ?

La pièce était noire de suie du sol au plafond et les fenêtres avaient disparu. Elle était entièrement vide, y compris la moquette, les portes de sa penderie et de la salle de bain. Il ne restait absolument rien. Il alla à la salle de bain. Le miroir avait été brisé par la chaleur intense et tout le plastique contenu dans la pièce, y compris les bouteilles entreposées dans la douche avaient fusionné sur place. Il prit la bouteille de *Clean* sur le lavabo. Elle avait fondu et était désormais collée au comptoir. *Soixante-seize dollars directement dans le drain.* Il fouilla dans les placards au-dessus du lavabo. Tout avait coulé.

Il jeta un coup d'œil circulaire à la chambre et ne put s'empêcher de se sentir violé. Il avait eu des photos sur les murs, des cadres sur sa table de chevet et quelques babioles. Les bibelots n'étaient pas vraiment importants, mais ils étaient à *lui* et il n'y avait pas le plus petit signe que quoi que ce soit ait survécu à l'incendie. Son cœur sombra.

Il quitta la pièce, Jake le suivit dans le couloir et il poussa la double porte qui menait au salon. Là, sur la table de jeu, se trouvait la boîte métallique qu'il espérait trouver et son cœur grimpa en flèche. Bosselée, carbonisée, noire de suie, elle était toujours intacte. Il se dirigea droit vers elle et tenta de l'ouvrir. Toujours verrouillée, il était satisfait.

— Qu'y a-t-il à l'intérieur ? demanda Jake.

Une brusque rougeur apparut sur son cou et remonta à son visage.

Jake gloussa.

— Je n'insiste pas.

— Ouais.

Il jeta un coup d'œil sur les autres affaires et ne trouva rien de valable jusqu'à ce qu'il tombe sur son ordinateur portable. Il essaya de l'ouvrir, mais finit par renoncer. Tout ce qu'il possédait, en dehors de la boîte métallique, avait fondu. Il avait l'impression que toute sa vie l'était également.

— C'est une bonne chose que tous tes trophées et tes médailles sont ici.

— Tu as raison, mon pote.

Le téléphone de Jake sonna et il répondit avec que la sonnerie « *We are the Champions* » de Queen puisse se terminer.

— Hey, entraîneur… Il y a du chemin à faire… Merci, je lui dirai. À demain.

— Nous pouvons utiliser la piste de Wilson ?

— Oui, celle d'intérieur. Et il lui reste un maillot pour toi.

— Cool.

MICHAEL ET Jake s'entraînèrent jeudi et vendredi matin, et Christy envoyait des messages à Michael au milieu de la nuit, au lieu de répondre à ses appels. Cela mettait Michael mal à l'aise, mais il pensa que Christy avait besoin de temps, à la fois pour digérer ce qu'Ariel avait révélé et pour Thimi. Il sortit avec Jake, mais sinon, il s'ennuyait comme un rat mort et au dîner de vendredi soir, il poussait ses petits pois autour de son assiette, désintéressé par la nourriture.

— Tu n'as pas faim ? demanda Bobbie.

Michael haussa les épaules.

— Toujours pas d'appel de Christy ? intervint Mac.

— Nan. Thimi est-il un de tes patients ?

— Pas encore, mais je présume que je prendrai la suite une fois que le Docteur Jordanou sera parti. Pourquoi ?

Michael jeta un bref coup d'œil à Jake avant de répondre.

— Je me demandais juste si tu savais quoi que ce soit sur lui.

— Si c'était le cas, je ne pourrais pas partager mes informations avec toi.

Une soudaine colère remonta le long de la colonne vertébrale de Michael. Il ne voulait pas perdre son sang-froid devant les parents de Jake, mais il était à fleur de peau depuis la fin du procès.

— Tout comme tu n'as pas pu me dire que Yosef avait violé Christy ?

Mac marqua une courte pause à la question sarcastique.

— Exactement.

— Tu aurais dû m'en parler.

Mac s'essuya la bouche avec sa serviette, la posa à côté de son assiette et croisa le regard plein de défi de Michael.

— Présumons, juste un instant, que j'ai choisi de trahir le secret professionnel entre un patient et son médecin, ainsi que mon éthique déontologique et que je t'en ai parlé. Les choses t'auraient-elles paru moins horribles ? Que ce soit pour toi ou pour Christy ?

— Ce n'est pas le but.

— Quel est-il ?

— Christy est mon petit ami. J'avais le droit de savoir.

— Absolument pas.

Michael repoussa son assiette bien trop fort et ses couverts volèrent et atterrirent sur le sol. Il se leva brusquement, sa chaise vacilla en arrière et tomba, puis il s'élança hors de la salle à manger.

Bobbie se leva pour le suivre, mais Mac lui indiqua d'un geste de rester là. Elle redressa la chaise.

— Il a dépassé les bornes.

— Il est en colère.

— C'est toujours inacceptable.

— Il le sait, mais discuter avec lui pour l'instant, n'aboutirait qu'à une dispute.

MICHAEL DONNA un coup dans le pied du lit de sa bonne jambe, se laissa tomber dessus et fixa le plafond dans la pénombre de la pièce. Sa colère vibrait à travers lui et il avait besoin de l'évacuer. Il décida d'aller courir, se redressa et retira ses chaussures.

Son téléphone sonna avec « *Fix You* » de Coldplay alors qu'il avait enfilé la moitié de son tee-shirt par-dessus sa tête. Il se figea. C'était la sonnerie de Christy. Lorsque l'appareil tinta une deuxième fois, il se précipita pour mettre son tee-shirt et ne réussit qu'à emmêler son bras dedans. Il saisit le portable de sa main libre, tomba sur le dos sur le lit et appuya sur le bouton vert avec son pouce, puis essaya de le mettre à son oreille. Le tee-shirt le gênait.

— Merde !

Il posa le téléphone sur le lit, fit passer le tee-shirt par-dessus sa tête avec bien plus de force que nécessaire, puis répondit à l'appel.

— Christy ?

— Merde ? C'est comme ça que tu réponds au téléphone ?

La colère de Michael disparut dès l'instant où il entendit la voix de Christy.

— Désolé. Mon tee-shirt était bloqué et je n'arrivais pas à le retirer pour répondre.

— Tu t'es disputé avec un tee-shirt ?

Michael se mit à rire.

— Ouais. Il a failli gagner. Comment vas-tu, bébé ?

— Thimi n'est pas bien. Ce nouvel endroit est très difficile pour lui. Après cinq jours, c'est seulement maintenant qu'il peut dormir sans vomir.

— Oh, merde. Je suis désolé, bébé. Comment vas-tu ?

— Je suis très fatigué, mais je suis content qu'il aille mieux.

— Tu me manques.

— Je suis désolé que ça se passe comme ça.

Michael soupira et se frotta les yeux du pouce et de l'index.

— Nous le surmonterons.

— J'appelle pour te demander une faveur, une énorme.

— Tout ce que tu veux.

— Cette semaine, quand Thimi ne dormait pas, je lui ai raconté notre histoire. Je lui ai aussi parlé de la grande roue et de combien elle représentait une bonne chose pour moi, pas la mauvaise.

— Cool.

— Je lui ai également parlé de l'arcade, des flippers, des manèges et de l'homme avec les ballons sur le front de mer.

Michael sourit.

— Ouais.

— Comme moi, Thimi ne connaît rien de tout ça. Je lui ai montré plein d'images sur l'ordinateur de chevaux peints. J'ai oublié le nom.

— Le carrousel ?

— Oui, ça. Il aime ça. Il n'est pas sorti depuis qu'il est là. J'aimerais l'emmener voir les chevaux peints.

— Ouais, bien sûr. Quand veux-tu y aller ?

— Si Thimi passe une bonne nuit, nous pourrons aller sur le front de mer pour un petit moment ?

— Bien sûr. À quelle heure ?

— Dans l'après-midi. Quinze heures, peut-être. Mais je dois attendre et voir si Thimi a passé une bonne nuit.

— D'accord. Appelle-moi simplement quand tu te réveilleras.

— Merci, *moro mou*.

— De rien, bébé. Y a-t-il autre chose que je puisse faire pour aider ?

— Non. Thimi a besoin de temps pour voir et apprendre de nouvelles choses. Il a vécu dans une cage pendant des années, donc c'est difficile pour lui.

— Une cage ?

— Dans un tout petit placard. Il ne connaît pas les sons, les gens et les choses. Michael, il n'a jamais mangé de glace.

— Nous pouvons arranger ça.

— Il sera très effrayé. Il ne peut pas être touché. Nous devons le garder en sécurité, loin des gens.

— Tu es sûr de vouloir aller sur le front de mer, un week-end ? Je veux dire… il y aura beaucoup de personnes là-bas.

— Tu as entraînement pendant la semaine.

Michael soupira.

— Ouais, d'accord.

— Oh, encore une chose très importante. Je lui ai dit que Sophia était ma sœur. Il est surpris et aimerait la voir.

— As-tu discuté avec Sophia de ce que tu as raconté à Thimi ?

— Je l'ai fait. Elle vient de la ville pour être avec Jake. Je lui ai demandé de proposer à Jake de venir sur le front de mer.

— Cool. Tu ne veux pas que nous y allions ensemble en voiture ?

— Je ne sais pas. Cela dépendra de la rencontre avec Sophia. Ce serait peut-être trop difficile pour Thimi. Je m'assiérai à l'arrière de la voiture de la sécurité avec Thimi et toi, pour m'assurer qu'il va bien.

— Que pense Rob de tout ceci ?

— Il trouve que c'est bien. Quand je suis arrivé ici, je ne suis pas sorti pendant presque neuf mois, sauf pour aller à l'école. Rob n'aimait pas ça.

— Oh, ouais. J'avais oublié.

— Rob aimerait que Melos, le conseiller de Thimi, vienne avec nous, mais Thimi ne veut pas. Il souhaite que seul Zero nous accompagne.

— La famille au grand complet.

Christy se mit à rire doucement.

— C'est agréable de t'entendre dire ça.

Michael sourit intérieurement.

— D'accord, bébé. J'attends donc ton coup de fil dans la matinée ?

— Oui, Michael. Merci.

— Je t'aime.

— *S'agapó.*

Michael raccrocha, se rallongea sur le lit et scruta le plafond. Il ne savait pas trop ce qu'il devait ressentir. C'était agréable que Christy ait appelé, mais il avait toujours l'impression que quelque chose clochait. Peut-être que c'était parce qu'il était fatigué. Il appuya sur la numérotation abrégée de Jake.

— Mon pote…

La voix profonde de Jake retentit à son oreille.

— Pourquoi m'appelles-tu alors que tu es à quinze mètres de moi ?

— As-tu discuté avec Sophia à propos du front de mer ?

— Ouais. Elle arrive de la ville de bonne heure demain matin. Je crois comprendre que tu as enfin pu parler avec Christy ?

— Il a appelé.

— Tu ne parais pas heureux.

— Je vais bien.

— Non, tu ne l'es pas.

— Je le suis.

— Tu ne l'es pas.

— Je le suis, je le suis, je le suis.

— Tu ne l'es pas, tu ne l'es pas, tu ne l'es pas. Parle-moi.

Michael réfléchit un peu trop longtemps.

— Tu vois ! Je te l'avais dit ! Quelque chose cloche !

— La ferme ! Papa aurait dû me dire que Yosef avait violé Christy.

— Il ne pouvait pas t'en parler.

— Il aurait quand même dû le faire.

Jake poussa un long et profond soupir.

— Réagis de manière intelligente à ce sujet, Michael. Christy ne voulait pas que tu saches.

C'était l'autre chose qui énervait Michael. Christy aurait dû lui en parler.

— Tu n'aides pas.

— Christy et toi en avez-vous discuté ?

— Ouais.

— Que dit-il ?

— Il pensait que je ne voudrais plus de lui.

— Tu as ta réponse.

— Qu'est-ce que cela indiquerait sur moi ? Que j'aurais dû renoncer à lui pour une chose qui n'était absolument pas de sa faute et à cent pour cent hors de son contrôle ?

Jake resta silencieux pendant un long moment avant de parler.

— C'est un bon point, mais tu ne peux pas être égoïste.

— En quoi diable est-ce égoïste ?

— Ce n'est pas à propos de toi. Cela le concerne, lui. Mets-toi à la place de Christy. Si Jason t'avait violé, voudrais-tu que Christy le sache ?

— Il ne l'aurait jamais découvert parce que j'aurais tué Jason.

Jake éclata de rire.

— Réponse pourrie. Tu sais ce que je veux dire.

— Hey, je fais tout ce que je peux pour m'assurer que Christy aille bien et pour qu'il sache que je l'aime. Il le sait. Comment a-t-il pu ne pas me le dire ?

— Donc, tu es en colère après Christy parce qu'il ne t'en a pas parlé ?

— Non. Seigneur, je ne pourrais jamais être en colère contre lui pour ça.

— Mais tu peux l'être avec ton père pour la même raison ?

Les paroles de sa mère lui revinrent à la mémoire. *Certains choisissent de placer la responsabilité de leurs sentiments à d'autres personnes. Le transfert, c'est quand nous redirigeons nos émotions vers un substitut et essayons d'y faire face à travers cette personne ou cette chose.*

— Tu marques un point.

— Vas-tu redescendre et discuter avec ton père ?

— *No bueno.*

— Je ne savais pas que tu parlais espagnol. Va t'excuser.

— *Taco.* Quel est le problème avec ma vie dernièrement ? Rien ne va dans le bon sens.

— Je déteste quand tu fais ça.

— Quoi ?

— Pleurnicher.

— Ouin, ouin, ouin !

Jake éclata de rire.

— Il y a vraiment quelque chose qui ne tourne pas rond chez toi, mon pote. Arrête d'y penser. Nous nous amuserons sur le front de mer demain.

— Hey, Jake ?

— Quoi ?

— Merci.

— Ne la joue pas trop émotif avec moi ! Tu sais que je déteste ça !

— La ferme, mec. Tu adores.

Michael raccrocha, retourna dans la salle à manger et fut heureux de constater que les parents de Jake n'étaient plus présents dans la pièce.

— Désolé, papa. J'ai compris.

Mac leva les yeux vers lui.

— Je suis désolé de ne pas avoir pu t'en parler. Je savais que cela poserait un problème lorsque tu le découvrirais.

Michael se laissa tomber sur la chaise que sa mère avait redressée.

— La vie craint vraiment.

Bobbie le fixa un long moment.

— La vie peut être très difficile sans que ce soit de notre faute, mais cela ne veut pas dire qu'elle craint. Cela signifie que nous devons faire du mieux que nous pouvons pour reprendre les choses en main.

Michael poussa un long soupir et Mac se tourna vers lui.

— Tu dois faire face à beaucoup d'évènements en ce moment, et tu t'en tires bien, fiston.

— Pas vraiment.

Mac fronça les sourcils.

— Y a-t-il quelque chose qui t'inquiète en dehors de Yosef ?

Michael secoua la tête.

— Rien sur lequel je puisse mettre le doigt dessus. Christy me semble bizarre en ce moment. Il paraît… distant.

— Il a peur de la prochaine tuile qui va lui tomber dessus, dit Bobbie.

Ce fut au tour de Michael de froncer les sourcils.

— Quelle autre tuile ?

— Je pense qu'il sait qu'à un certain point, tu devrais exorciser ta colère envers Yosef et il a peur de se retrouver en pleine ligne de feu.

Michael secoua la tête.

— Aucune chance.

Mac le dévisagea par-dessus ses demi-lunes.

— Cela peut ne jamais arriver. Mais cela ne veut pas dire qu'il ne l'appréhende pas.

— Comment régler le problème ?

— Avec du temps.

Le mot de cinq lettres et d'une seule syllabe était de mauvais augure.

Bobbie claqua des mains et les posa sur la table.

— Tu dois simplement le rassurer encore et encore, jusqu'à ce qu'il se sente en sécurité.

Michael mâchouilla sa lèvre inférieure et hocha la tête.

— Aussi longtemps qu'il le faudra.

XXXV

LE TÉLÉPHONE de Michael sonna à six heures du matin et il roula sur le côté, puis tendit la main pour l'attraper. Il tomba de la table de nuit, il tâtonna sur le côté du lit à l'aveuglette. Il le trouva du bout de ses doigts, le porta à son oreille et répondit d'un « ouais » ensommeillé.

— Michael !

Le cri de Christy vrilla son oreille comme une bougie romaine qui aurait mal tourné.

— Hey, bébé.

— Thimi a passé sa première nuit sans faire de mauvais rêve !

Il passa le téléphone à son autre oreille, espérant préserver ce qui restait de son ouïe.

— Super.

— Tu ne m'écoutes pas !

— Si, je le fais. Complètement.

Il se tourna de nouveau et mit un oreiller sur sa tête.

— Thimi a eu toute une nuit sans mauvais rêve !

— Je t'ai entendu, bébé. C'est foutrement génial.

— Nous pouvons aller aux chevaux peints aujourd'hui !

L'excitation de Christy était contagieuse et Michael sourit intérieurement.

— C'est énorme. Comment était ta nuit ?

— J'ai dormait. Oh, attends… Non. Le mot est dormi, hein ?

Michael ne put s'en empêcher, il finit par rire.

— Il est bien trop tôt pour s'en soucier.

— On dirait que tu es loin de moi. Où es-tu ?

— Sous mon oreiller.

— Pourquoi es-tu là ?

— Je dors toujours comme ça.

— Ce n'est pas vrai.

— Quand tu n'es pas avec moi, je le fais. À quelle heure veux-tu que je passe te chercher ?

— J'ai changé d'avis. Pouvons-nous aller sur le front de mer de bonne heure ?

Désormais, Michael se sentait menacé.

— Qu'est-ce que tu entends par « de bonne heure » bébé ?

— Quand est-ce que ça ouvre ?

— Je ne sais pas.

— D'accord. J'appelle Lisa et je te recontacte après.

— Bébé, c'est trop t…

La ligne s'éteignit.

Michael roula sur son dos, l'oreiller pressé sur le côté de sa tête et il pria pour que Lisa ne l'étrangle pas. La seule fois où il avait entendu Christy aussi excité, c'était lorsqu'il avait vu sa robe pour le bal de promotion. Il sourit intérieurement. Cela allait être une bonne journée. Son portable sonna de nouveau et il regarda l'écran.

— Bonjour, mon pote. Christy t'a appelé aussi ?

— Des appels pareils constituent un harcèlement.

— À tout de suite dans la cuisine.

Michael trébucha de son lit et se dirigea vers la salle de bain où il s'occupa de ses petites affaires. Il se brossa rapidement les dents, se lava le visage et jeta un coup d'œil à son reflet dans le miroir. Il était suffisamment présentable pour Jake, donc il descendit au rez-de-chaussée.

JAKE SE pencha dans le réfrigérateur pour chercher du jus de fruit.

— Tu sais, c'est d'accord si ma chère et tendre me réveille à cinq heures du matin. Ça ne l'est *pas* si c'est le tien.

Michael las, passa une main dans ses cheveux et s'assit à l'îlot de la cuisine.

— Il est six heures.

— Peu importe.

Ils burent leur jus de fruit dans un silence serein jusqu'à ce que le téléphone de Michael sonne et ils sursautèrent tous les deux.

Jake lança un regard ennuyé à Michael.

— Tu as *tellement* de chance que ce soit le tien.

Michael ricana tout en répondant.

— Hey, bébé.

— Dix ! Lisa dit que les chevaux peints ouvrent à dix heures. À quelle heure peux-tu être ici ?

— Neuf heures.

— D'accord. Je vais me préparer. Ne sois pas en retard, *moro mou ! S'agapó!*

— Je t'aime aussi, bébé.

Michael lança son téléphone sur la table.

Jake bâilla.

— Maîtrise un peu ton gars.

— Je suis dessus, répondit Michael avec la célérité d'un escargot.

Le portable de Jake sonna, Michael lui lança un regard acéré et Jake roula des yeux.

— *Ciao, bella.*

— Christy veut être sur le front de mer pour dix heures afin de monter sur le carrousel. Je vais directement à Wellington. À quelle heure seras-tu là ?

Jake frotta une main sur son visage et jeta un coup d'œil à Michael.

— À quelle heure veux-tu passer les prendre ?

— Neuf heures.

— Neuf heures, répéta Jake.

— Je serai là à huit heures et demie. Je t'aime. Bye !

Jake lança un regard noir à Michael.

— Nous n'avons absolument aucun contrôle sur cette journée, mon pote.

— Nan.

THIMI HALETA lorsqu'il vit Sophia sortir de la berline qui l'avait amenée depuis la ville.

— *Didyma !*

Son exclamation était rauque et douce, malgré son excitation.

Christy sourit devant le mot grec pour « jumeaux ».

— Tu vois ? Elle est comme moi. Tu vas l'aimer.

Sophia salua Christy d'un baiser sur la joue et parla en grec.

— *Kaliméra, agapiméne mou.*

— Le voyage était agréable ?

— Oui, et Ariel se sent à l'aise avec la nouvelle sécurité. Il n'y a eu aucun problème pour que je parte.

— C'est bien. Thimi est excité de te voir.

Elle lui sourit.

— Bonjour, Thimi. C'est agréable de te rencontrer. Christy dit plein de bonnes choses sur toi.

Thimi continuait à la dévisager, toujours surpris par la ressemblance. Elle se mit à rire doucement.

— Nous surprenons la plupart des gens.

Les joues de Thimi se colorèrent d'un léger rose et Christy sourit plus largement.

— C'est normal d'être surpris, *adelfáki mou.* Viens. Donne-lui ce que tu as trouvé.

Thimi lui tendit un pissenlit d'une main tremblante.

— Nous avons écouté la chanson de Tara Kennedy « *Dandelion* » et je lui ai montré ce que c'était. Il a fait un vœu de nombreuses fois, et il en a trouvé un pour toi.

Elle l'accepta.

— Merci, c'est magnifique. Puis-je faire un vœu ?

Il la dévisagea. Elle ferma les yeux, fit un vœu, puis souffla. Thimi regarda tandis que les aigrettes flottaient au loin dans la brise et elle gloussa.

— Viens, Thimi. Allons à l'intérieur pour parler des chevaux peints.

MICHAEL TOQUA une fois, puis Jake et lui entrèrent dans le chalet. Sans avertissement, Christy sauta dans ses bras.

— Hey, bébé ! s'écria Michael. Fais attention à tes côtes !

— Nous allons avoir une bonne journée !

— Ouais, c'est parti !

— Okay, j'ai préparé des tenues de rechange pour Thimi et le fauteuil roulant. C'est d'accord ?

— Ouais, mais pourquoi as-tu pris le fauteuil roulant ?

— Il est faible et ne peut pas marcher sur de longues distances. Ça aide aussi pour que les gens ne le touchent pas.

— Très bien.

Rob contourna l'îlot de la cuisine et tendit un petit sac en plastique à Michael.

— Les médicaments sont étiquetés.

Michael hocha la tête en le prenant.

— D'autres conseils ?

— Préparez-vous à rentrer à la maison de bonne heure.

— Pas de problème.

Sophia embrassa la joue de Jake.

— Merci d'être venu si tôt.

Jake sourit et picora ses lèvres, mais ne répondit rien. Il n'avait toujours pas surmonté le réveil de Christy à six heures du matin.

Thimi et Zero étaient assis aux extrémités opposées du canapé, leurs yeux les observant attentivement. Thimi portait un bas de survêtement violet et un haut arc-en-ciel avec des lacets scintillants.

— Supers chaussures, mec ! le complimenta Michael.

Thimi afficha presque un véritable sourire.

Zero portait du cuir noir de la tête aux pieds.

— As-tu un tee-shirt ? Tu vas avoir chaud là-dedans.

Zero le dévisagea simplement.

Okaaaaay.

— J'ai un tee-shirt à manches longues pour lui avec les vêtements de Thimi. Nous pouvons prendre la route, déclara Christy, son excitation palpable.

Michael gloussa.

— Allons-y !

Tad ouvrit le coffre de la limousine et rangea le fauteuil roulant avec le sac à dos plein de vêtements. Christy entra dans la voiture le premier, suivi de Thimi et Zero se figea devant la portière arrière.

— Tu vas bien ? demanda tranquillement Michael.

Zero sembla réfléchir, puis ignora Michael et grimpa. À eux trois, ils remplissaient la banquette faisant face à l'avant et Jake, Sophia et Michael s'installèrent sur celle faisant face à l'arrière. Tad referma la portière et soudain, Zero parut inhabituellement pâle et commença à transpirer.

— Attendez, Tad, indiqua Michael à travers la fenêtre de séparation.

Il se tourna vers Zero et se pencha en avant, posant ses coudes sur ses genoux.

— Zero, tu as l'air stressé. Tu vas bien ?

Zero le fixait désormais, son expression pleine de désespoir.

— Écoute, si tu as besoin de quelque chose, tu peux nous le dire. Nous ferons en sorte d'arranger les choses pour toi.

Christy se pencha au-dessus de Thimi pour l'observer.

— Zero ?

Celui-ci leva les yeux vers Christy, son appréhension irradiant de lui comme les rayons d'un soleil fondu.

— Nous aidons avec des choses terribles. Indique-nous quel est le problème et nous l'arrangerons.

Zero détourna le regard, silencieux.

Thimi dit doucement quelque chose en grec et Christy lui jeta un coup d'œil avant de revenir vers Zero.

— Zero, préfères-tu t'asseoir à l'avant de la voiture ?

Le jeune homme se tourna de nouveau vers Christy.

— Ouais, si je peux.

— D'accord, comme ça, c'est facile. On va te faire passer devant.

Michael s'en occupa instantanément.

— Tad, nous devons installer Zero sur le siège avant.

— Pas de problème.

Michael se pencha et ouvrit la portière à côté de Zero.

— Voilà, mec.

Il le suivit hors de la voiture.

Tad ouvrit la portière côté passager, et Zero grimpa, désormais beaucoup moins cendré qu'il ne l'était il y a une minute.

Michael attrapa la ceinture de sécurité et la tendit à Zero qui hésita. Il s'accroupit et leva les yeux vers lui.

— Écoute. Personne ne cherchera à connaître tes emmerdes personnelles. Mais sache que si tu as besoin de quelque chose – *n'importe quoi* – peu importe combien ça peut être petit, tu n'as qu'à demander. Rien n'est trop stupide, bizarre ou embarrassant avec nous.

Zero baissa son regard sur ses mains.

— N'essaie pas d'être courageux tout d'un coup. Nous t'aiderons et sans même que tu t'en rendes compte, tu feras des choses comme si elles ne t'avaient jamais dérangé.

Zero croisa ses yeux.

— Sérieusement. Demande n'importe quoi. Murmure-le, tire sur mon tee-shirt, montre-le, je m'en moque. Même chose avec Jake et Sophia.

— Ouais, okay.

Michael lui offrit ce qu'il espérait être un sourire réconfortant.

— Es-tu déjà monté sur des manèges ?

Zero secoua la tête.

— Certains pourraient avoir l'air effrayant. Dis simplement que tu ne veux pas les faire et nous resterons avec toi, d'accord ?

Zero hocha la tête avec réticence.

— Comment es-tu avec beaucoup de gens autour de toi ?

Le jeune homme haussa les épaules.

— Une dernière chose, et cela pourrait paraître bizarre, mais je vais le dire quand même. Parfois, c'est mieux si tu tiens la main de quelqu'un. Tu peux prendre celle de n'importe qui.

Zero l'étudia intensément.

— Sérieusement, mec. Parfois la connexion t'aide simplement à te sentir en sécurité, alors fais-le.

— Jake ne trouvera pas ça bizarre ?

Michael secoua la tête.

— Jake est totalement okay avec ça. Totalement. Alors, pas la peine de transpirer.

— 'Kay. Euh… puis-je aller aux toilettes avant que nous partions ?

Michael sourit et se releva.

— Vas-y et prends ton temps.

Zero bondit hors de la voiture et se précipita vers les marches du porche. Michael se pencha vers la portière arrière.

— Quelqu'un d'autre a besoin d'utiliser les toilettes ?

Thimi défit maladroitement sa ceinture de sécurité et Christy inclina ses genoux sur le côté pour lui laisser de la place afin de sortir de la voiture.

Michael tint la portière largement ouverte et jeta un coup d'œil à Rob par-dessus le toit de la voiture.

— Pause pipi de dernière minute.

Rob hocha la tête.

Michael se pencha vers l'intérieur du véhicule.

— Zero est effrayé.

— Thimi a expliqué qu'il avait subi des mauvais traitements dans une voiture à de nombreuses reprises, indiqua Christy.

— J'avais compris, mais c'est plus que cela, je pense.

Christy haussa les sourcils, inquiet.

— Quel est le problème ?

— Je ne sais pas, mais nous allons le gérer. Il n'est jamais monté sur des manèges.

— Lui as-tu dit qu'il pouvait ne pas le faire et tenir une main ?

Michael sourit.

— Ouais, bébé.

Il se tourna vers Jake.

— Je lui ai expliqué que Sophia et toi étiez cool avec le fait de se tenir par la main.

Jake acquiesça et leva les pouces vers Michael, tandis que Sophia souriait, tout en paraissant soucieuse.

— Bien sûr. Zero et Thimi étaient bien avec moi ce matin. Je serais heureuse de leur tenir la main.

— Merci, Sophia.

Zero et Thimi descendirent les marches du porche et Michael remarqua que Zero était attentif, paraissant attendre Thimi au bas des marches. Il sourit intérieurement et espérait qu'une amitié se développerait entre eux.

Une fois que tout le monde fut dans la voiture, Michael tapota la vitre de séparation entre les zones avant et arrière du véhicule.

—Allons-y.

CHRISTY REBONDISSAIT pratiquement sur son siège lorsqu'ils arrivèrent sur le front de mer.

— Très bien, nous marcherons lentement vers le carrousel, assura-t-il à Thimi.

Zero se tourna pour regarder à l'arrière de la voiture.

— Je vais le pousser.

Christy fit un geste de la main.

— Si c'est ce que Thimi veut, c'est tout bon.

Thimi regarda Christy, semblant demander son approbation.

— Si c'est ce que tu veux, ou tu peux changer d'avis, comme tu l'entends.

Thimi dit quelque chose en grec et Christy sourit.

— D'accord, comme ça. Zero va te pousser.

Le sourire sur les lèvres de Thimi était le premier sourire sincère que Michael avait vu et cela lui donna espoir que tout se passerait bien une fois que Thimi se serait adapté à Wellington.

QUAND ILS arrivèrent sur le front de mer, Tad sortit rapidement de la voiture, ouvrit le coffre et Michael en tira rapidement le fauteuil roulant qu'il fit rouler près de Thimi.

— Prêt ?

Un sourire emplissait le visage de Christy alors qu'il aidait Thimi à s'installer.

— C'est bon ?

Thimi hocha la tête.

— Bien, nous allons poser le sac à dos sur le fauteuil.

Christy le prit des mains de Tad et étira les sangles, en plaçant une sur chaque poignée. Satisfait, il leva les yeux vers le rivage, émerveillé par la vue.

Michael s'inquiétait que Christy songe à la nuit au sommet de la grande roue.

— Des souvenirs ?

Christy hocha lentement la tête, ses yeux toujours fixés sur l'eau.

— L'océan me manque.

Il se tourna vers Michael.

— J'aimerais peindre ça.

Michael poussa un soupir silencieux de soulagement.

— Nous pourrons revenir quand tu veux.

Christy ignora le commentaire et se tourna vers Zero.

— Très bien, tu pousses. Si tu es fatigué, je le ferai.

— 'Kay.

Christy leva les yeux vers Michael.

— *Moro mou,* mon pied va mieux, mais je pourrais avoir des petits problèmes. Tu veux bien m'aider ?

— Tu le sais, bébé.

— Okay, c'est tout bon.

Il toucha l'écran de son téléphone à plusieurs reprises jusqu'à ce qu'il trouve un carrousel. Il laissa tourner la vidéo et la tendit à Thimi.

— C'est ce sur quoi tu vas monter aujourd'hui.

Thimi tint l'appareil, fasciné par la musique et les images en mouvement et Zero scruta l'écran par-dessus son épaule.

— Quelle est sa taille ?

Christy sourit.

— Très grand.

— Grand à quel point ? répéta Zero.

Michael gloussa.

— Il fait à peu près dix mètres de large et six de haut.

Zero écarquilla les yeux.

Jake tendit sa main à Sophia.

— Nous le prouverons.

Christy prit la main de Michael et ils marchèrent et roulèrent le long de la plage jusqu'à ce que Christy repère Lisa.

— Lisa est juste là.

Jake protégea ses yeux du soleil matinal.

— Elle a dit qu'elle travaillait ici cet été.

— Oh, j'ai oublié ça.

Michael agita une main et Lisa lui rendit son geste avec enthousiasme alors que George et elles approchaient, de grands sourires illuminant leurs visages.

— J'ai cru que vous n'arriveriez jamais, les gars. Christy ! C'est super de te voir. Zero, Thimi, vous aussi. Comment allez-vous tous les deux ?

Thimi leva la tête et la regarda simplement tandis que Zero haussait une épaule.

Christy rayonna, un sourire inondant son visage.

— Merci, Lisa. Tout le monde va bien.

— Cool. Il n'y a personne encore et Smitty a déclaré que le premier tour était juste pour vous, les gars.

— C'est sacrément gentil de sa part.

— Venez, il vous attend !

Ils arrivèrent au carrousel et trouvèrent Smitty qui patientait à l'entrée protégée et affichant un grand sourire.

— Hey, Michael ! Christy ! Jake ! Sophia !

Thimi avait l'air complètement captivé par le beau carrousel, ses yeux aussi grands que des soucoupes, alors qu'il l'admirait.

— Wow ! fit Zero, prononçant la syllabe unique comme si elle en avait deux.

— Bonjour, Monsieur Smitty. J'ai de bons amis avec moi. Voici Thimi et Zero pousse le fauteuil.

Il désigna Smitty.

— C'est Monsieur Smitty, l'oncle de Lisa et de Gavin. C'est quelqu'un de très bien et il protège les jeunes comme nous.

Thimi avait l'air confus et Christy traduisit rapidement.

Smitty sourit largement.

— Enchanté de vous connaître. Vous êtes prêts à faire un tour ?

Thimi se leva du fauteuil et Christy tendit une main vers lui.

— Pouvons-nous avoir quelques minutes pour choisir les chevaux peints ?

— Bien sûr ! Pour une première fois, je les mettrai sur des fixes.

— Sur les quoi ?

— Je vais te montrer.

Smitty les guida vers le carrousel.

— Montez et régalez vos yeux avec les chevaux volants !

— Les chevaux volent ? demanda Zero.

Smitty gloussa.

— Quand le carrousel a été inventé, au tout début, il n'y avait pas de plateforme et les chevaux étaient suspendus à des chaînes.

Smitty pointa un doigt vers le haut.

— Quand ça tournait, la force centrifuge faisait que les chevaux semblaient voler. Ils sont appelés des chevaux volants depuis lors.

Christy écarquilla les yeux.

— Cela paraît dangereux.

Smitty fit un clin d'œil.

— Pas du tout. Vas-y et choisis ton cheval.

— Lesquels sont les… les fixes ?

— Ils sont sur les rangées extérieures à cinq ou dix centimètres du sol. Ils ne montent et ne descendent pas.

Christy se tourna vers Thimi et Zero.

— D'accord, trouvez le cheval que vous aimez.

Il traduisit rapidement pour Thimi, qui admirait toujours le carrousel.

Michael leur indiqua d'un geste d'avancer.

— Nous allons en faire le tour. De cette manière, vous pourrez voir toutes les décorations.

Lisa sourit.

— Le côté décoré du cheval est appelé « le côté romantique » parce que c'est ce que tout le monde voit quand le carrousel tourne.

— C'est une bonne idée. Venez.

Christy guida Thimi autour du manège et Zero suivait.

Thimi parla en grec et Christy sourit.

— Il dit qu'il ne sait pas quel cheval choisir. Ils sont tous superbes.

— Commence avec la couleur, suggéra Sophia.

— Noir, indiqua rapidement Zero.

Michael se mit à rire doucement.

— Comment se fait-il que je me doutais que tu allais en choisir un noir ?

Zero souriait presque.

— Quel cheval aimes-tu, Thimi ? demanda Jake.

Le jeune homme pointa le doigt vers un cheval avec une robe isabelle, orné de roses brillamment peintes et d'une crinière sauvage.

— Un bondisseur ! annonça Smitty. Un très bon choix. Mets ton pied ici et nous allons t'aider à monter sur ton cheval.

Christy guida Thimi sur la plateforme, puis vers l'autre côté du cheval.

— D'accord. Pose une main ici et ton pied gauche là.

Il indiqua la poignée au niveau de la crinière et l'étrier.

Thimi s'exécuta, sa petite taille rendant le placement de son pied étrange.

— Pourquoi je ne le soulèverais pas pour le poser dessus ? suggéra Michael.

Christy leva les yeux vers Michael avant de se retourner vers Thimi et de traduire, puis Thimi hocha la tête en guise d'acceptation.

— Bien, je vais monter dans le cheval et tu l'installeras devant moi.

— Sur. Tu montes sur le cheval.

— C'est ce que j'ai dit. Je monte dans le cheval.

Michael gloussa et laissa tomber.

— Tu as tout compris, bébé.

Christy se hissa sur la partie arrière du siège, comme si c'était un vieux pro et Michael sourit.

— Tu es doué pour ça.

Les joues de Christy se teintèrent d'un léger rose.

— C'est parce que je monte dans le SUV. Bien, maintenant, Thimi.

Michael ne put s'en empêcher. Il se mit à rire.

— Qui aurait pu savoir que monter dans un SUV pourrait également servir pour un poney ? Très bien, Thimi. Es-tu prêt ?

Thimi hocha la tête.

— On y va.

Michael le souleva au niveau de la taille et il glissa une jambe par-dessus le cheval, avant de s'agripper au cou de la bête.

— Tu le tiens bien, Christy ?

— C'est bon. Merci, *moro mou.*

Michael se tourna vers Zero.

— Prêt ?

Zero hocha la tête et indiqua le cheval noir fixe devant celui de Thimi. Il avait ses quatre jambes sur le sol et sa tête se levait vers le ciel.

— Tu as choisi un étoileur, intervint Lisa. Ce sont mes préférés.

Michael fit un geste dans cette direction.

— Allons t'installer dessus.

Zero saisit rapidement la crinière, posa un pied dans l'étrier et se souleva tout seul, comme Christy l'avait fait.

— C'était super. Tu es bien, mec ?

Zero acquiesça.

— Mets tes sangles de sécurité, indiqua Smitty.

Michael trouva les courroies accrochées aux côtés du cheval de Zero.

— Veux-tu de l'aide ?

Zero secoua la tête et Michael les lui tendit avant de revenir au cheval de Thimi.

— Veux-tu de l'aide, bébé ?

— On doit mettre les fixations sur nous deux ?

— Oui.

Michael noua rapidement les lanières autour d'eux deux et les attacha.

— Pas trop serrés ?

Thimi s'agrippait toujours au cou du cheval, s'y tenant comme si sa vie en dépendait, et Christy passa un bras autour de sa taille.

— C'est tout bon.

Michael prit le sauteur à côté du fringant de Christy et Sophia choisit un sauteur à côté de l'étoileur de Zero. Jake grimpa rapidement derrière Sophia, puis Lisa et George prirent les leurs.

— Vous êtes tous prêts ? demanda Smitty.

— C'est parti ! répondit Michael.

XXXVI

UNE CLOCHE sonna et la musique commença à jouer, Thimi s'agita sur son siège et trembla d'excitation lorsque le carrousel se mit à tourner. Quand le cheval de Michael monta et descendit, Thimi resta bouche bée.

Michael sourit.

— Tu pourras essayer un de ceux-là après, d'accord ?

Thimi hocha la tête et étudia chaque cheval autour de lui, alors qu'ils bougeaient.

Après une heure non-stop de tours de carrousel, Michael commença à se sentir malade.

— Tu es prêt à descendre, bébé ?

Christy hocha la tête et parla en grec, mais Thimi secoua la tête avec ferveur, pour dire « non ».

— Veux-tu voir les ballons ? demanda Christy en riant.

L'idée piqua l'intérêt de Thimi.

— *Entáxei.*

— Que signifie « en-taxi » ? demanda Michael.

— C'est le mot grec pour « okay » expliqua Christy.

Alors que le carrousel s'arrêtait, Michael descendit de cheval.

— As-tu besoin d'aide, Zero ?

Celui-ci secoua la tête.

— J'y arrive.

Michael dénoua les sangles de sécurité autour de Thimi et de Christy.

— Veux-tu que je t'aide pour descendre ?

Thimi acquiesça.

Rapidement, il le souleva du cheval et Thimi vacilla dès qu'il le reposa sur ses pieds. Michael le redressa d'une main sur son épaule et Thimi s'éloigna du contact à la vitesse de la lumière et tomba sur son postérieur.

— *Adelfáki mou !*

Christy descendit rapidement et s'accroupit devant lui.

— Tu vas bien ?

Thimi lutta pour ne pas pleurer et hocha la tête à Christy, tandis que le cœur de Michael se serrait pour lui. Il s'agenouilla à côté de Christy.

— Je suis désolé, Thimi. J'ai oublié la règle de ne pas toucher.

Christy traduisit rapidement et Thimi baissa les yeux.

— Je suis désolé, Thimi, répéta Michael.

— Tu vois ? Il comprend ça. Il n'est pas en colère.

— Il va bien ? demanda Lisa alors que Christy aidait Thimi à se relever.

— Oui. Il avait la tête qui tournait un peu après les tours de carrousel.

Lisa fit son sourire plein de dents.

— Peut-être que la prochaine fois, on ne tournera que pendant une demi-heure.

— Je crois que c'est une bonne idée. Viens. Nous devons aller voir l'homme avec les ballons.

— Pappy est juste là-bas, indiqua George.

— Tu vois les ballons, Thimi !

L'excitation de Christy correspondait à l'émerveillement effréné qui remplissait le visage de Thimi et Michael sourit intérieurement. Il avait lui-même été ébloui par Pappy la première fois qu'il l'avait vu et cela lui réchauffa le cœur qu'il puisse contribuer à offrir la même expérience à Thimi et à Zero. Il se tourna vers Jake et Sophia.

— Ça va, les gars ?

Sophia sourit.

— Très bien. Toutefois, j'aurais été d'accord pour passer un petit peu moins de temps sur les chevaux peints.

Jake rit de bon cœur.

— Je vais avoir les jambes flageolantes pendant une semaine.

Michael ricana tandis qu'il suivait Christy et Thimi loin du carrousel.

— Merci, Monsieur Smitty. Combien de tickets devons-nous acheter pour le carrousel ?

— Les tours sont pour moi aujourd'hui, Christy.

— Oh, non ! Nous en avons fait tellement ! Nous devons payer.

Smitty sourit.

— Ne t'inquiète pas pour ça. Vous êtes les bienvenus pour revenir quand vous voulez. Allez dire bonjour à Pappy. Il vous attend depuis une bonne demi-heure.

— C'est très gentil de votre part.

— C'est le moins que je puisse faire.

Michael détecta une pointe de mélancolie dans la voix de Smitty tandis qu'il regardait Thimi et Zero, et cela lui déchira un peu le cœur. Il ne parvenait pas à imaginer ce que c'était de grandir sans les joies liées à l'enfance, aussi petites soient-elles et songea que Smitty avait toutes les raisons d'être triste.

— Merci, Oncle Smitty, dit-il sincèrement.

Smitty regarda Christy conduire Thimi et Zero vers Pappy avant de parler.

— Tu me dois des excuses, Michael. Tu m'as encore désobéi.

Michael se mit à rire nerveusement.

— Je vous en dois à peu près une centaine. Je suis désolé. Je ne grimperai plus sur la grande route sans votre permission.

— Tu ne le feras plus, point final. La prochaine fois, je te tannerai le cuir.

Michael lutta pour ne pas sourire.

— Je suis désolé, redit-il encore, toujours aussi sincèrement.

— Ce fichu manège est toujours fermé.

Une vague de culpabilité traversa Michael et il redevint sérieux.

— Pourquoi ?

— Il doit subir une autre inspection après l'incident.

— Merde ! Je suis vraiment désolé.

— Je suis content que Christy aille bien. Faisons en sorte qu'il n'y ait pas de répétition.

— Amen à ça, intervint rapidement Jake.

Michael mâchouilla sa lèvre inférieure.

— Quand vont-ils procéder à la nouvelle inspection ?

— Lorsqu'ils auront le temps.

Michael se sentait vraiment mal.

— Oh, Oncle Smitty… Je suis vraiment navré.

— Espérons qu'ils le feront cette semaine. Allez-y et profitez du reste de votre journée, et assurez-vous que nous n'aurons pas à repêcher un autre fauteuil roulant.

La première fois qu'ils avaient amené Christy et Jerry au bord de l'eau, ils étaient tous les deux en fauteuil roulant. Ils avaient fait une course imprudente sur la promenade et avaient fini par passer par-dessus bord pour tomber dans le lac. Il s'était écoulé plusieurs minutes effrayantes avant qu'ils retrouvent Christy dans les profondeurs sombres de l'eau et d'autres minutes encore plus abominables pour le ranimer.

— Aucune chance, l'assura Michael.

Jake donna un grand coup dans l'épaule de Michael.

— Allons-y, mon pote. On dirait qu'ils ont des ennuis de ballon.

Michael se retourna pour trouver Christy décoré de tous les genres d'animaux en ballon imaginables.

— Oh, mon Dieu ! Merci, Oncle Smitty.

Il se précipita vers Christy.

— Bébé, que fais-tu ?

— Christy, que fais-tu ? répéta Sophia alors qu'elle le suivait.

Christy sourit.

— Je tiens les ballons pour que Thimi puisse choisir l'animal qu'il veut de Monsieur Pappy.

Pappy était un personnage permanent sur le front de mer depuis aussi longtemps que Michael pouvait s'en souvenir. Le vieil Afro-Américain portait un smoking froissé avec une queue de pie et un chapeau haut de forme tout aussi antique sur ses cheveux blancs. Ses manières douces et son sourire vous attiraient et il réchauffait le cœur d'un enfant en un instant. Des ballons de toutes les couleurs de l'arc-en-ciel ornaient ses bras et son cou pendant qu'il accrochait encore un autre ballon au bras de Christy.

Jake éclata de rire.

— Hey, Pappy ! Comment ça va ?

— Très bien, très bien. C'est bon de vous revoir, les garçons et toi aussi, petite lady.

Il inclina son chapeau et fit un bref salut en direction de Christy.

— Je n'ai pas de belle robe aujourd'hui.

— Pourtant toujours aussi jolie.

Les joues de Christy s'empourprèrent.

— Merci, Monsieur Pappy.

Le vieil homme se mit à rire pendant que Thimi et Zero l'observaient avec stupéfaction, pendant qu'il formait un arc-en-ciel, puis il fit une profonde révérence en le présentant à Thimi.

— Prends-le. C'est pour toi, l'encouragea Christy.

Thimi tendit la main pour le saisir de ses doigts tremblants et le manqua. Il s'envola dans la brise et Zero réagit rapidement, sautant pour l'attraper et le lui donner.

Pappy travaillait avec des ballons violets et, en l'espace de quelques secondes, il avait créé un chapeau haut de forme. Reprenant l'arc-en-ciel à Thimi, il le fixa à l'avant du chapeau et rendit le tout à l'enfant.

— Prends celui-ci aussi, indiqua Christy.

— Il a juste besoin d'un truc en plus.

Il fabriqua rapidement une plume d'une brillante teinte de lavande et l'accrocha au bord du chapeau.

— Et voilà !

Christy expliqua que c'était un chapeau et il le posa sur la tête de Thimi, puis l'enfonça lentement, jusqu'à ce qu'il soit coincé.

Zero sourit à Thimi.

— Génial !

Thimi leva les yeux vers lui et lui adressa un sourire sincère.

— Et que veux-tu, mon jeune ami ? Un animal ? Un avion ? Un chapeau ? demanda Pappy.

Zero haussa une épaule.

— Je sais exactement ce qu'il te faut.

Pappy se remit à travailler avec des ballons blancs et noirs et présenta à Zero une orque en peu de temps.

Zero éclata de rire en le prenant.

— Cool. Merci.

Christy regarda Thimi.

— Très bien, il est temps de choisir l'animal que tu veux parmi ceux que je tiens.

Thimi secoua la tête.

— Viens. Choisis pour toi.

Thimi dit finalement quelque chose en grec.

— Oh ! C'est vrai. Il n'y en a pas.

Christy se tourna vers Pappy.

— Pouvez-vous faire un dragon ?

Pappy éclata d'un rire bruyant.

— Bien sûr ! Donne-moi juste une minute.

Pappy retira une longue ficelle de sa poche et commença à débarrasser Christy des animaux en ballon, les accrochant un par un le long de la corde. Une fois terminé, Pappy noua les bouts de la ficelle et glissa le collier d'animaux autour de son propre cou.

— Très bien. Maintenant, voyons voir ce que je peux faire.

Le dragon prit considérablement plus de temps qu'un animal normal, et ils s'émerveillèrent pendant que Pappy utilisait sa magie et créait un magnifique dragon de toutes les couleurs. Il le présenta à Thimi avec une petite courbette.

Thimi restait bouche bée, les yeux écarquillés tout en l'acceptant de Pappy.

— Tu as besoin d'une chose en plus.

Pappy prit un petit accessoire de cotillon dans sa poche et l'inséra avec précaution dans la gueule du dragon. Bordé de longs glands dorés étincelants, le sifflet donnait vraiment l'impression d'un feu.

— Et nous y voilà ! Un véritable dragon cracheur de feu !

Michael éclata de rire et commença à applaudir Pappy.

— C'est si foutrement cool !

La foule qui s'était formée autour d'eux les rejoignit dans les acclamations et Thimi les remarqua pour la première fois. Une panique à l'état brut emplit ses yeux et Michael ne la rata pas. Il se pencha vers lui et parla doucement.

— C'est bon. Tout va bien.

Thimi vomit sur son dragon en ballons et baissa ses yeux bordés de larmes, soulevant son dragon de ses genoux, tandis qu'une tache d'humidité s'étalait sur l'entrejambe de son pantalon.

— Christy, j'emmène Thimi ! dit Michael, prenant rapidement les poignées du fauteuil roulant, le tournant loin de la portion la plus dense de la foule et le dirigea derrière Pappy. Zero avança et se tint près de Michael qui ne manqua pas de remarquer que la foule le mettait également mal à l'aise.

— Une minute !

Christy tendit à Pappy une liasse de billets avant de le contourner rapidement.

— Merci, mais c'est beaucoup trop, insista Pappy.

— Ce n'est pas trop pour le bonheur que vous leur avez apporté, dit tranquillement Jake à Pappy.

— Eh bien, je vous remercie infiniment.

Christy l'ignora, s'accroupit à côté du fauteuil de Thimi et prit sa main dans la sienne. Il la serra doucement, lui offrant des paroles réconfortantes en grec.

— Merci, Monsieur Pappy, dit Christy alors qu'il luttait pour se relever, tenant toujours la main de Thimi.

Michael saisit doucement le bras de Christy et l'aida à se redresser.

— Lisa ? Où sont les toilettes les plus proches ? demanda-t-il rapidement.

Une lueur de compréhension traversa le visage de Lisa.

— Suis-moi.

Michael éloigna le fauteuil de la promenade et il sentit que Zero attrapait l'ourlet de son tee-shirt alors que George, Jake et Sophia étaient sur leurs talons.

— Comment vont ton pied et tes côtes ? chuchota-t-il à Christy.

— Je commence à sentir un peu de douleur.

— Y a-t-il du Tylenol dans le sac que Rob m'a donné ?

— Oui. J'en prendrai quand nous serons aux toilettes.

— Ce sont celles qui sont privées et réservées à la famille qui accompagnent les cabanons estivaux, indiqua Lisa, tournant le long de l'immeuble qui abritait l'arcade.

Elle tira les clefs de sa poche et déverrouilla une des portes.

— Il y a des douches également, Christy. Tu as juste à rincer le dragon sous l'eau. Il sera comme neuf.

— D'accord, je vais faire ça.

Thimi se leva du fauteuil avec précaution et Christy le tira par la main vers les toilettes pendant que Michael leur tenait la porte ouverte.

— Appelle si tu as besoin d'aide.

— Pauvre gars, fit Jake.

Michael se tourna et regarda Zero qui tenait toujours le bord de son tee-shirt, serré dans sa main.

— Tu vas bien ?

Zero paraissait pâle, mais il hocha la tête.

— Il y avait juste beaucoup de gens.

— Désolé, mec. Nous aurions dû y faire attention. Pappy attire toujours les foules.

— Il fait des trucs cools, ajouta Zero d'une voix tremblante.

— C'est vrai, reconnut Lisa. Une fois, il avait fait une grande arche et avait mis tous les animaux, deux par deux, dedans. Cela a duré toute une semaine avant qu'elle se dégonfle.

Elle ressortit les clefs de sa poche et déverrouilla une autre porte.

— Il y a d'autres toilettes si quelqu'un veut les utiliser.

— Vas-y, indiqua Michael à Zero.

Celui-ci se précipita à l'intérieur.

— Merde, je déteste voir des gamins aussi effrayés, déclara Lisa entre ses dents serrées.

— Ce n'est vraiment pas juste, ajouta George de sa voix de fausset.

— Un vrai crève-cœur. Tu vas bien ? demanda Jake, embrassant la joue de Sophia.

Elle hocha la tête.

— Nous n'avons pas remarqué la foule parce que nous y sommes habitués. Nous devons faire attention.

— Ouais, mais c'est aussi bien que cela se soit produit alors que nous étions tous autour. Ils vont devoir s'y habituer à un moment donné, ajouta doucement Michael.

— Pour de vrai, Mike.

Zero sortit des toilettes, essuyant ses mains humides sur son pantalon.

— Il n'y a pas de serviettes à l'intérieur ? demanda Lisa.

Zero secoua la tête.

Elle détacha la radio qui pendait à sa poche de poitrine.

— Les toilettes des cabanes ont besoin d'être réapprovisionnées.

— Cela te dérangerait-il si j'utilisais les toilettes, Lisa ? demanda Sophia.

— Elles sont tout à toi.

Christy luttait pour ouvrir la porte jusqu'à ce que Michael tende le bras et la tint pour lui.

— Tout va bien ?

Christy leva les pouces, dans un geste totalement inhabituel avait d'aider Thimi à se réinstaller sur le fauteuil.

— Que diriez-vous d'aller nous chercher un peu de glace et de friandises ? proposa Lisa.

Sophia sortit des toilettes.

— Merci, Lisa. J'adorerais une petite sucrerie.

Lisa verrouilla et rangea ses clefs.

— Longeons ce côté du bâtiment. Il n'y a personne et cela mène directement aux baraques à bonbons.

— QUELLE COULEUR veux-tu, Thimi ? demanda Christy tandis que Thimi regardait les nombreux cônes colorés de barbe à papa.

Michael se tourna vers Zero.

— Quelle couleur veux-tu, mec ?

— Rouge.

— Sophia ?

Elle sourit.

— Je vais prendre rose.

Christy indiqua :

— Thimi prendra la mauve et moi, la verte.

— Compris, dit Jake, se dirigeant vers le comptoir.

Michael se tint à côté de lui.

— Du Sprite et nous avons besoin d'un pot de glace à la vanille pour Thimi. Il n'en a jamais mangé.

— Deux Sprite de plus pour George et moi, intervint Lisa.

Michael attrapa son portefeuille dans sa poche.

— Je m'en occupe, Jake.

— N'y pense même pas, fit Jake alors qu'il payait et se tournait, les mains pleines de bâtons de barbe à papa. Et voilà.

Thimi prit la sienne, faillit presque la renverser et Zero réagit rapidement, la rattrapant avant qu'elle tombe.

— Me… merci.

— Pas de problème.

— Très bien, fit Michael, empalant la glace avec une cuillère en plastique et déposant la coupe dans l'emplacement prévu sur le fauteuil roulant. Ne t'inquiète pas si ça fond. Cela sera toujours aussi bon.

Christy traduisit rapidement. Thimi répondit quelque chose en grec, et Christy sourit.

— Je ne sais pas. Michael ?

Celui-ci avala sa gorgée de Sprite.

— Ouais, bébé ?

— Comment mange-t-on la barbe à papa ?

— Tu prends un morceau comme ça.

Il tira un petit bout du cône et le porta aux lèvres de Christy.

Il l'avala et ses yeux s'écarquillèrent.

— C'est doux.

— Ce n'est que du sucre filé avec du colorant alimentaire. Tes lèvres seront vertes quand tu auras terminé.

— Je n'ai pas envie de ça.

Jake éclata de rire.

— Bien sûr que si, mon petit pote. C'est ce qui fait la moitié du plaisir.

— Les lèvres vertes sont amusantes ?

Lisa éclata de rire.

— Bon sang, oui. La langue verte aussi.

Christy ne paraissait pas convaincu.

ILS MARCHÈRENT le long de la plage jusqu'à ce qu'ils arrivent à un petit kiosque où un souffleur de verre tournait une bouteille turquoise.

— Oh, fit doucement Christy. Je n'ai jamais vu ça auparavant. C'est magnifique.

Lisa sourit.

— C'est vrai. J'ai oublié que vous n'avez pas vu ça la dernière fois que nous sommes venus. Il n'est là que les week-ends pendant l'été. Hey, Drifter, comment va ?

— Bien, Baby. Tu bosses aujourd'hui ?

— En quelque sorte. Smitty me laisse traîner avec ces gars jusqu'à ce qu'ils partent.

Drifter posa délicatement la bouteille désormais complète, de travers au niveau de sa base, et elle refroidit pour former une belle œuvre d'art.

— C'est astucieux, dit Jake.

— Je m'ennuie facilement. Ce connard, Chase, vous ennuie toujours ?

C'était logique que ce Drifter soit un des gars de Smitty, mais Michael songea que c'était d'autant plus absurde que ce biker puisse souffler du verre aussi délicat. *Il n'y a pas deux pièces semblables l'une à l'autre.*

— Non résolu, dit-il, espérant clore le sujet avant que Christy commence à poser des questions.

Drifter fit une grimace.

— Smitty ne va pas supporter ça encore longtemps avant qu'il le frappe.

— Personne ne le mérite autant que lui, indiqua Jake.

Drifter lui lança un coup d'œil.

— Sans déconner ?

Thimi avait quitté le fauteuil roulant et rejoint Christy et Zero dans l'admiration des créations posées derrière la vitre. Thimi dit quelque chose dans un murmure et leva sa bille en marbre violette.

— C'est une jolie pièce, le complimenta Drifter.

Christy sourit.

— C'est le jouet préféré de Thimi depuis qu'il est tout petit.

— Veux-tu que je fasse un support pour elle ?

Christy traduisit et Thimi répondit.

— Il dit merci, mais ce n'est pas nécessaire. Il la tient toujours dans sa main.

Drifter sourit largement avant de fouiller sous le comptoir en bois et d'en tirer un sac plein de billes multicolores en verre. Il se pencha à nouveau sous le comptoir et revint avec une seule bille blanche avant de pousser les deux vers Thimi.

— Déjà joué aux billes ?

Une expression surprise traversa le visage de Christy.

— C'est un jeu ?

Drifter eut un petit rire.

— Ouais, c'est un jeu.

— Comment on y joue ?

— Je te montrerai quand nous serons à la maison, intervint rapidement Zero.

— Combien d'argent pour la bille ?

— Te fais pas de bile.

Christy se tourna vers Michael, sa confusion visible sur ses traits.

— Il veut dire, « ne t'inquiète pas pour ça ».

Christy revint vers Drifter.

— Je dois payer pour la bille.

Drifter secoua la tête.

— Comme je l'ai dit, te fais pas de bile.

— C'est un cadeau, Christy, expliqua Sophia.

— Merci, Monsieur Drifter.

Drifter éclata bruyamment de rire.

— Pas de « monsieur ». Juste Drifter.

Thimi tendit le bâton de barbe à papa vide à Christy et se réinstalla dans le fauteuil, ravi d'essayer la glace.

Un brusque « bravo ! » rauque lui échappa et cela surprit tout le monde.

Christy eut un de ses rares rires francs.

— Ah, tu vois ? Je savais que tu aimerais la glace.

ILS CONTINUÈRENT sur la promenade, passèrent devant une boutique de confiserie où Michael repéra d'énormes sucettes-tourbillons multicolores.

— Une seconde, mon pote. Je reviens tout de suite.

Jake fit arrêter tout le monde et regarda Michael s'éloigner.

— Où va-t-il ? demanda Lisa.

Jake répondit d'un mot.

— Bonbons.

Michael fut de retour en quelques minutes avec trois énormes sucettes et Zero écarquilla les yeux.

— Wow ! Elles sont énormes !

— Mets-les dans le sac à dos, Christy.

Ils poursuivirent leur chemin et Thimi se mit à bâiller.

— Temps de rentrer à la maison ? demanda Michael.

Christy traduisit et Thimi secoua la tête.

— Que dirais-tu que nous retournions à la maison et que nous revenions un autre jour ?

Christy transmit le message et la déception qui emplit les yeux de Thimi aurait fait fondre le plus glacé des cœurs.

Lisa le regarda.

— Tu peux revenir quand tu veux, Thimi. Nous sommes là tout l'été.

— Nous repasserons et je t'emmènerai dans la grande roue quand elle sera ouverte, promit Christy.

Thimi n'avait toujours pas l'air heureux.

— Nous pourrons jouer aux billes quand nous serons à la maison, dit Zero.

Cela sembla allumer une petite lueur dans les yeux tristes de Thimi.

— D'accord, nous rentrons pour l'instant et nous reviendrons une autre fois, déclara finalement Christy.

THIMI ÉTAIT endormi, avec la tête posée sur les genoux de Christy lorsqu'ils atteignirent Wellington. Sa glace était finie, mais il tenait aussi fermement la petite cuillère en plastique qu'il le faisait avec sa bille.

— Thimi ?

Christy tentait de le réveiller tandis que Tad ouvrait la portière.

Thimi ne bougea pas et Rob se pencha vers l'habitacle.

— Vous êtes-vous bien amusés ?

— Ouais. Ils ont dit qu'on pouvait revenir n'importe quand, indiqua Zero, sortant du siège avant.

Rob se mit à rire.

— Je suis sûr qu'ils l'ont fait. Joli requin.

— C'est une orque.

— J'ai fait une erreur.

Gentiment, Christy arracha la petite cuillère en plastique de la main de Thimi.

— Il ne veut pas se réveiller.

Michael ricana.

— Essaie de lui prendre sa bille.

Christy se tourna vers Michael en fronçant les sourcils.

— Sérieusement. Il va se réveiller.

Christy commença à ouvrir les doigts de Thimi et, bien entendu, il se réveilla en sursaut.

Michael dessina un petit bâton en l'air du bout du doigt.

— Un point.

Jake grogna.

— Pas sympa.

— Hey, ça a marché !

Sophia gifla légèrement l'épaule de Michael tandis qu'elle sortait de la voiture.

Thimi se redressa, ses lèvres étincelant de violet à cause de la barbe à papa et Rob gloussa.

— On dirait que tu as mangé toute ta barbe à papa en une seule fois.

— Pratiquement, répondit Michael en riant.

Christy tendit la cuillère en plastique à Thimi et il la prit avant de sortir de la voiture. Christy le suivit et se dirigea vers le coffre pour récupérer le sac à dos. Tad retira le fauteuil roulant et l'ouvrit pour que Thimi puisse s'asseoir.

— Comment ça s'est passé ? demanda Rob.

— Super.

Michael chercha le sac en plastique avec les médicaments dans sa poche et le tendit à Rob.

— Il n'a eu besoin de rien.

— Il était censé les prendre avec son déjeuner. Avez-vous mangé ?

Oops !

— Ah, eh bien… ouais. Une barbe à papa et une glace en guise de déjeuner.

Rob roula des yeux.

Michael baissa la voix.

— Thimi a eu un accident parce qu'il y avait trop de monde autour, donc nous sommes allés aux toilettes, puis directement au stand de barbes à papa pour le réconforter. Et Christy a pris un peu de Tylenol pour son pied et ses côtes.

Rob hocha la tête pour montrer son approbation.

Christy fit rouler Thimi là où ils se tenaient.

— Je vais mettre Thimi au lit, Michael.

Encore une fois, Michael se sentit déçu. Il avait espéré passer l'après-midi avec Christy.

— Ah ! D'accord. Euh… à demain ?

— Oui. Merci pour ce très bon moment.

Il se dressa sur la pointe des pieds et effleura ses lèvres.

— Pas de problème.

Il baissa les yeux vers Thimi.

— Merci d'être venu avec nous.

Thimi dit quelque chose et Christy traduisit.

— Il aimerait savoir quand nous y retournerons.

Michael sourit.

— À toi de t'en occuper, bébé.

Maintenant, Christy souriait.

— Je vois que c'est pour moi.

Michael se tourna vers Zero.

— Merci d'avoir traîné avec nous, mec.

Zero hocha la tête.

— Merci.

— Oh ! Les sucettes sont pour Thimi, Darien et toi.

— Merci !

Michael regarda tandis que Christy poussait un Thimi endormi sur le côté de la maison principale et que Zero les suivait. Puis, il revint vers Rob.

— Thimi était un peu étourdi après être monté sur le carrousel.

Sophia se mit à rire.

— C'est ce qui arrive quand vous montez les chevaux peints pendant une bonne heure.

Rob haussa les sourcils.

— Vous devez plaisanter.

Jake éclata de rire.

— Si cela ne tenait qu'à Thimi et à Zero, nous serions encore dessus.

— Je ne sais pas si je dois vous remercier ou vous gronder, dit Rob avec un sourire. Une partie de l'apprentissage de prendre soin de soi-même est la discipline et il semblerait que vous soyez un bel exemple d'abandon sauvage.

— Allez, ne soyez pas dur. C'était leur première fois, plaisanta Michael, affichant un énorme sourire.

Rob se passa la main sur le visage et secoua la tête, dans un geste de fausse déception.

— À demain, pour le barbecue.

— Je suis impatient, répondit Rob, avec une nuance épaisse de sarcasme dans la voix.

Michael et Jake éclatèrent de rire avant que Jake se tourne vers Sophia.

— Restes-tu ou viens-tu avec nous ?

— Je vais rester, si tu es d'accord. J'aimerais apprendre à connaître Thimi un petit peu plus. Ariel voudra tout savoir de lui également.

Jake lui tendit les ballons-dragon et le chapeau et embrassa sa joue.

— À demain.

XXXVII

— JE ME sens mal pour Thimi, dit Jake, regardant par la fenêtre de la voiture et voyant la ville défiler.

— Moi aussi, mais je pense à lui comme je le fais avec Christy. Je ne crois pas qu'il veut de la pitié, c'est juste qu'il aimerait aller mieux, dit tranquillement Michael.

— Je peux te suivre sur cette idée. Zero est un garçon intéressant.

— Rob dit qu'il vivait dans la rue depuis son enfance.

— Mec, c'est dur. Pourquoi est-il à Wellington ?

Michael secoua la tête.

— Je ne sais pas. Christy m'a déclaré que ce n'était pas mes affaires.

Jake ricana.

— Seigneur, comme je l'aime !

— Après avoir vu la réaction de Zero dans la voiture aujourd'hui, je devine qu'il a dû avoir recours au sexe pour survivre et qu'il a été blessé à quelques reprises.

Jake se tourna vers lui à présent.

— Que veux-tu dire ?

— Les enfants qui finissent dans la rue n'ont pas d'argent et doivent survivre, donc il propose des relations sexuelles.

— Comme de la prostitution ?

— Ne l'appelle pas comme ça. Ils ne le feraient pas s'ils couvraient leurs besoins basiques. Et les gens en profitent parce que ce sont des enfants jetables. Personne ne se soucie de savoir s'ils sont blessés ou disparaissent.

Jake épingla Michael de ses yeux sombres.

— C'est sérieusement dégueulasse et purement cruel.

— Ouais.

— Pas étonnant qu'il ait eu des problèmes dans la voiture aujourd'hui.

Michael haussa une épaule.

— J'ai peut-être tort. As-tu vu son visage quand Pappy lui a donné cette orque ? Il était ravi.

Jake sourit.

— Ouais. Thimi a vraiment aimé le dragon aussi.

— Nous avons fait une bonne action aujourd'hui, Jake. Nous avons rendu tout le monde heureux.

— Ouais, c'est vrai.

Ils tournèrent pour passer le portail de la maison de Jake et ne manquèrent pas la voiture de police banalisée garée dans l'allée.

Michael roula des yeux.

— La voiture de Davis ?

— On dirait. Allons voir ce qui se passe maintenant.

— Mec, je commence vraiment à détester Rich. Et j'ai demandé au Détective Davis de ne pas discuter de toute cette merde devant maman.

— Pour ce que ça vaut, ma mère n'allait pas beaucoup mieux après que ma voiture ait sauté.

— Bon sang, Jake ! Ce merdier doit s'arrêter !

Ils entrèrent dans le salon et trouvèrent Bobbie au téléphone, et Anna, Nero, Mac et le Détective Davis discutant à voix basse.

— Que se passe-t-il ? demanda Jake.

— Prenez un siège, indiqua Nero.

Ils se laissèrent tomber sur des chaises et attendirent dans l'expectative.

— Vous souvenez-vous que le père de Jason, Monsieur Whitman, possédait l'usine de découpe de viande au milieu d'un champ ?

Ils hochèrent la tête.

— Monsieur Whitman possédait également la maison que la famille de Rich louait. Il l'a vendue pour payer la caution de Jason et les a laissés sans abri.

Michael renversa sa tête contre le dossier du fauteuil et jura entre ses dents.

Mac se racla la gorge.

— Ils ont quatre filles de moins de douze ans et sont allés dans un refuge. Mais comme Rich a dix-huit ans, il a été laissé tout seul.

— Au même moment, le père de Rich a perdu son emploi, poursuivit Nero.

Ce fut au tour de Jake de jurer entre ses dents.

— Je ne veux pas paraître rude, mais il n'a qu'à se trouver un autre travail.

— Il essaie, Jacob.

— D'accord, et ?

Le Détective Davis s'assit sur le bord de son siège.

— La famille a du mal et, selon Monsieur et Madame Carlisle, Rich croit que rien de tout ceci ne serait arrivé si Michael n'était pas gay.

— Oh, allez ! éructa Michael.

— Baisse la voix ! ordonna sévèrement Mac.

Michael ferma la bouche, exaspéré et grinça des dents.

— À qui maman téléphone-t-elle ?

Mac poursuivit.

— La mère de Rich est infirmière au service des urgences de Sainte Elizabeth. Ta mère s'est arrangée pour qu'elle reçoive une augmentation de salaire et elle est maintenant en train de parler avec un technicien de laboratoire qui possède une maison à environ trois pâtés de chez nous. Il prend sa retraite et déménage en

Floride, ta mère essaie de le convaincre de la louer à Carlisle pour une somme désuète jusqu'à ce qu'ils se remettent sur pied.

— D'accord, alors qu'est-ce que cela signifie pour nous ? demanda Jake.

— Nous espérons que Rich emménagera avec ses parents et que son association avec le gang de motards cessera, déclara le Détective Davis d'un ton uniforme.

— Et qu'en est-il de la mort de Tony ? ajouta Michael.

— C'est une tout autre histoire.

Bobbie raccrocha et lança son poing en l'air.

— Ouiiii !

Michael faillit sourire.

— Quoi de neuf, maman ?

— Il va leur louer la maison pendant un an à moitié prix.

Anna sourit et applaudit.

— Bien joué, Bobbie !

Le Détective Davis se leva.

— Ils seront très reconnaissants pour tout ce que vous avez fait, Madame Sattler.

— Elle a quatre chambres. Les filles pourront en partager deux et Rich aura la sienne. Ils peuvent emménager le week-end prochain, précisa-t-elle, excitée.

— Voulez-vous annoncer la bonne nouvelle à Madame Carlisle ?

Bobbie marqua une pause en s'asseyant à côté d'Anna sur le canapé.

— Je ne pense pas que ce soit une bonne idée. Vous ne devriez probablement pas mentionner que j'ai quelque chose à voir là-dedans.

Le policier hocha la tête.

— Je comprends. Une dernière chose : le rapport des enquêteurs des pompiers indique que le combustible utilisé pour démarrer l'incendie de votre maison était du carburant d'aviation.

Michael et Jake haletèrent à l'unisson avant que Michael demande :

En avez-vous informé Smitty ?

— Je vais aller lui parler maintenant.

DARIEN ATTENDAIT devant la porte-écran avec Mel et il avait l'air d'avoir des fourmis dans les jambes. Christy sourit.

— Nous sommes bons avec la règle, maintenant ?

— Ouais. Promis.

— Bien. Alors, tu peux venir, mais tu dois rester silencieux et ne pas interrompre la partie de billes entre Thimi et Zero. C'est un jeu sérieux.

— 'Kay. Promis.

Christy ouvrit la porte grillagée et Darien entra sur la pointe des pieds.

— Assieds-toi sur le sol, mais n'interromps pas le jeu.

300

Darien fit comme indiqué. Mais il s'agitait et se tortillait, restant par ailleurs calme, ne quittant pas sa place sur le sol.

Zero étudiait attentivement les places des billes, sa langue mordillant avidement sa lèvre supérieure pendant que Thimi observait, sans bouger, mais scrutant vivement la partie.

Christy fouilla dans le sac à dos et en tira la grande sucette que Michael avait achetée pour Darien. Il se pencha et la présenta devant lui.

— C'est une sucette. Michael te le donne.

Darien écarquilla les yeux.

— C'est géant !

Son cri fit sursauter Zero qui rata son tir et s'énerva aussitôt.

— Tu dois rester calme.

Christy plaça la sucette dans la main de Darien et il faillit la faire tomber.

— Tiens-la des deux mains.

Thimi dit quelque chose en grec et Christy traduisit pour Zero.

— Il dit que tu peux faire un nouveau tir à cause de Darien.

Un sourire s'étala sur les lèvres de Zero.

— Merci.

Il prit la bille blanche et la remit à sa place initiale. Sa langue entra en action, Zero aligna son doigt et tira.

— Je veux la manger maintenant ! cria Darien.

La bille de Zero glissa et disparut.

Christy s'agenouilla à côté de Darien.

— Je vais ouvrir la sucette pour toi, mais si tu fais un autre bruit, tu devras partir.

Christy tira sur la cellophane qui entourait la sucette et la rendit à Darien.

— Pas un bruit. Pas un mouvement. Mange la sucette.

Il regarda Thimi qui fit un geste à Zero pour qu'il recommence.

— Refais-le, l'encouragea Christy.

Zero sourit et regarda Darien avant de repositionner la bille blanche.

— Il ne fera pas de bruit, promit Christy avant de se pencher vers Darien.

— Plus un son ou tu devras partir. Dernière chance.

— 'Kay, murmura Darien, tandis qu'il luttait pour tenir la sucette droite d'une seule main.

— Deux mains, lui rappela Christy. Nous les laverons si elles deviennent collantes. Pas de bruit.

— 'Kay, chuchota Darien.

Zero visa et tira, faisant rebondir, de manière experte, une bille de couleur hors du cercle tracé sur le sol.

— C'est un joli tir, admira Christy.

Zero fit un nouveau tir et le rata.

Christy se tourna vers Thimi.

— Thimi ?

Celui-ci étudia le reste des billes à l'intérieur du cercle, positionna la bille blanche et jeta un coup d'œil à Darien.

— Il ne fera pas de bruit, promit Christy.

Thimi fit un coup maladroit à cause du plâtre sur son poignet, mais une bille colorée rebondit hors du cercle.

— Ah ! C'est très bien. D'accord, tu peux tirer le prochain coup, l'informa Christy.

Thimi positionna la blanche et était sur le point de tirer quand Darien laissa tomber la sucette. Fidèle à sa parole, Darien couvrit sa bouche d'une main et ne prononça pas un mot, mais son expression se transforma en une grande déception.

Christy l'emmena à l'évier, la rinça et revint vers Darien.

— Deux mains.

Darien l'agrippa férocement.

— Okay, on continue.

Il fit un geste vers Thimi.

Après un quart d'heure supplémentaire d'une sérieuse compétition de billes, le jeu se termina et Thimi fut déclaré vainqueur. Christy pensa que Zero l'avait laissé gagner, et que c'était merveilleux pour Thimi. Il arbora un sourire qui allait d'une oreille à l'autre pendant le reste de la soirée.

XXXVIII

AU BARBECUE dominical, Michael était assis à sa place habituelle à côté de Christy, au bout de la rangée des bancs de pique-nique. Thimi s'installa à côté de Christy, sur une seconde chaise et Zero était à côté de lui, sur un banc.

Michael continuait à attacher des ours en gélatine sur une assiette en papier pour former une plateforme ronde tandis que Thimi et Zero le regardaient avec intérêt.

Lisa afficha son sourire plein de dents.

— Que fais-tu, Mike ?

— Tu verras.

— C'est un cadeau pour Thimi, expliqua Christy.

— Nos garçons ont fait une belle partie de billes hier soir, indiqua Mel.

Zero fit un geste vers Thimi.

— Il a gagné.

Les joues de Thimi rougirent d'embarras et il tenta de dissimuler son sourire.

— Bien joué !

Jake tendit son poing vers Thimi.

— Ferme ton poing comme le sien et touche-le.

Christy cogna le poing de Jake.

Zero l'imita ensuite et Thimi plia maladroitement sa main et toucha légèrement le poing de Jake.

Christy hocha la tête avec approbation.

— C'est comme le tope-là, mais avec le poing.

Thimi posa une question en grec et il devint évident qu'il ne savait pas ce qu'était un tope-là, parce que Christy leva une main.

Jerry se pencha au-dessus de la table et frappa sa main.

— Aïe ! Hey, ça fait mal !

Il serra les deux derniers doigts de sa main.

— Hey ! J'ai de nouveau des sensations dans mes doigts !

— Félicitations, mec, dit Michael en empalant un ours avec un cure-dents et le plantant sur la plateforme.

— Où est le Général Sotíras ? demanda Jake.

— Il est allé en ville pour passer la journée avec Ariel afin de discuter… de choses et d'autres, déclara Sophia, d'un ton ambigu.

Michael lui lança un regard.

— Intelligent.

— Michael !

— Et voilà la terreur du Ranch Wellington, annonça Zero entre ses dents.

Tout le monde éclata de rire et Christy traduisit. Thimi fut secoué par un rire silencieux et hocha la tête en guise d'approbation.

Darien grimpa sur les genoux de Christy sans sa permission et celui-ci émit un petit gémissement.

— Merci pour la sucette, Michael !

Michael releva les yeux de ses ours en gélatine.

— De rien. N'écrase pas Christy.

— Je le fais pas !

— Il a… a besoin des règles, dit doucement Thimi.

Michael lui adressa un clin d'œil.

— Il a besoin de plus que ça, déclara George. Et tes bonnes manières, gamin ?

Darien se tourna vers Christy.

— Je peux m'asseoir sur tes genoux ?

— C'est maintenant que tu demandes ?

— Ouais.

— Oui.

— 'Kay.

Darien posa promptement ses coudes sur la table, son menton dans ses mains et regarda Michael travailler.

— Mes parents m'auraient tué si j'avais grimpé sur les genoux de quelqu'un comme ça, intervint Jorge.

Lisa éclata de rire.

— Mec ! Avec ta taille ? Tu rigoles ?

— Sérieusement, fit Noah en riant.

— C'est bon pour le football cependant, ajouta Michael, empalant un autre ours.

— Et pour d'autres choses, plaisanta Malvolio.

Les joues de Jorge devinrent aussi rouges que des betteraves.

— La ferme !

Michael planta le dernier des ours sur la plateforme.

— Très bien, Thimi, tiens-moi cette partie.

Thimi tendit avec précaution le toit finement travaillé du carrousel à Michael. Il fallut un peu d'équilibre et quelques efforts ratés, mais Michael réussit à le fixer sur les cure-dents.

— Nous avons besoin d'une chose encore.

Michael fouilla dans sa poche et en sortit un drapeau minuscule qu'il avait arraché des fournitures de décoration pour gâteaux d'Anna. Il le planta avec précaution au sommet du carrousel.

— Ta-da !

— Whoa ! C'est sauvage ! s'exclama Stephen.

Darien tendit la main, mais Michael saisit son poignet.

— Aucune chance, Darien. Il tomberait.

— Eh bien, c'est quelque chose ! fit Mel.

Gav leva le pouce en direction de Michael.

— Bien joué, mec.

— Qui aurait pu s'en douter ? plaisanta Jake.

— Ce n'est pas de l'art, c'est du montage, protesta Jerry.

Stephen donna un coup de coude à Jerry.

— Pour Michael, c'est une belle œuvre. Crois-moi.

Christy se mit à rire doucement.

— Jerry, c'est un véritable chef-d'œuvre. Il est le Michel-Ange des ours en gélatine.

Michael rit à moitié tandis qu'il poussait lentement l'assiette en papier contenant le carrousel vers Thimi.

— Tu voudras peut-être l'installer sur une autre assiette.

— M… Merci.

— De rien.

Michael referma le sac d'ours et le poussa également vers Thimi.

— Il en reste plein à manger.

— Comment allons-nous par ici ? demanda Rob en les rejoignant.

Sophia sourit.

— Très bien, Rob.

Il siffla doucement lorsqu'il vit le carrousel.

— Michael a-t-il fait ça pour toi ?

Thimi hocha la tête.

— J'ai utilisé tous les cure-dents, confessa Michael.

— Je pense que nous survivrons.

Mac et Bobbie avancèrent jusqu'à Rob et Michael ne put cacher sa surprise.

— Hey, papa, maman. Que faites-vous ici ?

— C'est un barbecue uniquement réservé aux adolescents ? demanda Bobbie.

— Non, parce que je suis là ! cria Darien.

— Baisse la voix, dit Rob, soulevant Darien des genoux de Christy.

— C'est dehors !

— Vrai, mais même pour l'extérieur ta voix est trop forte.

— Tout le monde, voici mon père et ma mère : le Docteur Sattler, et ma mère se mettra en pétard si vous ne l'appelez pas Bobbie, déclara Michael en guise de présentations.

Mel se leva et offrit sa place à Bobbie.

— Je suis Mel, le nouveau gosse du bloc.

Bobbie sourit.

— Enchantée de vous connaître, Mel. Accent de Boston ?

Il éclata de rire.

— Sud de Boston, madame. Ce serait la Géorgie. Rudement agréable de vous connaître.

Mel secoua vigoureusement la main de Mac.

— Enchanté de vous connaître, Doc. J'ai entendu beaucoup de bonnes choses sur vous.

— Tout le plaisir est pour moi. Je vous épargne ma compagnie pour le moment. Jerry, je peux regarder ton plâtre ?

— On l'enlève aujourd'hui ?

Jerry frappa son bras sur le bord de la table tandis qu'il bondissait hors de sa chaise.

— À condition que tu n'aies pas fait plus de dégâts à ton bras, oui.

— J'ai eu quelques sensations dans mes doigts !

— C'est merveilleux à entendre. Allons y jeter un coup d'œil, d'accord ?

Le Docteur Jordanou s'approcha, parla à Thimi en grec et Christy se leva pour tendre la main au jeune homme.

— Besoin d'aide ? demanda Michael.

Christy secoua la tête.

— Le Docteur Jordanou aimerait que ton père regarde son plâtre.

Mel prit le siège à côté de Zero et Lisa éclata soudain de rire.

— Vous devez être rudement fatigué de vous occuper de toutes ces blessures, Docteur Sattler.

Bobbie sourit.

— C'est notre travail.

Michael observa sa mère. Elle avait raison. Ses parents seraient perdus s'ils ne pouvaient plus prendre soin des enfants.

Elle poursuivit.

— Cependant, je pense que Michael est arrivé au stade de sa vie où il ne viendra plus en consultation au bureau.

— Je ne peux pas m'asseoir dans une chaise en plastique pour gamins, et j'en ai vraiment marre de l'aquarium.

Malvolio ricana.

— Ton père est pédiatre ?

Michael acquiesça.

— Il est immunisé contre la morve, la gerbe et les diarrhées.

Tout le monde se mit à rire et Bobbie frappa son bras.

— Quoi ? Tu ne peux pas le nier.

Soudain, une alarme retentit avec un bruyant *whoop-whoop* et tout le monde sursauta.

— Putain, c'est quoi ça ? cria Jake par-dessus le bruit.

— La nouvelle alarme de périmètre ! hurla Mel tandis qu'il quittait la table et se précipitait vers la maison.

Le bruit s'arrêta aussi brusquement qu'il avait commencé et tout le monde poussa un soupir de soulagement.

— Bordel, c'était fort ! s'exclama Lisa.

Mel revint vers la table en trottinant.

— C'est ce que j'appelle un chasseur de cerf.

Zero ricana.

— Un chasseur de cerf ?

— Les cerfs qui sortent des bois à l'arrière, à moins de quarante mètres déclenchent l'alarme.

— Ils peuvent changer les capteurs de place, indiqua Jake. Nous avons dû le faire dans notre jardin parce que des opossums n'arrêtaient pas de la mettre en route.

— Michael ?

Il leva les yeux et vit que Christy sortait de la maison principale, paraissant désemparé. Il se leva immédiatement.

— Que se passe-t-il ?

— J'aimerais de l'aide.

— As-tu besoin de la mienne aussi, Christy ?

Il secoua la tête.

— Non, merci, Bobbie.

Michael guida Christy vers la maison, d'une main posée sur son coude.

— Quel est le problème ?

— Te souviens-tu du jour où j'ai reçu le tee-shirt des Bread avec la chanson sur la peinture ? Quand tu m'as tenu sur tes genoux pendant l'auscultation de ton père parce que j'avais très peur ?

— Ouais, bien sûr.

— Thimi en a besoin. Il a peur des outils pour retirer le plâtre et le Docteur Jordanou aimerait retenir ses bras et ses jambes de force. Il ne peut pas le toucher comme ça. Thimi n'a pas de tee-shirt et il a une énorme cicatrice dans le dos et il pleure.

— Je vais aider.

Ils traversèrent le grand salon et entrèrent dans une petite pièce que Michael n'avait jamais vue auparavant. Elle ressemblait à un bureau typique d'une infirmière. Thimi était recroquevillé en une petite boule dans un coin de la pièce, sanglotant, son visage pressé contre le mur.

— Papa ?

— Son plâtre est fendu et je dois le remplacer.

— Lui as-tu prouvé que cela ne coupait pas la peau ?

— Il m'a observé pendant que je retirais celui de Jerry.

— Pouvons-nous lui montrer comment ça marche sur ma main ?

— Jerry ne devrait pas être là, murmura Christy.

Michael se tourna vers Jerry.

— Va faire un tour pendant dix minutes, mon petit pote.

— Le Docteur Sattler m'a dit d'attendre.

— Va m'attendre dans le couloir, intervint rapidement Mac.

Jerry fit la moue, mais quitta la pièce et Michael se tourna vers Christy.

— Comment veux-tu faire ça ?

— Assieds-toi sur le lit comme tu l'as fait à l'école.

Michael fit comme demandé et recula afin de pouvoir s'appuyer contre le mur.

— Okay, comme ça, nous allons montrer à Thimi que ça ne coupe pas la peau. Tu serviras de test.

Christy passa cinq minutes à dégager Thimi du coin. Il pleurait, mais s'éloigna enfin du mur et cela brisa le cœur de Michael de le voir aussi bouleversé.

— Tu regarderas ça sur Michael. Ça ne coupe pas la peau, expliqua Christy en attirant Thimi contre lui, son dos reposant contre sa poitrine, et il enroula ses bras autour de lui.

— D'accord, vous pouvez faire le test maintenant.

Michael tendit sa paume à plat.

— Vas-y, papa.

Mac posa doucement la lame sur la paume de Michael et elle ne coupa rien, puis elle ralentit avant de s'arrêter.

Michael sourit.

— Ça chatouille.

Christy traduisit.

— Explique que la lame ne tourne pas. Elle vibre d'avant en arrière.

Christy le fit et les explications semblèrent continuer pendant un temps infini.

— Je lui ai raconté l'histoire à l'école, quand tu m'as tenu pour que ton père puisse vérifier mon cœur. Il veut s'asseoir avec toi.

— D'accord.

— Ne t'inquiète pas, Thimi. Michael a vu mes cicatrices. Cela ne le dérange pas.

Michael adressa à Thimi, ce qu'il espérait être un hochement de tête rassurant, et lentement, Thimi avança et s'assit entre les genoux de Michael, sur le bord du lit. Michael grogna lorsqu'il aperçut son dos. Il n'y avait pas moins de cicatrices que sur celui de Christy – de longues et fines balafres, d'autres profondes, d'autres irrégulières comme si elles avaient été creusées avec une petite cuillère, toutes placées pour former une macabre ressemblance avec la lettre grecque upsilon – l'initiale de Yosef. Elles étaient fortes, cruelles, hideuses et elles parlaient de la brutalité totale qui avait été infligée à Thimi. Michael ferma brièvement les yeux tandis qu'il se rappelait des initiales gravées au fer rouge sur l'intérieur de la cuisse de Christy. Il tendit ses muscles, dans un effort pour dissiper la douleur imaginaire de quelqu'un lui faisant la même chose.

Christy continua à énumérer ses instructions.

— D'accord, Michael, pose tes mains sur tes jambes.

Michael installa ses mains sur ses cuisses.

— Bien, maintenant, Thimi, recule.

Il guida gentiment Thimi afin qu'il se penche en arrière, et s'appuie contre le torse de Michael.

— Bien, Michael tourne la main en l'air comme ça et Thimi, pose le plâtre dans la paume de Michael.

Michael baissa légèrement le coude de Thimi qui reposait dans sa main.

— Okay, maintenant, le Docteur Sattler va refaire un petit test sur la peau de Michael, puis la même chose sur celle de Thimi.

— Que dirais-tu que Thimi te tienne la main de sa main libre ? suggéra Michael.

— C'est une bonne idée.

Christy saisit la main de Christy et il s'y agrippa farouchement.

— Bien. Tu es prêt pour le test ?

Thimi paraissait effrayé au-delà de tout, mais il donna son assentiment et Mac posa lentement la lame d'abord sur Michael, puis sur Thimi. Celui-ci éloigna rapidement sa main, donnant accidentellement un coup de coude dans le ventre de Michael qui gloussa lorsque Thimi inspecta sa paume.

— Tu vois ? Ça ne te coupe pas. Pouvons-nous le faire, maintenant ?

Thimi renifla et hocha la tête.

— Bien, Michael tient le plâtre et le Docteur Sattler va le retirer.

Mac le découpa en quelques minutes et Michael sentit la tension disparaître par vagues du petit corps de Thimi, tandis qu'il se penchait contre lui.

— C'est très bien. Le Docteur Sattler a sauvé mon petit mot pour toi.

Mac présenta la section du plâtre contenant l'inscription de Christy.

— Maintenant, le Docteur Jordanou va t'examiner.

Michael ramassa la partie fêlée du plâtre et l'étudia.

— Il en faut beaucoup pour fendre un plâtre. Comment a-t-il fait ?

Christy roula des yeux.

— Darien nous a fait tomber.

— As-tu été blessé ? demanda Michael, connaissant déjà la réponse.

— Seulement quelques petits problèmes avec le pied et les côtes.

Mac sourit.

— J'y jetterai un coup d'œil dans un moment.

Christy soupira.

— J'ai déjà eu cette discussion avec Rob. Je n'ai pas besoin de l'image. Je vais bien.

— Serais-tu offensé si je disais que je pense être plus qualifié que toi pour prendre cette décision ? plaisanta Mac.

— Non. Mais je vais bien et je n'ai pas besoin de la photo.

Michael dissimula un sourire tandis qu'il regardait son père faire face à l'obstination de Christy.

Mac gloussa.

— Peux-tu lever les bras au-dessus de ta tête ?

— Je ne vais pas essayer ça. Je n'ai pas besoin de radio.

Michael pouvait à peine contenir son rire.

— Il ne sera pas heureux tant que tu ne le laisseras pas t'examiner, bébé.

— D'accord. Un petit coup d'œil, mais pas d'image.

— Je ferai de mon mieux pour limiter mon coup d'œil.

— C'est bien.

Michael éclata finalement de rire.

— Bonne chance, papa.

Le Docteur Jordanou ne put s'empêcher de glousser.

— Christophoros, vous n'avez pas changé.

— Ce n'est pas vrai. Je suis un petit peu moins entêté.

— Vraiment ? plaisanta Michael.

— C'est vrai, insista Christy.

Riant toujours, le Docteur Jordanou termina d'examiner le poignet de Thimi.

— Je pense que je peux refaire le plâtre. Tout semble être à sa place.

— Très bien, jeune homme, choisis ta couleur.

Mac sortit un livre contenant des échantillons de plâtres colorés.

Thimi parla en grec et Christy expliqua.

— Il est surpris par le choix de toutes les couleurs et prendra le violet.

— Quelle surprise ! murmura Michael et Mac sourit.

— Thimi, nous allons t'installer sur la table afin que nous puissions faire un nouveau plâtre.

— Veux-tu que je te soulève jusque-là ? lui chuchota Michael et il hocha la tête. Très bien, allons-y.

Michael prit le petit corps de Thimi dans ses bras et se leva, toujours surpris par son poids léger.

— Christy, laisse-moi t'ausculter pendant que le Docteur Jordanou prend soin du plâtre.

— Seulement un petit regard.

— Je t'ai promis que je serais parcimonieux. Retire ton tee-shirt pour moi.

— Non.

Mac haussa les sourcils de surprise devant son rare geste de défi.

— Y a-t-il une raison particulière pour laquelle tu ne veux pas enlever son tee-shirt ?

— J'ai de l'expérience avec vous après que vous ayez vu les contusions de Michael. Vous verrez les miennes, ferez toute une histoire et voudrez une image.

— Je vois. Eh bien, je suis désolé de te dire que c'est mon travail d'inspecter tes meurtrissures.

Les sourcils de Christy se tordirent avec irritation, mais il acquiesça. Quand il lutta pour retirer son tee-shirt à manches longues, Michael vint à la rescousse et le passa par-dessus sa tête.

Mac siffla doucement.

— Je parie que ça fait mal.

Michael resta bouche bée. L'ecchymose sur les côtes de Christy ressemblait à une tache dans des tons de framboise et de bleu.

— Bordel, bébé. Qu'as-tu fait ?

— Je te l'ai déjà dit. Darien nous a fait tomber.

— Lève les bras au-dessus de ta tête, ordonna Mac.

— C'est comme avant. Je ne peux en lever qu'un.

— Ne peux-tu pas lever l'autre du tout ?

Christy fit un effort, mais ne put le soulever plus haut que son épaule.

Mac palpa doucement son côté et il pâlit.

— Tu as besoin d'une image, fit Mac, imitant Christy et Michael dut se détourner pour s'empêcher de rire.

— Non.

— Si.

— Non. Aujourd'hui, c'est le barbecue. Pas d'image.

— Demain, tu iras passer la photo.

— D'accord.

— Jetons un coup d'œil à ton pied.

— Demain, avec la photo, négocia Christy.

Michael mourait intérieurement à force de retenir son rire.

— Le Docteur Jordanou se tourna après avoir terminé le plâtre et sourit à Mac.

— Votre patient est devenu plutôt téméraire.

— Je crois qu'il est *notre* patient.

— Plus maintenant, fit malicieusement le Docteur Jordanou.

Mac soupira.

— Il a certainement trouvé un moyen d'exprimer sa nouvelle confiance en lui.

Il fit un mouvement de rotation avec son doigt.

— Chaussure, chaussette et retire le pain de glace.

Christy s'assit sur le lit, Thimi dit quelque chose en grec et Christy lui répondit gentiment. Soudain, Thimi afficha le plus grand sourire que Michael l'avait vu faire jusqu'à présent.

— Qu'as-tu dit, bébé ?

Le Docteur Jordanou se mit à rire.

— Il a expliqué que vous aviez déclaré qu'il était le patron et qu'un jour Thimi le deviendrait également.

Michael ne put en supporter davantage. Il explosa de rire.

Mac poussa un long soupir bruyant.

— Mon fils rend mon travail difficile.

— Pas du tout désolé, papa, fit Michael, riant toujours. Bordel de merde ! Christy ! Ton pied !

— Ce n'est pas beau, seulement. C'est le même pied.

— Lève-toi, s'il te plaît, ordonna Mac.

Christy obéit et se tint sur son bon pied.

— Pose ton autre pied sur le sol, s'il te plaît.

Christy le fit à contrecœur.

— Tiens-toi normalement, s'il te plaît.

— Si je fais ça, le pied ne marche pas toujours. C'était bien sur le front de mer. Aujourd'hui, je suis fatigué et ce n'est pas bon.

— Demain, nous prendre une image de ton pied, l'imita Mac.

— D'accord, concéda Christy, poussant un soupir déçu tandis qu'il s'asseyait et entourait son pied avec le bandage glacé.

— D'autres blessures dont je devrais être au courant ?

— Non.

Mac n'était pas convaincu.

— Des tensions ou des douleurs ?

Christy plissa le visage.

— La cuisse ne me laisse pas la plier facilement.

— Demain, nous prendrons une image de la cuisse aussi.

Christy leva finalement les yeux vers Mac.

— Vous vous moquez de moi.

Mac acquiesça avec un sourire.

— En effet. Je suis le patron des soins médicaux.

Ce fut au tour de Christy de sourire.

— Vous êtes un bon patron.

— Merci. Tu es un patient entêté.

— C'est un petit peu vrai.

— Je t'ai apporté quelque chose. C'est une botte thérapeutique. Utilise-la au lieu de ta chaussure.

Mac s'agenouilla, la tenant ouverte pour que Christy insère son pied et il la referma avec les bandes Velcro.

— Cela empêchera ton pied de tourner et lui permettra de guérir.

— Oh, il y a une partie étrange ici.

— Elle maintient ton talon libre tout en gardant ton pied stable. Je ne veux pas d'une pression excessive sur ta jambe qui est encore en voie de guérison d'une fracture. Lève-toi à nouveau, s'il te plaît.

Christy obéit et appuya lentement son poids sur son pied.

— Oh, c'est bien. Maintenant, j'ai un bon pied et n'ai pas besoin de l'image.

Mac secoua la tête.

— J'aurai quand même mes photos.

XXXIX

AU MOMENT où ils revinrent au barbecue, le soleil était d'un orange vif dans le ciel et tout le monde était assis autour d'un feu allumé dans une fosse en béton, en train de griller des guimauves pour faire des s'mores.

— Super !

Michael échangea un tope-là avec Jake.

— Prends un paquet, mon pote et montre à Christy comment on fait.

— Regardez un peu ! Mon plâtre a enfin été retiré ! déclara Jerry, se laissant tomber sur les genoux de Stephen.

— Ça m'a l'air bien !

Lisa cogna le poing de Jerry.

— Le Docteur Sattler dit que je dois faire des rayons X demain, mais c'est d'accord parce que Christy et Thimi en auront aussi.

Michael regarda Jerry du coin de l'œil.

— J'ai une vision.

Il posa le bout de ses doigts sur ses tempes, pour imiter une personne qui lisait dans les esprits.

— Attends… attends… Je vois des roues qui tournent. Des fauteuils roulants. Pourrait-ce être une course en fauteuils roulants ?

Jerry éclata de rire.

— Peut-être.

— Michael… murmura Christy.

Il baissa les yeux vers lui, surpris de voir un léger voile de sueur sur sa lèvre supérieure. Il passa rapidement un bras autour de lui et l'éloigna de la foule. Thimi le suivit de près, serrant fermement l'arrière du tee-shirt de Christy.

— Parle-moi, bébé.

— Nous ne pouvons pas être près du feu de camp.

Michael prit soudain conscience du problème et se sentit horrible.

— Oh, mon Dieu, bébé ! Je n'ai même pas songé à cela. Je suis désolé. Nous n'avons pas à le faire.

— J'aimerais, mais nous ne pouvons pas approcher du feu.

— Très bien. Allons nous asseoir à la table de pique-nique, puis Jake et Sophia nous apporteront les marshmallows.

— Les gens n'aimeront pas ça.

— Ils comprendront.

Christy paraissait en douter.

Michael se pencha et plongea directement dans ses yeux.

— C'est bon, Christy. Ils comprendront. Je te le promets.

Christy soutint son regard un long moment, paraissant vérifier la véracité de ses paroles.

— Tu leur diras que nous ne sommes pas impolis ?

— Ils le sauront, mais je le leur dirai quand même.

Il se tourna pour appeler Jake qui se leva immédiatement et vint vers eux.

— Ils ne peuvent pas s'approcher du feu. Le… ah !… Le fer rouge et tout ça. Nous allons nous asseoir à la table de pique-nique. Tu veux bien nous apporter des marshmallows ?

Le visage de Jake s'adoucit.

— Désolé, mon petit pote. Nous n'avons absolument pas pensé à cela. Nous allons t'arranger ça.

— Il est inquiet que les gens pensent qu'ils sont impolis.

— Aucune chance. Allez là-bas et nous vous apporterons des assiettes avec tout. Joli plâtre, Thimi. J'adore le violet.

Jake trottina vers Sophia et Michael guida Thimi et Christy vers une table à proximité.

— Je suis désolé de ne pas avoir songé à cela, bébé. Merci de me l'avoir rappelé.

— Je n'aime pas dire ce genre de choses.

Michael l'étreignit d'un bras.

— Je le sais, mais je suis content que tu l'aies fait.

Christy leva les yeux vers lui, le soleil tardif et les reflets dansants du feu rendant ses yeux aigue-marine encore plus brillants et magnifiques.

— Sérieusement, bébé. Je suis ravi que tu m'en aies parlé.

Il embrassa le bout de son nez.

— Je ne veux pas que tu fasses quelque chose que tu ne veux pas faire.

Christy hocha la tête, sa déception étant évidente sur ses traits.

— Me… merci, dit doucement Thimi.

Michael sourit.

— Quand tu veux, Thimi. N'aie jamais peur de faire savoir ce dont tu as besoin.

Christy traduisit et Thimi hocha la tête.

— Eh bien, regardez ce joli plâtre, dit Bobbie, déposant entre eux une assiette en carton pleine de s'mores, avant de s'asseoir à côté de Michael. Nous devrons le faire signer par tout le monde après avoir mangé tes s'mores et j'ai exactement ce qu'il faut.

Elle sortit un marqueur Sharpie de sa poche et le posa devant Thimi.

— Wow, maman ! Une infirmière avec le service complet.

— Toujours.

Michael attrapa deux s'mores dans l'assiette et en tendit un à Thimi et l'autre à Christy.

— C'est chaud. Faites attention.

Il en prit un et mordit dedans.

— Mmmm... trop bon ! Essayez.

Christy mordit dans le sien et ses yeux s'écarquillèrent.

— Il y a du chocolat.

— Ouais.

— Essaie, fit Christy pour encourager Thimi.

Thimi mordit prudemment dedans, ses yeux s'élargirent également et il fourra soudain tout le gâteau dans sa bouche.

Michael ricana !

— C'est gagné !

Bobbie sourit.

— Je peux voir un mal de ventre se profiler à l'horizon.

Michael s'esclaffa à moitié.

— Je pense que Thimi a une dent sucrée.

Jake, Sophia et la moitié de l'équipe les rejoignirent à table et ils mangèrent des s'mores, discutèrent des vertus du chocolat avec des guimauves, et tout le monde signa le nouveau plâtre de Thimi.

— Michael ! J'en ai un ! J'en ai un !

— Il arrive, annonça Jake.

Michael se tourna pour voir que Darien s'était éloigné de la foule encore présente autour du feu et qu'il courait droit vers lui, avec une brochette chaude, dégoulinante de guimauve fondue.

— Darien ! cria Rob, mais c'était trop tard.

— Attends, Darien !

Michael attrapa la pique métallique d'une main, avant qu'elle lui crève un œil, Thimi tomba du banc et Christy paniqua.

Bobbie fit de son mieux pour éviter que Thimi heurte le sol et la main de Michael grésilla alors qu'elle brûlait. Il lâcha la pique tandis que Mel prenait Darien dans ses bras. Jake essaya de rattraper Christy avant qu'il s'affale, mais ne réussit pas et il chuta sur le sol avec un petit « *oomph* ».

— Christy ! cria Michael.

— Thimi ! hurla Christy.

Thimi s'éloigna à quatre pattes.

Michael bondit du banc et se dirigea vers Thimi qui s'était blotti contre un arbre voisin, recroquevillé, clairement terrifié. L'expression dans ses prunelles était familière. Michael avait vu le même regard lointain dans les yeux de Christy quand il était figé par la peur.

— Thimi, essaya-t-il.

Il ne répondit pas. Lorsque Bobbie s'accroupit à côté de lui, Michael murmura :

— Va chercher papa, et elle s'éloigna rapidement.

Michael savait quoi faire avec Christy, mais il n'avait aucune idée pour Thimi et il avait peur de le toucher. Alors qu'il commençait à se sentir impuissant, Christy se laissa tomber à côté de lui.

— *Adelfáki mou*, c'est moi, Christophoros.

Thimi resta figé, rigide, pressé contre l'arbre. Mac arriva rapidement avec sa sacoche et le Docteur Jordanou le suivait.

— Il est comme Christy, papa. Fais quelque chose, le supplia Michael.

Mac sortit rapidement une seringue.

— Tiens-le bien, Christy.

— Je ne peux pas. Il mordra.

Mac se tourna vers Bobbie.

— Prends-le sur tes genoux.

Michael regarda son père.

— Je vais le faire.

— Laisse ta mère s'en occuper.

— S'il mord, je gèrerai, papa.

— Tiens-toi prêt et attrape ses mains.

Michael n'avait jamais fait ceci à quiconque en dehors de Christy et il avait une trouille de tous les diables.

— Thimi ? C'est Michael. Assieds-toi sur mes genoux, comme tu l'as fait aujourd'hui, pour le plâtre. Personne ne va te faire mal.

Michael tendit la main vers lui, mais Thimi resta immobile.

— Il ne bougera pas, papa.

— Soulève-le et pose-le sur tes genoux. Comme si tu soulevais Christy, ordonna Mac.

Michael prit une profonde inspiration, s'assit sur le sol, et déposa Thimi sur ses genoux en un mouvement adroit. Mac injecta rapidement le produit dans sa cuisse et il s'effondra.

— Il va bien ? demanda Christy, son anxiété montant clairement en flèche.

— Il ira bien dans un instant, répondit calmement Mac.

Christy prit le visage de Thimi en coupe et parla rapidement en grec, puis les yeux de l'enfant semblèrent se concentrer sur lui.

— Et le revoilà, dit Mac avec un sourire.

— Je n'ai jamais vu cela, admira le Docteur Jordanou.

— Un sédatif pour apaiser l'anxiété et faciliter la dissociation, expliqua Mac.

— Tu vas bien, Thimi ? murmura Michael.

Thimi paraissait confus et Michael opta pour continuer de le tenir tandis qu'il lançait un coup d'œil aux alentours, espérant que la Terreur de Wellington ne soit pas à proximité.

— Où est Darien ?

— Mel l'a ramené à l'intérieur de la maison.

La colère de Rob était manifeste.

Mac indiqua la main de Michael.

— Laisse Thimi s'asseoir avec ta mère et je vais y jeter un coup d'œil.

— Je vais le tenir jusqu'à ce qu'il soit prêt à bouger.

Christy tendit ses mains vers Thimi.

— Viens, *adelfáki mou*.

Thimi paraissait toujours perdu et effrayé, mais il saisit les mains de Christy.

Celle de Michael avait des cloques qui s'étaient ouvertes et maintenant, sa main était pleine de saletés.

— Je dois laver ça.

Mac sortit une petite bouteille de teinture de son sac et la lui tendit.

Michael roula des yeux.

— Tu plaisantes ? Ce truc fait un mal de chien.

— Tu seras au moins protégé de toutes les bactéries.

Michael arracha la bouteille de produit de ses mains.

— Méchant papa. Tu es un scientifique fou.

— J'accepte la récompense.

MICHAEL REPOUSSA les boucles de Christy et embrassa ses lèvres.

— Ça va aller ?

Christy jeta un coup d'œil à Thimi, désormais endormi à côté de lui dans le lit, et revint vers Michael.

— Oui. Rob l'emportera dans l'autre chalet.

— Veux-tu que je demande à Rob de le laisser ici ?

— Il ne le fera pas à cause des règles.

— Je vais lui demander quand même.

— J'irai pour les images demain.

Michael remarqua une lueur d'inquiétude dans les yeux de Christy.

— Pourquoi cela te préoccupe-t-il ? Tu as eu des tas de radios.

— Je ne veux pas aller à l'hôpital. Ce ne sera pas bon pour Thimi.

Michael fronça les sourcils.

— Papa ne te gardera pas là-bas. C'est juste des rayons X.

— Tu ne peux pas dire ça. Tu ne contrôles pas les actions de ton père.

Michael ricana.

— Attends.

Il se dirigea vers le salon où ses parents discutaient tranquillement avec le Docteur Jordanou et Rob.

— Papa ?

Mac leva les yeux vers lui.

— Christy a peur que tu le gardes à l'hôpital. Je lui ai dit que ce n'était que des radios et que tu ne le ferais pas, mais il est toujours inquiet.

Mac s'approcha du chevet de Christy.

— Des radios seulement, Christy. Tu n'auras pas à rester.

— Vous m'en faites la promesse ?

Mac lui adressa un sourire.

— Je le promets.

Christy se détendit visiblement.

— Merci.

— De rien.

Mac retourna dans le salon et Michael se pencha pour l'étreindre prudemment.

— Je t'appellerai demain après l'entraînement.

— Merci.

— Ne me remercie pas, bébé. Je t'aime, murmura-t-il.

— Tu es quelqu'un de très bien.

Michael sourit.

— Toi aussi. Appelle ou envoie-moi un message si tu as besoin de quoi que ce soit.

Christy hocha la tête, roula sur le côté et s'installa en cuillère derrière un Thimi endormi.

Michael caressa les cheveux de Christy une dernière fois avant d'aller retrouver ses parents.

— Prêt ? demanda Bobbie.

Michael hocha la tête et regarda Rob.

— Pouvez-vous laisser Thimi dormir ici ce soir ?

— Je ne peux pas. Mis à part que cela va à l'encontre des règles de la licence, ce n'est pas bon pour eux.

Michael était déçu.

— Ouais, d'accord.

— Je parlerai demain avec Christy à propos de la jalousie de Darien.

Michael fronça les sourcils.

— Quelle jalousie ?

— Darien agit de cette manière parce qu'il est jaloux de l'attention que Christy accorde à Thimi.

— Je suis d'accord qu'il doit réfréner ses ardeurs, mais je ne pense pas que ce soit de la jalousie. C'est juste un gamin.

Rob hocha la tête, en connaissance de cause, et Michael savait qu'il s'était fait avoir.

— Faites-moi savoir ce que je peux faire pour aider.

— Ce n'est pas juste, déclara Michael alors qu'ils rentraient à la maison.

Mac lui lança un coup d'œil.

— Cela te surprend-il vraiment que Darien soit manipulateur ?

— Tous les enfants le sont.

— Darien en est un, au-dessus de la moyenne, pour ses cinq ans, fit Bobbie.

Michael fit tourner son cou et fléchir ses épaules contre le cuir souple du siège. Il était fatigué et tout concept élevé ne l'intéressait pas pour l'instant.

— Peu importe. Je ne pense pas que ce soit sérieux.

— Ça l'est assez pour que des gens soient blessés. Toi, y compris, dit Mac.

— Ce n'est pas comme s'il l'avait fait intentionnellement.

— Laisse-moi te donner une autre perspective. Qu'aurions-nous fait avec toi si tu t'étais comporté comme Darien l'a fait à cinq, presque six ans ?

Michael se détourna de la vitre pour dévisager son père.

— Vous m'auriez donné la fessée.

— Pourquoi ?

— Parce que tu ne peux pas agir de cette manière à cinq ans. Des gens pourraient être bles…

Michael s'arrêta brusquement.

— Très bien. J'ai compris.

— Darien peut être un charmant petit garçon, mais il a également appris à se servir de moyens de manipulation inadaptés, expliqua Bobbie.

— Il agit comme un petit garçon normal, le défendit Michael.

— Il est comme un gosse de deux ans sans aucune limite. Pire encore, il s'attend à ce que les gens respectent son comportement et pique une colère quand il n'est pas toléré.

Le ton de Bobbie était inhabituellement dur, mais Michael ne pouvait pas réfuter ce qu'elle venait de dire. Darien agissait *vraiment* comme un bébé de deux ans – un gosse pourri gâté de deux ans – et des gens *étaient* blessés.

— Donc, il a besoin d'un peu de discipline, dit-il évasivement.

— Une partie essentielle du but de Wellington est d'offrir à des enfants une vie normale et des compétences adaptées. Darien a besoin de plus que de la discipline. Il doit comprendre que son comportement est inapproprié et qu'agir de cette façon, en particulier à mesure qu'il vieillit, ne servira qu'à l'ostraciser et le rendra incapable d'atteindre des jalons sociaux et des compétences.

C'était trop d'informations pour que Michael puisse les comprendre dans son état actuel de fatigue. Les humains étaient bien trop compliqués.

— Je suis content de vouloir restaurer des livres anciens quand je serai plus vieux.

XL

APRÈS L'ENTRAÎNEMENT du lundi, Michael essaya de joindre Christy pour s'assurer que tout allait bien avec les rayons X. Il ne put discuter qu'avec Rob, qui lui indiqua que tout s'était bien déroulé et que Christy et Thimi faisaient une sieste. Avant que Jake et lui montent dans la voiture, le téléphone de Michael sonna et il répondit d'un rapide « hey, Lisa ».

— Salut, Mike ! Peux-tu passer au bureau de Smitty ? Nous pensons avoir fini par comprendre le fond des choses avec Rich.

— Ouais, d'accord. Nous serons là dans vingt minutes.

Il raccrocha et regarda Jake.

— Lisa veut que nous allions au Whitey. Elle dit qu'ils ont peut-être résolu l'affaire avec Rich.

— Allons-y, mon pote.

Ils arrivèrent au Whitey et, lorsqu'ils pénétrèrent dans le bar cette fois, personne n'en prit ombrage.

— C'était bizarre. C'est comme si être en dessous de l'âge légal était la norme, fit discrètement Michael alors que Jake et lui franchissaient la porte et descendaient le couloir menant au bureau de Smitty.

— Smitty ne l'autoriserait jamais. D'ailleurs, c'est nous, la nouvelle norme par ici, mon pote.

Ils entrèrent dans le bureau de Smitty et le trouvèrent en compagnie de Lisa, du vieil Elfe et du Détective Davis, tous rassemblés autour d'un ordinateur.

— Hey, les salua Michael.

— Salut, Mike. Par ici.

Lisa donna un coup de pied dans une chaise roulante qui avança vers lui.

— Toi aussi, Jake.

Une fois installés, le Détective Davis commença à débiter des informations de son ton officiel.

— Rich a été arrêté samedi soir à Harlem et transféré dans nos locaux.

Jake et Michael échangèrent des regards surpris.

— C'est super ! déclara Jake.

— Que faisait-il à Harlem ? demanda Michael.

Le policier ignora la question.

— J'ai interrogé Rich concernant la nuit du décès de Tony. Comme vous le soupçonniez, Tony est allé en ville pour discuter avec Rich et celui-ci a prétendu que ça ne s'était pas bien passé avec Chase. Quand Tony est parti, Rich était inquiet concernant ce que Chase pourrait faire, donc il l'a suivi dans le but de s'assurer qu'il allait bien. Il n'avait aucune idée que le gang, pour ainsi dire, allait le suivre.

— Cela me paraît raisonnable, fit Michael, d'un ton hésitant.

— D'après les réponses de Rich, j'ai demandé à nos techniciens de laboratoire d'étudier à nouveau les vidéos provenant des caméras de sécurité de l'autoroute, au niveau du pont.

Il adressa un signe à l'Elfe qui tapa sur son clavier et une image en couleur remplit l'écran. Quelqu'un avait entouré deux motards avec un épais marqueur noir.

— Les bikers encerclés sur cette photo portent des vestes identiques à celle que vous avez décrite. Celui à l'arrière est Rich. Nous le savons parce que nous avons été capables d'isoler l'anneau qu'il porte à son doigt. Le motard de devant, celui qui a poussé Tony par-dessus le pont, est Chase. Nous en sommes certains parce qu'il porte un casque unique, avec son nom.

Il fit un autre geste et l'Elfe tapa sur son clavier. Une autre image surgit sur l'écran.

— Nos techniciens ont visionné la vidéo jusqu'à l'arrivée des services d'urgence et le moment où Tony et sa voiture ont été tirés de sous le pont. Nous avons appris que Rich était revenu sur les lieux de l'accident et cherchait de l'aide. Voici une image de Rich qui fait signe à un automobiliste. Ce conducteur a appelé le 911. Quand l'ambulance est arrivée, Rich a quitté la scène.

Le Détective Davis indiqua à Smitty de poursuivre l'exposé.

— Vous savez, par le Détective Davis que le carburant utilisé dans l'incendie de la maison de Michael était du fioul d'aviation. Il existe deux sortes de fioul. Celui utilisé pour les moteurs à turbine est bleu ou vert et celui pour les moteurs à allumage par compression dans les jets est clair ou légèrement doré. Je n'ai trouvé aucune trace de produit bleu ou vert à la maison de Michael, donc j'en ai déduit que du fioul pour jet avait été utilisé dans les cocktails Molotov. J'ai pensé que la FAA pouvait utiliser un tuyau anonyme, qui apparaîtrait comme par magie. Désormais, le fuel pour les jets est fourni aux aéroports par des pipelines souterrains. Le seul carburant autorisé dans l'enceinte d'un aéroport est gardé dans des camions et la FAA a été heureuse de réclamer un inventaire du carburant contenu dans chaque camion de chaque aéroport de l'état de soir là.

— J'ai dû faire le double de mes heures, grommela l'Elfe.

Smitty parut irrité.

— Tu as un boulot. Sois heureux.

Il revint vers Michael et Jake.

— Il ne manquait pas une goutte de carburant. Maintenant, sachant que cela ne pouvait pas être exact, j'ai posé des questions aux alentours et tout le monde semblait être en règle jusqu'à ce que le vieil Elvis ici – Smitty frappa légèrement l'arrière de la tête de l'Elfe avec la liasse de papiers qu'il tenait – décide que nous devions vérifier les avions au sol.

— Pourquoi m'as-tu frappé ? C'était une bonne idée.

— Parce que tu es intelligent.

Smitty poursuivit.

— Le seul jet maintenu au sol à JFK actuellement est celui de Sanna et, comme par hasard, il se trouve qu'il manque deux cent dix litres de carburant.

Michael resta bouche bée.

— Vous êtes sérieux ?

— Et le laboratoire des pompiers dit qu'il correspond parfaitement au carburant utilisé chez toi, ajouta Lisa.

— Vous êtes en train de dire que Yosef s'est branché, d'une manière ou d'une autre, avec ce Chase ? demanda Jake, dubitatif.

— Il y a plus, intervint le Détective Davis.

Smitty jeta le paquet de documents sur son bureau.

— Le Détective Davis et moi avons réuni nos méninges et sommes parvenus à une idée. J'ai fait passer le mot comme quoi quelqu'un pourrait vouloir acheter du carburant pour jet si quelqu'un en vendait. En moins d'une journée, un des losers de Chase, avec un niveau intellectuel pouvant rivaliser seulement avec une moule, a appelé pour dire « hey, il nous en reste un peu après un boulot que nous avons fait il y a deux nuits de ça. Comme vous l'avez sans doute deviné, c'était dans *votre* quartier »

La mâchoire de Michael faillit se décrocher.

Lisa ricana.

— Pour de vrai, Mike. Le gars était bête à manger du foin.

— Le Détective Davis a été assez aimable pour mettre en place quelques-uns de ses fantômes…

— Fantômes ? l'interrompit Michael.

— Gars sous couverture. Nous les avons habillés comme un gars de la FAA et un de la Sécurité Intérieure pour qu'ils ressemblent à de véritables agents, et ils ont conclu le marché.

— Quatre hommes ont été arrêtés lors de cette opération, conclut le Détective Davis.

— Chase sait-il que c'était vous qui avez mis ces gars en place ? demanda Jake.

Smitty se mit à rire tout à coup.

— Je suis vieux, mais pas décérébré.

Lisa roula des yeux.

— Bien sûr que non, Jake. Aucun des gars de Smitty ne s'est approché du deal.

Smitty indiqua à nouveau l'Elfe, qui afficha une nouvelle image à l'écran.

— Jetez-y un coup d'œil et dites-moi ce que vous voyez.

Jake et Michael l'étudièrent attentivement.

— C'est Jason, dirent-ils en même temps.

Lisa se pencha en avant et indiqua un des officiers de police.

— Ça, c'est quand la police a essayé de l'attraper.

— Cette vidéo provient de caméras placées sur la 10ème Avenue, à Manhattan. Faites-la défiler, ordonna Davis.

La vidéo se déroula et Jason put être vu sortant de la station de métro sur Times Square, et se diriger vers la 10ème Avenue. Un bruit de détonation résonna brusquement dans l'air et les gens se mirent à crier et il s'en suivit un vacarme infernal. La radio devint folle avec des commandes et des paroles confuses.

— Cessez le feu ! Cessez le feu !

— Coup de feu tiré, coup de feu tiré ! Je répète, un seul coup de feu. Sujet à terre.

— Ce n'est pas, je répète, ce n'est pas un tir de chez nous !

— L'ambulance est en route, temps d'arrivée estimé à trois minutes.

— Au-dessus de la compagnie de théâtre ! Là-haut ! cria quelqu'un.

L'Elfe arrêta le défilement de la vidéo sur l'image d'un officier de police pointant un doigt vers un endroit plus haut et le Détective Davis continua.

— Nous savons, d'après cette séquence, que la personne qui a tiré sur Jason Whitman se trouvait sur le toit de la compagnie de théâtre. Nous avons été capables de le confirmer par les clichés des caméras de sécurité provenant de l'immeuble contigu. Nous avons tiré cette photo de cette vidéo.

L'écran changea sur une image floue d'un homme au teint foncé, aux cheveux noirs lui arrivant à hauteur d'épaules et une sensation de crainte figea le sang des veines de Michael.

— Nous l'avons trouvé quittant le théâtre par une porte latérale quelques minutes plus tard.

L'image changea pour une autre sur laquelle Michael ne pouvait pas faire d'erreur.

— C'est Yosef.

— Nous l'avons pensé aussi au début.

— Remets la photo de l'échange, ordonna Smitty.

L'écran afficha deux images de deux groupes de quatre hommes se tenant approximativement à deux mètres d'écart. L'homme sur le cliché paraissait identique à celui sur l'image provenant du théâtre.

Michael ne pensait pas pouvoir supporter d'autres surprises.

— Qui est-ce si ce n'est pas Yosef ?

L'écran changea encore pour une photo d'identité de quelqu'un qui ressemblait trait pour trait à Yosef.

— Faites connaissance avec Ptolémée Sanna, un des nombreux cousins de Yosef.

Michael voulut hurler comme une fille.

— S'il vous plaît, dites-moi que vous plaisantez ! La dernière chose dont Christy a besoin c'est qu'un autre Sanna soit ici !

— Il était à bord du jet de Yosef quand nous l'avons pris d'assaut, mais nous n'arrivions pas à le relier à un crime, donc nous ne l'avons pas incarcéré. Grâce à l'opération d'achat de carburant, nous l'avons désormais en détention. Nous avons également appris qu'il était le contact de Celeste.

Michael passa une main sur son visage.

— Incroyable ! En avez-vous parlé à nos parents ?

Le Détective Davis hocha la tête.

— J'ai également pris la liberté d'en informer Rob Villarreal. Cela va sans dire que toute personne reliée à Ptolémée a été arrêtée.

— L'avez-vous dit à Ariel ? demanda Jake.

— Pas encore. Nous le détenons pour le meurtre de Jason, entre autres chefs d'inculpation, mais je veux parler à Nero et au Général Sotíras. Nous pourrions avoir à faire face à certaines formalités s'il a besoin d'être extradé en Grèce pour le procès de Christy.

Michael grogna et son inquiétude grimpa en flèche.

— J'ai demandé au Général Sotíras à quel point c'était dangereux pour Christy d'avoir Thimi ici, et il m'a répondu : « La portée des Sanna est comme les tentacules d'une pieuvre. Leur influence est dans l'air que nous respirons ». Mais il a également indiqué que, vu que les Sanna sont dangereux en Grèce, cela ne signifie pas qu'ils le sont ici aussi. Petros est intelligent et il ne veut pas mettre en colère le gouvernement américain plus que Yosef ne l'a déjà fait, parce qu'il peut empêcher ses navires de s'amarrer dans les ports nord-américains. Mais si ce cousin, Ptolémée est ici, et qu'il préparait un mauvais coup, alors Christy et Sophia ne sont pas plus en sécurité ici qu'en Grèce.

Jake fit rouler ses épaules pour soulager la tension dans son cou.

— Génial ! Sans oublier de mentionner que nous ne savons pas à quel point la famille Sanna est étendue.

Le sarcasme était épais dans sa voix.

Le Détective Davis plissa les yeux.

— Je vais obtenir l'arbre généalogique de la famille par le Général Sotíras, et faire des recherches pour voir si d'autres membres se trouvent dans le pays, afin de notifier aux agences appropriées de garder un œil sur eux.

L'appréhension de Michael augmenta de manière exponentielle.

— Et qu'en est-il des gens qui travaillent pour eux ? Comme Celeste ? Comment Ptolémée l'a-t-il approchée ?

— Le FBI indique que c'était une prostituée en Grèce et que Ptolémée lui avait fait une offre qu'elle n'avait pas pu refuser.

Ils dévisagèrent Davis, étonnés avant que Michael se frotte le visage de ses deux mains.

— Super ! C'est tout simplement génial !

Jake secoua lentement la tête.

— Une prostituée en guise de domestique pour Sophia et Ariel. C'est fou !

— Je vais également jeter un coup d'œil aux localisations des personnes qui se trouvaient à bord de l'avion de Yosef et que nous n'avons pas mis en détention.

— Combien sont-ils ? demanda Jake.

— Le manifeste indiquait douze passagers. Nous avons arrêté Yosef, les deux hommes qui vous ont agressés, le chauffeur et le médecin qui menaçait Christy. Cela laisse sept personnes à expulser s'ils ne quittent pas volontairement notre territoire. Lorsque les biens de Yosef ont été saisis et que l'avion a été maintenu au sol, ils ont été obligés d'acheter des billets sur des vols commerciaux pour retourner en Grèce.

— Manifestement, au moins l'un d'entre eux est resté ici !

L'exaspération de Michael atteignit son maximum et il voulait frapper dans quelque chose.

Le Détective Davis était grave tandis qu'il hochait la tête.

Jake paraissait aussi en colère et frustré que Michael l'était.

— Bien. Que va-t-il arriver à Chase maintenant ?

— Nous avons émis un mandat d'arrêt à son nom. Nous le trouverons.

— Et Rich ?

— Je peux l'accuser de délit de fuite pour un accident qu'il n'a pas causé, mais franchement, cela ne vaut pas le coup de faire perdre du temps à mon département. Il sera relâché et sera probablement rentré chez ses parents. Je crois que les funérailles de Tony auront lieu mercredi et vous le verrez peut-être là-bas.

Michael resta assis, secouant lentement la tête.

Jake finalement se leva.

— Merci, Détective.

Michael leva les yeux vers Smitty.

— Merci pour tout, Oncle Smitty.

Celui-ci serra l'épaule de Michael, de manière tout à fait inhabituelle.

— Je suis content que nous ayons trouvé le fin mot de toute cette histoire.

— FOUTREMENT INCROYABLE ! s'écria Jake tandis qu'ils rentraient à la maison.

— Sans déconner, mon pote.

Michael appuya sur une touche de son téléphone.

— Qui appelles-tu ?

— Rob.

Michael se remit en colère alors qu'il attendait que Rob réponde, son système nerveux luttant toujours contre sa colère, sa frustration, mais par-dessus tout, son inquiétude.

— Salut, Michael.

— Salut, Rob. Nous venons juste d'apprendre les nouvelles. Avez-vous déjà parlé de Ptolémée à Christy ?

— Non, il dort encore. Après le changement de plâtre, la peur à propos du feu, puis le comportement imprudent de Darien, Thimi a eu une mauvaise nuit.

Michael se sentit mal. Le barbecue aurait dû être amusant pour Thimi, mais il savait de première main avec Christy, combien les choses les plus simples pouvaient être difficiles pour les personnes se remettant d'un abus, en particulier celles qui avaient été maintenues en captivité et qui n'avaient pas été exposées aux variables du monde extérieur.

— Je suis désolé d'entendre ça. Il mérite tellement mieux.

— En effet. Merci pour votre compréhension.

— Revenons à ma question. Devez-vous en discuter avec Christy ?

— Pourquoi demandez-vous ?

— Le gars est en prison. Si vous en parlez à Christy, vous l'effrayerez sans raison parce qu'il n'y a rien qu'il puisse faire à ce sujet.

— Voudriez-vous savoir si vous étiez Christy ?

— Ouais, mais c'est différent.

— Comment ça ?

— Parce que… je ne sais pas. Ça l'est, c'est tout.

— Je vois.

Michael entendit une pointe d'amusement dans la voix de Rob et redevint irrité.

— D'accord, très bien ! Quand allez-vous lui dire ?

— Lorsqu'il se réveillera. Il sera heureux d'apprendre que le problème impliquant Rich est résolu.

— Je veux être là quand vous lui annoncerez. Pensez-vous qu'il voudra aller aux funérailles de Tony ? Je veux dire… il n'était pas franchement ami avec Tony, mais je pense que je devrais demander, par simple courtoisie.

— Je ne sais pas.

— Voulez-vous lui demander de m'appeler lorsqu'il se réveillera ?

— Je le ferai.

— Merci.

Michael raccrocha.

— Tu serais sacrément énervé si quelqu'un te cachait ce genre d'information.

Michael croisa le regard de Jake.

— J'ai compris.

CHRISTY ÉTAIT assis, totalement immobile pendant qu'il écoutait Rob parler. Un millier d'émotions cascadèrent dans son corps et il lutta pour organiser ses pensées et rester dans l'instant présent. Il était heureux que Rob ait déclaré à Michael qu'il n'avait pas besoin d'être là pour cette conversation. Il ne voulait pas s'effondrer devant lui, encore une fois. Il était toujours faible et s'écroulait devant lui, et il détestait ça.

— Ça va bien, Christophoros ? demanda le Docteur Jordanou.

Il se tourna vers le médecin, ne sachant pas quoi répondre, donc il ignora la question et fixa le Général Sotíras.

— Ptolémée est dans les peintures pour le procès en Grèce.

Une fugace lueur de surprise traversa les yeux de Nicos et elle avait disparu avant qu'elle ne se concrétise.

— Je vais le faire extrader. Savez-vous combien de cousins a Yosef ?

— Beaucoup. Petros a sept frères.

— Étaient-ils tous impliqués dans l'abus ?

Christy hocha lentement la tête.

Rob se pencha en avant, les coudes posés sur les genoux et il serra ses mains.

— Voulez-vous aller aux funérailles de Tony mercredi ?

Oui ? Non ? Il ne savait pas. Il n'était jamais allé à un enterrement, mais il avait vu mourir tellement de garçons qu'il détestait l'idée même de la mort. Il n'avait pas assisté aux funérailles de sa mère, et la pensée provoqua une profonde tristesse en lui. Il dévisagea une nouvelle fois le Général Sotíras.

— Ma mère a-t-elle eu des funérailles ?

— Une magnifique cérémonie.

— Est-elle enterrée quelque part ?

— *Próto Nekrotafeío.*

Une horrible réalisation lui vint.

— Je suis mort.

— Pardon ?

— Vous croyiez que j'étais mort avec ma mère. Y a-t-il une… une… tombe pour moi ?

Nicos grimaça.

— Laissez-moi me renseigner. Excusez-moi.

Il se leva et quitta le chalet.

Christy voulait tendre la main, saisir quelque chose de fort et de solide dans un effort pour retenir ses émotions, mais il n'y avait rien à atteindre. Il n'avait personne à blâmer à part lui-même parce qu'il n'avait pas voulu que Michael soit présent. Il regarda Rob.

— Sophia est morte.

— Elle ne l'est pas et vous non plus, Christy. Ce que votre père a fait était très cruel, mais vous êtes tous les deux en vie et vous allez bien. Vous gérez tous deux merveilleusement bien cette nouvelle information.

Sotíras revint quelques instants plus tard, reprit sa place et dévisagea Christy pendant un long moment.

— Votre mère est ensevelie dans un beau mausolée. Voulez-vous voir une photo ?

Christy hocha la tête, engourdi, et le Général Sotíras lui passa son téléphone. Il agrandit la photo du bout de ses doigts et étudia le tombeau décoré. Gravée dans

327

du marbre blanc, la magnifique forme de sa mère semblait reposer dans un sommeil paisible. La ressemblance était étonnante et le désir d'être tenu par elle encore une fois, lui arracha le cœur. Des larmes menacèrent de tomber et il les combattit de toutes ses forces. Il ne pleurerait pas devant le Général Sotíras.

— Ma mère est tout près d'elle, dit doucement Nicos. Peut-être que nous pourrons leur rendre visite ensemble.

Christy acquiesça.

— J'aimerais bien.

Rob attrapa une boîte de mouchoirs et lui en tendit plusieurs. Il se moucha le nez avant de reprendre la parole.

— Je suis là ?

Le Général Sotíras hocha la tête.

— Regardez la photo suivante.

Christy toucha l'écran et vit le mausolée sous un autre angle. Deux tombes plus petites reposaient de part et d'autre de celle de leur mère.

— L'une est la vôtre, l'autre, celle de Sophia.

C'était un sentiment étrange de voir sa propre tombe et il ne parvenait pas à définir ce qu'il éprouvait à ce sujet. La seule sensation qu'il pouvait isoler était la haine sans failles qu'il éprouvait à l'égard de son père. Il avait frôlé la mort à de nombreuses reprises, et il avait alors ressenti un étrange calme. Il caressa du bout du doigt les photos des tombes.

— Qu'y a-t-il à l'intérieur, puisque nous n'y sommes pas ?

— Je ne sais pas, mais je discuterai avec Nero pour les faire exhumer et ouvrir si vous voulez.

Il se sentait déchiré. Une partie de lui voulait que les tombes soient immédiatement enlevées, mais l'autre avait l'étrange désir que sa mère sache qu'elle n'était pas toute seule.

— J'aimerais savoir ce qu'il y a dedans. Si elles sont vides, j'aimerais que l'on y place de jeunes enfants d'un orphelinat, ceux qui n'ont pas de tombes, avec leur nom. Je ne veux pas que ma mère soit seule.

— Je le ferai savoir à Nero et m'occuperai de la paperasserie. Que désirez-vous révéler à Sophia ?

Christy ne put retenir le sentiment d'agonie qui le traversa et lutta pour reprendre contenance à nouveau. Il ne pouvait pas s'effondrer. *Pas ici. Pas maintenant.*

— Elle n'aimera pas ça. Le mausolée sera…

Il regarda Rob, cherchant de l'aide.

— Quel est le mot pour déplaisant, dérangeant ? Tordu ?

Si la tristesse n'imprégnait pas l'expression de Rob, il aurait pu sourire.

— Malsain ? C'est terrifiant de voir une tombe avec votre nom dessus ? Cela signifie qu'elle sera aussi mal à l'aise que vous de voir une tombe portant votre nom.

— Oui, c'est le mot. C'est malsain. Je lui en parlerai et l'informerai de ce que j'ai décidé. Je lui demanderai si elle préfèrera une autre décision. Un instant s'il vous plaît.

Il sortit son téléphone de sa poche. Il savait qu'il discutait et que son corps bougeait, mais il avait l'impression d'être déconnecté. Désincarné. Mécanique. Presque artificiel.

— Il est plus de vingt-deux heures, lui rappela gentiment Rob.

— Elle doit avoir les nouvelles.

— Jake lui en a probablement déjà parlé.

— Jake ne sait pas celles qui concernent le mausolée.

Christy appuya sur « envoyer » sur son portable et se mit à discuter en grec dès que Sophia répondit.

— Je suis désolé d'appeler aussi tard.

— J'ai appris par Jacob. Les infos concernant Rich sont bonnes, mais celles à propos de Ptolémée ne le sont pas.

— Je vais m'occuper de cela. J'ai d'autres nouvelles.

— Dis-moi, *agapiméne mou.*

— Notre mère…

Il s'arrêta brusquement.

— Alexis est enterrée à *Próto Nekrotafeío.*

— Oui, j'ai demandé à *Mitéra* à ce sujet.

— D'accord. Je suis désolé. Je ne savais pas comment dire ça, donc j'aimerais le faire en une seule fois. Notre père nous a fait faire des tombes, comme si nous étions morts.

Il régna un long silence avant que Sophia reprenne la parole et les mots qui franchirent ses lèvres n'étaient pas aimables et se terminèrent sur un cri.

— Je déteste ce salaud !

Christy ferma les yeux. Une voix forte provoquait toujours une vague de terreur qui s'enroulait autour de sa colonne vertébrale et il s'efforça de la repousser mentalement. Sophia n'était pas en colère contre lui. Elle ne le blesserait pas.

— Je ressens la même chose. J'ai pris une décision. Veux-tu bien m'écouter ?

— Oui. Bien sûr.

— J'aimerais que les tombes soient ouvertes pour savoir qui est à l'intérieur. Puis, j'aimerais que des enfants de l'orphelinat y reposent et j'aimerais que les noms soient changés. Je voudrais le faire parce que je n'ai pas envie qu'elle soit seule.

Un autre long silence remplit le téléphone.

— C'est une idée adorable.

— Tu n'as pas d'objection ?

— Non, mais j'aimerais que tu envisages une possibilité. Vasilis a peut-être mis… des victimes dedans. Si c'est le cas, tu voudras peut-être les laisser reposer en paix.

Christy serra fermement les yeux. Pourquoi n'y avait-il pas songé ?

— Je n'y ai pas pensé. Je verrai et, si c'est le cas, je demanderai au Général Sotíras d'en informer les familles.

— C'est le mieux que tu puisses faire.

— Merci, Sophia.

— Tout cela est beaucoup trop éprouvant pour toi. Voudras-tu me faire savoir s'il y a quelque chose que je puisse faire pour aider ?

— Oui. C'est tout, pour le moment. Je suis content que tu apprécies la décision.

— Souhaites-tu aller aux funérailles de mercredi ?

— Je ne sais pas. Et toi ?

— Seulement si Jacob le désire. Sincèrement, je pars pour Paris et je préfèrerais avoir du temps pour me préparer.

— Je ne me souvenais pas de ça.

— Après Paris, j'irai en Italie. Si tu n'es pas bien pendant l'été ici, tu viendras me voir ?

— Cela ira. Je vais prendre soin de Thimi.

— Comment va-t-il ?

— C'est beaucoup de travail. Tout est nouveau et il a très peur. Il y a quelques problèmes avec sa santé, mais on constate des progrès.

Il voulait lui poser des questions sur la visite du Général Sotíras à Ariel, toutefois, il ne pouvait pas le faire devant lui.

— Permets-moi de terminer ma discussion avec Rob et le Général Sotíras. Merci de ton aide.

— Appelle si tu as besoin de quoi que ce soit, Christy. N'importe quoi.

— Je le ferai. Merci.

Il raccrocha et dévisagea Nicos.

— Elle est d'accord avec votre décision ?

Christy hocha la tête et reprit l'anglais à nouveau.

— Elle croit que les petites tombes pourraient contenir des victimes de mon père. Si c'était vrai, j'aimerais que vous procédiez à l'identification et que vous en informiez les familles.

Cette fugitive lueur de surprise passa à travers les yeux de Nicos encore une fois, avant qu'il acquiesce.

— Vous avez vu Ariel hier ?

— En effet.

— Que dit-elle à propos de la garde de Thimi ?

— Elle fera tout ce qui est nécessaire pour qu'il reste avec vous. Une personne de mon bureau va aller rencontrer ses parents adoptifs et nous en saurons davantage alors.

C'était un soulagement.

— Je ne souhaite pas que Thimi aille chez eux.

— Nous ferons tout ce que nous pourrons pour garder la situation telle qu'elle est.

— Merci. Je suis fatigué et j'aimerais dormir maintenant. Je ne suis pas impoli. Je vous présente mes excuses.

Les plis autour des yeux de Rob s'approfondirent.

— Michael veut que vous l'appeliez.

— Je dois dormir. Je vais envoyer un message.

CHRISTY SE laissa tomber sur le lit. Il enverrait un texto à Michael après un court instant de repos. Son cerveau était engourdi, il ne pouvait pas réfléchir, il était émotionnellement vidé, il ne pouvait plus rien *ressentir* désormais et l'épuisement le rattrapa rapidement. Les cauchemars arrivèrent immédiatement, mais ils étaient différents maintenant. Il rêva que son père l'avait enterré vivant. Il lutta pour se réveiller, pour laisser les rêves derrière lui, mais il était incapable de leur échapper jusqu'à ce qu'il vomisse dans son sommeil.

XLI

— As-tu eu des nouvelles de Christy ? demanda Jake tandis qu'ils s'habillaient pour l'enterrement de Tony, le mercredi matin.

Michael secoua la tête.

— Mais Rob m'a envoyé un message me disant qu'il ne voulait pas aller aux funérailles. Occupe-toi de ma cravate, mon pote.

Jake la noua rapidement et redressa le col de chemise de Michael.

— Tu dois apprendre comment le faire.

— Je sais, répondit Michael d'un air absent.

Après les funérailles, Michael et Jake se sentaient déprimés.

— C'était bizarre de voir Rich et de ne pas lui parler, fit Michael alors qu'ils rentraient chez eux.

Jake haussa une épaule.

— Pas étonnant, avec tout ce qui s'est passé. On pouvait voir qu'il était aussi bouleversé au sujet de Tony que nous l'étions.

— Ouais, répondit évasivement Michael, tandis qu'il regardait à travers la fenêtre et voyait la ville défiler. Je ne peux toujours pas croire que Tony a disparu. Ça craint.

— Sérieusement.

Jake appuya ses pieds sur le fond du siège devant lui.

— C'est bon de savoir que Rich rentre chez lui avec ses parents.

Michael se tourna vers Jake, une question dans les yeux.

— Tout ce que je dis, c'est qu'il a suivi un mauvais chemin et que le déménagement pourrait l'aider.

Michael était d'accord avec ça.

— Allons manger de la sale bouffe et jouer aux jeux vidéo, dit-il quand la voiture s'engagea dans l'allée protégée de la maison de Jake.

Ils déjeunèrent et jouèrent jusqu'à ce que Jake pose une question à mi-partie.

— Penses-tu que Tony savait que nous étions là ?

Le pouce de Michael rata le bouton de la manette et son joueur mourut. Il dévisagea Jake.

— Mec, tu viens juste de tuer Nate. J'espère que ton instant spirituel valait le coup.

Jake se mit à moitié à rire tout en laissant Sam rejoindre sa fin.

— Sérieusement. Crois-tu que Tony savait que nous étions là ?

332

— Comment diable pourrais-je le savoir ?

Jake lui lança un regard irrité.

— D'accord. Je vais être sérieux. Je ne sais pas ce qui t'arrive, mais je vais rester simple. S'il y a une conscience après la mort, oui, il savait. Sinon, nous devons terminer cette partie.

— C'est profond.

— Que voulais-tu que je dise ? Je ne sais absolument rien à propos de la mort, sinon que ça arrive.

— Crois-tu qu'il y ait une vie après la mort ?

Michael devint pensif.

— Je ne sais pas, répondit-il sincèrement.

— Alors, tu crois que nous mourrons simplement et que c'est tout ?

— Pour tout ce que les hommes peuvent en dire, c'est que la mort peut être la meilleure chose qu'il leur soit arrivé : mais ils la craignent comme s'ils savaient bien que c'était le plus grand des maux. Et qu'est-ce que c'est que cette ignorance honteuse de penser que nous croyons savoir ce qu'ils ne savent pas ?

— Qu'est ce que c'est ?

— Apologie de Socrate.

— Comment peux-tu te souvenir de ces conneries ?

— Je ne sais pas. Je m'en souviens, c'est tout.

— Que diable cela signifie-t-il ?

— Je vais te donner la traduction la plus simple. La mort peut être le plus grand bénéfice de l'humanité, mais nous en avons peur, comme si nous savions avec certitude que c'est le plus grand des maux. En d'autres termes, personne ne sait rien, mais nous sommes sérieusement vains de penser que nous le savons de toute façon.

Jake hocha la tête alors qu'il réfléchissait aux paroles de Michael.

— Donc tu crois qu'il y a un moyen de le savoir ?

— Bien sûr que non, mais nous pensons à la mort comme étant la pire chose qui peut nous arriver, alors qu'elle pourrait être la meilleure.

— Ouais, mais… y a-t-il un moyen de le découvrir ?

— Non.

— Alors, on ne peut pas le savoir.

— Non, et présumer que nous le savons est vain.

— Est-ce parce que nous ne voulons pas le savoir ou parce que nous pensons que nous savons que c'est mauvais ?

Michael regarda Jake.

— As-tu de la fièvre ?

— Non. Je veux juste savoir si nous pouvons trouver ce qui arrive après la mort, ou si nous ne pouvons pas parce que… je ne sais pas… nous sommes trop stupides ou quelque chose comme ça ?

— Nous ne savons pas.

— Pourquoi pas ?

Michael roula des yeux.

— Pense à l'existentialisme. À ce qui *est*. Ce qui signifie que nous ne pouvons pas le savoir, mon pote. Juste que c'est là.

— Exis… quoi ?

— Oh, mon Dieu ! Comment peux-tu entrer à Columbia ? Je vais la faire à la Neandertal pour toi. Le jeu, mon pote ! Le jeu ! Nate et Sam sont morts. Si nous ne jouons pas, ils resteront morts. Il n'y aura pas de vie après la mort !

— Pourquoi ne pas l'expliquer comme ça ?

Ils venaient juste de relancer le jeu quand Anna et Bobbie entrèrent rapidement dans la pièce.

— Allume la télévision, Jacob, dit précipitamment Anna.

Jake fronça les sourcils.

— Est-ce la presse encore ?

— Les nouvelles. Mets les informations.

Jake utilisa la télécommande pour changer d'écran. Il fit défiler les canaux jusqu'à ce que Bobbie dise :

— Là. Arrête ici.

Jake augmenta le son.

— *Des sources indiquent que le grave accident sur l'autoroute du New Jersey implique plus d'une dizaine de véhicules, un camion-citerne et au moins une vingtaine de motos. Retrouvons Taylor Lawton sur place.*

— *Et il s'agit bien d'une véritable tragédie, John. Les pompiers travaillent frénétiquement pour éteindre l'incendie qui s'est déclenché lorsqu'un camion-citerne transportant plus de quarante-deux mille litres d'essence raffinée s'est renversé sur la chaussée alors qu'il bifurquait pour éviter de heurter plusieurs véhicules. Des témoins disent que l'accident a été causé par des motocyclistes appartenant à un club présumé de Harlem. Jusqu'à présent, neuf personnes ont été déclarées mortes et quatre autres restent dans un état critique. À vous les studios, John.*

— *Merci de nous avoir informés, Taylor. Tel que nous le comprenons, les clubs de motos s'aventurent rarement en dehors de leur territoire, mais il y a eu quelques observations de membres du club de Harlem ici dernièrement.*

— *C'est vrai, John, et la police enquête actuellement sur la raison de leur présence inhabituelle ici, dans l'État de New York. Notamment sur le soi-disant leader du club, un dénommé Barry Williams qui se ferait appeler Chase, qui ne figure pas parmi les blessés ou les morts confirmées, conclut Taylor.*

— Je vais appeler ton père, déclara Anna avant que Bobbie et elles quittent le salon.

Jake coupa le son de la télévision et se tourna vers Michael.

— C'est bizarre.

— C'est étrange que Chase ne soit pas avec eux.

— Sans déconner ? Crois-tu que Smitty a quelque chose à voir avec l'accident ?

— Je ne vais pas te suivre, mon pote. Ce n'est pas son style.

CHRISTY SE réveilla tard, dans la soirée. Il n'avait aucune idée de l'heure qu'il était et ne s'en souciait pas. Tout son corps lui faisait mal et la douleur rampant dans ses intestins lui indiquait qu'il n'avait pas assez mangé. Depuis le procès, il n'était plus le même. Il avait su depuis le début que témoigner signifierait que Michael découvrirait ce que Yosef lui avait fait. Mais il n'avait pas prévu la vidéo. Il n'avait rien su à ce sujet. C'était une chose de le savoir ; c'en était une tout autre de le voir. Bien qu'il ait entendu les paroles rassurantes de Michael, il connaissait trop bien la nature humaine. Michael finirait par le juger et il n'était plus du tout certain qu'il voudrait rester avec lui. Au final, le procès lui avait coûté le peu de stabilité qu'il s'était construit pour lui-même et il n'était pas certain qu'il pourrait la récupérer. Il n'était plus certain de quoi que ce soit désormais.

Prendre soin de Thimi était devenu un travail à temps complet, et avait déclenché toutes les réactions catastrophiques qu'il possédait. Si ce n'était pas pour ses souvenirs de sa manière de réagir quand il avait quitté sa captivité au début, il penserait que Thimi aurait peut-être besoin d'être confié à une institution. Mais il se souvenait de chaque détail, surtout de la peur chronique qui avait imprégné chaque fibre de son être, chaque moment de sa vie et de tout ce qu'il avait tenté d'accomplir. Son système nerveux avait été propulsé par la terreur, comme s'il y avait prospéré, en l'absorbant jusqu'à ce que son corps ne puisse plus le supporter physiquement. Il n'avait pas pu dormir ni manger, vomissant jusqu'à ce qu'il pense que ses organes allaient le quitter, subissant l'incontinence, les migraines chroniques et les maux d'estomac agonisants. La crainte avait été omniprésente, absolue, inéluctable et la crainte altérait *chaque aspect, chaque particule de son existence.*

Il n'avait eu aucun sens de lui-même, tout ayant été effacé par des actes indicibles – tous deux infligés et commis pour éviter la douleur, la privation de nourriture, de sommeil et les tortures physiques – tout cela avait affaibli son âme. L'humiliation, la honte et la culpabilité, tous étaient des bêtes féroces qui le fouettaient dans sa propre colonne vertébrale tandis qu'ils le chevauchaient comme des cavaliers sans têtes. Il n'avait jamais confiance en personne, sa vie avait été passée à percevoir, à mesurer, à couvrir toute action ou toute inaction calculée pour éviter l'impensable et survivre à l'inconcevable. Il y avait eu des moments de rébellion, où il s'était battu pour endurer – pour *vouloir* survivre.

À l'époque où il avait rencontré Michael, il avait appris à garder ses lourds fardeaux comme un faible bourdonnement dans le fond de son esprit. Puis Michael lui avait insufflé la vie. Son amour absolu l'avait fortifié, lui procurant la sécurité et de la sûreté, ainsi que la première personne en qui il pouvait avoir confiance. Par-dessus tout, Michael lui avait donné *l'espoir.*

Maintenant, avec la présence de Thimi, « l'avant » était revenu et il s'accrochait à une falaise mentale par le bout des doigts irréels tandis que le désespoir l'assaillait et qu'il luttait pour ne pas sombrer dans l'abîme duquel il avait laborieusement rampé pour en sortir. Il était maintenant dans un combat pour persévérer, pour réclamer son désir de vivre. L'épuisement le gagnait, et son âme était fatiguée… *si fatiguée.*

Il avait besoin d'être plus fort, de combattre les rêves qui le traumatisaient encore et encore. Il avait besoin de recommencer à manger et à dormir normalement. Il avait besoin de Michael. Il avait désespérément besoin *d'espoir*.

Il ferma farouchement les yeux. Il avait tellement sous-estimé l'effet que prendre soin de Thimi aurait sur lui. Un peu plus de repos, puis il appellerait Michael.

UNE AUTRE journée s'écoula et quand Michael essaya de joindre Christy, Rob lui fit savoir qu'il dormait. Christy avait également arrêté de lui envoyer des messages au milieu de la nuit. L'inquiétude de Michael se transforma en détresse pure et une vilaine anxiété commença à palpiter dans ses veines. Il se concentra sur la lecture de tout ce qu'il trouvait à propos d'Oxford et alla à l'ambassade britannique afin d'obtenir le visa dont il avait besoin pour l'école. Ce qui l'inquiétait le plus, c'était qu'il était certain que quelque chose n'allait pas, et cela devenait de plus en plus difficile à gérer, sans savoir de quoi il s'agissait.

À l'entraînement du vendredi, Jake ne réussit pas à égaler ses temps et il donnait l'impression que quelqu'un s'en était pris à son chiot.

— Quel est le problème, mon pote ? demanda Michael.

— Rien.

— Ouais, c'est ça. Crache le morceau.

Jake donna un coup de pied dans le sol et se dirigea vers l'endroit où son sac était posé en bordure de piste.

— Sophia est partie pour Paris la nuit dernière.

Michael ne put retenir la surprise qui s'étala sur ses traits.

— Juste comme ça ? Sans avertissement ? Sans rien ?

Jake hocha simplement la tête.

— Pourquoi ?

Elle a dit qu'un de ses clients a piqué une crise parce qu'elle n'était pas disponible pour un ajustement de garde-robe, puis quelque chose à propos d'aller en Grèce pour se rendre au cimetière où Alexis est enterrée. Je suppose que Christy a découvert où était leur mère et que ce salaud de Vasilis avait fait faire des tombes pour Christy et pour elle.

— Tu te fous de moi ! Tu es sérieux ?

— Autant qu'une crise cardiaque, mon pote.

De la colère et de l'inquiétude emplirent Michael à égales mesures. *Pourquoi diable Christy ne m'a-t-il pas appelé ?*

— A-t-elle dit ce qu'elle allait faire à ce sujet ? Des tombes, je veux dire.

— Non. Seulement qu'elle ne serait pas présente pour les Essais.

Michael s'interrogea sur l'éventuelle présence de Christy tandis qu'il dévisageait Jake. Il n'avait pas parlé avec lui, et était toujours un peu fâché que Rob n'ait pas accepté qu'il soit présent quand il avait informé Christy à propos de Ptolémée. Il n'avait aucune idée de ce qui se passait et cette nouvelle était juste affreuse.

— Désolé, Jake. Si c'est une consolation, je ne pense pas que Christy vienne non plus.

Ce fut au tour de Jake de montrer sa surprise.

— Pourquoi pas ?

— Je ne lui ai pas parlé depuis le barbecue.

— Comme… même pas un « salut » ou un « au revoir » ?

Michael secoua la tête.

— Il ne me rappelle pas et ne m'envoie pas de messages.

Jake fit une grimace.

— Cela ne lui ressemble pas. En as-tu parlé à Rob ?

— Ouais. Il dit que les nuits de Thimi sont vraiment mauvaises, mais c'est tout.

Jake passa un bras autour du cou de Michael et embrassa sa tempe.

— C'est donc toi et moi, mon pote. Tout comme au bon vieux temps.

Michael eut un sourire qui n'atteignit pas ses yeux.

— Tout comme au bon vieux temps.

SAMEDI MATIN, Michel ne put en supporter davantage et il était résolu à aller à Wellington pour parler à Christy.

— Je vais chez Christy. Je reviens plus tard.

— As-tu appelé pour voir s'il était disponible ? demanda Mac sans lever les yeux de son journal.

— Cela ne sert à rien de téléphoner. Il ne répond pas à son portable, ni aux messages désormais.

Bobbie leva les yeux vers lui ;

— En as-tu parlé avec Rob ?

— Ouais. Il dit que Christy est occupé avec Thimi.

— D'accord, mon chéri. Nous allons donner ce qui reste de nos meubles aux Carlisle et nous ne serons peut-être pas là quand tu reviendras.

Un sentiment d'irritation le saisit.

— N'as-tu pas fait assez pour eux ?

Bobbie fronça les sourcils et Mac releva le menton de son journal.

— Quel est le problème, fiston ?

— Rien.

Michael sortit en trombe de la pièce.

LA SÉCURITÉ se gara dans le parking de Wellington et Michael bondit de la voiture. L'endroit semblait étrangement silencieux pour une fin de journée de juin et il contourna la maison principale pour se diriger vers le chalet de Christy. Il toqua doucement, mais ne reçut aucune réponse. Il tenta d'appuyer sur la poigner de porte, et elle s'ouvrit. Il entrebâilla le battant et fut choqué par ce qu'il vit.

Christy était un maniaque total de l'ordre et l'intérieur était un véritable chantier. Des vêtements étaient empilés sur le sol, des plats sales reposaient dans l'évier, des couvertures et des serviettes parsemaient les meubles et l'endroit laissait échapper une odeur... étrange. Même le lit ressemblait à une zone sinistrée.

— Christy ?

Quand il ne reçut aucune réponse, il entra et referma la porte doucement derrière lui. Il jeta un coup d'œil autour de lui, à la recherche du portable de Christy et le trouva sur la table de chevet. Il était éteint. Il essaya de l'allumer et découvrit qu'il était déchargé. *C'est quoi ce bordel ?* Il remit l'appareil sur la table de nuit et regarda le lit. Les draps étaient humides dans un endroit, mais avant qu'une question puisse pleinement se former dans son esprit, la réponse lui arriva avec une clarté aigüe. L'odeur qui imprégnait la chambre n'était plus un mystère.

La porte de la salle de bain s'ouvrit, puis Christy et Thimi en sortirent, bras dessus, bras dessous. Christy eut une expression choquée et Thimi retourna précipitamment dans la salle de bain.

Quelque chose se brisa à l'intérieur de Michael, quelque chose qu'il ne pouvait pas saisir tout à fait, et les mots chutèrent de ses lèvres ne semblaient pas provenir des siennes.

— Tu... as... eu des relations sexuelles avec lui ?

L'expression de Christy disait tout.

CHRISTY S'EFFONDRA sur ses genoux et seule la douleur agonisante qui irradiait de sa cuisse et de ses côtes lui permettait de rester conscient.

— Christophoros !

Des points dansaient devant ses yeux et l'exclamation rauque de Thimi ressemblait à un écho lointain, une douce réverbération provenant d'un canyon au loin. Il tendit aveuglement la main vers quelque chose, n'importe quoi à saisir et se redresser, mais ne réussit qu'à lâcher un « va chercher Rob » avant que son monde s'obscurcisse.

Une sorte d'engourdissement étranger commença à se répandre dans la poitrine de Michael et s'élargit davantage. Il quitta le chalet et réussit à peine à arriver à la voiture. Tout son corps tremblait tandis qu'il essayait d'ouvrir la portière et Tad le fit pour lui. Il trébucha quand il monta, mais cela ne lui sembla pas important. Il ne se souvint pas du trajet de retour jusque chez Jake. Il ne se souvint pas être monté dans sa chambre, puis s'être dirigé vers la salle de bain. Mais il se rappelait avoir vomi.

Il se réveilla au milieu de la nuit, se sentant bizarre, déconnecté, puis les évènements de la journée revinrent à sa mémoire. L'agonie qui le déchirait était indescriptible et, pour la première fois, depuis aussi longtemps qu'il pouvait s'en souvenir, il s'endormit en pleurant.

XLII

CHRISTY DORMAIT paisiblement tandis que Thimi se balançait d'avant en arrière contre le dossier du canapé, le regard perdu au loin, les bras étroitement serrés autour de ses genoux.

— Peux-tu décrire ce qui s'est passé ? le poussa doucement le Docteur Jordanou.

Thimi s'agita plus vite.

— Christy s'est-il fait mal tout seul ? demanda Rob.

Thimi secoua la tête.

— Est-il tombé ? essaya le Docteur Jordanou.

Thimi secoua négativement la tête à nouveau.

— Mi… Michael.

Rob fronça les sourcils.

— Michael était là ?

Thimi acquiesça.

— Michael a-t-il blessé Christy ?

Thimi se figea, mais resta silencieux.

Le Docteur Jordanou parla en grec.

— C'est important de savoir ce qui s'est passé afin que nous puissions aider Christy. Qu'a fait Michael pendant qu'il était là ?

Thimi reprit son balancement.

— Pa… parler.

— Michael et Christy se sont-ils disputés ? le pressa Rob.

Thimi répondit quelque chose en grec et le Docteur Jordanou traduisit.

— Il dit seulement que Michael a parlé et que Christy est devenu blanc.

Rob se pencha en avant dans le fauteuil rembourré.

— Michael a-t-il élevé la voix ?

Thimi secoua à nouveau la tête.

Le Docteur Jordanou clarifia pour Thimi.

— Michael est entré dans le chalet et a dit quelque chose qui a bouleversé Christy. Sais-tu ce que c'était ?

Thimi augmenta sa vitesse à nouveau.

— L… lit.

— Qu'y a-t-il à propos du lit, Thimi ? demanda gentiment le Docteur Jordanou.

Thimi parla en grec et le médecin le pressa davantage.

— A-t-il pensé que vous avez dormi dans le même lit ?

Thimi s'agita encore plus et parla en grec.

Le Docteur Jordanou se tourna vers Rob, une expression inquiète étirant son visage.

— Michael pense que Christy et lui ont eu des rapports sexuels. Christy n'a pas pu le réfuter, à cause de Yosef et il n'a pas pu se défendre tout seul, donc il n'a rien dit et Michael est parti.

DIMANCHE MATIN, Bobbie s'appuya contre le chambranle de la porte de la chambre de Michael.

— Que s'est-il passé, Michael ?

Elle était en colère et Michael se retourna pour la regarder.

— À propos de quoi ?

— Que s'est-il passé entre Christy et toi ?

Une pointe de colère commença à s'infiltrer dans son état engourdi.

— Rob t'a appelé ?

— Bien sûr qu'il a téléphoné. Christy a dû être mis sous sédatif. Que s'est-il passé ?

— Pourquoi es-tu en colère après moi ?

— Je ne le suis pas. Je suis bouleversée pour Christy et pour toi.

Michael se retourna et lâcha un brusque « rien ».

— Tu ne me feras pas croire ça, Michael. Je t'ai entendu vomir hier soir. Christy et toi, avez-vous bu ?

Michael se retourna rapidement.

— Quoi ? Non !

— As-tu de la fièvre ? As-tu la grippe ? Es-tu malade ?

— Non !

Michael reprit sa place initiale et posa un oreiller sur sa tête, l'écrasant contre son visage dans un effort pour faire taire le monde extérieur.

Elle s'approcha et tenta de lui retirer l'oreiller, mais il l'agrippa fermement.

— Va-t'en !

Elle céda et il écouta le bruit de ses pas tandis qu'elle quittait sa chambre. Il n'avait jamais parlé à sa mère de cette manière, et une petite partie de lui se sentait coupable. Mais l'autre, quant à elle, était toujours léthargique. Enfin, à l'exception d'une autre petite partie qui en voulait à Rob. Qu'il aille se faire foutre pour avoir appelé sa mère.

Manifestement, il ne serait pas le bienvenu au barbecue, si bien qu'il dormit le reste de la journée.

CHRISTY FIXAIT la petite tasse en papier qui contenait ses médicaments et se frotta le menton. Il ne se souvenait plus de la dernière fois où il s'était rasé et les poils lui donnaient l'impression qu'il était sale. Rob était assis de l'autre côté de l'îlot de la cuisine, en face de lui, et il attendait qu'il réponde quelque chose.

— Vous devez les prendre.

Il n'avait pas *besoin* de faire quoi que ce soit, à part s'assurer que Thimi allait bien. Il aurait envisagé le suicide sans la présence de Thimi ici. Une partie de lui était reconnaissante et l'autre voulait tout lâcher. La douleur, le chagrin, les souvenirs, le combat pour guérir... et l'espoir – tout cela s'était avéré être *faux*. Aucune surprise là-dedans.

— Voulez-vous parler de ce qui s'est passé ?

Il secoua la tête juste avant d'avaler les médicaments avec une gorgée de jus d'orange.

— J'aimerais dormir un peu plus maintenant.

— Puis-je faire une suggestion ?

Il attendit, sachant que Rob lui ferait part de ce qu'il avait à l'esprit, qu'il le veuille ou non.

— Vous n'avez rien fait de mal, et vous n'aviez pas besoin de vous défendre. Si vous ne pouvez pas en parler de vive voix avec Michael, écrivez-lui une note ou un e-mail.

Une vague de peur et de colère commença à le submerger.

— Il a raison.

— Non, c'est faux. Il a fait une hypothèse et, par définition, toutes les hypothèses sont injustes parce qu'elles manquent de preuves.

— Ce n'est pas une hypothèse. Ils nous frappaient jusqu'à ce que nous...

— Vous n'avez pas eu de rapports sexuels avec quiconque, à part Michael, depuis que vous avez quitté la Grèce.

— C'est comme Yosef l'a dit. Nous sommes la sal...

— C'est absolument faux, Christy. Vous ne vous êtes pas prostitué. Vous êtes victime de violences sexuelles.

Il était trop fatigué pour ça. Il avait appris qu'il avait le droit de manger, dormir et rester en vie en ayant des rapports sexuels. Dans son esprit, il n'y avait pas de différence avec le fait d'être un prostitué.

— Je vais faire simple. Le monde ne contient aucune personne capable de comprendre ça. Le monde n'a aucune personne qui ne jugera pas. Le monde n'a aucune personne qui nous fera confiance.

Des larmes commencèrent à emplir ses yeux et la dernière chose qu'il voulait faire était de pleurer devant Rob.

— Le monde n'a aucune personne qui peut... nous aimer.

— Maintenant, c'est vous qui faites des suppositions.

Il se leva.

— Je dois aller dormir.

Rob posa une serviette dans sa main et sa voix s'adoucit.

— S'il vous plaît, asseyez-vous, Christy. C'est normal de pleurer.

Il resta debout.

— Il n'y a pas de raison de verser des larmes. Je sais tout ça depuis longtemps. Je suis celui qui était fou d'aimer Michael.

— Vous ne pourriez pas avoir plus tort, et la personne envers laquelle vous êtes le plus injuste est vous-même. Je vais vous donner un travail à faire. Je veux que vous écriviez une lettre à Michael, même si vous ne la lui donnez jamais, et je veux qu'elle soit rédigée dans les prochaines quarante-huit heures.

Désormais, il se battait pour ne pas afficher un sourire hostile. Rob pouvait se foutre ses devoirs au cul.

— Je vais dormir maintenant.

VENDREDI, MICHAEL et Jake se rendirent chez Eddie pour manger un burger.

Jake saisit le Tabasco, retira le bouchon et assaisonna ses frites.

— Parle-moi, Michael. C'est évident que Christy et toi, vous avez cassé.

Michael dévisagea Jake. Les mots paraissaient bizarres. « *Cassé* ». Il voyait ça *comme si Christy était sorti de moi.*

— Nous n'avons pas rompu.

— Comment appelles-tu ça ? Des vacances prolongées loin l'un de l'autre ?

Michael resta silencieux. Il ne voulait pas en discuter.

— Michael ?

— Quoi ?

— Raconte-moi ce qui s'est passé.

— Pourquoi ?

— Parce que tout le monde s'inquiète pour toi et Sophia grimpe aux murs à cause de Christy.

— Pourquoi ?

— Parce qu'aucun de vous deux ne parle et que vous êtes tous les deux de véritables épaves.

Voilà qui était intéressant. Michael étudia attentivement Jake à nouveau.

— Quel est le problème avec Christy ?

— Il ne parle à personne, à part Thimi. Ni à Rob, ni au Docteur Jordanou.

— Le Docteur Jordanou est toujours ici ?

— Ouais, il n'est pas parti.

— Pourquoi ça ?

— Je ne sais pas. Le général est également encore là.

Michael fit signe à une serveuse qui passait.

— Puis-je avoir de la vinaigrette ranch ?

La serveuse sourit et hocha la tête.

— Je reviens tout de suite.

Michael fixa Jake tandis qu'il essayait de comprendre pourquoi le Docteur Jordanou et le général seraient toujours ici.

— Peut-être que c'est parce que l'audience de détermination de la peine pourrait être reportée ?

— Tu évites le sujet. Que s'est-il passé, Michael ?

La serveuse apporta la vinaigrette et Michael en versa sur ses frites. Qu'importait s'il en discutait avec Jake à ce stade ? En dehors du fait qu'il ne voulait pas en parler.

— Christy a couché avec Thimi.

Le visage de Jake se plissa.

— Comme avoir des relations sexuelles avec lui ?

— Ouais.

— Thimi a douze ans. Personne n'a de relations sexuelles à douze ans.

Si c'était possible, Michael s'emporta davantage qu'il ne l'était déjà.

— Tu dois te souvenir d'où ils viennent.

— J'essaie d'oublier.

— D'ailleurs, plus de la moitié de nos amis le faisaient quand ils avaient douze ans.

Jake marqua une pause.

— Pas nous.

— Si.

— Nous nous sommes branlés ensemble. C'est différent.

— Du sexe reste du sexe.

— Qu'est-ce qui te fait penser qu'ils ont eu des rapports ?

— Il y avait du sperme sur les draps et ils sont sortis de la salle de bain ensemble.

— Cela ne veut rien dire. Combien de fois avons-nous dû changer nos draps, mon pote ?

— Ils sont sortis de la salle de bain ensemble, répéta Michael.

— Ce ne veut rien dire non plus. Ils ont pu prendre une douche ensemble. Chose que nous avons faites plus de fois que je ne peux les compter.

— En-sem-ble.

Michael appuya sur chaque syllabe.

— Que veux-tu dire par « en-sem-ble » ?

— Les bras autour l'un de l'autre. Nus.

— Cela ne veut toujours pas dire grand-chose.

— J'ai demandé à Christy s'il avait eu des rapports avec lui.

— Qu'a-t-il répondu ?

— Rien. Il n'avait pas à le faire. C'était écrit partout sur son visage.

Jake se racla la gorge et repoussa son assiette.

— Tu dois lui parler.

— Pourquoi ?

— Parce que je pense que tu as tout faux.

Michael ne voulait plus en parler.

— Change de sujet, Jake.

— Non.

Michael sortit un billet de vingt dollars de sa poche, le lança sur la table et quitta le box.

— Michael !

Il l'ignora et continua de marcher. Il ouvrit la porte vitrée et se dirigea vers le parking. La chaude brise du soir était agréable sur son visage et il se rappela vaguement que c'était l'été.

Jake saisit son bras.

— Ne t'éloigne pas de moi !

Michael secoua son bras pour le libérer.

— Va te faire foutre, Jake !

— Non, je n'irai pas me faire foutre !

Michael ouvrit la portière de la voiture et Jake la claqua violemment en la refermant, puis s'appuya dessus.

— Sors de mon chemin.

— Non, pas avant que tu me parles.

Michael fixa Jake, ne sachant pas s'il devait lui envoyer son poing en pleine figure ou marcher jusqu'à la maison. Il opta pour la deuxième solution.

— Où vas-tu ?

— À la maison.

— Michael, bordel !

Michael tourna les talons et revint vers lui afin de plonger directement dans ses yeux.

— Que veux-tu de moi, Jake ?

Il se retourna de nouveau et poursuivit sa traversée du parking.

Jake le rattrapa et se mit à marcher avec lui.

— Je pense que tu as tout faux.

— Je sais ce que j'ai vu.

— Parle-lui.

Michael s'arrêta brusquement.

— Pour dire quoi ?

— Laisse-lui une chance de t'expliquer ce qui s'est passé.

— Pourquoi ?

— Et si tu avais tort ? cria Jake.

Michael laissa sa tête retomber en arrière et jura silencieusement dans le ciel nocturne.

— Tu l'aimes, mec. Tu ne peux pas abandonner simplement comme ça. Tu dois croiser les doigts.

Quelque chose tremblota en Michael. Quelque chose de familier et pourtant d'étrange. Et cela commença à se frayer un chemin jusque dans son cœur.

L'espoir.

XLIII

JAKE REFUSA de jouer aux jeux vidéo avec Michael dimanche matin et il se sentait vide.

— Que vas-tu faire aujourd'hui ? demanda Bobbie.

Il perdit une autre partie de Minecraft, lança la manette sur le côté et s'adossa sur le canapé.

— Rien.

— Plus tu attendras pour discuter avec Christy, plus ce sera difficile à faire.

Il se frotta les yeux de ses mains.

— Je ne veux pas lui parler.

Elle gloussa doucement et Michael souleva ses mains pour la dévisager de sous ses paumes.

Elle soupira.

— Tu resteras misérable jusqu'à ce que tu le fasses.

— Et alors ?

— Maintenant, tu agis comme un gamin.

— Et alors ? répéta-t-il, se levant du canapé avant de quitter la pièce.

Il grimpa l'escalier menant à l'étage et traversa le couloir jusqu'à sa chambre, alluma son iPod, puis s'installa sur le lit. « *Let it Hurt* [18] » de Rascal Flatts remplit l'air. Il se laissa tomber à plat sur le lit, posa un oreiller sur sa tête et pleura plus fort qu'il ne l'avait fait encore.

ROB TOQUA sur le chambranle de la porte grillagée et Christy leva les yeux de la feuille de papier blanc posée sous la pointe de son stylo. Il essayait d'écrire la lettre pour Michael depuis six jours, n'arrivant à rien et Rob lui avait donné jusqu'à la fin de la journée pour l'écrire. Il indiqua à Rob d'entrer.

— Comment cela se passe-t-il ?

Il poussa le papier vierge sur l'îlot de la cuisine, en direction de Rob.

— Aimeriez-vous de l'aide ?

— Je souhaiterais être libéré de la tâche.

Rob prit un siège en face de lui.

— Pourquoi ne commenceriez-vous pas avec « cher Michael » ?

À ce stade, il écrirait n'importe quoi. Rob avait déclaré qu'il n'avait pas à la donner à Michael, et il voulait que son devoir soit terminé. Il reprit la feuille de papier et écrivit rapidement « Cher Michael » et la tendit à nouveau à Rob.

18 Laisse-le faire mal

— Excellent. Maintenant, pourquoi n'ajouteriez-vous pas « quand tu m'as demandé si j'ai eu des rapports avec Thimi, je n'ai pas pu dire non, à cause de mon passé ».

Christy reprit la feuille et écrivit à nouveau.

— Et ensuite ?

— « Je n'ai pas eu de relations sexuelles avec qui que ce soit, à part toi, depuis que j'ai échappé à la captivité ».

— Ce n'est pas vrai. J'en ai eu avec Yosef.

— Vous avez été violé.

Il détestait que Michael ait vu la vidéo et il grinça intérieurement des dents tandis qu'il écrivait : *Je n'ai pas eu de rapports sexuels avec quelqu'un d'autre que toi depuis que j'ai échappé à la captivité, à l'exception de Yosef, à cause du viol.*

Il montra la feuille à Rob.

Celui-ci la lut et la lui rendit.

— Bien.

Il attendit un bon moment, puis s'impatienta quand Rob ne continua pas.

— Et ensuite ?

Rob gloussa doucement.

— Cela fait longtemps depuis la dernière fois où j'ai dû écrire une lettre comme ça.

— Vous avez eu le même problème ?

— Pas exactement identique à celui-ci, mais dans le même genre. Pourquoi ne pas rester simple ? Ajoutez « Je t'aime. S'il te plaît, reviens »

— Non.

— Pourquoi non ?

— Il ne voudra pas revenir.

— Comment le savez-vous ?

Christy fit un grand geste exagéré.

— Il n'est pas ici.

Rob se mit à nouveau à rire.

— Très bien. Qu'aimeriez-vous lui dire d'autre ?

— Rien. J'aimerais être libéré de cette tâche.

— Pourquoi ne me confieriez-vous pas quel est votre sentiment le plus fort en ce moment ?

— De la colère.

— Pourquoi ?

— Parce qu'il a fait des hypothèses et que je n'aime pas ce devoir.

Rob hocha la tête.

— De quoi parle cette supposition ?

— Je ne comprends pas la question.

— Qu'est-ce qui vous met en colère à propos de la présomption ?

— Elle est fausse.

— Exact. Parlez-moi de votre sentiment le plus fort quand vous y réfléchissez.

Il avait déjà avoué qu'il était en colère. Que Rob voulait-il qu'il rajoute ? Sa frustration augmenta d'un cran.

— J'aimerais être libéré de cette tâche.

— Non. Que ressentez-vous de plus fort quand vous pensez à cette hypothèse ?

— Il a tort.

— C'est lui que vous évoquez. Parlez-moi de vous, s'il vous plaît.

Il voulait hurler, crier à Rob de s'en aller.

— Ce n'est pas juste envers moi.

Rob hocha de nouveau la tête.

— Exact. Pourquoi ?

— Je n'aurais pas fait ça.

Rob refit le même geste.

— Et ?

Sa colère augmentait et cela devenait de plus en plus difficile de parler anglais.

— Et quoi ? Je suis en colère parce que je n'aurais pas fait ça. Il aurait dû le savoir.

— Avez-vous entendu ce que vous venez juste de dire ?

Il frotta ses yeux fatigués. Il ne pouvait pas se souvenir de ce qu'il avait crié, et la question de Rob lui faisait mal au cerveau.

— Non.

— Vous avez dit « il aurait dû le savoir ».

Il ne savait pas ce que Rob voulait qu'il réponde.

— D'accord.

— Que signifie « il aurait dû le savoir » ?

Il se frotta les yeux plus fort.

— Cela veut dire qu'il aurait dû me faire confiance.

— C'est exact. Vous êtes blessé parce qu'il n'a pas cru en vous et cela vous met en colère.

— Ce n'est pas important.

— Pourquoi cela ne l'est-il pas ?

— Parce que, par le passé, personne ne me faisait confiance.

— Quand vous vous engagez ou que vous faites une promesse, votre parole est-elle bonne ?

Il cessa brusquement de se frotter les yeux et fixa Rob.

— Tout le temps !

— Cela signifie que vous êtes digne de confiance et que Michael aurait dû vous faire confiance, basé sur ses expériences avec vous, qu'il n'aurait pas dû faire des suppositions et qu'il vous doit des excuses. Vous devez entamer un dialogue avec lui si vous voulez cette excuse, et plus important encore, si vous voulez toujours de cette relation.

Il ne pouvait désormais plus contenir sa colère et sa frustration. Après presque seize mois à se battre pour guérir, il n'en pouvait plus et il explosa.

— Cette lettre est stupide ! Cette conversation est idiote ! Cela ne fera aucune différence si ma parole vaut quelque chose ! Cela ne fera aucune différence si je suis quelqu'un d'honnête ! Personne ne voudra me faire confiance ! Je ne suis pas important !

— Ce n'est pas vrai, Christy.

Il ne put s'en empêcher. Il éclata en sanglots.

— C'est la vérité ! Je suis une pute comme Yosef l'a dit ! Je ne peux pas avoir l'espoir d'être une personne normale parce que je ne *suis* pas quelqu'un de normal ! Personne ne peut aimer quelqu'un comme moi !

Il enfouit son visage entre ses mains.

Rob se leva de son siège.

— Je ne veux pas rompre avec Michael ! Je veux retourner en Grèce, sanglota-t-il.

— Vous n'êtes plus une victime désormais, Christy. Michael a fait une terrible erreur, mais ce que vous pensez et ressentez à propos de vous-même ne regarde que vous.

— Je ne peux pas changer le *passé* ! Je ne peux pas *changer* la personne que je suis ! Je ne peux pas *être* une personne normale à cause du *passé* ! Je ne peux pas le faire !

— Votre passé n'a rien à voir avec celui que vous êtes aujourd'hui, excepté qu'il a forgé une partie de votre personnalité. Plus vous guérissez, plus cette partie disparaîtra et sera moins importante dans votre être et dans votre vie. Vivre dans le passé, ou vivre dans le présent et avoir de l'espoir dans votre avenir. Le choix est vôtre.

— C'est stupide d'avoir de l'espoir ! Je veux retourner en Grèce !

— Vous pouvez faire tout ce que vous voulez, mais souvenez-vous toujours de ceci : *vous* êtes responsable des choix que vous faites, indépendamment ce que n'importe qui d'autre dit ou fait.

Rob se dirigea vers la porte d'entrée et se retourna.

— Vous n'êtes pas libéré de votre tâche.

Rob quitta le chalet et Christy sanglota pendant ce qui lui parut durer un temps interminable. Il voulait que Michael revienne, mais en même temps, il le détestait pour ne pas lui avoir fait confiance. Il n'avait jamais fait l'expérience d'avoir le cœur brisé auparavant, et ça faisait mal, bien pire que tout ce que quiconque lui avait jamais fait.

UNE HEURE plus tard, Sophia appela. Christy alla vers l'iPod et éteignit « *Dark Hotel* » de K.S. Rhoad pour répondre à l'appareil d'un rapide « bonjour, Sophia ».

— *Agapiméne mou*, comment vas-tu ?

Il s'essuya le nez avec un mouchoir.

— Tu es à Paris ?

— Oui.

— Quelle heure est-il ?

— Ne t'inquiète pas pour l'heure. Dis-moi comment tu vas.

— Rob a appelé parce que j'aimerais retourner en Grèce ?

— Oui. Raconte-moi pourquoi tu veux quitter Wellington ?

— Je ne peux pas rester. Michael ne veut plus de moi.

— Oooh, *agapiméne mou*, raconte-moi. Que s'est-il passé ?

Il recommença à pleurer et étouffa un sanglot contre le mouchoir.

— Rob m'a donné pour tâche d'écrire une lettre pour entamer un dialogue avec Michael. J'ai essayé, mais je ne l'aime pas.

— Veux-tu me la lire ?

Il se moucha le nez et commença.

— Je vais lire :

> *Cher Michael,*
> *C'est la seconde fois que je t'écris une lettre. Avant,*
> *j'avais plus de temps pour améliorer mon anglais. Je ne peux*
> *plus le faire maintenant. Je fais des excuses. La première lettre est*
> *pour expliquer le passé. Celle-ci est pour expliquer aujourd'hui.*
> *Quand tu as demandé si j'avais eu des relations sexuelles*
> *avec Thimi, je n'ai pas pu dire non à cause du passé. Je n'ai pas*
> *eu de rapports avec Thimi maintenant. Je ne ferais pas ça.*
> *Je sais que je ne suis pas une personne de confiance à*
> *cause du passé. La vidéo au tribunal et les paroles de Yosef te*
> *l'ont fait comprendre. Je suis désolé pour le passé. Je suis désolé*
> *pour le kidnapping envers moi.*
> *Je suis une personne honnête avec toi tout le temps. Je*
> *suis une personne de confiance pour toi tout le temps. J'ai fait de*
> *gros efforts pour être une très bonne personne et j'aimerais une*
> *seconde chance avec toi. Je fais la promesse de faire de plus gros*
> *efforts. Si tu ne veux pas me donner une seconde chance, c'est*
> *d'accord.*
> *S'agapó,*
> *CTAC*

Il se moucha le nez.

— Rob a dit d'écrire le « cher » devant Michael. Est-ce correct ?

— Oui.

— Et j'ai souligné sous le « maintenant ». C'est bon ?

— Très bon. Je changerais peut-être une chose. Enlève le « si tu ne veux pas me donner une seconde chance, c'est d'accord » à la fin.

— D'accord.

— Maintenant, elle est parfaite.

— C'est dur pour moi, piailla-t-il. Mais Rob n'a pas voulu me libérer de la tâche.

— C'est une merveilleuse lettre.

— Merci.

— Veux-tu réfléchir à quelque chose pour moi ?

— Oui.

— Tu n'es pas venu à Wellington pour Michael. Tu y es allé pour guérir. Reste là-bas pour toi, pas pour lui.

Christy inspira profondément.

— Sophia ?

Il étouffa un autre sanglot contre le mouchoir.

— J'ai eu beaucoup de déceptions dans le passé. J'ai eu le cœur brisé quand ma mère est morte. Mais je n'ai pas eu cette sorte de cœur brisé auparavant et je ne peux pas...

— Je sais, *agapiméne mou*. Je sais. C'est le pire genre de cœur brisé.

MICHAEL SE réveilla dimanche matin au son de « *Vogue* » de Madonna. C'était la sonnerie sur son portable pour Sophia. Il ne voulait pas lui parler et laissa sonner. Elle s'arrêta puis se fit de nouveau entendre. Il l'ignora, se leva du lit et se dirigea vers la salle de bain.

Il s'aspergea le visage d'eau froide et contempla son reflet dans le miroir. Des gouttes coulèrent sur sa peau et il les retraça du bout de son doigt avant de poser sa main à plat sur la glace, comme dans un effort inconscient pour cacher son visage. Il ne pouvait pas se souvenir avoir autant pleuré. Ni si fort.

— Michael ?

Il ferma les yeux au son de la voix de sa mère. Pourquoi les gens ne voulaient-ils donc pas le laisser tranquille ?

— Michael ? Sophia est en ligne. Je pense que tu voudras entendre ce qu'elle a à dire.

Michael soupira et ouvrit la porte de la salle de bain. Sa mère se tenait là avec l'appareil à la main. Il le lui prit et s'assit au bout du lit.

— Quoi de neuf, Sophia ?

— Sale fils de pute ! hurla-t-elle dans on oreille.

Il raccrocha et tendit le téléphone à sa mère.

— Qu'a-t-elle dit ?

— Elle m'a traité de fils de pute.

Le téléphone sonna à nouveau et Bobbie y répondit.

— Attends.

Elle recouvrit l'embouchure de sa main.

— C'est Jake.

Dans son état semi-réveillé, son visage était incapable d'exprimer l'incrédulité qu'il ressentait.

— Il m'appelle de sa chambre ? Il est dans une autre pièce. Dis-lui et je lui parlerai plus tard.

— Je pense que tu dois entendre ça maintenant, Michael.

Elle lui tendit le téléphone.

Il le lui prit des mains à nouveau.

— Ouais, Jake ?

— Tu as merdé quelque chose de royal, mon pote, dit calmement Jake.

— De quoi parles-tu ?

— Ce que tu as vu sur les draps de Christy, c'était le résultat de son rêve pour avoir rêvé de toi.

Michael se frotta les yeux tandis qu'une myriade de pensées rebondissait sur les murs de son esprit.

— Ils sont sortis de la salle de bain ensemble, Jake.

— Christy avait emmené Thimi prendre un bain.

— Ça ne ressemblait pas à ça.

— Je me moque de savoir de quoi ça avait l'air. C'est tout ce que tu as vu !

— Ne me crie pas dessus. Je ne pourrais pas le supporter pour l'instant.

Jake soupira.

— Je vais de raconter ce qui s'est passé et je veux que tu m'accordes une réelle attention.

Michael était trop fatigué pour discuter avec lui.

— Vas-y.

— Quand tu as demandé à Christy s'il avait couché avec Thimi, à ton avis, qu'est-ce qui lui a traversé l'esprit ?

Il se frotta les yeux de son pouce et son index.

— Aucune idée.

— Que pense-t-il de lui-même ?

Michael fronça les sourcils, ne voyant pas où Jake voulait en venir avec cette conversation.

— Je ne sais pas.

— Tu recommences ! Que dois-je faire ? Attacher les nœuds pour toi ?

— Ouais, Jake. Je suis stupide.

— De quoi Christy s'est-il traité quand il était en haut de la grande roue ?

Les paroles de Christy lors de cette horrible nuit lui revinrent à la mémoire, paraissant venir de très loin. « *Je suis un animal sale. Sale, sale, sale pute* ».

Avant que Michael ne puisse dire quoi que ce soit, Jake poursuivit.

352

— Tu sais qu'il a été forcé d'avoir des rapports sexuels avec beaucoup de gens. Des centaines, peut-être, non ?

Michael grimaça.

— Ouais.

— Donc quand tu as demandé à Christy s'il avait eu des rapports sexuels avec Thimi, qu'était-il censé avouer ? Comment était-il supposé te répondre ?

— Je ne voulais pas dire dans le passé. Je parlais de cette nuit.

— Il ne le savait pas.

Michael ferma les yeux.

— Merde !

— Ouais, merde ! Et ça devient pire. Christy avait peur que tu ne veuilles plus de lui après que tu aies découvert ce qui lui était arrivé quand Yosef l'a kidnappé, non ?

Le cœur de Michael se serra.

— Ouais.

— Pourquoi ?

— Parce qu'il croyait que je penserais qu'il était... je ne sais pas... détruit ou sale.

— La sale pute, non ?

— Ouais.

— M'as-tu bien entendu, mon pote ? As-tu réussi à additionner deux et deux ?

— Non.

Jake poussa un long soupir.

— Dans l'esprit de Christy, tu as accompli les deux choses que tu avais promis de ne jamais réaliser : le juger d'après son passé et le quitter à cause de ce que Yosef lui a imposé.

Michael se sentit faible, déconnecté. Comme s'il avait atteint un état d'entropie venu d'un autre monde.

— Je n'ai pas fait ça.

— Alors, qu'as-tu fait, Michael ?

— Je... Merde !

— Ouais, maintenant, je pense que tu m'as bien entendu. Tu as tiré des conclusions hâtives et quand tu l'as fait, tu as réaffirmé la pauvre image que Christy avait de lui-même. Tu as sauté dessus à cause de son passé et de ce que Yosef lui a fait et, pire encore, tu lui as montré que tu n'avais pas confiance en lui. Génial, mon pote. Vraiment génial.

— Je n'ai pas...

— Si, tu l'as fait.

— Non, ce n'est pas vrai ! C'était une erreur !

— Oh ? Eh bien, Christy ne le sait pas. Peut-être que tu devrais le lui dire.

— Merde ! Je te rappelle.

— Une dernière chose. Que t'a dit Rob à propos de la capacité de Christy à se défendre lui-même ?

— Que Christy ne serait pas capable de le faire. Mais il parlait physiquement, si quelqu'un s'en prenait à lui.

— Tu es certain que c'était ce que Rob sous-entendait ?

Michael raccrocha et rendit l'appareil à sa mère, attrapa son portable et quitta la pièce.

— Où vas-tu ?

— Parler à Christy.

Il l'appela, mais tomba sur la boîte vocale. Il raccrocha puis téléphona à Rob.

— Salut, Michael.

— J'ai besoin de parler à Christy, Rob. Ça ne peut pas attendre.

Rob resta silencieux pendant un long moment et Michael crut qu'il avait perdu la ligne.

— Rob ?

— Il n'est pas ici.

— Où est-il ?

— Il est en chemin pour la Grèce avec Thimi, le Docteur Jordanou et le Général Sotíras.

Michael s'arrêta en plein élan, et son esprit se figea en même temps que ses pas. Il lutta pour formuler les mots. Pour les remettre dans l'ordre. Pour les faire sortir de sa bouche.

— Il est parti quand ?

— Il y a environ quinze minutes.

Michael empocha son téléphone, dévala l'escalier et se précipita vers la voiture. Le bruit d'une Harley remplit ses oreilles et sa colère monta en flèche. La dernière chose dont il avait besoin pour l'instant était d'avoir à faire face à ces salauds.

Une moto s'approcha du portail de Jake. C'était Lisa. Elle s'arrêta devant lui et releva la visière de son casque.

— Que fais-tu ici ?

— Si tu deviens encore plus grossier, Mike, je vais vraiment te frapper. Jake m'a appelée. Allons parler.

— Pas maintenant, Lisa, dit-il rapidement.

Elle se pencha en arrière pour attraper un second casque et le lui tendit.

— Ramène ton cul par ici, mets ton casque et monte sur la moto. Ne discute pas avec moi.

— J'ai besoin de parler à Christy.

— C'est ce que nous allons faire. Monte sur cette fichue moto !

— Non, merci, déclara Michael tandis qu'il essayait d'ouvrir la portière du véhicule de la sécurité, là où Tad attendait, assis sur le siège du conducteur.

— Il y a du trafic ! Tu ne pourras pas te faufiler entre les voies avec une voiture. Maintenant, monte sur cette fichue moto !

Les portes de l'allée commencèrent à s'ouvrir et Tad lui sourit à travers la fenêtre de la voiture.

Michael jura, courut vers Lisa et prit le casque de ses mains.

— Heureuse que tu réfléchisses enfin, Mike !

Il enfila le casque et grimpa à l'arrière de l'engin, chose qu'il n'aurait jamais pensé faire dans cette vie.

— Garde tes mains et tes bras à l'intérieur à tout moment ! cria Lisa en laissant retomber sa visière. Mets tes bras autour de ma taille et tiens-toi bien !

La voix de Lisa venait à travers un haut-parleur intégré dans le casque de Michael.

— Nous pouvons nous parler ?

— Ouais. Tiens-toi bien !

Elle lança la moto et décolla.

Bien que Michael pense avoir une bonne prise autour de sa taille, le saut soudain de la moto amena son dos à toucher l'appui-dos. Il serra plus fort.

— Nous pouvons discuter avec n'importe quel motard avec qui nous sommes appariés. Comme maintenant. Gav !

La voix de Gav remplit le casque de Michael.

— Au croisement de la 5ème et de la 90. Aucun signe d'eux encore. Je tiens les pancartes prêtes.

— J'ai Mike. À dans dix minutes.

Lisa accéléra sur Southside Road, vers Mohawk et Michael s'accrochait chèrement à sa vie. Il n'était jamais monté sur une moto auparavant et certains des tours de Lisa le firent certainement réfléchir à deux fois avant de le refaire.

— Je les ai… Sur la 90, sortie 30 ! fit la voix de Gav.

Maintenant, c'était la voix de Lisa qui remplissait le casque de Michael.

— J'arrive sur toi. Où sont les autres ?

— Sortie 29.

Lisa ralentit alors qu'ils approchaient de Gav qui était assis sur sa moto, près d'un garde-corps à la sortie 30. Elle s'arrêta à côté de lui et il tendit un sac à Michael.

— Qu'est-ce que c'est ?

— Des panneaux. Ils sont numérotés à l'arrière. Utilise-les dans cet ordre.

— Que disent-ils ?

— Nous n'avons pas de temps pour les questions, Mike ! Allons-y ! cria Lisa.

Elle décolla et Michael attrapa sa taille.

Lisa et Gavin roulèrent côte à côte tandis qu'ils accéléraient sur l'autoroute 90, vers la sortie 29. Tout ce que Michael pouvait faire était de se tenir au sac de panneaux et à Lisa, et Dieu merci, la route était plate. Des virages serrés et des creux n'étaient certainement pas son truc.

— Lisa, je suis sur leur six heures. Je ne peux pas voir à l'intérieur de la voiture, mais je vais commencer à le faire ralentir un peu, indiqua la voix de Smitty dans le casque.

— Quel côté de la voiture Christy préfère-t-il, Mike ? demanda Lisa.

— Peu importe tant qu'il est face à l'avant. Il est malade s'il est face à l'arrière.

Lisa accéléra et Michael fut choqué d'apercevoir un énorme groupe de motards qu'il n'avait pas vu approcher.

— On arrive sur ta droite, Smitty, annonça-t-elle.

— Je viens sur la gauche, indiqua Gav.

— Fais-le, Oncle Smitty ! cria Lisa.

Une pléthore de motos roulait autour de la limousine. Certains prirent position à l'avant, d'autres sur les côtés et ils réussirent à la faire ralentir à un niveau proche de la voie lente. Une vague d'inquiétude traversa Michael.

— Cela va effrayer Christy, Lisa !

— Nous allons arranger ça !

Elle se faufila jusqu'à ce qu'elle soit au niveau de la portière arrière droite de la voiture et elle resta fermement en place, attendant que Gavin fasse de même de l'autre côté.

— Vas-y, Gavin ! cria-t-elle.

Il défit partiellement sa veste, sortit un panneau et le tint de manière à ce que les passagers de la limousine puissent le lire. Il disait « regardez de l'autre côté de la voiture ! »

Lisa sortit une autre pancarte de son propre blouson et le tint de manière à ce que les passagers puissent la lire. Elle contenait une flèche qui pointait vers son nom imprimé en bas et une autre flèche qui indiquait la gauche avec le nom de Michael.

— À ton tour après, Mike ! Commence avec le panneau numéro un !

XLIV

CHRISTY AVAIT la tête appuyée contre le dossier, les yeux fermés. Il était engourdi. Toute sa vie s'était repliée sur lui.

— Christophoros ?

— Hmm… ? répondit-il à Thimi, sans soulever ses paupières.

— Il y a une pancarte pour toi.

Christy ouvrit les yeux vers Thimi qui paraissait… non pas effrayé, mais surpris.

— Que veux-tu dire ?

Thimi indiqua la fenêtre.

Christy se sentit immédiatement alarmé quand il vit les motards, mais sa panique se calma lorsque la grande pancarte blanche attrapa son œil – *regardez de l'autre côté de la voiture !* Le conducteur pointait son doigt avec emphase.

Christy se tourna de l'autre côté et vit les flèches et lut : *Lisa*, puis : *Michael*.

— Qu'est-ce que c'est ?

Le Général Sotíras se mit à rire.

— Il semblerait que Michael ait quelque chose à vous dire.

Il pointa du doigt la vitre.

Christy regarda vers l'extérieur à nouveau et lut le panneau que Michael tenait à présent : *Je suis un imbécile !*

Il resta bouche bée.

— Mon Dieu ! fit-il doucement.

— Qu'est-ce que ça dit ?

Christy traduisit et le Docteur Jordanou commença à rire. Le Général Sotíras souriait largement.

— Il va très certainement droit au but.

— Succinct, renchérit le Docteur Jordanou.

La pancarte suivante apparut : *Je suis désolé !*

Puis la suivante : *J'ai tout foiré !*

Sotíras adressa au Docteur Jordanou un hochement approbateur.

— Le vocabulaire des majors en littérature m'impressionnera toujours.

Le Docteur Jordanou en convint.

— Ils ont la faculté de dire exactement ce qu'ils signifient.

— Qu'est-ce que ça dit ? Qu'est-ce que ça dit ? demanda Thimi.

— J'ai fait une erreur, traduisit Christy.

Le prochain panneau apparut : *S'il te plaît, pardonne-moi !* et *supplie* était inscrit sous la phrase.

— Très articulé, complimenta le Docteur Jordanou.

Le Général Sotíras fit un hochement de tête exagéré.

— Rare. Je suis toujours impressionné quand un homme s'aplatit comme ça.

Christy lança un coup d'œil au général avant de traduire pour Thimi.

La prochaine pancarte fut levée : *Je t'aime !*

— Elle est excellente, plaisanta le Général Sotíras.

— Un peu pompeux. Le meilleur présage que j'aie jamais vu, concéda le Docteur Jordanou.

— Qu'est-ce que ça dit ? demanda Thimi.

Avant que Christy puisse répondre, le panneau suivant apparut avec deux phrases : *S'il te plaît, ne pars pas ! Je mourrais sans toi !*

— Oh, tout à fait unique ! fit le Docteur Jordanou.

— Exquis, convint le général.

Christy s'adossa contre son siège et se frotta le visage de ses mains.

— Je ne peux pas y croire.

Une autre pancarte fut levée. C'était « *je t'aime* » encore.

— Que voulez-vous faire, Christy ? demanda le Général Sotíras.

Michael recommença à faire défiler les panneaux à nouveau et Christy ne savait pas du tout quoi faire. Il était là, fonçant sur une autoroute américaine avec son ex-petit ami tenant des pancartes déclarant qu'il était un idiot. Qu'était-il censé faire ? Il dévisagea le Général Sotíras, puis le Docteur Jordanou.

— Vous pouvez les ignorer, proposa le médecin.

— Non ! murmura férocement Thimi.

— Ou vous pourriez écrire votre propre panneau, suggéra Sotíras avec un sourire.

Christy s'indigna aussitôt.

— Nous sommes au milieu de la route ! Je ne le ferai pas !

— Si ! Si ! chuchota Thimi avec insistance.

Le Docteur Jordanou laissa échapper un soupir de mélancolie.

— Je me souviens quand j'étais jeune et amoureux. C'était le sentiment le plus merveilleux au monde.

— Moi également. La jeunesse, avec toute ma vie qui s'ouvrait devant moi, et quelqu'un avec qui la partager. C'était une époque fabuleuse, reconnut Sotíras.

— Oh, elle était splendide, confirma le Docteur Jordanou. Pleine de frustrations, lourde de confusions, mais rien de plus magnifique. Même maintenant, quand tout ce qui me reste c'est de lire à ce sujet, je suis triste quand une histoire romantique arrive à sa fin. Je me jure de ne plus en lire une autre. Pourtant, avant même que je le sache, j'ai un autre livre entre les mains et je me retrouve captivé encore une fois.

— Il y a un besoin indescriptible qui nous attire vers l'amour. Nous ne pouvons pas vivre sans lui, renchérit Sotíras avec un soupir désespéré. Nous sommes vieux, Theo. Que nous reste-t-il à part trouver l'amour entre les pages d'un livre ?

Le visage du Docteur Jordanou s'adoucit.

— Il y a toujours de l'espoir, Nicos. Toujours. Un jour, nous retrouverons de nouveau l'amour.

Christy resta bouche bée devant eux avant de se mettre à parler à un débit soutenu en grec.

— *Entáxei ! Entáxei !*

Il se pencha à travers la voiture et frappa bruyamment sur la vitre privée. Avant même qu'elle descende, il cria :

— Faites sortir la voiture de la route !

La limousine quitta l'autoroute et se rendit dans un petit parc boisé. Les motos se tenaient à distance, mais seule celle de Lisa suivit la voiture dans le bois. Elle gara la moto à une trentaine de mètres et retira son casque.

— Dernière chance, Mike. Va le récupérer.

Michael retira son casque, se sentant désormais plus incertain qu'il ne l'avait jamais été de toute sa vie. Il regarda Christy s'éloigner de la voiture. Ses pas étaient guindés, chacun d'eux semblant lui demander un terrible effort et il paraissait totalement vidé, plus épuisé que Michael ne l'avait jamais vu.

Lisa sembla lire dans son esprit.

— Tu ne vas pas tout foirer parce que cet homme représente le monde pour toi. Va et fais ce qu'il faut.

Elle le poussa en avant.

— Plus de temps à perdre.

Michael avança vers Christy et son cœur se serra. Il avait tout gâché et il ne savait pas s'il pouvait tout arranger. Christy commença à marcher vers lui et l'étincelle d'espoir qui vacillait dans son cœur ressemblait à un papillon piégé.

Christy s'arrêta et Michael en fit autant à dix pas devant lui. Des larmes coulaient et il tenta de les ravaler.

— Je suis désolé. S'il te plaît, pardonne-moi.

Soudain, Christy se mit à courir et se jeta dans ses bras, le serrant encore de son étreinte trop forte. Michael laissa ses larmes tomber.

— Je t'aime, pleura-t-il contre les boucles épaisses de Christy.

— Je n'aurais jamais fait ça, Michael, déclara Christy à travers un sanglot.

— Je sais, je sais. Je ne sais pas à quoi j'ai pensé. C'est de ma faute. S'il te plaît, ne pars pas. S'il te plaît, donne-moi une chance de faire en sorte que tout se passe bien. Je te supplie. S'il te plaît, laisse-moi une chance d'arranger tout ça.

Christy pleurait doucement contre son épaule.

— Je ne peux pas…

Le cœur de Michael faillit s'arrêter de battre et il serra Christy plus fort.

— *S'il te plaît…* Je ne peux pas te perdre.

— Je ne peux plus rompre encore.

Michael recula et le dévisagea.

— Nous ne le ferons plus. Je te le promets. Je te le promets !

Il étreignit de nouveau Christy.

— Je te le jure, Christy. Je te le jure.

ÉPILOGUE

— À vos marques !

Michael regarda la foule, cala ses pieds dans les starting-blocks et songea à son fan numéro un qui se tenait dans les gradins. Christy était l'incarnation de tout ce qui était bon et juste, de gentil avec un cœur pur. Michael ne lui ferait plus jamais défaut. Il ferait tout ce qu'il faudrait pour faire les bonnes choses. Il ferait tout ce qu'il faudrait pour *garder l'espoir de Christy vivant.*

— Prêts !

Sa vieille détermination déferla dans les veines de Michael et ses sens devinrent vivants. Il leva ses hanches et ferma les yeux. *L'espoir de Christy. C'est tout ce qui compte.*

Le pistolet retentit et il jaillit hors des blocks et franchit la première haie avant même qu'il ne s'en rende compte. Alimenté par une pure détermination, il poursuivit. Il sauta le dernier obstacle, sachant qu'il commettait une erreur et qu'il ne ferait pas partie de l'équipe olympique, mais il s'en foutait. Il franchit la ligne d'arrivée et se retourna pour écouter les scores. Il avait terminé troisième, ce qui était suffisant. La foule applaudit et Christy courut sur la piste. Il le souleva dans ses bras, le fit tournoyer, puis remarqua la lueur de détresse dans ses yeux.

— Quel est le problème ?

— Tu n'as pas gagné ?

Il sourit largement.

— Troisième, c'est super.

Jake et Sophia les rejoignirent et Jake lui fit un tope-là.

— Nous sommes des perdants, mon pote !

Michael éclata de rire tandis que Jake l'étreignait et le soulevait du sol.

— Les meilleurs perdants au monde !

Jake éclata de rire en reposant Michael.

— Laisse-nous plus de temps pour croquer notre vie à pleines dents !

Christy leva les yeux vers Michael.

— Cela ne te dérange pas ?

Il secoua la tête, souriant toujours et passa une main douce dans ses boucles épaisses.

— Je t'ai, toi. C'est tout ce qui compte.

Désormais, Christy souriait, ses yeux magnifiques brillant comme les eaux cristallines des Caraïbes.

— S'agapó.

— Je t'aime aussi, bébé.

~ Le Dernier Commencement ~

NOTE DE L'AUTEUR

COMME POUR les deux premiers tomes de cette série, *Ómorphi* et *Thárros*, ce roman a été écrit pour donner de l'espoir aux victimes d'abus. Cela n'aurait pas été possible sans le soutien des Christy et des Thimi dans la vraie vie, qui souffrent et luttent chaque jour pour survivre et guérir. Je n'ai rien, à part le plus grand respect pour vous.

Jusqu'à ce que vous ayez enduré la violence d'abus, que ce soit en un acte unique ou une condition chronique de souffrances, vous ne pouvez pas savoir ce qu'est la perte de soi-même. Ce n'est pas seulement l'effacement de l'ensemble de vos systèmes de croyances, c'est aussi l'anéantissement de votre valeur humaine et la perte irrécupérable de votre *vous*. Douloureux au-delà de la description en une multitude de façons, débilitantes et tragiques, l'abus – y compris l'intimidation – laisse des cicatrices éternelles et invisibles.

La violence n'est pas seulement favorisée par le secret, elle en dépend. *Dites-le à quelqu'un.* Il y a de l'espoir et il y a de l'aide et, peu importe ce qu'on vous dit, c'est normal de demander de l'aide.

Pour ceux que vous trouvez vous-même, essayant de comprendre un ami maltraité ou un membre de votre famille, s'il vous plaît, gardez un esprit ouvert. Imaginez combien c'est difficile pour eux de se réorganiser et de se réconcilier avec ce qui leur est arrivé. Bien que ce roman et ses préquelles sont issus d'un travail de fiction, l'abus et les syndromes post-traumatiques dont souffrent Christy et Thimi sont basés sur des faits réels. La meilleure chose que vous pouvez faire est d'écouter. Vous pourriez être la seule personne au monde vers qui ils pourraient se tourner.

Une dernière chose. Si vous êtes victime d'abus, s'il vous plaît, souvenez-vous que l'abus ne vous définit *pas*. Ne vous jugez *jamais* par ce que les autres vous ont fait. Une dernière note : Une courbe d'apprentissage n'est pas un arc parfait. Vous échouerez, mais vous finirez par gagner. Autorisez-vous à prendre le temps dont vous avez besoin pour guérir et faites-le à votre propre rythme. Par-dessus tout, soyez doux avec vous-même.

Merci d'avoir lu ce livre.

Cody Kennedy
Los Angeles, Californie
Août 2017

Les lecteurs français adorent *Ómorphi*

Élevé dans les rues cruelles et près des nombreux studios d'Hollywood par un grand-père ressemblant à Yoda, CODY KENNEDY n'est pas conforme, ne rentre pas dans les cases. Il est quelqu'un d'incroyablement bizarre et vit pour perfectionner un trouble oppositionnel de provocation profonde. Dans un état constant de fascination pour les choses banales, Cody se pose de sérieuses questions comme : si le temps et l'espace sont courbés, alors d'où viennent toutes ces personnes hétéros ? Quand il n'écrit pas, on peut trouver Cody en train de dompter les vagues sur les rivages de l'ouest, s'interrogeant sur la valeur nutritionnelle des couchers de soleil, appréciant les pissenlits tant décriés, décrochant des câbles de guidage de colonnes et s'émerveillant de toutes les petites choses ordinaires.

Retrouvez Cody ici :

Website : www.CKennedyAuthor.blogspot.com
Facebook : www.facebook.com/cody.kennedy.942
Goodreads : www.goodreads.com/author/show/5816900.C_Kennedy
Twitter : @CodyKAuthor

OMORPHI

C. KENNEDY

Traduction par Bénédicte Girault

Elpida, tome 1

Élève de terminale, Michael Sattler mène une vie de rêve. C'est un athlète vedette accompli, il a de bons amis, et des parents qui l'aiment exactement comme il est. La seule chose qui manque dans sa vie c'est un petit ami. C'est un problème parce qu'il n'a avoué son homosexualité qu'à ses parents et à son meilleur ami. Lorsqu'il heurte accidentellement Christy Castle à l'école, sa vie change d'une façon qu'il n'aurait jamais pu imaginer. Christy est l'homme de ses rêves : intelligent, beau, et sexy. Cependant, rien n'aurait pu préparer Michael à ce qu'entraînerait le fait d'être le petit ami de Christy.

Christy a besoin de se reconstruire après des années d'abus, et il sait qu'il a besoin d'aide pour le faire. Après la mort de son père tristement célèbre, il quitte sa Grèce natale et s'installe dans l'État de New York. Seul, effrayé, et incapable d'utiliser sa voix, Christy cache la myriade de cicatrices de sa maltraitance. Il veut désespérément être aimé et lorsqu'il rencontre Michael, il ose espérer que ce jour est enfin arrivé.

Lorsque l'un des coéquipiers de Michael devient un ennemi, et qu'un des agresseurs du passé de Christy cherche à le ramener à une vie d'esclavage, seules leurs forces combinées et leur détermination inébranlable pourront les sauver de la violence qui menace de détruire leur avenir ensemble.

www.dreamspinner-fr.com

Θάρρος

THÁRROS

Courage

C. KENNEDY

Traduction par Bénédicte Girault

Elpida, tome 2

Lycéen de dernière année, Michael Sattler mène une vie de rêve. Ou presque. Il a de bons amis, des parents qui l'aiment tel qu'il est et c'était un champion de courses de haies jusqu'à ce que quelqu'un abîme son genou lors du kidnapping de son petit-ami. Pourtant, Michael est déterminé, malgré sa blessure, à faire partie des sélectionnés pour l'USATF.

Christy Castle représente tout pour Michael. Guérissant après des années d'abus et après son enlèvement par un prédateur, il se retrouve à cacher un nouveau secret bien qu'il essaie de se reconstruire une vie. Ensemble, Michael et Christy tentent de se remettre de leurs blessures à temps pour aller au bal de promotion et obtenir leur diplôme d'études secondaires. Pour compliquer les choses, Christy est étonné d'apprendre qu'un de ses compagnons, victime également, a survécu. Il ne reculera devant rien pour le faire venir aux États-Unis afin de le mettre en sécurité.

Mais le procès du kidnappeur de Christy occupe une place importante dans leurs vies et sa lutte pour qu'elle devienne normale ne fait qu'empirer. Son passé continue de les hanter. Lorsque le procès tourne mal et que la nouvelle vie de Christy s'effondre, seuls leur courage implacable et leur détermination pourront les sauver du cauchemar qui menace de détruire leur avenir commun.

www.dreamspinner-fr.com

Par C. KENNEDY

ELPÍDA
Ómorphi
Thárros
Elpída

Publié par HARMONY INK PRESS
www.harmonyinkpress.com